A MELODIA
DO ADEUS

NICHOLAS SPARKS

A MELODIA
DO ADEUS

Tradução de
Alice Rocha

EDITORIAL PRESENÇA

www.nicholassparks.com

FICHA TÉCNICA

Título original: *The Last Song*
Autor: *Nicholas Sparks*
Copyright © 2009 by Nicholas Sparks
Tradução © Editorial Presença, Lisboa, 2009
Tradução: *Alice Rocha*
Capa: *Imagem gentilmente cedida por Walt Disney Studios Motion Pictures, Europe*
Composição, impressão e acabamento: *Multitipo — Artes Gráficas, Lda.*
1.ª edição, Lisboa, Novembro, 2009
2.ª edição, Lisboa, Janeiro, 2010
3.ª edição, Lisboa, Março, 2010
4.ª edição, Lisboa, Março, 2010
5.ª edição, Lisboa, Maio, 2010
6.ª edição, Lisboa, Junho, 2010
7.ª edição, Lisboa, Agosto, 2010
8.ª edição, Lisboa, Outubro, 2010
9.ª edição, Lisboa, Abril, 2011
10.ª edição, Lisboa, Fevereiro, 2012
Depósito legal n.º 308 359/10

ÍNDICE

A Theresa Park e a Greg Irikura
Amigos Meus

AGRADECIMENTOS

Como sempre, gostaria de começar por agradecer à Cathy, minha esposa e meu sonho. Têm sido uns vinte anos fantásticos e, quando acordo de manhã, a primeira coisa que me ocorre é a felicidade que tenho por ter tido a oportunidade de passar estes anos na tua companhia.

Os meus filhos — Miles, Ryan, Landon, Lexie e Savannah — são fontes de infindável alegria na minha vida. Amo-vos a todos.

Jamie Raab, a minha revisora de texto na Grand Central Publishers, é sempre merecedora dos meus agradecimentos, tanto pelas suas revisões magníficas, como pela gentileza que nunca deixa de me demonstrar. Obrigado.

Denise DiNovi, a produtora d'*As Palavras Que Nunca Te Direi*, *Um Momento Inesquecível*, *O Sorriso das Estrelas* e *Um Homem com Sorte*, é não apenas um génio, como também uma das pessoas mais amáveis que conheço. Obrigado por tudo.

David Young, o director-geral do Hachette Book Group, conquistou o meu respeito e a minha gratidão ao longo dos anos em que temos trabalhado juntos. Obrigado, David.

Jennifer Romanello e Edna Farley, as minhas agentes publicitárias, têm tanto de boas amigas, como de pessoas maravilhosas. Obrigado por tudo.

Harvey-Jane Kowal e Sona Vogel, merecem, como de costume, os meus agradecimentos, quanto mais não seja porque eu me atraso sempre na entrega dos manuscritos e, assim, dificulto sobremaneira a tarefa de ambas.

Howie Sanders e Keya Khayatian, os meus agentes na UTA, são fantásticos. Obrigado por tudo, rapazes!

Scott Schwimer, o meu advogado, é pura e simplesmente o melhor no ramo. Obrigado, Scott!

Os meus agradecimentos ainda a Marty Bowen (o produtor de *Juntos ao Luar*), assim como a Lynn Harris e a Mark Johnson.

Amanda Cardinale, Abby Koons, Emily Sweet e Sharon Krassney são igualmente merecedoras da minha gratidão. Estou-vos reconhecido por todo o vosso trabalho.

A família Cyrus merece os meus agradecimentos não apenas por me acolher em sua casa, como também por todo o empenho que demonstrou em relação ao filme. E um obrigado especial à Miley, que escolheu o nome da Ronnie. Mal o ouvi, percebi que era perfeito!

E, por fim, obrigado a Jason Reed, a Jennifer Gipgot e a Adam Shankman pela sua colaboração na versão cinematográfica d'*A Melodia do Adeus*.

PRÓLOGO

RONNIE

Enquanto olhava pela janela do quarto, Ronnie perguntava-se se o Pastor Harris já se acharia na igreja. Partiu do princípio de que isso seria verdade, e, à medida que observava as ondas a rebentar na praia, tentou imaginar se ele ainda seria capaz de reparar nos efeitos da luz que jorrava através do vitral sobranceiro. Talvez não — afinal de contas, a janela fora instalada havia mais dum mês, e o mais certo seria o pastor andar demasiado preocupado para ter dado por isso. Apesar disto, Ronnie tinha esperança de que algum recém-chegado à cidade tivesse entrado por acaso na igreja e vivenciado a mesma sensação de deslumbramento que ela da primeira vez que vira a luz a inundar a igreja naquele dia frio de Dezembro. Tal como esperava que o visitante tivesse dedicado algum tempo a considerar a proveniência da janela e a admirar a respectiva beleza.

Estava acordada havia uma hora, mas não se sentia preparada para enfrentar o dia. Naquele ano, as festividades estavam a ter para ela um sabor diferente. Ontem levara o irmão, Jonah, a dar um passeio pela praia. Aqui e ali, tinham visto árvores de Natal nos alpendres das casas por onde iam passando. Naquela época do ano, tinham a praia praticamente só para eles, mas Jonah não se mostrara interessado nem nas ondas nem nas gaivotas que, havia escassos meses, o tinham fascinado. Ao invés, quisera ir para a oficina, e ela acedera ao seu desejo, pese apesar de o irmão se ter limitado a ficar lá uns instantes e a ir-se embora sem dizer uma única palavra.

Na cabeceira da cama atrás dela, havia uma série de molduras empilhadas com fotografias do recanto do piano da pequena casa de praia, juntamente com outros objectos que reunira nessa manhã. Entreteve-se a examiná-los em silêncio, até ser interrompida por uma pancada na porta. A cabeça da mãe espreitou pela fresta.

— Queres tomar alguma coisa para o pequeno-almoço? Encontrei uns flocos de cereais no armário da cozinha.

— Não tenho fome, mãe.

— Mas tu precisas de comer, minha querida.

Ronnie continuou a fitar o monte de fotografias, de olhar completamente abstraído. — Eu estava enganada, mãe. E agora não sei o que hei-de fazer.

— Estás a referir-te ao teu pai?

— A tudo, em geral.

— Queres conversar sobre isso?

Quando viu que a filha não lhe respondia, atravessou o quarto e foi sentar-se a seu lado. — Há alturas em que nos faz bem desabafar. Tens andado tão calada nestes últimos dias.

Ronnie sentiu uma torrente momentânea de recordações a dominá-la: o incêndio e a subsequente reconstrução da igreja; o vitral; a melodia que finalmente acabara de compor. Lembrou-se de Blaze, de Scott e de Marcus. Lembrou-se de Will. Tinha dezoito anos e recordava-se do Verão em que fora traída, do Verão em que fora detida, do Verão em que se apaixonara. Não fora há tanto tempo quanto isso, todavia, por vezes tinha a sensação de que entretanto se transformara numa pessoa completamente diferente.

Ronnie soltou um suspiro. — Então e o Jonah?

— Não está em casa. O Brian levou-o à sapataria. Parece um cachorrinho. Os pés estão a crescer-lhe mais depressa que o resto do corpo.

Ronnie esboçou um sorriso, mas este não tardou a desvanecer-se. No silêncio que se seguiu, sentiu a mãe a segurar-lhe o cabelo comprido e a apertar-lho num rabo-de-cavalo folgado atrás das costas. Era um hábito que a mãe tinha desde os tempos da infância da filha. Por estranho que pudesse parecer, ainda lhe proporcionava uma sensação de conforto. Não que algum dia se dispusesse a admiti-lo, claro está.

— Olha — prosseguiu a mãe, dirigindo-se ao roupeiro e pousando a mala em cima da cama —, e que tal se conversássemos enquanto fazes a mala?

— Eu nem sequer saberia por onde começar.

— Por que é que não começas pelo princípio? O Jonah não falou em qualquer coisa acerca de tartarugas?

Ronnie cruzou os braços diante do peito, ciente de que a história não tivera início naquele ponto. — Por acaso, não — respondeu. — Apesar de eu não ter presenciado esse momento, acho que o Verão começou verdadeiramente com o incêndio.

— Que incêndio?

14

Ronnie estendeu a mão para as fotografias empilhadas no parapeito da cama e, com todo o cuidado, retirou o artigo rasgado dum jornal entalado entre duas molduras. Em seguida, entregou a folha amarelecida à mãe.

— Este incêndio — salientou. — O incêndio da igreja.

Suspeita de Fogo-de-Artifício Ilegal no Incêndio da Igreja
Pastor Ferido

Wrightsville Beach, NC — Um incêndio destruiu a histórica Primeira Igreja Baptista na véspera de Ano Novo, e os investigadores suspeitam de fogo-de-artifício ilegal.

Os bombeiros foram chamados através dum telefonema anónimo à igreja virada para a praia, pouco passava da meia-noite, e depararam-se com chamas e fumo a sair das traseiras do edifício, declarou Tim Ryan, chefe do Corpo de Bombeiros de Wrightsville Beach. No local, foram encontrados vestígios dum petardo, um género de foguete de fogo-de-artifício.

O Pastor Charlie Harris achava-se no interior da igreja quando o incêndio deflagrou e sofreu queimaduras de segundo grau nas mãos e nos braços. Foi transportado para o New Hanover Regional Medical Center e encontra-se neste momento na unidade de cuidados intensivos.

Tratou-se do segundo incêndio numa igreja no lapso de dois meses no condado de New Hanover. Em Novembro, a igreja de Good Hope Covenant, em Wilmington, foi completamente destruída por um sinistro do género. «Os investigadores continuam neste momento a considerá-lo suspeito, um caso potencial de fogo posto», salientou Ryan.

Testemunhas relataram que, menos de vinte minutos antes da deflagração do incêndio, viram petardos a serem lançados na praia por detrás da igreja, provavelmente num gesto de boas-vindas ao Ano Novo. «Os petardos são ilegais na Carolina do Norte e são especialmente perigosos dadas as actuais condições de seca», advertiu Ryan. «Este incêndio vem demonstrar exactamente porquê. Há uma vítima no hospital e a igreja ficou em ruínas.»

Quando a mãe deu por finda a leitura, levantou o olhar da folha e encarou Ronnie. Esta hesitou; depois, com um suspiro, começou a narrar uma história que, aos seus olhos, e mesmo com o benefício da retrospectiva, não fazia o mais pequeno sentido.

CAPÍTULO 1

RONNIE

Seis meses antes

Ronnie deixou-se abater no assento ao lado do condutor, perguntando-se por que razão os pais a detestariam tanto.

Era o único motivo capaz de explicar por que se encontrava ali, de visita ao pai, naquele ermo esquecido por Deus, em lugar de ter ficado a passar o Verão com os amigos em Manhattan.

Não, nem sequer era isso. Ela não estava apenas a *visitar* o pai. *Visitar* implicava um fim-de-semana ou dois, eventualmente uma semana. Com uma *visita*, ela até poderia viver bem. Mas ficar ali até ao final de Agosto? Praticamente todo o Verão? Isso equivalia ao desterro, e durante a quase totalidade das nove horas que durara o trajecto de carro, sentira-se como uma prisioneira a ser transferida para uma penitenciária rural. Nem queria acreditar que a mãe tivesse coragem de a obrigar a passar por uma experiência daquelas.

Ronnie estava de tal maneira envolvida na sua angústia, que levou algum tempo a reconhecer a Sonata n.º 16 em Dó Maior de Mozart. Era uma das peças musicais que interpretara no Carnegie Hall, havia quatro anos, e sabia que a mãe a pusera a tocar enquanto ela estava a dormir. Pior para ela! Estendeu uma mão para desligar o leitor de CD.

— Por que é que fizeste isso? — interrogou-a a mãe, de testa franzida. — Eu gosto de te ouvir tocar.

— Mas eu não.

— Então e se eu baixar o volume?

— Desligue e pronto, está bem, mãe? Não estou com disposição para ouvir música.

Ronnie concentrou o olhar para lá da janela, perfeitamente consciente de que os lábios da mãe se tinham contraído de desagrado. Ultimamente, a mãe passava a vida a fazer aquilo. Era como se os lábios dela estivessem magnetizados.

— Pareceu-me ter visto um pelicano quando atravessámos a ponte para Wrightsville Beach — comentou a mãe com uma leveza forçada.

— Bom, mas isso é fantástico. Por que é que não chama o Caçador de Crocodilos?

— Já morreu — intrometeu-se Jonah, a voz a flutuar do banco traseiro, o som a misturar-se com os barulhos vindos do *Game Boy*. O chato do irmão de dez anos era viciado naquela coisa. — Já não te lembras? — continuou ele. — Eu cá fiquei muito triste.

— Está claro que me lembro.

— Olha que não foi essa a impressão que deste.

— Bom, mas lembro.

— Então não devias ter dito o que disseste.

Não se deu ao incómodo de lhe responder uma terceira vez. O irmão precisava sempre de ter a última palavra. Era de perder as estribeiras.

— Conseguiste dormir alguma coisa? — perguntou-lhe a mãe.

— Até a mãe bater naquele buraco. Obrigadinha, já agora. Por pouco que a cabeça não me saiu pelo vidro.

O olhar da mãe manteve-se fixo na estrada. — Fico feliz por ver que a sesta te deixou mais bem-disposta.

Ronnie estoirou um balão de pastilha elástica. A mãe abominava que ela fizesse isto, motivo principal por que se vinha a entreter assim praticamente desde que tinham entrado na I-95. A interestadual, na sua modesta opinião, era o percurso mais enfadonho jamais concebido. A menos que se fosse um apreciador entusiasta de comida de plástico cheia de gordura, casas de banho de estações de serviço nojentas e de pinheiros a perder de vista, a sua monotonia feia e hipnótica era capaz de induzir o sono a qualquer pessoa.

Fora precisamente isto que tentara fazer ver à mãe no Delaware, no Maryland *e* na Virgínia, mas de todas as vezes ela ignorara os seus comentários. Apesar de se ter esforçado por criar bom ambiente durante a viagem, uma vez que iriam estar uns bons tempos sem se ver, a mãe não era dada a conversas ao volante. Não se sentia particularmente à vontade a conduzir, o que até nem era de admirar, visto que, sempre que precisavam de se deslocar, apanhavam um táxi ou tomavam o metropolitano. Em casa, no entanto... *isso* já era outra história. Aí, a mãe não hesitava em dizer tudo quanto lhe vinha à cabeça e, nos últimos meses, o administrador do prédio fora bater-lhes por duas vezes à porta a pedir para que fizessem menos barulho. A mãe devia estar convencida de que, quanto mais gritasse a respeito das más notas de Ronnie, ou dos amigos de Ronnie, ou do facto de Ronnie ignorar sistematicamente as horas de recolher obrigatório impostas pelo tribunal, ou do *Incidente* — sobretudo do *Incidente* —, maiores probabilidades teria de despertar a atenção da filha.

Pronto, havia mães bem piores. Muito piores, mesmo. E, quando estava na disposição de ser generosa, Ronnie até reconhecia que tinha uma mãe bastante razoável. O problema era a mãe estar presa numa estranha deformação temporal em que os filhos nunca cresciam, e, pela centésima vez, Ronnie desejou ter nascido em Maio ao invés de em Agosto. Era nessa altura que faria dezoito anos, e a mãe deixaria de poder obrigá-la a andar às suas ordens. Do ponto de vista legal, teria idade suficiente para decidir por si própria, e digamos que vir para ali não constava da sua lista de afazeres.

Naquele momento, porém, Ronnie não tinha voto na matéria. Porque ainda tinha *dezassete* anos. Por causa duma *partida do calendário*. Porque a mãe engravidara *três meses depois do que devia*. E qual era o problema? Por mais que Ronnie lhe tivesse suplicado, queixado, gritado ou lastimado a respeito dos planos para o Verão, isso não fizera a mais pequena diferença. Ronnie e Jonah iriam passar o Verão na companhia do pai, e ponto final. «Não havia ses, nem mas», tinham sido as palavras exactas da mãe. Vinha daí o desprezo de Ronnie àquela expressão.

Mesmo à saída da ponte, o tráfego estival tinha reduzido a fila de carros a passo de caracol. Dum dos lados, por entre as casas, Ronnie fora apanhando vislumbres do oceano. *Iupi.* Como se isso lhe interessasse.

— Por que é que nos está a obrigar a fazer isto outra vez? — resmungou ela.

— Já conversámos sobre esse assunto — respondeu-lhe a mãe. — Tu precisas de passar algum tempo com o teu pai. Ele tem saudades tuas.

— Mas por que é que tem de ser o Verão todo? Não podiam ser só umas duas semanas?

— Vocês precisam de mais que duas semanas para estar um com o outro. Há três anos que não o vês.

— A culpa disso não é minha. Quem se foi embora foi ele.

— Pois foi, mas tu sempre te recusaste a atender os telefonemas dele. E de todas as vezes que ele veio a Nova Iorque para vos visitar, a ti e ao teu irmão, tu ignoraste-o e preferiste sair com os teus amigos.

Ronnie tornou a rebentar a pastilha elástica. Pelo canto do olho, viu a mãe a retrair-se.

— Eu não o quero ver nem falar com ele — insistiu Ronnie.

— Vê lá se te esforças por aproveitares o melhor que puderes, está bem? O teu pai é um bom homem e gosta muito de ti.

— Foi por isso que nos abandonou?

Ao invés de responder, a mãe deitou uma olhadela ao espelho retrovisor.

— Tu tens andado ansioso por esta visita, não tens, Jonah?

— Está a brincar comigo? Vai ser óptimo!

— Fico contente por ver que tens uma atitude positiva. Talvez pudesses influenciar a tua irmã.

O rapaz resmungou de desdém: — Pois, está-se mesmo a ver.

— Eu só não percebo por que é que não posso passar o Verão com os meus amigos — lastimou-se Ronnie, tornando a intrometer-se na conversa. Ainda não dissera de sua justiça. Embora soubesse que as probabilidades eram praticamente nulas, ainda alimentava a secreta esperança de conseguir convencer a mãe a dar meia-volta e arrepiar caminho.

— Estás a querer dizer-me que preferias passar a noite inteira nos clubes? Não me tomes por ingénua, Ronnie. Eu sei muito bem o que se passa em sítios dessa espécie.

— Eu não faço nada de errado, mãe.

— Então e as tuas notas? E as horas marcadas para chegares a casa? E...

— Não podemos mudar de assunto? — interrompeu-a Ronnie. — Como, por exemplo, por que é que é tão importante eu passar tempo com o meu pai?

A mãe ignorou-a. E, no entanto, Ronnie sabia que tinha todos os motivos para isso. Já lhe respondera àquela pergunta uma infinidade de vezes, mesmo que a filha se recusasse a aceitar isso.

O tráfego pôs-se novamente em movimento, e a viatura avançou um quarteirão antes de ser obrigada a parar novamente. A mãe baixou a janela e tentou espreitar por entre os automóveis à sua frente.

— O que será que aconteceu? — resmungou ela por entre dentes. — Está um engarrafamento que nunca mais acaba.

— É por causa da praia — sugeriu Jonah. — A praia está sempre cheia de gente.

— Hoje é domingo e são três da tarde. Não devia haver tanto trânsito.

Ronnie dobrou as pernas pelos joelhos, a odiar a vida que levava. A odiar tudo o que se estava a passar.

— Olhe, mãe! — chamou-a Jonah. — O pai sabe que a Ronnie foi presa?

— Sabe, sim — confirmou ela.

— E o que é que ele vai fazer?

Desta feita, foi a irmã a responder-lhe. — Não vai fazer nada. Ele nunca se ralou senão com o piano.

* * *

Ronnie *abominava* o piano e jurava a pés juntos que nunca mais haveria de o tocar, uma decisão que até alguns dos seus amigos mais antigos estranhavam, uma vez que lhe consagrara a maior parte da vida desde que a conheciam. O pai, outrora professor na Juilliard School[1], fora também seu professor, e, durante muito tempo, Ronnie fora consumida pelo desejo não apenas de tocar, mas também de compor músicas originais com o pai.

E tinha talento que chegasse para tal. Muito talento, na verdade; e, dada a ligação do pai à Juilliard, a direcção e os professores da escola tinham a perfeita noção das suas capacidades. A palavra começou lentamente a correr no ambiente de confidencialidade obscura que colocava a música clássica acima de tudo no qual o pai se movia. Foram publicados alguns artigos em revistas da especialidade, seguidos por uma reportagem consideravelmente extensa no *The New York Times* a respeito da relação entre pai e filha, que, no seu conjunto, tinham proporcionado uma ambicionada exibição na série Jovens Músicos no Carnegie Hall, quatro anos atrás. Esse momento, supunha Ronnie, constituíra o apogeu da sua carreira. E que apogeu; ela tinha perfeita consciência do quão longe chegara. Sabia até que ponto era rara uma oportunidade daquelas; ultimamente, porém, dava por si a perguntar se os sacrifícios tinham valido a pena. Afinal de contas, o mais provável seria ninguém para além dos próprios pais se lembrar da exibição. Ou interessar-se, tão-pouco. Ronnie já percebera que, a menos que se tivesse um vídeo popular no YouTube, ou se conseguisse apresentar espectáculos diante de multidões, o talento musical pouco ou nada significava.

Havia ocasiões em que desejava que o pai a tivesse iniciado na guitarra eléctrica. Ou, quanto muito, em aulas de canto. De que lhe valia

---

[1] Conservatório de craveira mundial situado em Nova Iorque e responsável pela formação de inúmeros artistas de renome nas áreas da música, do bailado e do teatro. É popularmente conhecida por Juilliard. *(NT)*

o talento para tocar piano? Para dar aulas de música na escola do bairro? Ou tocar no átrio dum hotel qualquer para entreter os hóspedes enquanto faziam o *check-in?* Ou ambicionar a mesma vida dura do pai? Visse-se só aonde o piano o levara. Acabara por deixar a Juilliard para se lançar à estrada como concertista em locais insignificantes para audiências que mal chegavam para preencher as primeiras filas. Passava quarenta semanas por ano a viajar, o suficiente para criar problemas no casamento. Quando dera por ela, a mãe estava constantemente aos gritos e o pai a refugiar-se na sua concha, como era seu hábito, até que um dia, se limitara a não regressar duma *tournée* prolongada ao Sul do país. Ao que Ronnie sabia, ultimamente ele nem sequer andava a trabalhar. Nem sequer a dar aulas particulares.

«De que é que o piano lhe valeu, pai?»

Abanou a cabeça. A última coisa que queria era estar ali. Só Deus sabia o quanto desejava afastar-se de tudo aquilo.

— Olhe, mãe! — chamou Jonah. Inclinou-se para a frente. — O que é aquilo ali? É uma roda gigante?

A mãe esticou o pescoço, numa tentativa de ver o que se passava por detrás do monovolume na faixa a seu lado. — Acho que sim, querido — respondeu-lhe. — Deve haver uma feira popular na cidade.

— Podemos lá ir? Depois de termos jantado juntos?

— Terás de pedir ao teu pai.

— Isso, e talvez depois possamos sentar-nos em volta duma fogueira a assar *marshmallows* — observou Ronnie. — Como se fôssemos uma grande família feliz.

Desta feita, ignoraram-na ambos.

— Acha que têm mais atracções? — indagou Jonah.

— Estou quase certa de que sim. E se o teu pai não quiser ir andar contigo nelas, tenho a certeza de que a tua irmã não se importará.

— Espectacular!

Ronnie vergou-se no assento. Já devia prever que a mãe sugerisse qualquer coisa naquele género. Era demasiado deprimente para poder ser verdade.

CAPÍTULO 2

STEVE

Steve Miller tocava piano com uma intensidade exaltada, ansioso pela chegada dos filhos a todo o instante.

O piano estava localizado num pequeno recanto da sala do bangaló de praia a que agora chamava o seu lar. Nas suas costas, viam-se objectos representativos da sua história pessoal. Não eram muitos. Para além do piano, Kim conseguira arrumar os seus pertences num único caixote e fizera isso em menos de meia hora. Havia um instantâneo de Steve quando era novo acompanhado dos pais, outra fotografia dele em adolescente a tocar piano. Estavam penduradas entre ambos os diplomas que recebera, um de Chapel Hill e outro da Universidade de Boston, e, por baixo, um certificado de reconhecimento da Juilliard pelo empenho com que, durante quinze anos, se dedicara à escola. Junto à janela, viam-se três planos emoldurados com as datas das *tournées*. E, mais importante que tudo, eram meia dúzia de fotografias de Jonah e de Ronnie, algumas afixadas na parede, outras emolduradas em cima do piano e, sempre que o seu olhar recaía sobre elas, Steve nunca deixava de se lembrar do facto de que, não obstante as suas boas intenções, nada correra de acordo com os seus desejos.

O sol de fim de tarde jorrava enviesado pelas janelas, provocando um calor abafado no interior da casa, e Steve sentia as gotas de suor a começarem a formar-se na sua testa. Felizmente, as dores de estômago que o afligiam desde essa manhã tinham abrandado, mas andava nervoso havia dias, e sabia que voltariam a atormentá-lo. Sempre tivera um estômago frágil; quando tinha vinte e poucos anos, tivera uma úlcera e fora hospitalizado por causa duma diverticulite; aos trinta, quando Kim estava grávida de Jonah, fora-lhe retirado o apêndice depois de este ter rebentado. Ingeria pastilhas digestivas como se fossem rebuçados, andava há anos a tomar antiácidos e, embora soubesse que se deveria alimentar melhor e praticar mais exercício físico, duvidava de que qualquer destas medidas fosse capaz de o ajudar. A sua família era atreita a problemas de estômago.

A morte do pai, seis anos atrás, transformara-o numa pessoa diferente, e desde o funeral que se sentira a entrar numa espécie de contagem decrescente. De certa forma, era mesmo isso que estava a acontecer. Ia para cinco anos, abandonara o cargo na Juilliard e, um ano depois, decidira tentar a sorte como concertista. Três anos atrás, as *tournées* tinham começado a rarear até acabarem de vez. No ano anterior, tornara a ir morar para ali, para a cidade onde crescera, um local que julgara que nunca mais tornaria a ver. Agora preparava-se para passar o Verão com os filhos, e embora se esforçasse por imaginar o que o Outono lhe traria uma vez Ronnie e Jonah regressados a Nova Iorque, sabia apenas que as folhas haveriam de amarelecer antes de cederem lugar ao vermelho e que, de manhã, o ar lhe sairia pela boca em baforadas. Havia muito tempo que desistira de tentar prever o futuro.

Não que isso o incomodasse. Sabia que as previsões eram inúteis e, para além do mais, tinha uma escassa compreensão do passado. Ultimamente, tudo o que sabia era que não passava duma pessoa vulgar num mundo que idolatrava o extraordinário, e essa tomada de consciência deixava-lhe uma vaga sensação de desapontamento perante a vida que levara. Mas que alternativa lhe restava? Ao contrário de Kim, que era uma pessoa comunicativa e gregária, Steve sempre tivera tendência para ser mais reservado e passar despercebido entre a multidão. Apesar de possuir um certo talento como músico e compositor, faltava-lhe o carisma, ou a capacidade, para dirigir um espectáculo, ou o que quer que fosse que levasse um intérprete a destacar-se. Havia ocasiões em que ele próprio admitia que era mais um observador do mundo que um participante, e, em momentos de penosa honestidade, chegava mesmo a convencer-se de que fracassara em tudo o que era importante. Estava com quarenta e oito anos. O seu casamento terminara, a filha evitava-o, e o filho estava a crescer sem a sua presença. Se recuasse na memória, sabia que o único responsável por isso era ele próprio, e havia uma pergunta que se sobrepunha a todas as demais: seria possível alguém como ele vivenciar a presença de Deus?

Dez anos atrás, não se imaginava a pensar em semelhante coisa. Nem dois anos, tão-pouco. A meia-idade, porém, considerava em certas ocasiões, tornara-o tão reflexivo como um espelho. Embora outrora estivesse convencido de que a resposta residiria provavelmente na música que criava, suspeitava agora de que se enganara. Quanto mais reflectia no assunto, mais se consciencializava de que, para ele, a música sempre constituíra um meio de alheamento da realidade, ao invés dum instrumento que lhe permitisse viver mais profundamente nela. Talvez tivesse experimentado a paixão e a catarse nas obras de Tchaikovsky ou atingido uma sensação de realização ao compor sonatas pelo seu próprio punho; agora, porém, sabia que o facto de se embrenhar na música tinha menos que ver com Deus e mais com um desejo egoísta de escape.

Estava agora convencido de que a verdadeira resposta residia algures no vínculo de amor que tinha aos filhos, no pesar que sentia de cada vez que acordava naquela casa silenciosa e se apercebia da sua ausência. Todavia, mesmo nesses momentos, pressentia que havia algo mais.

E, sem saber bem como, esperava que os filhos o ajudassem a encontrá-lo.

* * *

Alguns minutos decorridos, Steve reparou no sol a reflectir-se no pára-brisas duma carrinha poeirenta lá fora. Ele e Kim tinham-na adquirido havia anos para os passeios de fim-de-semana a Costco e as excursões em família. Perguntou-se de passagem se ela se teria lembrado de mudar o óleo antes de dar início à viagem, ou mesmo desde que ele saíra de casa. O mais provável seria que não, concluiu. Kim nunca tivera jeito para tarefas daquele género, motivo pelo qual fora sempre ele a ocupar-se delas.

Contudo, essa etapa da sua vida já terminara.

Steve levantou-se da cadeira e, quando chegou ao alpendre, já Jonah saíra do carro e vinha a correr na direcção do pai. Tinha o cabelo despenteado, os óculos de banda, e os braços e as pernas esgalgados como cabos de vassoura. Steve sentiu um aperto na garganta, recordando-se uma vez mais do quanto perdera no decorrer dos últimos três anos.

— Pai!

— Jonah! — gritou Steve em resposta, enquanto atravessava a areia pedregosa a que se reduzia o seu jardim. Quando Jonah lhe saltou para os braços, teve de fazer um esforço para não se desequilibrar.

— Estás tão crescido! — exclamou ele.

— E tu estás mais pequeno! — retorquiu Jonah. — Agora és magricela.

Steve deu um abraço apertado ao filho antes de o pousar no chão.

— Fico feliz por te ver.

— Também eu a ti. A mãe e a Ronnie vieram a discutir todo o caminho.

— Isso não tem piada.

— Não faz mal. Eu ignorei-as. A não ser quando me deu para as espicaçar.

— Ah — respondeu Steve.

Jonah ajeitou os óculos que lhe estavam a escorregar para a ponta do nariz. — Por que é que a mãe não nos deixou vir de avião?

— Tu pediste-lhe?

— Não.

— Então talvez fosse isso que deverias ter feito.

— Não tem importância. Foi só uma ideia minha.

Steve sorriu. Já se esquecera de como o filho era palrador.

— Ei, é aqui que o pai mora?

— É sim.

— Esta casa é o máximo!

Steve interrogou-se se Jonah estaria a falar a sério. A casa era tudo menos o máximo. O bangaló devia ser muito provavelmente a propriedade mais antiga de Wrightsville Beach e achava-se encurralado entre duas casas enormes que tinham sido construídas nos últimos dez anos, e que lhe davam uma aparência ainda mais minúscula. Tinha a tinta a descascar, faltavam imensas telhas no telhado e o alpendre estava a apodrecer; não ficaria surpreendido se a próxima tempestade a valer o levasse pelos ares, o que iria sem dúvida ser um motivo de satisfação para os vizinhos. Desde que se tinham mudado para ali, nenhuma das famílias algum dia lhe dirigira a palavra.

— Achas que sim? — inquiriu ele.

— Se acho? Fica mesmo na praia. Que mais poderia querer? — Fez um gesto na direcção do oceano. — Posso ir ver como está a água?

— Claro. Só te peço que tenhas cuidado. E mantém-te por detrás da casa. Não te afastes muito.

— Combinado.

Steve ficou a ver o filho a lançar-se numa corrida antes de dar meia-volta e deparar com Kim, que se aproximava. Ronnie também já saíra do carro, mas não parecia muito disposta a acercar-se do pai.

— Olá, Kim — cumprimentou-a.

— Steve. — Ela inclinou-se para ele para lhe dar um curto abraço. — Está tudo bem contigo? — perguntou-lhe. — Estás mais magro.

— Está tudo bem.

Por detrás de Kim, Steve reparou em Ronnie a dirigir-se a ambos a passo vagaroso. Ficou admirado com a mudança que a filha sofrera desde a última fotografia que Kim lhe enviara por *e-mail*. Já não havia qualquer vestígio da típica rapariga americana que guardava na memória e, em seu lugar, havia uma jovem com uma madeixa roxa no cabelo castanho comprido, unhas pintadas de preto e roupas igualmente pretas. Não obstante os sinais óbvios de rebelião adolescente, constatou uma vez mais o quanto ela era parecida com a mãe. Ainda bem. Aos seus olhos, a filha estava mais encantadora que nunca.

Pigarreou. — Olá, minha querida. É um prazer ver-te.

Ao ver que Ronnie não respondia ao pai, Kim repreendeu-a. — Não sejas mal-educada. O teu pai está a falar contigo. Diz qualquer coisa.

Ronnie cruzou os braços diante do peito. — Está bem? Então e se for isto: recuso-me a tocar piano para o pai ouvir.

— Ronnie! — Steve percebia nitidamente a exasperação na voz de Kim.

— O quê? — Atirou a cabeça para trás. — Achei que mais valia deixar isso desde logo bem claro.

Antes de Kim ter tempo de reagir, Steve abanou a cabeça. A última coisa que desejava era uma discussão. — Não lhe ligues, Kim.

— Isso mesmo, mãe. Não *me ligue* — ripostou Ronnie, aproveitando a deixa. — Preciso de esticar as pernas. Vou dar uma volta por aí.

Enquanto se afastava a passo pesado, Steve reparou que Kim hesitava em ceder ao impulso de a chamar. No fim, porém, acabou por não dizer nada.

— A viagem foi longa? — perguntou-lhe ele, a tentar desanuviar o ambiente.

— Nem tu fazes ideia.

Ele sorriu-lhe, a pensar que, ainda que por escassos instantes, lhe era fácil imaginá-los ainda casados, ambos dois membros da mesma equipa, ambos ainda apaixonados.

O problema, claro estava, era que isso já não era verdade.

* * *

Depois de descarregar a bagagem, Steve dirigiu-se à cozinha, onde retirou uns cubos de gelo da cuvete antiquada e os deitou em copos desirmanados que já faziam parte da casa quando para lá se mudara.

Atrás dele, ouviu Kim a entrar na cozinha. Foi buscar um jarro com chá adoçado, encheu dois copos e estendeu-lhe um a ela. Lá fora,

Jonah andava alternadamente a fazer de caçador e de presa às ondas, enquanto as gaivotas esvoaçavam por cima da sua cabeça.

— O Jonah parece estar muito divertido — comentou ele.

Kim aproximou-se da janela. — Há semanas que anda todo entusiasmado com estas férias. — Teve um momento de hesitação. — Ele tem saudades tuas.

— E eu dele.

— Eu sei — anuiu ela. Bebeu um gole de chá e em seguida varreu a cozinha com o olhar. — Então é aqui que moras, hein? A casa tem... personalidade.

— Por personalidade, presumo que te refiras aos rombos no telhado e à falta de ar condicionado.

Kim rasgou-lhe um breve sorriso, sentindo-se apanhada.

— Eu tenho consciência de que não é grande coisa. Mas é sossegada e daqui posso ver o nascer do Sol.

— E a igreja deixa-te aqui morar de graça?

Steve assentiu com a cabeça. — Pertencia ao Carson Johnson. Era um artista aqui da zona e, quando faleceu, deixou esta casa à igreja. O Pastor Harris comprometeu-se a deixar-me aqui morar até estarem em condições de a vender.

— Então e qual a sensação de morar no sítio onde cresceste? Afinal, os teus pais viviam a quê?... Uns três quarteirões daqui?

Sete, na verdade. Andara lá perto. — Mais ou menos. — Encolheu os ombros.

— Agora mora aqui tanta gente. Esta terra mudou muito desde a última vez que aqui estive.

— Tudo muda — afirmou ele. Encostou-se à bancada da cozinha, cruzando uma perna por cima da outra. — Então e quando é que é o grande dia? — perguntou-lhe, enveredando por outro assunto. — Para ti e para o Brian?

— Steve... sobre esse assunto.

— Não tem importância — disse ele, erguendo uma mão. — Fico feliz por ver que encontraste outra pessoa.

Kim fitou-o com olhar atento, claramente a duvidar se deveria acreditar nas palavras dele ou aventurar-se em território sensível.

— Em Janeiro — decidiu-se por fim a anunciar. — E quero que saibas que com os miúdos... O Brian não pretende ser quem não é. Irias gostar de o conhecer.

— Não tenho qualquer dúvida a esse respeito — assegurou ele, bebendo um gole de chá. Tornou a pousar o copo. — Como é que os miúdos reagem à presença dele?

— O Jonah dá ideia de gostar dele, mas a verdade é que o Jonah gosta de toda a gente.

— E a Ronnie?

— Dá-se quase tão bem com ele como se dá contigo.

Steve soltou uma gargalhada até que reparou na expressão apreensiva de Kim. — Como é que ela tem passado?

— Não sei bem. — Soltou um suspiro. — E acho que ela própria também não sabe. Está a atravessar uma fase depressiva, temperamental. Ignora as horas a que está obrigada a chegar a casa, e, de todas as vezes em que tento conversar com ela, a resposta é quase invariavelmente: «Quero lá saber». Esforço-me por desvalorizar as atitudes dela como coisas típicas da adolescência, porque ainda me lembro de como era... Mas... — Abanou a cabeça. — Viste a maneira como ela anda vestida, não viste? E o cabelo e aquele rímel pavoroso?

— Hã, hã.

— E?

— Podia ser bem pior.

Kim abriu a boca para dizer qualquer coisa, mas, quando a viu conter-se, Steve percebeu que tinha razão. Fosse qual fosse a fase que estivesse a atravessar, por muito grandes que fossem os receios de Kim, Ronnie continuava a ser filha de ambos.

— É possível — admitiu ela, antes de tornar a abanar a cabeça.

— Não, eu sei que tens razão. O problema é que ultimamente tem sido muito difícil lidar com ela. Há alturas em que é uma doçura. Como o Jonah. Apesar de andarem sempre à bulha como cão e gato, ela continua a ir passear com ele para o parque todos os fins-de--semana. E quando ele andou com dificuldades a matemática, ela todas as noites lhe dava explicações. O que não deixa de ser estranho, porque ela mal tem notas que cheguem para passar de ano. E ainda não te informei disto, mas obriguei-a a inscrever-se nos exames de admissão à faculdade em Fevereiro. Não acertou numa única resposta. Fazes ideia de como é preciso ser inteligente para errar em todas as respostas?

Quando Steve se riu, Kim franziu o sobrolho. — Não vejo onde esteja a graça.

— Olha que até tem uma certa piada.

— Não tiveste de a aturar nestes últimos três anos.

Ele calou-se, arrependido. — Tens razão. Desculpa. — Tornou a estender a mão para o copo. — E o que é que o juiz disse a respeito de ela andar a roubar nas lojas?

— Apenas o que te contei pelo telefone — respondeu-lhe Kim com uma expressão resignada. — Se não se meter novamente em sarilhos, a acusação será retirada do cadastro dela. Mas no caso de ela reincidir... — A voz sumiu-se-lhe.

— Vejo que estás preocupada — constatou ele.

Kim desviou-se dele. — Não é a primeira vez, o problema é esse — confessou ela. — No ano passado, ela admitiu que roubou a pulseira, mas desta vez disse que ia comprar uma série de coisas na perfumaria e, como não conseguia segurar tudo nas mãos, enfiou o batom dentro do bolso. Pagou tudo o resto e, se virmos a gravação, dá a impressão de ter sido uma distracção, mas...

— Mas tu não tens a certeza...

Ao ver que Kim não lhe respondia, Steve abanou a cabeça. — Ela não está a caminho de ser incluída nos *Mais Procurados da América*[2]. Cometeu um erro. E sempre teve bom coração.

— Isso não significa que desta vez esteja a dizer a verdade.

— Mas também não significa que esteja a mentir.

— Então tu acreditas nela? — A expressão de Kim era um misto de esperança e cepticismo.

Steve perscrutou os seus sentimentos a respeito do incidente, a exemplo do que fizera uma dúzia de vezes desde que Kim lhe relatara o sucedido. — Sim — respondeu por fim. — Acredito.

— Porquê?

— Porque ela é uma boa rapariga.

— Como é que sabes? — insistiu ela. Começava a dar sinais de indignação. — Da última vez que passaste algum tempo que se visse com ela, estava a acabar a preparatória. — Dito isto, virou-lhe as costas, cruzando os braços diante do peito e fixando o olhar para lá da janela. Quando tornou a falar, foi em tom amargo. — Tu podias ter regressado, sabes bem disso. Podias ter voltado a dar aulas em Nova Iorque. Não tinhas necessidade de andar a calcorrear o país inteiro, nem de vir morar para aqui... Podias ter continuado a fazer parte da vida deles.

As palavras de Kim aguilhoaram-no, e Steve admitiu que ela tinha razão. Mas as coisas não tinham sido tão simples quanto isso, por motivos que eram do conhecimento de ambos, mas que nenhum deles aceitava reconhecer.

---

[2] *America's Most Wanted*, no original. Trata-se dum programa televisivo norte-americano de grande audiência e longa duração que tem por objectivo ajudar à captura dos mais diversos tipos de criminosos. (*NT*)

O silêncio pesado desanuviou quando, ao fim dum bocado, Steve clareou a voz. — Eu só estava a tentar salientar que a Ronnie sabe ver a diferença entre o que está certo e o que está errado. Por muito que ela reivindique a sua independência, estou convencido de que continua a ser a mesma pessoa que sempre foi. Naquilo que verdadeiramente importa, ela não mudou nada.

Antes de Kim decidir se e como havia de responder àquele comentário, Jonah entrou de rompante pela porta da rua, as faces coradas.

— Pai! Descobri uma oficina mesmo fixe! Venha daí! Quero mostrar-lha!

Kim arqueou uma sobrancelha.

— Fica nas traseiras — informou-a Steve. — Queres vir conhecê-la?

— É espectacular, mãe!

Kim desviou-se de ambos, mas rapidamente tornou a encará-los.

— Não, deixem estar — decidiu. — Parece-me ser mais do género de coisa entre pai e filho. E, para além do mais, já são horas de eu ir andando.

— Já? — indagou Jonah.

Steve sabia que era um momento difícil para Kim, e respondeu em lugar dela. — A tua mãe tem uma longa viagem de regresso pela frente. E, para além do mais, pensei levar-te esta noite à feira popular. Não preferes fazer isso?

Steve reparou nos ombros de Jonah a abater ligeiramente.

— Acho que sim — respondeu ele.

* * *

Depois de Jonah se ter despedido da mãe — sendo que ninguém sabia onde parava Ronnie e, de acordo com Kim, era pouco provável que voltasse tão cedo —, Steve e Jonah encaminharam-se para a oficina, um alpendre com telhado inclinado de estanho que já existia quando para ali fora morar.

Tinha sido ali que Steve passara a maior parte das tardes dos últimos três meses, rodeado de cangalhada que fora reunindo e de pequenas placas de vitral que Jonah andava agora a explorar. No centro da oficina, havia uma grande bancada de trabalho com aquilo que prometia vir a ser uma janela de vitral, contudo, Jonah parecia de longe mais interessado nos estranhos espécimes empalhados dispostos nas prateleiras, a especialidade do antigo proprietário. Era difícil não se deixar fascinar pela criatura meia esquilo/meia perca ou pela cabeça de polvo implantada no corpo duma galinha.

— Que raio é isto? — indagou Jonah.

— Arte, supostamente.

— Eu pensei que arte fosse pinturas e isso assim.

— E é. Mas também abrange outras coisas.

Jonah franziu o nariz, embasbacado a olhar para o meio coelho/meia cobra. — Cá a mim, não me parece nada arte.

Quando Steve sorriu, o filho dirigiu a atenção para a janela de vitral disposta em cima da bancada. — E isto também era dele? — inquiriu.

— Na verdade, é meu. Estou a construí-la para a igreja ao fundo da rua. Ardeu no ano passado, e a janela original foi destruída no incêndio.

— Não sabia que o pai fazia janelas.

— Quer acredites, quer não, foi o artista que aqui morava quem me ensinou.

— O tipo que fez os animais?

— Nem mais.

— E o pai conheceu-o?

Steve acercou-se do filho junto à bancada. — Quando eu era miúdo, costumava esgueirar-me para aqui quando devia supostamente estar a estudar a Bíblia. Foi ele quem fabricou a maior parte das janelas de vitral para as igrejas das redondezas. Estás a ver aquela fotografia ali pendurada? — Steve apontou para uma pequena representação de Cristo Ressuscitado afixada numa das paredes, que passava facilmente despercebida por entre a confusão reinante. — Se tudo correr bem, quando estiver terminada, ficará assim.

— Espectacular — observou Jonah, e Steve sorriu. Tratava-se obviamente da nova palavra favorita do filho, e perguntou-se quantas vezes ainda a iria ouvir ao longo do Verão.

— Gostavas de me ajudar?

— O pai deixa-me?

— Estava a contar com isso. — Steve deu-lhe uma ligeira cotovelada. — Preciso dum bom assistente.

— É difícil?

— Eu tinha a tua idade quando comecei; como tal, tenho a certeza de que te vais conseguir desenvencilhar.

Jonah pegou num pedaço de vidro com todo o cuidado e examinou-o, segurando-o contra a luz, com uma expressão muito séria.

— Tenho a certeza de que sim.

Steve sorriu. — Continuas a ir à igreja? — interrogou-o.

— Continuo. Mas já não é a mesma aonde costumávamos ir. É aquela que o Brian gosta de frequentar. E a Ronnie nem sempre vem connosco. Tranca-se no quarto e recusa-se a sair de lá, mas, mal nos vamos embora, vai a correr para o Starbucks para se encontrar com os amigos. A mãe fica furiosa com ela.

— Isso acontece quando os miúdos entram na adolescência. Gostam de pôr os limites dos pais à prova.

Jonah tornou a pousar o vidro na bancada. — Eu cá não — garantiu ele. — Eu hei-de portar-me sempre bem. Mas não gosto lá muito da igreja nova. É uma chatice. É por isso que preferia não ir lá.

— E tens toda a razão. — Fez uma pausa. — Ouvi dizer que não vais jogar futebol no próximo Outono.

— Não tenho lá muito jeito.

— E depois? Divertes-te na mesma, não é?

— Não quando os outros miúdos se põem a fazer troça de mim.

— Eles fazem troça de ti?

— Não faz mal. Eu não lhes ligo.

— Ah — disse Steve.

Jonah deslocou o peso dum pé para o outro, obviamente com alguma ideia em mente. — A Ronnie não leu nenhuma das cartas que lhe enviou, pai. E também já desistiu de tocar piano.

— Eu sei — respondeu-lhe Steve.

— A mãe diz que é porque ela sofre de SPM[3].

Steve por pouco não se engasgou, mas recompôs-se rapidamente. — E tu, por acaso, sabes o que isso significa?

Jonah ajeitou os óculos no nariz. — Eu já não sou uma criança. Quer dizer síndrome das parvas malucas.

Steve riu-se, despenteando o cabelo do filho. — E que tal se fôssemos à procura da tua irmã? Acho que a vi a seguir em direcção à feira.

— Podemos andar na roda gigante?

— Como queiras.

— Espectacular.

---

[3] Acrónimo de Síndrome Pré-Menstrual. (NT)

CAPÍTULO 3

RONNIE

A feira popular estava apinhada de gente. Ou melhor, corrigiu-se Ronnie, a *Feira de Marisco de Wrightsville Beach* estava apinhada de gente. Quando se preparava para pagar o refrigerante num dos *stands*, reparou nos automóveis estacionados uns a seguir aos outros ao longo de ambas as estradas que conduziam ao molhe e mesmo nuns quantos adolescentes empreendedores a alugar o acesso à garagem da respectiva casa nas proximidades do acontecimento.

Até agora, o acontecimento estava a ser enfadonho. Admitia que viera até ali na esperança de que a roda gigante se mantivesse em funcionamento constante e que o molhe oferecesse lojas e armazéns como os do passadiço de Atlantic City. Por outras palavras, viera até ali na esperança de que fosse o género de local onde lhe agradasse passar o tempo durante o Verão. Não teria essa sorte. A feira estava temporariamente localizada no parque de estacionamento diante do molhe e resumia-se basicamente a uma modesta feira popular de província. As atracções, que inspiravam pouca confiança, eram típicas duma feira popular itinerante, e o parque de estacionamento estava ocupado com barracas de jogos demasiado caros e barracas de comida cheia de gordura. Tudo aquilo era um bocado para o... nojento.

Não que mais alguém desse sinais de partilhar da opinião dela. A feira popular estava *à cunha*. Novos e velhos, famílias, grupos de alunos do preparatório a mirarem-se uns aos outros com olhares cobiçosos. Para onde quer que fosse, via-se sempre obrigada a abrir caminho por entre uma maré de corpos. Corpos suados. Corpos grandes e suados, dois dos quais a entalaram quando a multidão se deteve inexplicavelmente. Sem dúvida que teriam consigo o cachorro-quente e a tablete de *Snickers* da praxe que vira à venda na barraca da comida. Franziu o nariz. Que nojo!

34

Aproveitando uma aberta, fugiu das atracções e das barracas de jogos de feira em direcção ao molhe. Felizmente, a multidão ia rareando cada vez mais à medida que avançava pelo molhe, passando por barracas que vendiam artigos de fabrico caseiro. Nada que algum dia se imaginasse a comprar — quem porventura haveria de querer um gnomo feito exclusivamente de conchas? Mas era óbvio que alguém deveria querer, caso contrário as barracas não estariam ali.

Por distracção, bateu contra uma mesa à qual se achava sentada uma senhora idosa numa cadeira articulada. Trajada com uma camisola com o logótipo da SPCA[4], tinha o cabelo branco e uma expressão sincera e jovial — o género de avó que passava a véspera de Natal a cozer biscoitos no forno, imaginou Ronnie. Na mesa diante dela, havia panfletos e um frasco para recolher donativos, juntamente com uma grande caixa de cartão. Dentro da caixa, encontravam-se quatro cachorrinhos cinzentos, um dos quais se empoleirou nas patas traseiras para a espreitar.

— Olá, meu pequenino — cumprimentou-o Ronnie.

A senhora idosa sorriu-lhe. — Gostavas de lhe pegar ao colo? É o mais engraçado deles todos. Eu chamo-lhe *Seinfeld*.

O cachorro soltou um ganido estridente.

— Não, deixe estar. — Mas lá giro ele era, de facto. Muito giro, até, apesar de achar que o nome não lhe assentava bem. E até lhe apetecia pegar-lhe ao colo, mas sabia que, se fizesse isso, nunca mais o haveria de querer largar. E ela era maluca por animais em geral, sobretudo os abandonados. Como aquelas criaturas pequeninas que ali estavam. — Eles vão ficar bem, não vão? Não os vai mandar abater, pois não?

— Eles vão ficar óptimos — assegurou-lhe a senhora. — Foi por isso que instalámos esta banca. Para que as pessoas os possam adoptar. No ano passado, arranjámos casa para mais de trinta animais, e estes quatro já estão reservados. Só estou à espera de que os novos donos os venham buscar antes de se irem embora da feira. Mas, se estiveres interessada, temos mais no canil.

— Eu só estou aqui a passar férias — esclareceu-a Ronnie, no preciso momento em que uma gritaria repentina lhes chegou da praia. Esticou o pescoço, a tentar ver o que era. — O que é que se passa? Há algum concerto?

---

[4] Acrónimo correspondente a Society for the Prevention of Cruelty to Animals — Sociedade para a Prevenção da Crueldade contra os Animais. (*NT*)

A mulher abanou a cabeça. — Voleibol de praia. Há horas que estão a jogar... Deve ser um torneio qualquer. Devias ir assistir. Tenho estado todo o dia a ouvir aplausos, por isso os jogos devem estar muito renhidos.

Ronnie ponderou aquela hipótese, a pensar se deveria ir. Pior que o que já era ali não seria certamente. Deitou meia dúzia de dólares dentro do frasco dos donativos e em seguida encaminhou-se para os degraus.

O Sol estava a descer no horizonte, tingindo o oceano com um reflexo dourado cristalino. Na praia, havia ainda algumas famílias reunidas em toalhas à beira-mar, juntamente com um ou outro castelo de areia prestes a ser levado pela maré cheia. As andorinhas-do-mar precipitavam-se em mergulhos rápidos, à caça de caranguejos.

Não levou muito tempo a alcançar a origem da acção. À medida que se ia aproximando da beira do campo, reparou que as atenções das outras raparigas na assistência pareciam concentrar-se em dois jogadores à direita. Nada digno de grande surpresa. Os dois rapazes — da idade dela? mais velhos? — eram do género que a sua amiga Kayla tinha o hábito de descrever como «regalo para a vista». Embora nenhum deles fosse propriamente o tipo de Ronnie, era impossível deixar de admirar os seus corpos esguios e musculados, bem como a maneira fluida como se deslocavam sobre a areia.

Sobretudo o mais alto, com cabelo castanho-escuro e uma pulseira de macramé no pulso. Kayla ter-lhe-ia seguramente apontado o alvo — ela preferia sempre os rapazes altos —, à semelhança do que estava a fazer a loura de biquíni do lado oposto do campo. Ronnie reparara de imediato na loura e na amiga desta. Eram ambas magras e bonitas, com dentaduras dum branco ofuscante, e era óbvio que estavam habi-tuadas a ser o centro das atenções e a ter os rapazes a babarem-se por elas. Mantinham-se à parte da multidão e aplaudiam com elegância, provavelmente para não desmancharem o penteado. Poderiam bem ter sido cartazes publicitários a proclamar que podiam admirá-las à von-tade desde que não se aproximassem de mais. Ronnie ainda não as conhecia e já não gostava delas.

Tornou a concentrar a atenção no jogo precisamente no momento em que os dois rapazes giros marcavam mais um ponto. E mais outro. E outro ainda. Não sabia em quanto estava o resultado, mas era óbvio que constituíam a melhor equipa. E no entanto, à medida que ia vendo o desenrolar do jogo, deu por si a torcer silenciosamente pelos outros jogadores. Não tinha tanto que ver com o facto de ela torcer sempre pelos desfavorecidos — o que era verdade —, mas sobretudo por o par vencedor lhe fazer lembrar os meninos mimados das escolas particulares com quem ocasionalmente se cruzava no Upper East Side, os rapazes que frequentavam Dalton e Buckley e que estavam convencidos de que eram superiores aos demais só porque os pais trabalhavam em bancos de investimento. Já vira o suficiente dos chamados privilegiados para reconhecer um elemento da classe de cada vez que se lhe deparava, e estaria disposta a apostar a própria vida em como aqueles dois faziam indubitavelmente parte do clube dos mais populares da zona. As suas suspeitas viram-se confirmadas depois do ponto seguinte, quando o parceiro do rapaz de cabelo castanho piscou o olho à amiga Barbie bronzeada da loura no instante em que se preparava para servir. Era óbvio que, naquela cidade, as pessoas bonitas se conheciam todas.

Por que seria que isso não era para ela motivo de surpresa?

O jogo pareceu-lhe subitamente menos interessante, e voltou costas para se ir embora mal outro serviço voou por cima da rede. Ouviu vagamente alguém a gritar quando a equipa adversária devolveu o serviço, contudo, ainda não tinha dado meia dúzia de passos quando sentiu os espectadores à sua volta aos encontrões uns aos outros, fazendo-a perder momentaneamente o equilíbrio.

Mas foi tarde de mais.

Voltou-se mesmo a tempo de ver um dos jogadores a precipitar-se a toda a velocidade em direcção a ela, o pescoço esticado a tentar localizar a bola caprichosa. Sem que Ronnie tivesse oportunidade de reagir, ele embateu contra ela. Sentiu-o agarrá-la pelos ombros numa tentativa simultânea de abrandar o impulso e de a impedir de cair. Sentiu o braço dar um solavanco com o impacte e viu, quase presa de fascínio, a tampa a voar do copo de poliestireno, o refrigerante a descrever um arco no ar antes de lhe encharcar a cara e a camisola.

E depois, tão depressa como começara, tudo acabou. Ergueu a cabeça, viu o jogador de cabelo castanho de olhos cravados nela, os olhos arregalados de choque.

— Estás bem? — perguntou-lhe o rapaz em tom ofegante. A julgar pelas aparências, estava genuinamente preocupado. — Eu dei-te um valente encontrão.

— Larga-me... deixa-me — respondeu ela por entre dentes cerrados.

Ele parecia alheio ao facto de ainda lhe estar a agarrar os ombros, e as suas mãos aliviaram de imediato a pressão. Apressou-se a recuar um passo e, instintivamente, levou a mão à pulseira. Fê-la girar num gesto de quase abstracção. — Peço imensa desculpa. Ia a correr para a bola e...

— Eu sei o que é que estavas a fazer — interrompeu-o Ronnie.

— Não morri, pois não?

Dito isto, deu meia-volta, desejosa de se ir embora dali o mais depressa possível. Nas suas costas, ouviu alguém a gritar: — Anda daí, Will! Vamos voltar ao jogo! — Todavia, enquanto abria caminho por entre a assistência, sem saber bem como, teve consciência do olhar dele cravado nela até desaparecer de vista.

* * *

A camisola não ficara estragada; isso, porém, não contribuiu para a animar. Gostava daquela camisola, uma recordação do concerto dos Fall Out Boy a que fora assistir à socapa com Rick no ano anterior. A mãe tinha perdido as estribeiras por causa daquela escapadela, e não apenas por Rick usar uma aranha tatuada no pescoço e mais *piercings* nas orelhas que Kayla; foi sobretudo por ela ter mentido a respeito donde iam, e só ter regressado a casa na tarde do dia seguinte, dado terem acabado por ir parar a casa do irmão de Rick, em Filadélfia. A mãe proibiu-a de tornar a ver ou a falar com Rick, uma regra que Ronnie infringira logo no dia seguinte.

Não que ela estivesse apaixonada por Rick; para ser sincera, nem gostava dele por aí além. Mas estava zangada com a mãe e, na altura, parecera-lhe a melhor atitude a tomar.

Todavia, quando chegou a casa de Rick, ele já estava outra vez bêbado e drogado, tal como estivera no concerto, e Ronnie compreendeu que, caso teimasse em encontrar-se com ele, o rapaz continuaria a pressioná-la para consumir fosse lá o que fosse que ele próprio andava a consumir, tal como fizera na noite da véspera. Demorou-se escassos minutos em casa dele antes de se dirigir para Union Square, onde passou o resto da tarde, ciente de que o namoro estava terminado.

Não era ingénua no que tocava às drogas. Tinha alguns amigos que fumavam haxixe, outros que consumiam cocaína e *ecstasy*, e até um que era viciado em metanfetaminas. Todos à excepção dela bebiam álcool ao fim-de-semana. Todos os clubes e festas a que ia disponibilizavam acesso fácil a todas essas substâncias. Apesar disso, tinha a impressão de que sempre que as amigas fumavam, ou bebiam, ou engoliam os comprimidos que juravam a pés juntos que faziam a noite valer a pena, passavam o resto do tempo a arrastar a fala, ou a vomitar, ou a perderem o domínio sobre si próprias e a cometerem toda a espécie de disparates. Disparates que, em geral, envolviam um rapaz.

Ronnie não queria enveredar por aí. Não depois do que acontecera a Kayla no Inverno anterior. Alguém — quem, Kayla nunca chegara a descobrir — lhe deitara GHB na bebida, e embora ela guardasse apenas uma vaga recordação do que lhe sucedera em seguida, tinha quase a certeza de ter estado num quarto com três rapazes que conhecera na própria noite. Ao acordar, na manhã seguinte, deparara com as roupas espalhadas pelo quarto. Kayla nunca mais tocara no assunto — preferira optar por fingir que nunca tinha sucedido e arrependera-se de ter mencionado isso sequer a Ronnie —, mas as conclusões eram óbvias.

Quando chegou ao molhe, Ronnie pousou o copo meio vazio e deu umas pancadas vigorosas com o guardanapo na camisola molhada. Parecia estar a dar resultado, mas o guardanapo começava a desintegrar-se em pequenos fiapos brancos que faziam lembrar caspa.

Era o que faltava.

Por que é que o rapaz fora chocar logo com ela? Só lá estivera o quê, uns dez minutos? Quais eram as probabilidades de ter voltado costas no preciso instante em que a bola viera direita a ela? E de ter na mão um copo de refrigerante por entre uma multidão a assistir a um jogo de voleibol que nem sequer lhe apetecia ver, num sítio em que não queria estar? Era provável que o mesmo não tornasse a acontecer nem daí a um milhão de anos. Com probabilidades daquelas, mais valia ter comprado um bilhete da lotaria.

E depois havia o rapaz que chocara contra ela. Um rapaz giro de cabelo e olhos castanhos. Visto de perto, Ronnie constatara que ele era muito mais que simplesmente *giro*, sobretudo quando fazia aquele ar de... preocupação. Talvez fizesse parte do grupo dos mais populares, mas, nos nano-segundos que durara o encontro de olhares entre ambos, tivera a estranha sensação de que mais genuíno que ele não poderia haver.

Ronnie sacudiu a cabeça para afugentar aqueles pensamentos ridículos. Era óbvio que o sol lhe estava a afectar o cérebro. Satisfeita por ter feito o melhor que podia com o guardanapo, pegou no copo do refrigerante. Planeara deitar o resto fora, mas, mal deu meia-volta, sentiu o copo a dar um solavanco entre ela e outra pessoa. Desta feita, nada aconteceu em câmara lenta; o refrigerante cobriu-lhe instantaneamente a parte da frente da camisola.

Ficou paralisada, a olhar para a camisola com ar incrédulo. «Não acredito nisto.»

Diante dela, estava uma rapariga a segurar um refrigerante *Slurpee*, aparentemente tão espantada quanto ela própria. Estava vestida de preto e o cabelo negro e espesso caía-lhe em volta do rosto em caracóis rebeldes. À semelhança de Kayla, usava pelo menos meia dúzia de *piercings* em cada orelha, realçados por alguns crânios em miniatura pendurados, e a sombra e o *eyeliner* pretos que tinha nos olhos davam-lhe uma aparência quase selvagem. À medida que os restos do refrigerante ensopavam a camisola de Ronnie, a miúda de ar gótico apontou com o *Slurpee* para a nódoa que alastrava.

— Estás que metes nojo — comentou ela.

— Achas que sim?

— Pelo menos agora está a condizer com o outro lado.

— Oh, já percebi. Estás a tentar ser engraçada.

— Espirituosa é mais o termo.

— Nesse caso, deverias ter dito qualquer coisa do género: «Talvez fosse melhor contentares-te com uma garrafa com pipeta.»

A miúda gótica soltou uma gargalhada, numa toada surpreendentemente infantil. — Tu não és aqui da zona, pois não?

— Não, sou de Nova Iorque. Vim visitar o meu pai.

— Durante o fim-de-semana?

— Não. Durante o Verão.

— Estás mesmo que metes nojo.

Desta feita, foi a vez de Ronnie se rir. — Chamo-me Ronnie. É um diminutivo de Veronica.

— E tu podes tratar-me por Blaze[5].

— Blaze?

— O meu verdadeiro nome é Galadriel. Vem d'*O Senhor dos Anéis*. É para que vejas até que ponto a minha mãe é esquisita.

— Pelos menos não te chamou Gollum.

— Nem Ronnie. — Com uma inclinação da cabeça, apontou por cima do ombro. — Se quiseres vestir uma coisa seca, naquela barraca ali vendem camisolas do Nemo.

— Do Nemo?

— Pois, do Nemo. Lembras-te do filme? Um peixinho branco e cor de laranja, com a barbatana sempre a abanar? Fica preso num aquário e o pai vai lá salvá-lo?

— Eu não quero nenhuma camisola no Nemo, está bem?

— O Nemo é fixe.

— Talvez se tiveres seis anos — ripostou Ronnie.

— Faz como melhor entenderes.

Antes de ter tempo de responder, Ronnie avistou três rapazes a abrirem caminho por entre a multidão. Destacavam-se dos frequentadores da praia por usarem calções esfarrapados e tatuagens, os peitos

---

[5] Labareda. (*NT*)

à mostra debaixo de pesados blusões de cabedal. Um tinha um *piercing* numa sobrancelha e trazia na mão um rádio-gravador de cassetes antiquado; outro usava um penteado à moicano oxigenado e os braços completamente cobertos de tatuagens. O terceiro, à semelhança de Blaze, tinha cabelo preto e comprido que contrastava nitidamente com a pele dum branco leitoso. Ronnie virou-se instintivamente para Blaze, apercebendo-se então de que ela já se tinha ido embora. Em seu lugar, encontrava-se Jonah.

— O que é que entornaste na camisola? — perguntou-lhe o irmão. — Estás toda molhada e pegajosa.

Ronnie olhou em seu redor à procura de Blaze, a tentar imaginar para onde teria ela ido. E porquê. — Vê lá se desapareces, está bem?

— Não posso. O pai anda à tua procura. Acho que quer que voltes para casa.

— Onde é que ele está?

— Ele foi num instante à casa de banho, mas deve estar mesmo a chegar.

— Diz-lhe que não me viste.

Jonah avaliou a proposta. — Cinco dólares.

— O quê!?

— Dás-me cinco dólares, e eu esqueço-me de que estiveste aqui.

— Estás a falar a sério?

— Não tens muito tempo — avisou-a. — Agora subiu para dez dólares.

Por cima do ombro de Jonah, vislumbrou o pai a perscrutar a multidão à sua volta. Baixou-se instintivamente, ciente de que não teria maneira de passar por ele despercebida. Deitou um olhar furioso ao irmão, o chantagista, que obviamente também se apercebera disso. Era um rapaz engraçado, e ela adorava-o e respeitava o seu talento para a chantagem, mas, apesar disso, era apenas o seu irmão mais novo. Num mundo perfeito, colocar-se-ia ao lado dela. E seria assim? Estava claro que não.

— Odeio-te, sabias? — disse-lhe.

— Pois, eu também te odeio. Mas não é por isso que te livras de me pagar dez dólares.

— E se forem só cinco?

— Essa oportunidade já lá vai. Mas podes estar descansada que o teu segredo há-de morrer comigo.

O pai ainda não os vira, mas estava cada vez mais próximo.

— Pronto, está bem — acedeu a irmã por entre dentes, vasculhando os bolsos. Entregou uma nota amarrotada a Jonah, e este guardou o dinheiro. Deitando uma olhadela por cima do ombro, avistou o pai a vir na direcção de ambos, a cabeça ainda a olhar dum lado para o outro, baixou-se e contornou a barraca. Para sua grande surpresa, deparou com Blaze encostada à parede da barraca, a fumar um cigarro.

A rapariga rasgou-lhe um sorriso de troça. — Estás com problemas com o teu pai?

— Como é que faço para fugir daqui?

— Isso tu é que sabes — retorquiu Blaze com um encolher de ombros. — Mas ele sabe que camisola é que tu trazes vestida.

* * *

Uma hora volvida, Ronnie achava-se sentada ao lado de Blaze num dos bancos que havia na extremidade do molhe, ainda aborrecida, mas já não tanto como antes. Blaze estava a demonstrar ser uma boa ouvinte, dotada dum sentido de humor peculiar — e, acima de tudo, parecia gostar tanto de Nova Iorque quanto a própria Ronnie, mesmo nunca lá tendo estado. Fez-lhe perguntas acerca do essencial: Times Square, o Empire State Building e a Estátua da Liberdade — ratoeiras turísticas que Ronnie se esforçava o mais possível por evitar. Todavia, Ronnie saciou-lhe a curiosidade antes de passar à Nova Iorque genuína: os clubes de Chelsea, a cena musical de Brooklyn e os vendedores ambulantes de Chinatown, onde se podia comprar gravações pirata e malas *Prada* de imitação, ou, já agora, tudo e mais alguma coisa por tuta-e-meia.

Falar sobre aqueles sítios criou-lhe uma vontade irresistível de estar em casa e não ali. Em qualquer lugar menos ali.

— Eu também não gostaria de passar férias aqui — concordou Blaze. — Acredita em mim. Isto é uma chatice.

— Há quanto tempo é que aqui vives?

— Desde que nasci. Mas pelo menos estou vestida como deve ser.

Ronnie tinha comprado a camisola idiota do Nemo, e sabia que estava com um ar ridículo. O único tamanho que havia na barraca era o *extralarge*, e a camisola chegava-lhe praticamente aos joelhos. A única vantagem era o facto de lhe permitir passar despercebida aos olhos do pai. Nisso Blaze tivera razão.

— Já houve alguém que me disse que achava que o Nemo era fixe.

— Estava a mentir de certeza.

— O que é que ainda estamos aqui a fazer? A esta hora, o meu pai já se deve ter ido embora.

Blaze virou-se para ela. — Porquê? Mas tu queres voltar para a feira? Para ires à casa assombrada, não?

— Não. Mas deve haver lá outras coisas.

— Neste momento, não. Mais logo, sim. Por agora, é melhor ficarmos aqui.

— A fazer o quê?

Blaze não lhe respondeu. Ao invés, levantou-se e voltou-lhe as costas, ficando virada para o oceano escurecido. O cabelo ondulava--lhe ao sabor da brisa, e ela parecia estar a contemplar a Lua. — Eu já te tinha visto por aqui, sabias?

— Quando?

— Quando estavas a ver o jogo de voleibol. — Dirigiu-se à extremidade do molhe. — Eu estava mesmo aqui.

— E?

— Deste-me a impressão de que te sentias deslocada.

— Também tu dás.

— Motivo pelo qual preferi ficar aqui no molhe. — Deu um impulso e sentou-se no parapeito, de frente para Ronnie. — Já percebi que não gostas de aqui estar, mas o que é que o teu pai fez para te deixar tão zangada?

Ronnie limpou as palmas das mãos às calças. — É uma longa história.

— Ele mora com a namorada?

— Não me parece que ele tenha namorada. Porquê?

— Dá-te por felizarda.

— De que é que estás para aí a falar?

— O meu pai vive com a namorada. Já é a terceira desde o divórcio, a propósito, e até agora é a pior de todas. É pouco mais velha que eu e veste-se como uma *stripper*. Ao que sei, era mesmo *stripper*. De cada vez que tenho de ir para casa dele, sinto-me enojada. É como se ela não soubesse como é que se há-de comportar ao pé de mim. Tanto lhe dá para se pôr a dar-me conselhos como se fosse minha mãe, como para tentar ser a minha melhor amiga. Não a suporto.

— E tu moras com a tua mãe?

— Moro. Mas agora ela também arranjou um namorado, e ele passa a vida lá em casa. Para além de que é um falhado. Usa um capachinho ridículo porque ficou careca quando tinha uns vinte anos, e está constantemente a dizer-me que devia tentar entrar para a faculdade. Como se a opinião dele me interessasse para alguma coisa. Está tudo lixado, estás a ver?

43

Antes de Ronnie ter oportunidade de lhe responder, Blaze saltou do parapeito. — Anda. Acho que devem estar quase a começar. Há uma coisa que tens de ver.

Ronnie seguiu Blaze pelo molhe fora, até junto duma multidão em roda do que parecia ser um espectáculo ambulante. Espantada, constatou que os artistas eram os três indivíduos com ar de rufias que vira anteriormente. Dois deles estavam a dançar *break* ao som do rádio-gravador aos berros, enquanto o de cabelo preto comprido se encontrava no meio, a fazer malabarismos com aquilo que pareciam ser bolas de golfe envoltas em chamas. De quando em vez, parava e limitava-se a segurar uma bola, fazendo-a girar entre os dedos, ou rebolar pelas costas da mão, ou subir por um braço e descer pelo outro. Em duas ocasiões fechou o punho em volta da bola incandescente, por pouco não apagando as chamas, posto o que abriu ligeiramente a mão e as deixou escapar por uma fresta minúscula junto ao polegar.

— Tu conhece-lo? — perguntou-lhe Ronnie.

Blaze assentiu com a cabeça. — É o Marcus.

— Ele tem alguma espécie de revestimento protector nas mãos?

— Não?

— E não se queima?

— Não, se segurar a bola na posição certa. Mas é fantástico, não achas?

Ronnie não pôde deixar de concordar. Marcus apagou duas bolas e em seguida tornou a incendiá-las com a ajuda da terceira. No chão, havia um chapéu de mágico virado de pernas para o ar, e Ronnie viu as pessoas a começarem a atirar moedas lá para dentro.

— E onde é que ele arranja aquelas bolas de fogo? Não são bolas de golfe, pois não?

Blaze abanou a cabeça. — É ele quem as faz. Se quiseres, mostro-te como. Não é difícil. Só precisamos duma *T-shirt* de algodão, de linha e duma agulha, e um pouco de gás de isqueiro.

Enquanto a música continuava a tocar em altos berros, Marcus atirou as três bolas incandescentes ao rapaz do cabelo à moicano e incendiou mais duas. Começaram a trocar as bolas entre si como dois palhaços do circo com pinos de *bowling*, cada vez mais depressa, até que falharam um lance.

Ou, pelo menos, foi essa a ideia que lhe deu. O fulano com o *piercing* na sobrancelha apanhou-a à laia de jogador de futebol, e pôs-se a fazê-la saltar dum pé para o outro como se fosse uma simples bola de areia. Depois de apagarem mais três bolas de fogo, foi a vez de as duas últimas seguirem o mesmo destino, com todos eles a chutá-las uns aos outros. A assistência começou a aplaudir, e as moedas caíram em catadupa num chapéu à medida que a música progredia num crescendo final.

Ronnie tinha de admitir que nunca vira nada que se comparasse àquilo. Marcus acercou-se de Blaze e, abraçando-a, deu-lhe um beijo arrastado que parecia completamente desapropriado em público. Lentamente, ele abriu os olhos e olhou directamente para Ronnie antes de afastar Blaze do caminho.

— Quem é esta? — indagou ele, apontando para Ronnie.

— É a Ronnie — explicou-lhe Blaze. — É de Nova Iorque. Acabei de a conhecer.

O Moicano e o do Piercing na Sobrancelha vieram juntar-se ao interrogatório de Marcus e Blaze, provocando um nítido desconforto em Ronnie.

— Nova Iorque, hã? — indagou Marcus, tirando um isqueiro do bolso e acendendo uma das bolas de fogo. Segurou a esfera incandescente entre o polegar e o indicador, levando Ronnie a interrogar--se uma vez mais como é que fazia aquilo sem se queimar.

— Gostas de fogo? — perguntou-lhe ele.

Sem esperar por uma resposta, atirou a bola de fogo na direcção dela. Ronnie afastou-se dum pulo, demasiado assustada para dizer fosse o que fosse. A bola aterrou atrás dela no preciso momento em que um polícia chegou a correr, calcando as chamas para as apagar.

— Vocês os três — declarou ele, apontando. — Fora daqui. Imediatamente. Já vos avisei mais que uma vez que não podem fazer o vosso espectáculo, ou lá o que é isso, aqui no molhe e, da próxima que vos apanhe, podem ter a certeza de que vão parar à esquadra.

Marcus ergueu as mãos e recuou um passo. — Estávamos mesmo a preparar-nos para nos irmos embora.

Os rapazes pegaram nos blusões e começaram a afastar-se pelo molhe, rumo às atracções da feira popular. Blaze foi atrás deles, deixando Ronnie sozinha. Sentiu o olhar do polícia cravado nela, mas ignorou-o. Ao invés, após uma breve hesitação, foi atrás deles.

CAPÍTULO 4

MARCUS

Ele já sabia que ela viria atrás deles. Era sempre isso que faziam. Sobretudo as raparigas recém-chegadas à cidade. Era assim com as raparigas: quanto pior as tratava, mais ansiavam por ele. Eram estúpidas a esse ponto. Previsíveis, mas estúpidas.

Encostou-se ao canteiro à entrada do hotel, e Blaze enlaçou-o nos seus braços. Ronnie estava sentada diante de ambos, num dos bancos; para um dos lados, Teddy e Lance dirigiam comentários entre dentes às raparigas que passavam na tentativa de atrair a sua atenção. Já estavam bem atestados — caramba, ainda o espectáculo não tinha começado e já estavam atestados — e, como de costume, só as raparigas mais feias é que não os ignoravam. Metado do tempo era ele a ignorá-las a elas.

Blaze, entretanto, ia-lhe beijando o pescoço, mas até isso ele ignorava. Estava farto de a ter sempre pendurada a ele de todas as vezes que se encontravam em público. Farto dela duma maneira geral. Se não fosse tão boa na cama, se não soubesse fazer as coisas que verdadeiramente o excitavam, já lhe teria dado com os pés havia um mês, trocando-a por uma das três, quatro ou cinco outras raparigas com que ia regularmente para a cama. Naquele momento, porém, nem sequer nelas estava interessado. Ao invés, não tirava os olhos de Ronnie, apreciando a madeixa roxa que ela usava no cabelo e o seu corpo franzino e firme, o efeito brilhante da sombra que trazia nos olhos. Era uma espécie de estilo de galdéria fina, apesar da camisola ridícula que trazia vestida. Agradava-lhe. Mesmo muito, até.

Empurrou as ancas de Blaze, ansioso por que ela se fosse embora.

— Vai-me buscar umas batatas fritas — disse-lhe. — Estou com um bocado de fome.

Blaze largou-o. — Já não tenho muito dinheiro.

Ele detectou-lhe o tom de lamúria na voz. — E depois? O que tens deve chegar e sobrar. E vê lá se não me comes nenhuma.

Estava a falar a sério. Blaze estava a começar a ficar um pouco flácida na barriga, com a cara ligeiramente rechonchuda. O que não era de admirar tendo em conta que ultimamente andava a beber quase tanto como Teddy e Lance.

Blaze fez um ar amuado, mas Marcus deu-lhe um leve empurrão, e ela encaminhou-se para uma das barracas de comida. Havia pelo menos seis ou sete pessoas à espera, e, quando ela se colocou na fila, Marcus acercou-se descontraidamente de Ronnie e sentou-se a seu lado. Perto, mas não em demasia. Blaze era do género ciumento, e não queria que ela afugentasse Ronnie antes de ter oportunidade de a conhecer melhor.

— Então o que é que achaste? — interrogou-a.

— O que é que achei do quê?

— Do espectáculo. Alguma vez viste algo que se lhe comparasse em Nova Iorque?

— Não — admitiu ela. — Não vi.

— Onde é que estás a morar?

— Ali mais adiante. — Pela resposta que obteve, percebeu que ela estava pouco à vontade, provavelmente por Blaze não estar presente.

— A Blaze contou-me que deste com os pés ao teu pai.

Ronnie reagiu com um mero encolher de ombros.

— O que foi? Não queres falar sobre isso?

— Não há nada a dizer.

Ele recostou-se no banco. — Se calhar é porque não confias em mim.

— Não confiar como?

— Com a Blaze falas, mas comigo não.

— Mas se eu nem sequer te conheço.

— Tal como também não conheces a Blaze. Nunca a tinhas visto até hoje.

Ronnie não apreciava aqueles comentários ríspidos, achando que nada daquilo era da conta dele. No entanto, para ver se o contentava, presenteou-o com a mesma resposta que aprimorara desde que ficara a saber que teria de passar as férias naquela terra: — Só não me apeteceu falar com ele, está bem? E também não quero ser obrigada a passar aqui o Verão.

Marcus afastou o cabelo dos olhos. — Então vai-te embora.

— Claro, está-se mesmo a ver. E para onde é que eu hei-de ir?

— Vamos para a Florida.

Ela pestanejou. — O quê?

47

— Conheço um fulano que tem uma casa lá mesmo à saída de Tampa. Se quiseres, poder vir comigo. Podemos lá ficar todo o tempo que desejares. O meu carro está mesmo ali à frente.

Ronnie abriu a boca, mais de choque que de vontade de lhe responder. Nem sequer sabia ao certo o que havia de dizer. A ideia era só por si ridícula... tal como o facto de ele a ter sugerido. — Eu não posso ir para a Florida contigo. Eu... eu acabei de te conhecer. Então e a Blaze?

— O que é que tem a Blaze?

— Tu andas com ela.

— E depois? — A expressão dele mantinha-se impávida.

— Isto é tudo muito esquisito. — Abanou a cabeça e levantou-se do banco. — Acho que vou ver o que é que a Blaze está a fazer.

Marcus levou a mão ao bolso à procura duma bola de fogo. — Percebeste que eu estava a brincar, não percebeste?

Na realidade, ele não estivera a brincar. Sugerira-lhe aquilo pelo mesmo motivo que lhe atirara uma bola de fogo. Para ver até aonde é que podia esticar a corda com ela.

— Pronto, está bem. Vou até ali para falar com ela.

Marcus ficou a vê-la afastar-se. Por muito que lhe agradasse aquele corpinho espectacular, não sabia bem o que pensar da rapariga. Vestia-se de acordo com o esperado, mas, ao contrário de Blaze, não fumava nem mostrava qualquer interesse em divertir-se, e ficou com o pressentimento de que havia mais qualquer coisa nela do que deixava transparecer. Perguntou-se se não seria rica. Fazia sentido, não era? Apartamento em Nova Iorque, casa na praia? A família tinha de ter dinheiro para se poder dar ao luxo de ter coisas daquelas. Mas... por outro lado, nem por sombras ela se enquadrava nas pessoas ricas da zona, pelo menos aquelas que ele conhecia. Então em que é que ficavam? E por que é que isso lhe interessava?

Porque ele não gostava de gente endinheirada, não gostava da maneira como se exibiam, nem tão-pouco do facto de julgarem que isso os tornava superiores aos outros. Numa ocasião, antes de abandonar os estudos, ouviu um miúdo rico a gabar-se na escola do barco que tinha recebido pelo aniversário. Não se tratava de nenhum barco a remos da treta, era um *Boston Whaler* de seis metros e meio de comprimento munido de GPS e de sonar, e o miúdo não se cansava de se vangloriar de que ia passar o Verão a andar nele e atracá-lo nas docas do clube desportivo.

Três dias decorridos, Marcus deitou fogo ao barco e ficou a vê-lo arder por detrás da magnólia no campo de golfe dezasseis.

Sempre gostara de fogos. Gostava do caos que causavam. Gostava da sua força bruta. Gostava da maneira como consumiam e destruíam. Não contou a ninguém o que fizera, claro estava. Bastava contar a uma pessoa, e era o mesmo que confessar à polícia. Teddy e Lance eram exemplos bem ilustrativos disso mesmo: só era preciso enfiá-los numa cela de detenção temporária e iam-se abaixo mal ouviam a fechadura a correr na porta. Motivo pelo qual ultimamente insistia em que fossem eles a fazer todo o trabalho sujo. A melhor maneira de impedir que dessem com a língua nos dentes era garantir que fossem ainda mais culpados que ele próprio. Actualmente, eram eles que roubavam as bebidas alcoólicas, quem agredia o careca até perder os sentidos no aeroporto para lhe roubarem a carteira, quem pintava as suásticas nas sinagogas. Não queria isso dizer que confiasse neles, nem tão-pouco que gostasse especialmente deles, mas mostravam-se sempre dispostos a alinhar nos seus planos. Serviam um propósito.

Atrás dele, Teddy e Lance continuavam a portar-se como os idiotas que eram, e, depois de Ronnie se ter ido embora, Marcus começou a ficar impaciente. Não fazia tenções de passar a noite ali sentado sem fazer nada. Quando Blaze voltasse, quando tivesse acabado de comer as suas batatas fritas, talvez fossem dar uma volta. Ver o que acontecia. Nunca se sabia o que poderia suceder num sítio daqueles, numa noite daquelas, rodeado por gente daquela. Duma coisa ele tinha a certeza: depois do espectáculo, precisava sempre de algo... mais. Fosse lá o que isso fosse.

Deitou uma olhadela à barraca da comida e viu Blaze a pagar as batatas fritas, com Ronnie mesmo ao lado dela. Cravou o olhar em Ronnie, desejoso de que ela olhasse para ele, o que acabou de facto por acontecer. Nada de especial: só uma pequena espreitadela, mas foi o suficiente para o pôr novamente a conjecturar como seria ela na cama.

Provavelmente uma fera, concluiu. Era o que a maior parte delas era, dado o encorajamento adequado.

CAPÍTULO 5

WILL

Independentemente do que estivesse a ocupá-lo, Will sentia sempre o fardo do segredo a pesar sobre ele. A julgar pelas aparências, estava tudo normal: nos últimos seis meses frequentara as suas aulas, jogara basquetebol, comparecera ao baile de finalistas, concluíra o secundário e preparava-se para entrar na faculdade. Nem tudo fora perfeito, claro estava. Havia seis semanas, terminara o namoro com Ashley, mas isso não tinha nada que ver com o que acontecera naquela noite, a noite que nunca haveria de esquecer. Na maior parte do tempo, conseguia manter a recordação fechada a sete chaves, todavia, de quando em vez, em momentos ocasionais, ela vinha-lhe à memória com uma força visceral. As imagens nunca se alteravam nem desvaneciam, as imagens nunca perdiam os contornos nítidos. Como se estivesse a observá-las através dos olhos doutra pessoa, via-se a si próprio correr pela praia fora e agarrar em Scott, de olhos cravados no violento incêndio.

— Que raio é que foste fazer? — lembrava-se de ter gritado.

— A culpa não foi minha! — gritara-lhe Scott em resposta.

Foi só nesse momento, porém, que Will se apercebeu de que não estavam sozinhos. Ao longe, avistou Marcus, Blaze, Teddy e Lance, sentados em cima do capô dum carro, a olhar para ambos, e percebeu de imediato que tinham assistido a tudo o que se passara.

Eles sabiam...

Mal Will pegou no telemóvel, Scott segurou-lhe na mão.

— Não chames a polícia! Já te disse que foi um acidente! — A expressão dele era suplicante. — Vá lá, meu! Estou farto de te fazer favores!

A notícia tinha contado com ampla cobertura nos dias seguintes, e Will assistira às reportagens na televisão e lera os artigos nos jornais, sentindo um nó no estômago. Uma coisa era noticiar um incêndio acidental. Talvez ele até fosse capaz de fazer isso. Todavia, nessa noite, uma pessoa ficara ferida e não conseguia evitar um assomo angustiante de culpa sempre que passava de carro pelo local. Era indiferente que a igreja estivesse a ser reconstruída ou que o pastor há muito tivesse tido alta do hospital; o que importava era que ele sabia o que acontecera e não fizera nada a esse respeito.

«Estou farto de te fazer favores...»

Eram estas palavras o que mais o atormentava. Não apenas porque ele e Scott eram amigos desde os tempos do infantário, mas por outra razão, ainda mais premente. E, por vezes, a meio da noite, ficava acordado, abominando a verdade contida naquelas palavras e ansiando por encontrar maneira de corrigir a situação.

* * *

Por estranho que pudesse parecer, naquele dia fora o incidente no jogo de voleibol a desencadear as recordações. Ou, melhor dizendo, a rapariga contra a qual ele chocara. Não se mostrara interessada no seu pedido de desculpa, e, ao contrário da maioria das raparigas da zona, não tentara disfarçar a indignação. Não se esforçara por se conter nem se pusera aos guinchos; revelara uma autoconfiança que o levou instintivamente a diferenciá-la das restantes.

Depois de ela se ir embora zangada, tinham continuado o *set*, e via-se forçado a admitir que falhara uma série de remates que em circunstâncias normais não teria falhado. Scott lançara-lhe olhares furibundos e — talvez por causa do reflexo da luz — aparentava exactamente o mesmo ar que na noite do incêndio, quando Will puxara do telemóvel para chamar a polícia. E foi quanto bastou para activar aquelas recordações.

Fora capaz de se conter até terem assegurado a vitória no jogo, mas, depois de este ter chegado ao fim, precisou de ficar algum tempo sozinho. Assim, deambulara até ao recinto da feira popular e detivera-se numa daquelas barracas de jogos a preços exorbitantes e impossíveis de vencer. Estava a preparar-se para fazer pontaria com uma bola de basquete demasiado insuflada a um cesto colocado um pouco alto de mais quando ouviu uma voz atrás de si.

— Aqui estás tu — disse Ashley. — Andas a evitar-nos?

«Ando», pensou. «Por acaso, até ando.»

— Não — assegurou-lhe. — Não jogo basquete desde o final da época e queria ver se estava muito enferrujado.

Ashley sorriu-lhe. O *top* branco justo, as sandálias e os brincos compridos realçavam-lhe os olhos azuis na perfeição. Mudara para aquela indumentária depois da final do torneio de voleibol. Era típico dela; era a única rapariga que conhecia que fazia questão de trazer consigo conjuntos completos de roupa para mudar, mesmo quando ia para a praia. No baile de finalistas, em Maio passado, mudara de roupa três vezes: uma indumentária para o jantar, outra para o baile propriamente dito e uma terceira para a festa que se seguira. Chegara mesmo ao ponto de levar uma mala e, depois de prender o corpete do vestido com alfinetes e pousar para as fotografias, tivera de carregar com ela até ao carro. A mãe não estranhara ao ver a filha fazer a mala como se se estivesse a preparar para ir de férias em lugar de ir para um baile. Mas talvez uma boa parte do problema residisse precisamente aí. Numa ocasião Ashley levara-o a dar uma espreitadela ao roupeiro da mãe; a senhora devia ter à vontade uma centena de pares de sapatos e milhares de conjuntos de roupa. Aquele roupeiro tinha espaço suficiente para um *Buick*.

— Não te incomodes por mim. Não suportaria que perdesses um dólar por minha causa.

Will virou-lhe as costas, e, depois de fazer pontaria ao cesto, atirou a bola em arco na sua direcção. A bola bateu no rebordo e fez ricochete antes de cair dentro do cesto. Uma já estava. Mais duas e ganharia um prémio.

Enquanto a bola passava pelo cesto, o empregado da feira aproveitou para mirar Ashley à socapa. Esta, contudo, nem parecia ter dado pela presença do indivíduo.

Quando a bola caiu ao chão e rebolou para junto de Will, este tornou a pegar nela e olhou de relance para o empregado. — Já alguém ganhou hoje?

— Claro que sim. Todos os dias há imensa gente a ganhar. — Respondeu-lhe sem tirar os olhos de Ashley. Não que isso fosse motivo de surpresa. Não havia ninguém que não reparasse em Ashley. A rapariga era um letreiro de néon para qualquer pessoa com um grama de testosterona.

Ashley deu um passo em frente, rodopiou em torno da ponta do pé e encostou-se à barraca. Sorriu uma vez mais a Will. A subtileza nunca fora o seu forte. Depois de ter sido coroada rainha do baile de finalistas, passara a noite toda com a tiara na cabeça.

— Jogaste bem esta noite — comentou ela. — E o teu serviço tem melhorado imenso.

— Obrigado — respondeu-lhe Will.

— Acho que estás quase tão bom quanto o Scott.

— Nem pensar — garantiu ele. Scott jogava voleibol desde os seis anos de idade; Will só começara a praticar aquele desporto quando entrara para o secundário.

— Sou rápido e salto bem, mas não domino o jogo como o Scott domina.

— Só te estou a dizer o que vi.

Com a atenção concentrada no rebordo, Will expirou, esforçando-se por descontrair antes de atirar a bola. Fora sempre esse o conselho que o treinador lhe dera quando se encontrava na linha de lançamento livre; não que isso alguma vez lhe aumentasse a percentagem. Desta feita, porém, a bola entrou directamente no cesto. Dois acertos em duas tentativas.

— O que é que vais fazer ao animal de peluche caso ganhes? — inquiriu ela.

— Não sei. Queres ficar com ele?

— Só se tu quiseres que eu fique com ele.

Will percebeu que Ashley queria que fosse ele a oferecer-lho em lugar de ser ela a pedir-lho. Ao fim de dois anos de namoro, já havia pouca coisa a respeito dela que ele não conhecesse. Agarrou na bola, tornou a soltar o ar e fez a última tentativa. Esta, contudo, saiu-lhe com um nadinha de força a mais, e a bola fez ricochete na beira do cesto.

— Foi por um triz — comentou o empregado. — Devia tentar outra vez.

— Eu sei admitir uma derrota.

— Vamos fazer assim. Eu faço-lhe um desconto dum dólar. Três partidas por dois dólares.

— Combinado.

— Dois dólares e deixo-vos aos dois jogar três partidas. — Agarrou na bola, estendendo-a a Ashley. — Gostava muito de a ver fazer uma tentativa.

Ashley ficou embasbacada a olhar para a bola, deixando bem claro que nunca sequer contemplara tal hipótese. O que deveria ser mesmo verdade.

— Não acho que seja boa ideia — interveio Will. — Mas obrigado pela oferta. — Virou-se para Ashley. — Sabes se o Scott ainda anda por aí?

— Está sentado a uma mesa com a Cassie. Ou pelo menos era aí que estavam quando decidi vir à tua procura. Acho que ele está caidinho por ela.

Will encaminhou-se na direcção indicada, com Ashley mesmo a seu lado.

— Estivemos há bocado a conversar — disse Ashley, no tom mais descontraído de que era capaz —, e o Scott e a Cassie acham que seria divertido irmos todos para minha casa. Os meus pais estão em Raleigh, numa festa qualquer com o governador, e por isso teríamos a casa por nossa conta.

Will já sabia o que aí vinha. — Não me parece — retorquiu ele.

— Porquê? Não se pode dizer que as coisas por aqui estejam muito animadas.

— Eu é que não acho que seja boa ideia.

— É por causa de termos acabado? Olha que eu não faço tenções de voltar a namorar contigo.

«Motivo pelo qual vieste assistir ao torneio», pensou ele. «E te vestiste a rigor para vires à feira. E vieste à minha procura. E sugeriste que fôssemos para tua casa, uma vez que os teus pais foram sair.»

Mas não disse nada disto. Não estava com disposição para discutir, nem queria tornar a situação mais complicada do que já era. Ashley não era má pessoa; só não servia para ele.

— Amanhã de manhã tenho de chegar cedo ao emprego e passei todo o dia a jogar vólei ao sol — justificou-se ao invés. — Só me apetece ir dormir.

Ashley agarrou-lhe num braço, obrigando-o a parar. — Por que é que já não atendes os meus telefonemas?

Will não lhe respondeu. A verdade era que não havia nada a dizer.

— Quero saber o que foi que eu fiz — exigiu-lhe ela.

— Não foi nada que tivesses feito.

— Então o que é?

Ao ver que ele não se explicava, rasgou-lhe um sorriso suplicante. — Vamos para minha casa e conversamos sobre isso, está bem?

Will compreendeu que Ashley merecia uma resposta. O único problema era que se tratava duma resposta que ela não desejava ouvir.

— Tal como já te disse, estou cansado.

* * *

— Tu estás *cansado* — vociferou Scott. — Tu disseste-lhe que estavas *cansado* e que querias ir *dormir?*

— Algo nesse género.

— Enlouqueceste?

Scott ficou a olhar para ele embasbacado do lado oposto da mesa. Cassie e Ashley tinham ido para o molhe conversar, sem dúvida para dissecar palavra a palavra tudo o que Will dissera à ex-namorada, acrescentando drama desnecessário a uma situação que seria de longe preferível que tivesse ficado em privado. Com Ashley, no entanto, havia sempre lugar a drama. Teve a súbita impressão de que o Verão iria custar-lhe a passar.

— Eu estou *mesmo* cansado — frisou Will. — Tu não estás?

— Talvez tu não tivesses percebido a sugestão dela. Eu e a Cassie, tu e a Ashley? Na casa de praia dos pais dela?

— Ela mencionou isso.

— E nós ainda estamos aqui porque...?

— Já te expliquei.

Scott abanou a cabeça. — Não... Sabes, é nestas alturas que eu não te percebo. Tu impinges a desculpa do «estou *cansado*» aos teus pais quando eles te pedem para lavares o carro, ou quando eles te dizem para te levantares, senão chegas atrasado à missa. Não quando surge uma oportunidade destas.

Will não disse nada. Embora Scott fosse apenas um ano mais novo que ele — entraria para o último ano da Escola Secundária de Laney nesse Outono —, tinha o hábito de se comportar como se fosse o seu irmão mais velho e sensato.

«À excepção daquela noite na igreja...»

— Estás a ver aquele tipo ali na barraca do basquete? A ele, eu percebo. Passa ali o dia todo a tentar convencer as pessoas a jogar para conseguir ganhar algum dinheiro e comprar meia dúzia de cervejas e um maço de cigarros no final do turno. É simples. Sem complicações. Não é o género de vida que eu gostasse de levar, mas percebo-o. Já a ti, não percebo. Quero dizer... Tu já olhaste bem para a Ashley esta noite? Está um espanto. Parece aquela miúda que saiu na *Maxim*.

— E depois?

— O que eu quero dizer é que ela é uma brasa.

— Eu sei. Não sei se estarás lembrado, mas namorámos uns anos.

— E nem sequer te estou a dizer para voltares a andar com ela. Só estou a sugerir que vamos os quatro para casa dela, passemos uns bons momentos juntos e depois logo se vê o que acontece.

Scott recostou-se na cadeira. — E sabes que mais? Logo para começar, continuo sem perceber por que é que acabaste com ela. É óbvio que ela ainda está apaixonada por ti, e eu sempre achei que vocês eram perfeitos um para o outro.

Will abanou a cabeça. — Ai isso é que não éramos.

— Já me disseste isso uma vez, mas o que é que isso significa? Que ela o quê?... se comporta como uma psicopata quando estão os dois sozinhos? O que foi que se passou? Foste dar com ela por cima de ti com um facalhão na mão, ou ela uivava à lua quando iam à praia?

— Não, não é nada disso. Não funcionou, só isso.

— Só não funcionou — repetiu Scott. — És capaz de te ouvir a dizer isso?

Ao ver que Will não dava sinais de ceder, Scott debruçou-se sobre a mesa. — Vá lá, meu. Então, faz isto por mim. Aproveita a vida. Estamos de férias. Toma uma pela equipa.

— Agora começas a parecer-me desesperado.

— E estou desesperado. A menos que tu aceites o convite da Ashley, a Cassie não irá comigo. E estamos a falar duma rapariga que está pronta para partir «em busca da esmeralda perdida». O objectivo dela é «libertar o Willy».

— Lamento, mas não te posso ajudar.

— Isso. Dá cabo da minha vida. Afinal que importância tem isso, não é?

— Deixa lá que não morres. — Fez uma pausa. — Estás com fome?

— Um bocado — resmungou Scott.

— Anda daí. Vamos comer uns hambúrgueres de queijo.

Will levantou-se da mesa, mas Scott continuou amuado.

— Tens de praticar mais os mergulhos — afirmou ele, referindo--se ao jogos de voleibol desse dia. — Estavas a atirar a bola para onde calhava. Se não fosse eu, tínhamos sido eliminados.

— A Ashley disse-me que eu jogo tão bem como tu.

Scott resfolegou e empurrou o tampo com as mãos para se levantar.

— Ela sabe lá do que fala.

* * *

Depois de terem estado na fila à espera da refeição, Will e Scott dirigiram-se ao balcão dos condimentos, onde Scott encharcou o hambúrguer em *ketchup*. Quando lhe tornou a pôr a fatia de pão em cima, o molho transbordou pelos lados.

— Mas que nojeira! — comentou Will.

— Vê lá se percebes uma coisa. Havia um fulano chamado Ray Kroc que fundou uma empresa chamada McDonald's. Já alguma vez ouviste falar? Bom, adiante, ao hambúrguer original... sob muitos aspectos, o hambúrguer americano original, nota bem... fez questão de que se lhe adicionasse *ketchup*. O que deveria ser suficiente para te fazer compreender a importância que tem para o sabor geral.

— Continua. És tão fascinante. Vou buscar qualquer coisa para beber.

— Traz-me uma garrafa de água, está bem?

À medida que Will se afastava, viu passar por ele de relance qualquer coisa branca, na direcção de Scott; o amigo também reparou nela e, instintivamente, desviou-se da sua trajectória, deixando cair o hambúrguer sem querer.

— Que diabo julgas tu que estás a fazer? — protestou Scott, dando meia-volta repentina. No chão, via-se uma embalagem cheia de batatas fritas. Nas suas costas, estavam Teddy e Lance, de mãos enfiadas nos bolsos. Marcus encontrava-se entre ambos, com um ar de inocência fingida mal simulado.

— Não faço ideia do que é que estás para aí a falar — respondeu-lhe Marcus.

— Disto! — vociferou Scott, devolvendo-lhes a embalagem com um pontapé.

Foi o tom de voz dele, reflectiu Will posteriormente, que despertou a tensão ao redor. Will sentiu os pêlos da nuca arrepiarem-se-lhe perante a deslocação palpável, quase física, de ar e espaço, um tremor que prometia violência.

Uma violência que Marcus obviamente desejava...

Como se lhe tivesse lançado um isco.

Will reparou num pai a pegar no filho e a ir-se embora dali, enquanto Ashley e Cassie, regressadas do seu passeio, ficavam paralisadas ali próximo. Will reconheceu ainda a presença de Galadriel — ultimamente dava pelo nome de Blaze — a aproximar-se a curta distância.

Scott deitou-lhes um olhar furioso, os maxilares a retesarem-se.

— Sabem, estou a começar a ficar farto das vossas tretas.

— E o que é que pretendes fazer a esse respeito? — escarneceu Marcus. — Lançar um petardo contra mim?

Foi quanto bastou. Enquanto Scott dava um passo repentino em frente, Will abriu energicamente caminho por entre a multidão, a tentar segurar o amigo.

Marcus não se mexeu. Mau sinal. Will sabia que ele e os amigos eram capazes de tudo... e, pior que tudo, sabiam o que Scott fizera.

Scott, porém, com a fúria, parecia ter-se esquecido disso. À medida que Will avançava, Teddy e Lance separaram-se, atraindo Scott para o intervalo entre ambos. Tentou preencher a brecha, mas

Scott era demasiado rápido e, subitamente, os acontecimentos precipitaram-se. Marcus recuou meio passo ao mesmo tempo que Teddy deitava um banco ao chão com um pontapé, obrigando Scott a dar um pulo para se esquivar. Foi bater de encontro a uma mesa, tombando-a. Scott recuperou o equilíbrio e cerrou os punhos. Lance encurralou-o dum dos lados. À medida que Will ia forçando a passagem por entre a multidão, ganhando impulso, ouviu vagamente os gemidos duma criança pequena. Quando se conseguiu libertar das pessoas, desviou-se em direcção a Lance, mas, subitamente, uma rapariga veio intrometer-se na zaragata.

— Parem já com isso! — gritou ela, a esbracejar. — Estejam quietos! Todos!

A voz dela era surpreendentemente alta e autoritária, o suficiente para deter Will de imediato. Ficaram todos paralisados e, no silêncio repentino, ouviram-se os gritos estridentes da criança. A rapariga deu meia-volta aos calcanhares, presenteando cada um dos zaragateiros com olhares ferozes, e, mal Will reparou na madeixa roxa que tinha no cabelo, apercebeu-se exactamente donde é que já a vira. A única diferença era que agora trazia vestida uma *T-shirt* enorme com um peixe na frente.

— Acabou-se a briga! Não há briga nenhuma! Ainda não perceberam que o miúdo se magoou?

Desafiando-os a contradizê-la, forçou a passagem entre Scott e Marcus e debruçou-se sobre a criança, num pranto por ter sido atirada ao chão no alvoroço. Tinha três ou quatro anos, e usava uma camisola cor de abóbora. A rapariga começou a falar com ela, com voz meiga e um sorriso tranquilizador.

— Magoaste-te, meu querido? Onde é que está a tua mãe? Vamos à procura dela, está bem?

A atenção da criança pareceu dirigir-se momentaneamente para a camisola.

— Este é o Nemo — disse ela. — Ele também se perdeu. Gostas do Nemo?

Ali próximo, uma mulher tomada de pânico com um bebé ao colo começou a abrir caminho por entre a multidão, alheia ao ambiente tenso. — Jason? Onde é que estás? Viram um rapazinho pequeno? Cabelo louro, camisola cor de laranja?

As suas feições foram inundadas de alívio mal o avistou. Ajeitou o bebé na anca enquanto corria para junto dele.

— Não podes estar sempre a fugir, Jason! — gritou ela. — Pregaste-me um susto. Estás bem?

— Nemo — disse ele, apontando para a rapariga.

A mãe virou-se, só então reparando na rapariga. — Obrigada... Ele escapuliu-se-me enquanto eu estava a mudar a fralda ao bebé e...

— Não tem importância — apressou-se a dizer a rapariga, abanando a cabeça. — Ele está óptimo.

Will viu a mãe a ir-se embora com os filhos e em seguida tornou a voltar-se para a rapariga, observando-lhe o sorriso terno enquanto via a criança a afastar-se. Logo que ganharam alguma distância, porém, a rapariga pareceu aperceber-se subitamente de que tinha todos os olhares postos nela. Cruzou os braços diante do peito, envergonhada, quando a multidão se afastou rapidamente para dar passagem a um polícia.

Marcus apressou-se a murmurar qualquer coisa a Scott e tornou a misturar-se entre as pessoas. Teddy e Lance seguiram-lhe o exemplo. Blaze deu meia-volta para os acompanhar, e, para surpresa de Will, a rapariga da madeixa roxa deitou-lhe a mão a um braço.

— Espera aí! Aonde é que vais? — chamou-a.

Blaze soltou o braço com uma sacudidela, voltando atrás. — Para Bower's Point?

— Onde é que isso fica?

— Basta que vás até à praia que vês logo. — Blaze virou-se e correu atrás de Marcus.

A rapariga parecia incerta quanto ao que fazer. Nessa altura, já a tensão, tão elevada ainda há pouco, estava a dissipar-se tão depressa quanto se formara. Scott endireitou a mesa e encaminhou-se para junto de Will, no preciso momento em que um homem se acercava da rapariga, presumivelmente o pai.

— Aqui estás tu! — exclamou ele, num tom a um tempo de alívio e exaspero. — Temos andado à tua procura. Já podemos voltar para casa?

A rapariga, que estivera a observar Blaze, não estava obviamente muito satisfeita por o ver.

— Não — limitou-se a responder. Dito isto, embrenhou-se uma vez mais na multidão, tomando a direcção da praia. Um rapazinho veio para junto do pai.

— Acho que não deve estar com fome — sugeriu o rapaz.

O homem pousou uma mão no ombro do rapaz, a vê-la a descer os degraus que conduziam à praia sem olhar para trás uma única vez sequer. — Se calhar não — respondeu.

— Acreditas numa coisa destas? — vociferou Scott, puxando Will para longe da cena que estivera a observar com tanta atenção. Scott ainda estava agitado, a adrenalina ao rubro. — Eu estava mesmo a preparar-me para dar cabo daquele imbecil.

— Hum... pois — disse Will. Abanou a cabeça. — Não tenho a certeza de que o Teddy e o Lance te deixassem fazer isso.

— Eles não teriam feito nada. Aqueles fulanos só têm garganta.

Will não estava tão seguro disso, mas escusou-se a reagir.

Scott respirou fundo. — Espera aí. Vem ali o polícia.

O agente aproximou-se deles com todo o vagar, obviamente a tentar avaliar a situação.

— O que é que se passa aqui? — inquiriu ele.

— Nada, senhor agente — garantiu-lhe Scott, assumindo um ar sério.

— Ouvi dizer que houve um desacato.

— Não, senhor.

O polícia ficou à espera do resto, a sua expressão céptica. Nem Scott nem Will disseram nada. Nesse momento, já a área dos condimentos se estava a encher de pessoas que se queriam servir. O polícia olhou ao seu redor, assegurando-se de que não lhe escapava nada, até que, subitamente, a sua expressão se animou ao reconhecer alguém que se encontrava atrás de Will.

— És tu, Steve? — chamou-o.

Will viu-o a aproximar-se a passo largo do pai da rapariga.

Ashley e Cassie abeiraram-se discretamente deles. Cassie estava ruborizada. — Está tudo bem contigo? — perguntou, alvoroçada.

— Está, não te preocupes — tranquilizou-a Scott.

— Aquele tipo é maluco. O que foi que se passou? Eu não vi como é que começou.

— Ele atirou-me com qualquer coisa, e eu não estive para aguentar. Estou mais que farto da maneira como aquele fulano se porta. Tem a mania de que toda a gente tem medo dele e que pode fazer tudo o que lhe apetece, mas, da próxima vez que se meter comigo, não vai ser assim tão...

Will deixou de lhe prestar atenção. Scott tinha muito paleio; nos jogos de voleibol, também era sempre a mesma coisa, e Will há muito tempo que aprendera a ignorá-lo.

Voltou-lhe costas, avistando o polícia a conversar com o pai da rapariga, a tentar imaginar por que motivo ela fizera tanta questão em fugir ao pai. E por que andava na companhia de Marcus. Ela não era como eles, e, sem saber bem porquê, duvidada de que ela soubesse no que se estava a meter. Enquanto Scott continuava a gabar-se, garantindo a Cassie que não teria tido qualquer dificuldade em lidar com os três, Will deu por si a esforçar-se por escutar a conversa que o polícia estava a travar com o pai da rapariga.

— Oh, olá, Pete — cumprimentou-o o pai. — O que é que se passa?

— O mesmo do costume — respondeu-lhe o agente. — Faço o melhor que posso para manter as coisas aqui sob controlo. Como é que vai a janela?

— Devagarinho.

— Isso foi o que me disseste da última vez que te perguntei.

— Pois foi, mas sabes que agora tenho uma arma secreta. Apresentou-te o meu filho, o Jonah. Vai ser meu assistente este Verão.

— Ai sim? Sorte a tua, meu rapaz... A tua filha também não estava para vir para cá, Steve?

— E veio — afirmou o pai.

— Pois, mas já se foi embora outra vez — acrescentou o rapaz. — Está furiosa com o nosso pai.

— Lamento saber disso.

Will viu o pai a apontar para a praia. — Fazes alguma ideia de para onde possam ter ido?

O polícia semicerrou os olhos enquanto perscrutava a beira-mar. — Podem ter ido para qualquer lado. Mas há uns quantos daqueles miúdos que são má rês. Sobretudo o Marcus. Confia em mim, não hás-de querer que ela ande na companhia dele.

Scott continuava a vangloriar-se perante Cassie e Ashley, absolutamente extasiadas. Colocando-se à sua frente, Will sentiu-se subitamente tentado a ir intrometer-se na conversa do polícia. Sabia que não lhe cabia a ele dizer fosse o que fosse. Não conhecia a rapariga de parte alguma, nem sabia por que motivo ela se fora embora com aquela precipitação toda. Talvez tivesse um motivo forte para isso. Todavia, quando reparou na expressão cada vez mais apreensiva do pai, lembrou-se da paciência e da gentileza dela ao ir em socorro da criança, e não se conseguiu conter.

— Ela foi para Bower's Point — informou ele.

Scott deixou uma frase a meio, e Ashley virou-se para ele de sobrolho franzido. Os outros três miraram-no sem saber o que pensar.

— Ela é sua filha, não é? — Quando o pai assentiu levemente com a cabeça, Will reiterou: — Ela foi para Bower's Point.

O polícia continuou a olhar para ele embasbacado, posto o que se virou novamente para o pai. — Quando eu tratar deste assunto aqui, vou conversar com ela e ver se a consigo convencer a voltar para casa, está bem?

— Não precisas de fazer isso, Pete.

O olhar do polícia fixou-se no grupo ao longe. — Julgo que, neste caso, será melhor eu ir.

Sem saber explicar porquê, Will sentiu uma súbita onda de alívio. Deveria ser visível, porque, quando se tornou a juntar aos amigos, ficaram os três a olhar para ele admirados.

— Mas para que é que te foste meter na conversa? — indagou Scott.

Will não lhe respondeu. Não pôde, uma vez que nem ele próprio sabia.

CAPÍTULO 6

RONNIE

Em circunstâncias normais, Ronnie teria provavelmente apreciado uma noite como aquela. Em Nova Iorque, as luzes da cidade ofuscavam a visibilidade de muitas estrelas, mas ali verificava-se exactamente o contrário. Apesar do manto de neblina marítima, conseguia ver claramente a Via Láctea, e, mesmo a sul, Vénus brilhava intensamente. As ondas rolavam e rebentavam de forma rítmica ao longo da praia e, no horizonte, avistou as luzes ténues de meia dúzia de barcos para a pesca do camarão.

Mas as circunstâncias estavam longe de ser normais. Postada no alpendre, deitou um olhar furioso ao polícia, lívida de incredulidade. Não, corrija-se. Ela não estava apenas lívida. Estava *a ferver*. O que acontecera fora... tão paternalista, tão *por demais da conta*, que ainda mal conseguira assimilar. A primeira coisa que lhe ocorreu foi simplesmente apanhar boleia até à estação de camionagem e comprar um bilhete de regresso a Nova Iorque. Não diria nada ao pai nem à mãe; telefonaria a Kayla. Uma vez lá chegada, logo decidiria o que haveria de fazer. Fosse qual fosse a decisão, pior que aquilo não seria com certeza.

Todavia, isso não era possível. Não com o Agente Pete ali. Colocara-se entretanto atrás dela, de modo a assegurar-se de que entraria em casa.

Ainda mal podia acreditar. Como é que o pai — o seu próprio pai, carne da sua própria carne — teria tido coragem de fazer uma coisa daquelas? Era praticamente adulta, não estivera a fazer nada de errado, e ainda nem era meia-noite. Qual seria o problema? Por que é que ele tinha de dar ao caso muito mais importância do que de facto tinha? Ah, claro, a princípio o Agente Pete dera a entender que se tratava duma ordem perfeitamente banal para que evacuassem o local de Bower's Point onde se encontravam — algo que não surpreendera os restantes —; depois, porém, virara-se para ela. Concentrara-se especificamente nela.

— Vou-te acompanhar a casa — comunicara-lhe, num tom que dava a ideia de que ela não teria mais que oito anos.

— Não, obrigada — respondera-lhe.

— Nesse caso, ver-me-ei obrigado a deter-te por vagabundagem e a telefonar ao teu pai para te ir buscar à esquadra.

Ocorreu-lhe que talvez tivesse sido o pai a pedir ao polícia para a levar para casa, e sentiu-se momentaneamente paralisada de vergonha.

Na havia dúvida de que tinha problemas com a mãe e era verdade que tinha infringido o recolher obrigatório uma vez por outra. Mas nunca, jamais, em tempo algum, a mãe mandara a polícia atrás dela.

No alpendre, o agente cortou-lhe o fio aos pensamentos. — Entra lá — disse-lhe, deixando bem claro que, se ela não abrisse a porta, abri-la-ia ele.

Do interior, chegava-lhe a música suave do piano, e reconheceu a Sonata em Mi Menor de Edvard Grieg. Respirou fundo antes de abrir a porta, posto o que a fechou com força atrás de si.

O pai parou de tocar e olhou para ela, que o fitava com ar feroz.

— Mandou a polícia atrás de mim?

O pai não disse nada, mas o silêncio dele foi quanto bastou.

— Por que é que fez uma coisa destas? — inquiriu ela. — Como é que teve coragem de fazer uma coisa destas?

O pai continuou sem reagir.

— O que é que foi? Não quer que eu me divirta? Não confia em mim? Ainda não percebeu que eu estou aqui contra a minha vontade?

O pai entrelaçou as mãos no colo. — Eu sei que estás aqui contra a tua vontade...

Avançou um passo, ainda furiosa. — Então decidiu que queria dar cabo da minha vida, é isso?

— Quem é o Marcus?

— O que é que isso interessa!? — gritou ela. — A questão não é essa! Não vou admitir que se ponha a controlar todas as pessoas com quem eu falo, por isso, é melhor que nem tente!

— Eu não estou a tentar...

— Detesto estar aqui! Não percebe isso? E detesto-o a si também!

Fitou-o intensamente, a expressão a desafiá-lo a contradizê-la. Ou melhor, com a esperança de que ele a contradissesse, para poder repetir o que acabara de dizer.

Mas o pai, como de hábito, não disse nada. Ronnie abominava aquele género de fraqueza. Numa fúria, atravessou a sala em direcção ao recanto do piano, agarrou na fotografia em que aparecia a tocar

— aquela com o pai sentado a seu lado no banco — e arremessou-a pelos ares. Embora se retraísse perante o barulho do vidro a partir-se, continuou sem reagir.

— O que foi? Não tem nada a dizer?

O pai pigarreou. — O teu quarto fica na primeira porta à direita.

Sem sequer considerar o comentário digno de resposta, precipitou--se pelo corredor fora, decidida a não ter mais nada que ver com o pai.

— Boa noite, minha querida — gritou-lhe ele. — Gosto muito de ti.

Houve um instante, um escasso instante, em que Ronnie se retraiu ao ouvir aquelas palavras; todavia, o arrependimento desapareceu tão depressa quanto se tinha manifestado. Era como se nem sequer se tivesse apercebido de que estivera zangada: ouviu-o começar a tocar novamente ao piano, retomando a música no ponto exacto em que a interrompera.

* * *

Quando chegou ao quarto — que não teve dificuldade em encontrar, tendo em conta que só havia três portas no corredor, uma que dava para a casa de banho, outra para o quarto do pai —, Ronnie acendeu a luz. Com um suspiro de frustração, despiu a *T-shirt* ridícula do Nemo que por pouco não se esquecera de que estava a usar.

Fora o pior dia da sua vida.

Oh, bem sabia que estava a ser melodramática a respeito da situação. Não era parva. Mesmo assim, o dia estivera longe de se poder considerar bom. A única coisa boa que lhe acontecera fora conhecer Blaze, o que lhe dava a esperança de ter pelo menos uma pessoa para lhe fazer companhia durante o Verão.

Isto, claro estava, se Blaze ainda quisesse desfrutar da sua companhia. Depois do truque barato do pai, até isso ficara em dúvida. O mais certo seria Blaze e os outros ainda estarem nesse momento a falar no assunto. Provavelmente a rirem-se à custa dela. Era o género de situação que Kayla seria capaz de mencionar durante anos e anos.

Tudo aquilo lhe causava náuseas. Atirou a camisola do Nemo para um canto — oxalá nunca mais lhe pusesse a vista em cima — e preparou-se para despir a camisola do concerto.

— Antes de eu ficar enojado, só quero que saibas que estou aqui.

Ronnie sobressaltou-se com o barulho e, virando-se de repente, deparou com Jonah a olhar para ela.

— Rua! — gritou-lhe. — O que é que estás a fazer aqui? Este quarto é meu!

— Não, é nosso — corrigiu-a o irmão. — Estás a ver? Duas camas.

— Eu recuso-me a dormir no mesmo quarto que tu!

Ele descaiu a cabeça para um dos lados. — Vais dormir no quarto do pai?

Ronnie abriu a boca para lhe responder, ponderou voltar para a sala de estar antes de se aperceber de que queria tudo menos isso, e acabou por fechar a boca sem proferir uma única palavra. Dirigiu-se à mala a passos largos, abriu o fecho de correr e destapou-a. No cimo, encontrava-se um exemplar d'*Ana Karenina*, que ela atirou para o lado, à procura do pijama.

— Estive a andar na roda gigante — disse Jonah em tom conversador. — Foi mesmo fixe estar lá no alto. Foi assim que o papá descobriu onde estavas.

— Que maravilha.

— Foi espectacular. Já andaste nela?

— Não.

— Olha que devias. Eu conseguia ver tudo daqui até Nova Iorque.

— Duvido muito.

— Ai isso é que conseguia. Com os meus óculos. O pai disse que tenho olhos de lince.

— Pois, deve ser, deve.

Jonah não lhe respondeu. Ao invés, pôs-se à procura do ursinho de peluche que tinha trazido de casa. Era a ele que se agarrava sempre que estava nervoso, e Ronnie retraiu-se, arrependida das suas palavras bruscas. Havia ocasiões em que a maneira como o irmão falava o fazia passar facilmente por adulto, contudo, quando o viu chegar o urso ao peito, percebeu que não deveria ter sido tão ríspida. Embora fosse precoce, embora por vezes falasse tanto que chegava a ser maçador, era franzino para a idade, mais próximo do tamanho dum miúdo de seis ou sete anos que de dez. Sempre tivera dificuldade em lidar com isto. Nascera prematuro de três meses, e sofria de asma, de falta de vista e de coordenação motora fina. Ronnie sabia até que ponto era capaz de ir a crueldade dos miúdos da idade dele.

— Não disse isto por mal. É óbvio que, com os teus óculos, tens olhos de lince.

— Pois, agora estão quase bons — balbuciou Jonah; contudo, quando lhe voltou costas e ficou virado para a parede, a irmã tornou a retrair-se. Era um miúdo amoroso. Conseguia ser chato como mais ninguém, mas sabia que não tinha uma ponta de maldade.

Acercou-se da cama do irmão e sentou-se a seu lado. — Olha — disse-lhe. — Desculpa. Não disse aquilo por mal. A culpa é da noite, que não me podia estar a correr pior.

— Eu sei — respondeu ele.

— Andaste em mais alguma atracção?

— O pai levou-me a andar em quase todas. Ele ficou agoniado, mas eu não. E não tive medo nenhum da casa assombrada. Percebia-se logo que os fantasmas eram a fingir.

Ronnie deu-lhe leves palmadinhas na coxa. — Sempre foste muito corajoso.

— Pois é — disse ele. — Como naquela vez que as luzes se apagaram lá em casa, lembras-te? Tu passaste a noite toda cheia de medo? Mas eu cá não tive medo nenhum.

— Lembro, pois.

Jonah pareceu satisfeito com a resposta. Depois, porém, ficou em silêncio e, quando tornou a falar, a voz saiu-lhe praticamente num sussurro. — Tens saudades da mãe?

Ronnie puxou os cobertores. — Tenho.

— Eu também, acho. E não gostei nada de estar aqui sozinho.

— O pai estava na sala mesmo aqui ao lado — salientou a irmã.

— Eu sei. Mas estou contente por teres voltado para casa.

— Também eu.

Jonah sorriu, mas não tardou a ficar novamente apreensivo. — Achas que a mãe está bem?

— Está óptima — tranquilizou-o Ronnie. Puxou os cobertores. — Mas tenho a certeza de que ela também sente saudades tuas.

* * *

De manhã, com o sol a espreitar por entre as cortinas, Ronnie precisou dalguns instantes para se aperceber donde estava. A pestanejar para o relógio, pensou: «Só podem estar a brincar comigo!»

Oito horas? Da manhã? No *Verão?*

Deixou-se cair novamente na cama, mas deu consigo a fitar o tecto, já ciente de que tornar a adormecer estava fora de questão. Não com o sol a dardejar pela janela. Não com o pai já a martelar ao piano na sala de estar. Quando de repente se lembrou do que acontecera na noite da véspera, a indignação que sentira devido ao que o pai fizera voltou novamente à superfície.

Bem-vinda a mais um dia no paraíso.

Para lá da janela, ouviu o barulho distante de motores. Levantou-se da cama e afastou a cortina, mas recuou de imediato dum pulo, assustada ao ver um guaxinim empoleirado em cima dum saco do lixo. Apesar de o lixo espalhado lhe meter nojo, o guaxinim era engraçado, e Ronnie bateu no vidro, a tentar chamar a atenção do animal.

Foi só nessa altura que reparou nas grades na janela.

Grades. Na. Janela.

Encurralada.

De dentes cerrados, deu meia-volta aos calcanhares e marchou até à sala de estar. Jonah estava a ver desenhos animados enquanto comia flocos de cereais duma tigela; o pai deitou-lhe uma olhadela, mas continuou a tocar.

Assentou as mãos nas ancas, à espera de que ele parasse. Não parou. Reparou que a moldura que atirara pelos ares já regressara ao respectivo lugar em cima do piano, embora sem vidro.

— Não me pode manter presa o Verão inteiro — declarou ela.

— Isso não vai acontecer.

O pai mirou-a uma vez mais de relance, mas continuou a tocar.

— De que é que estás a falar?

— O pai mandou pôr grades na minha janela! Acha por acaso que sou sua prisioneira?

Jonah não desviou a atenção dos desenhos animados. — Eu avisei-o de que ela iria ficar furiosa — comentou.

Steve abanou a cabeça, as mãos a deslocarem-se continuamente pelo teclado. — Não fui eu quem as mandou instalar. Já vinham com a casa.

— Não acredito em si.

— É verdade — confirmou Jonah. — Para proteger as obras de arte.

— Não estou a falar contigo, Jonah! — Virou-se novamente para o pai. — Vamos lá ver se nos entendemos. Não vai passar o Verão inteiro a tratar-me como se eu fosse uma criança! Eu tenho dezoito anos!

— Só fazes dezoito anos no dia 21 de Agosto — emendou-a Jonah nas suas costas.

— Não te importas de não te meteres onde não és chamado!? — Deu meia-volta repentina para o encarar. — A conversa é entre mim e o pai.

Jonah franziu o sobrolho. — Mas tu ainda não tens dezoito anos.

— A questão não é essa!

— Julguei que te tinhas esquecido.

— Está claro que não esqueci! Mas tu achas que eu sou estúpida!?

— Mas tu disseste...

— Fazes-me o favor de te calares um minuto que seja!? — disse ela, incapaz de disfarçar a exasperação. Tornou a olhar para o pai, que continuava a tocar, sem falhar uma única nota. — O que o pai fez ontem à noite foi... — Interrompeu-se, incapaz de transmitir tudo o que se estava a passar, tudo o que acontecera, por palavras. — Já tenho idade para tomar decisões por mim própria. Ainda não percebeu isso? Perdeu o direito de me dar ordens quando saiu de casa. E faça *o favor* de ouvir o que lhe digo!

Abruptamente, o pai parou de tocar.

— Não me agrada nada este seu joguinho.

Ele pareceu confuso. — Que joguinho?

— Este! Tocar piano sempre que estou aqui. Não me interessa para nada que queira que eu toque. Nunca mais vou voltar a tocar piano. Especialmente se for para o pai ouvir.

— Tudo bem.

Ronnie ficou à espera do resto, mas o pai ficou-se por ali.

— Só isso? — indagou ela. — Não tem mais nada para me dizer?

O pai mostrou-se hesitante quanto à resposta a dar-lhe. — Queres tomar o pequeno-almoço. Estive a fritar *bacon*.

— *Bacon?* — ripostou ela. — Esteve a fritar *bacon?*

— Hum, hum — confirmou Jonah.

O pai deitou-lhe uma olhadela.

— A Ronnie é vegetariana, pai — explicou o filho.

— A sério? — admirou-se ele.

Jonah respondeu em lugar da irmã. — Há três anos. Mas como às vezes ela é estranha, até faz sentido.

Ronnie fitou-os com ar embasbacado, a interrogar-se como é que tinham conseguido desviar a conversa. Não estavam a falar de *bacon*, estavam a falar do que se passara na noite da véspera. — Vamos ver se esclarecemos uma coisa — sentenciou ela. — Se mais alguma vez mandar a polícia atrás de mim para me trazer para casa, eu não me contentarei em recusar-me a tocar piano. Simplesmente não volto para casa. Nunca mais, nunca, nunca mais, lhe hei-de tornar a dirigir a palavra. E se não acredita em mim, ponha-me à prova. Já estive três anos sem falar consigo, e foi a coisa mais fácil que já fiz na vida.

Sem mais, abandonou a sala a passos largos. Vinte minutos decorridos, depois de tomar um duche e mudar de roupa, saiu porta fora.

* * *

A primeira coisa que lhe ocorreu quando pôs os pés na areia foi que deveria ter vindo de calções.

Já estava calor, o ar pesado da humidade. Ao longo da praia, as pessoas estavam a estender as toalhas ou a brincar na rebentação. Junto ao molhe, avistou meia dúzia de surfistas a flutuar em cima das pranchas, à espera da onda perfeita.

Por cima deles, ao fundo do molhe, a feira popular já terminara. As atracções já tinham sido desmanteladas, e as barracas, rebocadas dali para fora, deixando no seu encalço apenas lixo e restos de comida espalhados. Seguindo em diante, vagueou pelo pequeno bairro comercial da cidade. Ainda não havia nenhuma loja aberta, mas, em qualquer dos casos, a maioria era do género em que ela jamais colocaria os pés — lojas de praia para turistas, umas quantas lojas de roupa que pareciam especializadas em saias e blusas mais adequadas ao estilo da mãe, um Burger King e um McDonald's, dois sítios em que se recusava a entrar por uma questão de princípio. Acrescentasse-se o hotel e meia dúzia de restaurantes e bares sofisticados, e estava tudo visto. Resumindo, os únicos locais interessantes eram uma loja de artigos de *surf*, uma discoteca e um *diner* antiquado, que se imaginaria a frequentar com os amigos... se algum dia viesse a fazer algum ali.

Regressou à praia e deixou-se escorregar pela duna, reparando que os banhistas se tinham entretanto multiplicado. Estava um dia estupendo, soprava uma leve brisa; o céu apresentava-se dum azul intenso, sem nuvens. Se Kayla estivesse ali, haveria mesmo de ponderar passar o dia estendida ao sol; mas a verdade era que Kayla não estava ali, e Ronnie não se sentia disposta a vestir o fato de banho e deitar-se sozinha na areia. Mas que mais haveria ali para fazer?

Talvez tentasse arranjar um emprego. Dar-lhe-ia um pretexto para passar a maior parte do dia fora de casa. Não vira nenhum letreiro a dizer «Empregado Precisa-se» nas vitrinas da baixa, mas alguém deveria estar a precisar de ajuda, não era?

— Chegaste bem a casa? Ou o polícia decidiu fazer-se a ti?

Ao olhar por cima do ombro, Ronnie viu Blaze na duna, a fitá-la de olhos semicerrados. Perdida nos seus pensamentos, nem dera pela aproximação dela.

— Não, não se fez a mim.

— Oh, então foste tu que te fizeste a ele?

Ronnie cruzou os braços diante do peito. — Já estás satisfeita?

Blaze encolheu os ombros, com uma expressão maliciosa, e Ronnie sorriu-lhe.

— Então e o que é que se passou depois de eu me ter ido embora? Alguma coisa interessante?

— Não. Os rapazes foram-se embora, para onde, não sei. Eu acabei por ir dormir a Bower's Point.

— Não foste para casa?

— Não. — Levantou-se, sacudindo a areia das calças de ganga.

— Tens trocos por acaso?

— Porquê?

Blaze pôs-se muito direita. — Desde ontem de manhã que não como nada. Estou com um bocado de larica.

CAPÍTULO 7

WILL

Will instalou-se no poço, debaixo do *Ford Explorer*, com o fato--macaco vestido, a ver o óleo a escoar enquanto, em simultâneo, fazia o possível por ignorar Scott, o que era mais fácil de dizer que de fazer. O amigo não se cansava de o atazanar por causa da noite da véspera desde que nessa manhã tinham chegado ao trabalho.

— Estás a ver, tens uma ideia completamente errada da situação — continuou Scott, optando por nova táctica. Foi buscar três latas de óleo e pousou-as na prateleira a seu lado. — Há uma diferença entre *curtir* e *reatar o namoro*.

— Não tínhamos já ultrapassado esse assunto?

— Teríamos se tu tivesses juízo. Mas, da minha perspectiva, é óbvio que estavas a confundir as coisas. A Ashley não quer voltar a namorar contigo.

— Eu não estava nada confuso — garantiu Will. Limpou as mãos a uma toalha. — Foi precisamente *isso* que ela me pediu.

— Não foi o que a Cassie me disse.

Will pôs a toalha de lado e estendeu a mão para a garrafa de água. A oficina do pai era especializada na reparação de travões, mudanças de óleo, afinações e alinhamentos dos eixos traseiros e dianteiros, e o pai fazia questão de que o chão estivesse sempre com ar de ter acabado de ser encerado e a loja, de abrir. Infelizmente, não dava grande importância ao ar condicionado e, no Verão, a temperatura oscilava entre o Mojave e o Saara. Bebeu um grande gole de água, esvaziando a garrafa antes de voltar a dar atenção a Scott. O amigo era de longe a pessoa mais teimosa que algum dia conhecera. O tipo era capaz de o fazer ir aos arames.

— Tu não conheces a Ashley tão bem quanto eu. — Soltou um suspiro. — E, para além do mais, entre nós está tudo mais que acabado. Não percebo por que é que insistes em bater na mesma tecla.

— Queres dizer para além do facto de não ter havido nada para ninguém ontem à noite? Porque sou teu amigo e me preocupo contigo. Quero que aproveites o Verão para te divertires. E quero aproveitar para me divertir com a Cassie.

— Então convida-a para sair contigo.

— Não é assim tão fácil quanto parece. Estás a ver, foi precisamente isso que lhe sugeri ontem. Mas a Ashley estava tão perturbada que a Cassie não a quis deixar sozinha.

— Lamento imenso que as coisas não tenham funcionado como querias.

Scott tinha lá as suas dúvidas. — Pois, está-se mesmo a ver.

Entretanto, o óleo já escoara. Will agarrou nas latas e subiu os degraus, enquanto Scott continuou lá em baixo para tornar a atarraxar a tampa e despejar o óleo no barril da reciclagem. Quando Will abriu a lata para introduzir o funil, deitou uma olhadela a Scott.

— Olha, a propósito, reparaste na rapariga que acalmou a briga? — interrogou-o. — A que ajudou o miúdo a encontrar a mãe?

Estas palavras levaram algum tempo a fazer efeito. — Estás a referir-te à miúda com ar de vampira e uma camisola do Nemo?

— Ela não é vampira nenhuma.

— Pois, eu bem a vi. Para o baixo, com uma madeixa roxa horrorosa no cabelo, as unhas pintadas de preto? Tu entornaste-lhe refrigerante em cima, estás lembrado? Ela fez-te uma cara que até parecia que tu lhe metias nojo.

— O quê?

— Só estou a dizer o que vi — justificou-se ele, indo buscar o colector de óleo. — Tu não reparaste na expressão que ela fez quando foste contra ela, mas eu reparei. Fugiu de ti num abrir e fechar de olhos. Daí eu ter achado que tu lhe metias nojo.

— Teve de ir comprar uma camisola.

— E depois?

Will acrescentou a segunda lata. — Sei lá. Fiquei surpreendido com ela, mais nada. E acho que nunca a tinha visto por aqui.

— Repito: e depois?

A verdade era que Will não estava bem certo do motivo por que andava a pensar na rapariga. Sobretudo tendo em conta o pouco que sabia a respeito dela. Não havia dúvida de que era gira — reparara nisso logo de entrada, apesar da madeixa roxa e do rímel preto —, mas raparigas giras era o que não faltava na praia. Nem tão-pouco se devia à maneira como ela apartara a briga sem hesitar. O que não lhe saía da cabeça era a atitude dela para com o rapazinho que tombara. Vislumbrara-lhe uma ternura surpreendente por debaixo do exterior rebelde, e isso acicatara-lhe a curiosidade.

Não era nada parecida com Ashley. Não que Ashley fosse uma má pessoa, porque não era. Mas havia nela uma certa superficialidade, mesmo Scott recusando-se a aceitar isso. No mundo de Ashley, tudo e todos eram encaixotados em pequenos compartimentos: os que eram populares e os que não eram; o que era caro e o que era barato; os ricos e os pobres; os bonitos e os feios. E, por fim, ele acabara por se cansar dos seus juízos de valor superficiais e da sua incapacidade para aceitar ou apreciar tudo o que se achasse de permeio.

Mas já a rapariga da madeixa roxa...

Percebeu instintivamente que ela não era assim. Não podia ter a certeza absoluta, claro estava, mas estava disposto a apostar. Não colocava os outros em caixinhas porque também não se encaixotava a si própria, e isso provocou-lhe uma sensação de frescura e novidade, sobretudo quando comparado com as raparigas que conhecera na escola secundária de Laney. Sobretudo Ashley.

Apesar de na garagem o dia estar movimentado, os seus pensamentos insistiam em regressar a ela com mais frequência do que ele próprio esperava.

Nem sempre. Mas vezes suficientes para Will ser forçado a admitir que, fosse por que motivo fosse, não havia dúvida de que gostaria de a conhecer um pouco melhor, e deu por si a perguntar-se se a tornaria a ver.

CAPÍTULO 8

RONNIE

Blaze liderou o caminho até ao *diner* que Ronnie vira durante o passeio através do bairro comercial, e Ronnie não pôde deixar de admitir que tinha um certo encanto, sobretudo para quem era apreciador dos anos cinquenta. Tinha um balcão antiquado rodeado por bancos, um pavimento de ladrilhos pretos e brancos, e, ao longo das paredes, viam-se compartimentos de vinil vermelho estalado. Por detrás do balcão, havia uma ementa anotada numa ardósia, e, ao que Ronnie julgava, a única alteração que sofrera nos últimos trinta anos dizia respeito aos preços.

Blaze pediu um hambúrguer de queijo, um batido de chocolate e batatas fritas; Ronnie não se conseguiu decidir e acabou por se ficar por uma *Coca-Cola* de dieta. Estava com fome, mas não sabia ao certo que espécie de óleo usavam na fritadeira, e, ao que parecia, o mesmo se aplicava aos empregados do *diner*. Ser vegetariana nem sempre era fácil, e havia alturas em que tinha vontade de desistir.

Como, por exemplo, quando sentia o estômago a protestar. Como naquele momento.

Mas estava decidida a não comer ali. Não podia comer ali, não por ser o tipo de pessoa *vegetariana por princípio*, mas por ser uma pessoa que era *vegetariana porque não queria ficar maldisposta*. O que os outros comiam não lhe interessava; o problema era que, de cada vez que pensava donde vinha a carne, imaginava uma vaca num prado ou o porquinho Babe e começava a sentir náuseas.

Blaze, no entanto, parecia estar satisfeita. Depois de ter feito o pedido, recostou-se no assento. — O que é que achas deste lugar? — perguntou-lhe.

— É giro. É diferente.

— Desde miúda que venho aqui. O meu pai costumava trazer-me cá todos os domingos depois da missa para tomar um batido de chocolate. São do melhor que há. Compram o gelado a uma pequena fábrica da Geórgia, mas é delicioso. Devias provar um.

— Não estou com fome.

— Não acredito — ripostou Blaze. — Ainda agora ouvi o teu estômago a protestar, mas tudo bem. Quem fica a perder és tu. Mas obrigada, de qualquer maneira.

— Não foi nada de especial.

Blaze sorriu-lhe. — Então e o que é que se passou ontem à noite? Tu és... famosa ou isso assim?

— Por que é que perguntas?

— Por causa do polícia e da maneira como ele te escolheu logo a ti. Por algum motivo foi.

Ronnie fez uma careta. — Acho que foi o meu pai que lhe pediu que fosse à minha procura. Ele até sabia onde eu morava e tudo.

— Deve ser horrível ser como tu.

Quando Ronnie se riu, Blaze estendeu a mão para pegar no saleiro. Virou-o ao contrário e começou a polvilhar a mesa, enquanto, com a ajuda dum dedo, formava um monte.

— O que é que achaste do Marcus? — indagou ela.

— Não falei muito com ele. Porquê?

Blaze deu a impressão de escolher as palavras com cuidado. — O Marcus nunca gostou de mim — confessou ela. — Quero dizer, quando era mais pequena. E também não posso dizer que gostasse muito dele. Ele sempre foi um bocado... bera, percebes? Mas depois, há uns anos, não sei bem quando, as coisas começaram a mudar. E quando eu precisei de alguém a sério, ele ofereceu-se para me ajudar.

Ronnie observou o monte de sal a crescer. — E então?

— Só queria que tu soubesses disso.

— Tudo bem — respondeu ela. — Como queiras.

— Tu também.

— De que é que estás para aí a falar?

Blaze arrancou uma lasca de verniz preto das unhas. — Eu costumava fazer ginástica de competição e, durante uns quatro ou cinco anos, foi a coisa mais importante da minha vida. Acabei por desistir por causa do meu treinador. Ele conseguia ser mesmo insuportável, sempre a repreender-nos pelo que fazíamos de errado, e nunca nos elogiava quando nos saíamos bem. Bom, adiante: um dia eu estava a ensaiar uma nova saída da trave, e ele veio ter comigo aos gritos a dizer-me como é que devia desmontar e que tinha de ficar imóvel, e sobre tudo e mais alguma coisa que eu já o tinha ouvido berrar um milhão de vezes. Eu já estava farta de o ouvir, percebes? E, por isso, disse-lhe: «Como queira», e ele agarrou-me por um braço com tanta força que me deixou nódoas negras. E a seguir disse-me: «Sabes o que é que significa quando dizes o que acabaste de dizer: "Como queira"? É uma expressão codificada para "vá-se lixar". E, na tua idade, nunca, mas nunca, tens autorização para dizer isso seja a quem for.» — Blaze recostou-se novamente no assento. — Por isso é que agora, sempre que alguém me diz isso, eu respondo: «Tu também».

Nesse momento, a empregada chegou com a refeição, que colocou diante de ambas com um floreado eficiente. Quando ela se foi embora, Ronnie pegou na *Coca-Cola*.

— Obrigada pela história comovente.

— Como queiras.

Ronnie soltou nova gargalhada, a apreciar o sentido de humor da amiga.

Blaze debruçou-se sobre a mesa. — Então e qual é a pior coisa que já fizeste na vida?

— O quê?

— Estou a falar a sério. É uma pergunta que faço sempre às pessoas. Acho que é interessante.

— Está bem — ripostou Ronnie. — E tu, qual é a pior coisa que já fizeste?

— Isso é fácil. Quando era pequena, tinha uma vizinha... Mrs. Banderson. Não era lá muito simpática, mas também não era nenhuma bruxa. Quero dizer, não era do género de trancar as portas no Halloween, nem nada que se parecesse. Mas adorava o jardim, estás a ver o tipo? E o relvado. Quer dizer, se nos desse para passarmos por cima da relva dela quando íamos a correr apanhar o autocarro para a escola, ela saía de casa de rompante, a gritar que lhe estávamos a estragar a relva. Foi então que, numa Primavera, plantou imensas flores no jardim. Centenas delas. Ficou um espanto. Bom, havia um miúdo que morava do outro lado da rua, o Billy, que também não gostava lá muito de Mrs. Banderson, porque numa ocasião estava a jogar basquete e a bola foi parar ao pátio das traseiras dela e ela nunca lha devolveu. E por isso, um dia, andávamos a vasculhar o alpendre do jardim dele e fomos dar com um grande borrifador cheio de *Roundup*. Aquilo que se usa para matar as ervas daninhas, sabes? Bom, um dia, depois de escurecer, eu e ele esgueirámo-nos de casa e borrifámos-lhes as flores novas todas, porquê, não me perguntes que não sei. Acho que na altura achámos que teria piada. Nada de especial. Bastaria comprar mais flores, não era? Não se vêem logo os resultados, claro, é preciso esperar alguns dias para que comece a fazer efeito. E Mrs. Banderson andava todos os dias de volta das flores, a regá-las e a arrancar as ervas daninhas, até que reparou que as flores novas estavam todas a murchar. A princípio, eu e o Billy fartámo-nos de rir da situação, mas depois comecei a reparar que, antes de eu sair para a escola, já ela andava no jardim a tentar descobrir o que é que se passava, e, quando voltava para casa, ainda lá continuava. E, ao fim duma semana, as flores tinham morrido todas.

— Que coisa horrível! — exclamou Ronnie, com dificuldade em conter uma gargalhada à socapa.

— Eu sei. E ainda me sinto culpada. É uma daquelas coisas que me arrependo de ter feito.

— Alguma vez lhe contaste? Ou te ofereceste para lhe substituíres as flores?

— Os meus pais ter-me-iam matado. Mas nunca mais me atrevi a pisar-lhe o relvado.

— Uau!

— Como te disse, foi a pior coisa que já fiz na vida. Agora é a tua vez.

Ronnie reflectiu no assunto. — Estive três anos sem falar com o meu pai.

— Isso já me contaste. E não é assim tão mau quanto isso. Tal como te disse, eu também evito ter de falar com o meu pai. E a maior parte do tempo a minha mãe não faz ideia de por onde eu ando.

Ronnie desviou o olhar. Por cima da *jukebox*, estava uma fotografia de Bill Haley & os Seus Cometas.

— Eu tinha o hábito de roubar nas lojas — confessou ela em voz baixa. — Muitas vezes. Nada de especial. Só pela excitação que isso me dava.

— Tinhas?

— Agora já não faço isso. Fui apanhada. Para dizer a verdade, fui apanhada duas vezes, mas da segunda foi um acidente. Fui levada a tribunal, mas as acusações foram adiadas por um ano. Basicamente, significa que, se não me tornar a meter em sarilhos, me retiram as acusações.

Blaze pousou o hambúrguer. — Só isso? Foi essa a pior coisa que já fizeste na vida?

— Nunca matei as flores de ninguém, se é isso que queres dizer. Nem nunca vandalizei nada.

— Nunca enfiaste a cabeça do teu irmão na sanita? Nem bateste com o carro? Nem cortaste os bigodes ao gato, ou isso assim?

Ronnie esboçou um leve sorriso. — Não.

— Deves ser a adolescente mais enfadonha deste mundo.

Ronnie tornou a rir-se antes de beber mais um gole de refrigerante.

— Posso fazer-te uma pergunta?

— Estás à vontade.

— Por que é que ontem não foste dormir a tua casa?

Blaze agarrou numa pitada de sal do monte que formara e polvilhou as batatas fritas. — Porque não me apeteceu.

— Então e a tua mãe? Ela não se zanga contigo?

— É bem capaz disso — admitiu Blaze.

Nesse momento, a porta do *diner* abriu-se e, quando Ronnie se voltou, viu Marcus, Teddy e Lance a encaminharem-se para o compartimento de ambas. Marcus trazia uma *T-shirt* com uma caveira estampada e uma corrente pendurada na presilha do cinto das calças de ganga.

Blaze afastou-se para dar espaço a Marcus, mas, por estranho que pudesse parecer, Teddy sentou-se a seu lado e Marcus espremeu-se junto a Ronnie. Enquanto Lance ia buscar uma cadeira à mesa vizinha e a virava com as costas para a frente antes de se sentar, Marcus estendeu a mão para o prato de Blaze. Teddy e Lance atiraram-se imediatamente às batatas fritas.

— Ei, essas batatas são da Blaze — gritou Ronnie, numa tentativa para os deter. — Vão buscar para vocês, se quiserem.

Marcus virou-se para uma e para outra. — Ai sim?

— Não faz mal — disse Blaze, empurrando o prato na direcção dele. — A sério. Em qualquer dos casos, eu não seria capaz de as comer todas.

Marcus pegou no frasco do *ketchup*, numa atitude de quem tinha feito valer a sua posição. — Então e do que é que têm estado a conversar? Vista de fora, a conversa parecia animada.

— De nada.

— Deixem-me adivinhar. Ela está a impingir-te a história do namorado *sexy* da mãe e das suas acrobacias no trapézio a altas horas, não era?

Blaze ajeitou-se no assento. — Não sejas ordinário.

Marcus presenteou Ronnie com um ar sincero. — Ela já te falou da noite em que um dos namorados da mãe lhe entrou sorrateiramente no quarto? Ela nem pensou duas vezes: «Tens quinze minutos para te pores a na rua!»

— Vê lá se te calas, está bem? Isso não tem piada nenhuma. E nós não estávamos a conversar sobre ele.

— Como queiras — retorquiu o rapaz, com um sorriso malicioso.

Blaze estendeu a mão para pegar no saleiro enquanto Marcus se preparava para lhe comer o hambúrguer. Teddy e Lance tornaram a atacar as batatas fritas e, nos minutos que se seguiram, os três devoraram quase tudo o que havia no prato. Para grande espanto de Ronnie, Blaze não disse nada, deixando-a a magicar no assunto.

Ou melhor, não havia nada em que magicar. Parecia-lhe óbvio que Blaze não queria que Marcus se zangasse com ela e que, por isso, o deixava fazer tudo o que ele queria. Já não era a primeira vez que assistia a cenas como aquela: Kayla, apesar da sua atitude de dura, era a mesma coisa no que tocava aos rapazes. E, em geral, eles tratavam-na como se fosse lixo.

Mas escusou-se a fazer comentários. Sabia que só agravaria a situação.

Blaze bebericou o batido e tornou a pousá-lo em cima da mesa.

— Então e o que é que estão a pensar fazer a seguir?

— Não contem connosco — resmungou Teddy. — O nosso velho quer que eu e o Lance trabalhemos hoje.

— Eles são irmãos — explicou Blaze.

Ronnie examinou-os, sem conseguir ver qualquer semelhança.

— A sério?

Marcus acabou de comer o hambúrguer e empurrou o prato para o meio da mesa. — Eu percebo. É difícil acreditar que uns pais sejam capazes de ter dois filhos tão feios, não é? A propósito, a família deles é proprietária dum motel ranhoso mesmo à saída da ponte. As canalizações devem ter para aí uns cem anos, e a tarefa do Teddy é desentupir os canos das casas de banho.

Ronnie franziu o nariz, a tentar imaginar o cenário. — A sério?

Marcus assentiu com a cabeça. — Um nojo, não achas? Mas não te preocupes com o Teddy. Ele tem imenso jeito para aquilo. É um verdadeiro prodígio. Para além de que adora o que faz. E aqui o Lance... a tarefa dele é lavar os lençóis depois de o pessoal da hora do almoço ter andado lá a rebolar.

— Que nojo! — exclamou Ronnie.

— Eu sei. Nem te passa pela cabeça — acrescentou Blaze. — E devias ver algumas das pessoas que alugam os quartos à hora. Só de se entrar naqueles quartos, dá direito a apanhar uma doença.

Ronnie não sabia ao certo que resposta dar àquilo e, ao invés, virou-se para Marcus. — Então e tu, o que é que vais fazer? — interrogou-o.

— O que me apetecer — respondeu-lhe ele.

— E isso significa o quê? — insistiu ela.

— E para que é que isso te interessa?

— Para nada — ripostou ela, mantendo a voz calma. — Só perguntei por perguntar.

Teddy roubou as últimas batatas do prato de Blaze. — Significa que vai para o motel connosco. Para o quarto dele.

— Tu tens um quarto no motel?

A pergunta óbvia era porquê, e ela ficou à espera de mais, mas Marcus não se explicou. Ronnie ficou desconfiada de que ele pretendia que ela lhe tentasse arrancar a informação. Talvez estivesse a tirar conclusões precipitadas, mas teve a impressão súbita de que Marcus tencionava despertar a curiosidade dela. Despertar a atracção dela. Mesmo estando Blaze ali presente.

As suas suspeitas viram-se confirmadas quando ele pegou num cigarro. Depois de o ter acendido, soprou uma baforada de fumo na direcção de Blaze e em seguida virou-se para Ronnie.

— O que é que fazes esta noite? — perguntou-lhe.

Ronnie ajeitou-se no assento, tomada por um desconforto súbito. Tinha a sensação de que toda a gente, Blaze incluída, estava pendente da resposta dela.

— Porquê?

— Vamos reunir um pequeno grupo em Bower's Point. Não somos só nós. Umas quantas pessoas. Gostava que viesses. Mas desta vez não tragas os polícias.

Blaze fitou o tampo da mesa, a brincar com a pilha de sal. Quando viu que Ronnie não respondia, Marcus levantou-se da mesa e encaminhou-se para a porta sem se dignar a olhar para trás uma vez sequer.

CAPÍTULO 9

STEVE

— Olhe, pai — chamou-o Jonah. Achava-se atrás do piano, enquanto Steve trazia os pratos de esparguete para a mesa. — São os avós que aparecem consigo nesta fotografia?

— Sim, são os meus pais.

— Não me lembro nada de já a ter visto antes. No apartamento, quero dizer.

— Esteve durante muito tempo no meu gabinete da escola.

— Oh — disse Jonah. Debruçou-se mais para a fotografia, examinando-a. — O pai é mais ou menos parecido com o avô.

Steve não sabia ao certo o que responder àquilo. — É possível que lhe dê uns ares.

— Tem saudades dele?

— Era meu pai. O que é que achas?

— Eu teria saudades suas.

Enquanto Jonah vinha para a mesa, Steve reflectiu que tinham tido um dia calmo, ainda que monótono. Tinham passado a manhã na oficina, onde Steve ensinara o filho a cortar o vidro; tinham almoçado sanduíches no alpendre e ido apanhar conchas ao fim da tarde. E Steve prometera-lhe que, mal escurecesse, levaria Jonah a dar um passeio pela praia, munidos de lanternas para poderem observar as centenas de aranhas-do-mar a correrem para dentro e para fora dos seus buracos na areia.

Jonah puxou da cadeira e sentou-se. Bebeu um gole de leite, que lhe deixou um bigode branco. — O pai acha que a Ronnie ainda vai demorar muito?

— Espero bem que não.

Jonah limpou o lábio com as costas da mão. — Há dias em que ela fica na rua até tarde.

— Eu sei.

— E o polícia vai trazê-la para casa outra vez?

Steve olhou de relance pela janela; lá fora, começava a escurecer, e a água estava a ficar opaca. Tentou imaginar por onde andaria a filha e o que estaria a fazer.

— Não — respondeu. — Hoje não.

* * *

Depois do passeio pela praia, Jonah tomou um duche e meteu-se na cama. Steve aconchegou-lhe os cobertores e deu-lhe um beijo de boas--noites na bochecha.

— Obrigado por este dia tão bem passado — sussurrou ele ao filho.

— Não tem de quê.

— Boa noite, Jonah. Gosto muito de ti.

— E eu de si, paizinho.

Steve levantou-se e encaminhou-se para a porta.

— Pai?

Steve deu meia-volta. — Sim?

— O seu pai alguma vez o levou a ver as aranhas-do-mar?

— Não — respondeu-lhe Steve.

— E porquê? Foi espectacular.

— Ele não era esse género de pai.

— Então de que género era ele?

Steve reflectiu na pergunta. — Era uma pessoa difícil — disse por fim.

* * *

Sentado ao piano, Steve recordou a tarde, seis anos antes, quando dera a mão ao pai pela primeira vez na vida. Dissera ao pai que sabia que o criara o melhor que podia, que não o responsabilizava por nada e que, acima de tudo, gostava muito dele.

O pai virou-se para ele. Tinha o olhar atento, e, apesar das elevadas doses de morfina com que estava ser medicado, tinha a mente desanuviada. Fitou Steve demoradamente antes de afastar a mão.

— Quem te ouvir falar assim, ainda vai pensar que és uma mulher — comentou ele.

Encontravam-se num quarto semiprivativo no quarto piso do hospital. O pai estava internado havia três dias. Tinha tubos de alimentação intravenosa a projectarem-se-lhe pelos braços e havia mais dum mês que não consumia nada sólido. Tinha as faces encovadas, a pele, translúcida. Quando se aproximou dele, Steve teve a impressão de que o hálito do pai cheirava a decomposição, outro sinal de que o cancro estava a declarar vitória.

Steve voltou-se para a janela. Lá fora, não via nada senão o céu limpo, uma bolha luminosa e obstinada a envolver o quarto. Nem pássaros, nem nuvens, nem árvores à vista. Por detrás dele, ouvia o apito regular do monitor cardíaco. Parecia-lhe forte, bem ritmado, dando-lhe a impressão de que o pai ainda iria viver mais vinte anos. Mas não era o coração que o estava a matar.

— Como é que ele está? — perguntou-lhe Kim nessa noite quando estavam a falar ao telefone.

— Nada famoso — informou-a. — Não sei quanto tempo ainda lhe restará, mas...

A voz esmoreceu-lhe. Era capaz de imaginar Kim do outro lado, de pé junto ao fogão, a mexer o esparguete ou a cortar tomate em cubos, o telefone empoleirado entre a orelha e o ombro. Nunca conseguira estar sossegada enquanto falavam ao telefone.

— E ele teve mais alguma visita hoje?

— Não — respondeu-lhe. O que ele não lhe contou foi que, de acordo com as enfermeiras, nunca recebera mais nenhuma visita para além do filho.

— E tu conseguiste falar com ele? — indagou ela.

— Sim, mas não durante muito tempo. Ele passou a maior parte do dia num estado de grande sonolência.

— Disseste-lhe o que eu te pedi?

— Disse — confirmou Steve.

— E como é que ele reagiu? — quis ela saber. — Respondeu-te que também gostava de ti?

Steve sabia que resposta ela desejava ouvir. Encontrava-se em casa do pai, a examinar as fotografias por cima da lareira: a família depois do baptizado de Steve, uma fotografia do casamento de Steve e Kim, Ronnie e Jonah em bebés. As molduras estavam cobertas de pó, havia anos que ninguém lhes mexia. Sabia que fora a mãe quem as dispusera ali, e, enquanto as observava, tentou imaginar o que pensaria o pai de cada vez que as via, ou se sequer repararia nelas, ou mesmo se teria noção de que ali estavam.

— Sim — respondeu por fim. — Ele disse-me que gostava de mim.

— Fico contente — disse ela. O seu tom de voz era de alívio e satisfação, como se a resposta dele lhe tivesse transmitido qualquer coisa a respeito do mundo. — Eu bem sei o quanto isso era importante para ti.

* * *

Steve fora criado numa casa estilo rancho, num bairro composto por casas estilo rancho na zona da ilha virada para a costa. Era uma habitação pequena, com dois quartos, uma única casa de banho e uma garagem anexa onde o pai guardava as ferramentas e que cheirava sempre a serradura. O jardim das traseiras, protegido pela sombra dum carvalho nodoso que dava folha todo o ano, não apanhava sol suficiente, e, por conseguinte, a mãe plantava a horta no jardim da frente. Cultivava tomates e cebolas, nabos e feijões, couves e milho, e, durante o Verão, era impossível avistar a estrada que passava em frente da casa a partir da sala de estar. Havia ocasiões em que Steve ouvia os vizinhos a resmungarem em surdina, a queixarem-se da quebra do valor das propriedades; todavia, todas as primaveras, a horta era novamente plantada, e nunca ninguém teve coragem de tocar no assunto ao pai. Sabiam, tão bem quanto o próprio Steve, que não teriam nada a ganhar com isso. Para além de que gostavam da esposa, e todos adivinhavam que um dia haveriam de precisar dos seus serviços.

O pai era carpinteiro de profissão, mas tinha jeito para consertar tudo e mais alguma coisa. Ao longo dos anos, Steve vira-o a consertar rádios, televisores, motores de automóveis e de cortadores de relva, canos rotos, algerozes dependurados, vidraças partidas e, numa ocasião, até mesmo as prensas hidráulicas duma pequena fábrica de ferramentas nas proximidades da fronteira do estado. Nunca frequentara o liceu, mas possuía um conhecimento inato da mecânica e dos princípios da construção. À noite, quando o telefone tocava, era sempre o pai a atender, uma vez que a chamada costumava em geral ser para ele. Quase nunca falava muito, deixando que lhe apresentassem as várias emergências, e Steve observava-o a anotar cuidadosamente a morada em bocados de papel de rascunho ou de jornais velhos. Depois de desligar, o pai aventurava-se para a garagem, enchia a caixa de ferramentas e saía de casa, de hábito sem mencionar aonde ia nem quando estaria de volta. De manhã, o cheque era religiosamente enfiado por debaixo da estátua de Robert E. Lee que o pai esculpira a partir dum bocado de madeira que dera à costa, e, enquanto o pai tomava o pequeno-almoço, a mãe esfregava-lhe as costas e comprometia-se a depositá-lo no banco. Era o único gesto regular de afecto que observava entre ambos. Não se zangavam e, por via de regra, evitavam as discussões. Pareciam apreciar a companhia um do outro quando estavam os dois sozinhos e, uma vez, apanhou-os de mão dada enquanto viam televisão: todavia, nos dezoito anos em que Steve morou em casa deles, nunca viu os pais beijarem-se.

Se o pai tinha alguma paixão na vida, era o póquer. Nas noites em que o telefone não tocava, o pai dirigia-se a uma das lojas para jogar. Era membro dessas lojas não pela camaradagem, mas por causa dos jogos. Ali, sentava-se a uma mesa juntamente com os outros maçons, Elks, Shriners ou veteranos, e passava horas perdidas a jogar *Texas hold' em*. O jogo transfigurava-o; adorava calcular as probabilidades de tirar um *outside straight* ou decidir fazer *bluff* quando apenas tinha um par de seis. Quando falava acerca do jogo, descrevia-o como uma ciência, como se a sorte não tivesse nada que ver para o caso. «O segredo está em saber mentir», costumava ele dizer, «e perceber quando alguém nos está a mentir.» O pai, acabou Steve por concluir, devia ter jeito para mentir. Quando estava na casa dos cinquenta e já tinha as mãos praticamente tolhidas de trinta anos dedicados à carpintaria, o pai deixara de instalar cornijas ou caixilhos nas portas das casas feitas por encomenda e com vista para o oceano que começavam então a brotar na ilha; e também deixara de atender o telefone à noite. Sem se saber bem como, continuara a pagar as contas, e, no fim da vida, tinha que chegasse e sobrasse na conta para pagar os cuidados médicos que não eram cobertos pelo seguro.

Nunca jogava póquer aos sábados nem aos domingos. Os sábados eram reservados a tarefas em casa e, apesar de a horta no jardim da frente poder ser motivo de incómodo para os vizinhos, o interior era uma obra de arte. No decorrer dos anos, o pai fora adicionando cornijas e lambris; esculpiu as mísulas da lareira a partir de dois blocos de ácer. Construiu os armários da cozinha e instalou soalhos de madeira que eram tão lisos e seguros como uma mesa de bilhar. Remodelou a casa de banho e, oito anos mais tarde, tornou a remodelá-la. Todos os sábados à noite, vestia um casaco e uma gravata e levava a mulher a jantar fora. Os domingos, reservava para si próprio. Depois da missa, entretinha-se na oficina, enquanto a mulher ficava a cozinhar tartes ou a fazer conservas de vegetais na cozinha.

Na segunda-feira, a rotina tinha novamente início.

O pai nunca o ensinara a jogar póquer. Steve era suficientemente inteligente para aprender o básico sozinho e agradava-lhe pensar que era esperto que chegasse para conseguir detectar quando alguém estava fazer *bluff*. Jogou algumas vezes com colegas da faculdade e descobriu que não excedia a mediania, não era melhor nem pior que os outros. Depois de ter concluído a licenciatura e ido morar para Nova Iorque, fizera algumas visitas ocasionais aos pais. Da primeira vez, não os via havia dois anos e, quando transpôs a porta, a mãe deu-lhe um abraço apertado e um beijo na cara. O pai apertou-lhe a mão e disse-lhe: «A tua mãe tem sentido a tua falta». Serviu-se de tarte de maçã e café e, quando acabaram de lanchar, o pai levantou-se e foi buscar o casaco e as chaves do carro. Era uma terça-feira; isso significava que ele ia para a loja dos Elks. O jogo terminou às dez horas, ele chegaria a casa quinze minutos mais tarde.

— Não... Esta noite, não — instou-o a mãe, com o seu sotaque europeu mais acentuado que nunca. — O Steve ainda agora chegou.

Recordava-se de pensar que fora a única vez em que ouvira a mãe pedir ao pai que não fosse à loja, mas, se isso foi motivo de surpresa para o próprio, não o demonstrou. Deteve-se à porta e, quando se virou, a sua expressão era indecifrável.

— Ou então leva-o contigo — acrescentou ela.

O pai pendurou o casaco no braço. — Queres vir comigo?

— Claro. — Steve martelou com os dedos no tampo da mesa. — Por que não? Deve ser divertido.

Passado um instante, a boca do pai contraiu-se, exibindo o mais ténue e breve dos sorrisos. Tivessem eles estado a uma mesa de póquer, e Steve duvidava de que até isso mostrasse.

— Estás a mentir — disse-lhe o pai.

* * *

A mãe faleceu de repente alguns anos decorridos sobre esse encontro, quando uma artéria lhe rebentou no cérebro, e, no hospital, Steve estava a reflectir na sua bondade enérgica quando o pai acordou com uma leve pieira. Virou a cabeça de lado e viu o filho ao canto. Daquela perspectiva, com as sombras a brincar sobre os contornos angulosos do seu rosto, dava a impressão de ser um esqueleto.

— Ainda estás aí.

Steve afastou os seus pensamentos e aproximou a cadeira para junto da cama. — Sim, ainda aqui estou.

— A fazer o quê?

— O que quer dizer com isso, a fazer o quê? Estou a fazer-lhe companhia, porque o pai está no hospital.

— Estou no hospital, porque estou a morrer. E vou morrer quer tu estejas aqui quer não. Devias ir para casa. Tens mulher e filhos. Não há nada que possas fazer por mim aqui.

— Eu estou aqui porque quero — declarou Steve. — O senhor é meu pai. Porquê? Quer que eu me vá embora?

— Talvez não queira que me vejas morrer.

— Se é isso que quer, eu vou-me embora.

O pai emitiu um ruído semelhante a um resmungo. — Estás a ver, o teu problema é esse. Queres que seja eu a decidir por ti. Foi sempre esse o teu problema.

— Talvez a única coisa que eu queira seja fazer-lhe companhia.

— Ai é isso que queres? Ou foi a tua mulher que te mandou?

— Faz alguma diferença?

O pai forçou um sorriso, mas o resultado assemelhou-se mais a uma careta. — Não sei. Achas que faz?

* * *

Do seu lugar ao piano, Steve ouviu um carro a aproximar-se. Os faróis dianteiros dardejaram através da janela e varreram as paredes, e, por momentos, julgou que Ronnie tivesse apanhado boleia para casa. Contudo, quase instantaneamente, as luzes sumiram-se, e Ronnie continuou sem aparecer.

Já passava da meia-noite. Interrogou-se se não seria melhor ir à procura da filha.

Há alguns anos, antes de Ronnie ter cortado relações com ele, fora com Kim consultar uma conselheira matrimonial cujo gabinete ficava próximo de Gramercy Park, num edifício renovado. Steve recordava-se de estar sentado lado a lado com Kim num sofá de frente para uma senhora ossuda na casa dos trinta que vestia calças folgadas cinzentas e que gostava de comprimir as pontas dos dedos umas contra as outras. Quando a vira fazer isto, Steve reparou que não usava aliança.

Steve sentira-se desconfortável; a ideia de consultar a conselheira partira de Kim, e ela já lá estivera sozinha. Era a primeira sessão de ambos em conjunto e, à laia de apresentação, disse à conselheira que Steve tinha o hábito de recalcar as emoções, mas que a culpa disso não era dele. Nem o pai nem a mãe eram pessoas comunicativas, explicara ela. Nem tão-pouco ele fora criado no seio duma família habituada a discutir os seus problemas. Enveredara pela música como escape, continuou ela, e fora apenas através do piano que aprendera a sentir fosse o que fosse.

— É verdade? — perguntou-lhe a conselheira.

— Os meus pais eram boas pessoas — disse ele.

— Isso não responde à minha pergunta.

— Não sei o que pretende que lhe diga.

A conselheira soltou um suspiro. — Pronto, então e que tal o seguinte? Todos sabemos o que se passou e o motivo por que aqui estamos. Acho que aquilo que a Kim quer que lhe diga é o que sentiu a respeito disso.

Steve reflectiu na pergunta. Apetecia-lhe dizer que toda aquela conversa acerca de sentimentos lhe parecia irrelevante. As emoções vêm e vão e não podem ser controladas e, por conseguinte, não há razão para nos preocuparmos com elas. Que, no fim de contas, as pessoas devem ser julgadas pelas respectivas acções, uma vez que, no fim de contas, são as acções que definem as pessoas.

Mas não disse nada disto. Ao invés, entrelaçou os dedos. — Quer saber o que é que eu senti a respeito disso.

— Sim. Mas não me diga a mim. — Fez um gesto a indicar a mulher. — Diga antes à Kim.

Encarou a mulher, pressentindo-lhe a expectativa.

— Eu senti-me...

Encontrava-se num consultório com a mulher e uma desconhecida, embrenhado num género de conversa que nunca teria imaginado possível enquanto morara em casa dos pais. Passavam alguns minutos das dez da manhã, e estava em Nova Iorque havia apenas meia dúzia de dias. A *tournée* levara-o a uma vintena de cidades diferentes, enquanto Kim trabalhava como auxiliar jurídica num escritório de advogados em Wall Street.

— Eu senti-me... — repetiu ele.

* * *

Quando o relógio bateu a uma, Steve saiu de casa e foi postar-se no alpendre das traseiras. A escuridão nocturna cedera lugar ao resplendor arroxeado da Lua, permitindo a visibilidade ao longo da praia. Não via a filha havia dezasseis horas e estava apreensivo, embora não muito preocupado. Confiava que ela era inteligente e cuidadosa o suficiente para zelar por si própria.

Pronto, talvez estivesse um pouco preocupado.

E, mesmo contra a sua vontade, não se conseguiu impedir de pensar se ela iria tornar a desaparecer no dia seguinte, tal como fizera hoje. E se a mesma história se repetiria, dia após dia, durante todo o Verão.

Passar o tempo na companhia de Jonah fora como descobrir um tesouro especial, e Steve queria repetir a experiência com Ronnie. Abandonou o alpendre e tornou a entrar em casa.

Ao instalar-se novamente ao piano, tornou a sentir o mesmo que confessara quando estivera sentado no sofá da conselheira matrimonial. Sentiu-se vazio.

CAPÍTULO 10

RONNIE

Durante algum tempo, um grupo maior reunira-se em Bower's Point, mas, um a um, tinham-se ido embora até só restarem os cinco habituais. Alguns dos outros eram simpáticos, havia uns quantos que até pareciam ser bastante interessantes, mas depois a cerveja e o vinho começaram a fazer efeito e toda a gente à excepção de Ronnie se convenceu de que era muito mais engraçada do que na realidade era. Passado um bocado, o ambiente tornou-se um tanto ou quanto maçador e familiar.

Encontrava-se sozinha à beira-mar. Nas suas costas, em volta da fogueira, Teddy e Lance fumavam, bebiam e, ocasionalmente, atiravam bolas de fogo um ao outro; Blaze, agarrada a Marcus, entaramelava a fala. Para além de que se começava a fazer tarde. Não pelos padrões de Nova Iorque — aí, ela não punha os pés num clube antes da meia-noite —, mas tendo em conta as horas a que se levantara, o dia já ia longo. Estava cansada.

No dia seguinte, iria dormir até tarde. Quando chegasse a casa, iria pendurar toalhas ou um cobertor por cima do varão das cortinas; que diabo, seria capaz de os pregar à parede se necessário fosse. Não tinha a mínima intenção de passar o Verão a levantar-se com as galinhas, ainda que fosse passar o dia na praia na companhia de Blaze. A amiga surpreendera-a com esta sugestão, e parecera-lhe bastante apelativa. Para além de que as alternativas não eram muitas. Naquele dia, depois de terem saído do *diner*, tinham corrido a maioria das lojas das redondezas — incluindo a discoteca, que era muito fixe — e, depois, tinham ido para casa de Blaze assistir a *O Clube. The Breakfast Club* enquanto a mãe dela estava no emprego. Está claro que se tratava dum filme dos anos oitenta, mas Ronnie continuava a adorá-lo e já o vira uma dúzia de vezes. Embora fosse datado, transmitia-lhe uma sensação surpreendentemente real. Mais real que o que se estava a passar ali naquela noite — sobretudo visto que, quanto mais Blaze bebia, mais ignorava Ronnie e se agarrava a Marcus.

Ronnie já não confiava em Marcus nem gostava dele. Possuía um radar bastante fiável no que tocava a rapazes, e pressentia que havia qualquer coisa nele que não batia certo. Era como se lhe faltasse qualquer coisa no olhar quando falava com ela. Dizia aquilo que se esperava dele — pelo menos, deixara-se de sugestões absurdas como irem para a Florida; mas, já agora, isso seria assim tão absurdo? — todavia, quanto mais tempo passava na sua companhia, com pior impressão dele ficava. Não que gostasse de Teddy ou de Lance, mas Marcus... a sua intuição dizia-lhe que o facto de agir normalmente era apenas um jogo que ele disputava para manipular os demais.

E Blaze...

Ter estado em casa dela nesse dia provocou-lhe uma sensação estranha, talvez porque lhe tivesse parecido tão normal. Ficava situada num beco sem saída sossegado e tinha persianas azuis garridas e uma bandeira americana a adejar no alpendre. No interior, as paredes estavam pintadas de cores alegres, e havia uma jarra com flores frescas em cima da mesa da sala de jantar. A casa estava asseada, mas não a um ponto neurótico. Na cozinha, reparou que havia algum dinheiro em cima da mesa, juntamente com um bilhete dirigido a Blaze. Quando Ronnie viu Blaze a meter algumas notas ao bolso e a ler o bilhete, a amiga explicou-lhe que a mãe lhe deixava sempre dinheiro. Era uma maneira de saber que a filha estava bem quando não ia passar a noite a casa.

Que estranho.

A sua maior preocupação era ter oportunidade de conversar com Blaze a respeito de Marcus, embora soubesse que não valeria de nada. Só Deus sabia as vezes que tentara fazer isso com Kayla — Kayla vivia em estado de negação —, mas, mesmo assim, não fazia sentido. Marcus só lhe traria problemas, e saltava aos olhos que Blaze estaria muito melhor sem ele. Admirava-se por a própria Blaze não ser capaz de entender isso. Talvez amanhã, na praia, pudessem conversar a respeito desse assunto.

— Estamos a incomodar-te?

Ao dar meia-volta, deparou com Marcus à sua frente. Trazia uma bola de fogo que fazia rebolar por cima das costas da mão.

— Só me apeteceu vir até à água.

— Queres que te vá buscar uma cerveja?

Pelo tom com que fez a pergunta, Ronnie percebeu logo que Marcus já sabia qual seria a resposta dela.

— Não bebo álcool.

— Porquê?

«Porque induz as pessoas a fazerem disparates», poderia ter sido a sua justificação. Mas preferiu não dizer nada. Sabia que qualquer explicação seria apenas um pretexto para prolongar a conversa.

— Não bebo, e pronto. É só isso.

— Dizes que não e basta?[6] — espicaçou-a ele.

— Se é assim que queres.

No escuro, tinha um leve sorriso, mas os olhos continuavam a ser dois abismos inescrutáveis. — Consideras-te superior a nós?

— Não.

— Então vê lá se te deixas disso. — Apontou para a fogueira.

— Vem sentar-te ao pé de nós.

— Estou bem aqui.

Relanceou por cima do ombro. Nas suas costas, Ronnie reparou em Blaze a vasculhar a geleira à procura de mais uma cerveja, que era a última coisa de que ela precisava. Já mal se aguentava nas pernas.

De repente, Marcus avançou um passo na direcção dela, pousando-lhe as mãos na cintura. Apertou-a, puxando-a mais para junto dele.

— Vamos dar um passeio pela praia.

— Não — sibilou ela. — Não estou com disposição. E tira as mãos de cima de mim.

Marcus não se mexeu. Ronnie percebeu que ele estava a desfrutar da situação. — Estás preocupada com o que a Blaze possa pensar?

— Não quero e pronto, está bem?

— A Blaze não se importa.

Recuou um passo, aumentando a distância entre ambos.

— Mas importo-me eu — ripostou ela. — E já são horas de ir andando.

Ele continuou de olhos cravados nela. — Isso, vai. — Depois, ao fim duma pausa, disse em voz alta para que os outros o ouvissem: — Não, eu vou ficar por aqui. Mas, de qualquer maneira, obrigado pelo convite.

O choque de Ronnie foi demasiado para lhe permitir responder. Ao invés, dirigiu o olhar para o fundo da praia, ciente de que Blaze estava a observá-la, e a sua única preocupação foi fugir dali quanto antes.

---

[6] *Just say no*, no original. *Slogan* duma campanha contra a droga realizada nos Estados Unidos nas décadas de oitenta e noventa e amadrinhada pela então primeira-dama Nancy Reagan. (*NT*)

* * *

Em casa, o pai estava a tocar piano e, mal a viu transpor a porta, deitou uma espreitadela ao relógio. Depois do que acabara de acontecer, não estava com disposição para falar com ele e, assim, lançou-se pelo corredor fora sem o cumprimentar sequer. O pai, todavia, deve ter-lhe detectado qualquer coisa na expressão, porque a chamou.

— Está tudo bem contigo?

Ela hesitou. — Sim, tudo — assegurou-lhe.

— Tens a certeza?

— Não me apetece falar sobre isso.

Ele mirou-a atentamente antes de lhe responder. — Então, está bem.

— Mais alguma coisa?

— São quase duas da madrugada — salientou ele.

— E depois?

O pai debruçou-se sobre o teclado. — Se tiveres fome, há massa do frigorífico.

Teve de admitir que o pai a surpreendera com esta saída. Nem sermão, nem ordens, nem ditar leis. Precisamente o contrário da maneira como a mãe teria lidado com a situação. Abanou a cabeça e encaminhou-se para o quarto, a perguntar-se se alguém ou alguma coisa seria normal por aquelas bandas.

* * *

Esquecera-se de pendurar os cobertores nas janelas, e o sol inundou o quarto, acordando-a sem que tivesse conseguido dormir seis horas sequer.

A resmungar, virou-se para o outro lado e tapou a cabeça com a almofada, momento em que se lembrou do que acontecera na praia na noite da véspera. Posto isto, sentou-se, ciente de que tornar a adormecer estava fora de questão.

Não havia dúvida de que Marcus a conseguira assustar.

A primeira coisa que lhe ocorreu foi que deveria ter dito qualquer coisa na noite anterior, quando ele gritara. Algo do género: «Mas de que raio estás para aí a falar?» ou então: «Se julgas que eu iria a algum lado sozinha contigo, estás redondamente enganado!» Mas não dissera e estava desconfiada de que ter-se limitado a ir-se embora fora a pior coisa que poderia ter feito.

Precisava mesmo, *mesmo* de falar com Blaze.

Com um suspiro, deu um impulso para se levantar da cama e arrastou-se até à casa de banho. Sem demora, tomou um duche, vestiu um fato de banho por baixo da roupa e enfiou uma toalha e uma embalagem de protector solar dentro dum saco de praia. Quando ficou pronta, ouviu o pai a tocar piano. Outra vez. Mesmo quando ainda morava com eles, nunca tocara tanto. Ao concentrar-se na música, constatou que ele estava a tocar uma das peças que ela interpretara no Carnegie Hall, a mesma que a mãe tinha gravada no CD que tinham vindo a ouvir no carro.

Como se já não tivesse ralações que lhe chegassem.

Precisava de encontrar Blaze para lhe poder explicar o que se passara. Obviamente, atingir esse objectivo sem fazer Marcus passar por mentiroso poderia constituir um problema. Blaze preferiria acreditar em Marcus, e nem lhe passava pela cabeça o que ele lhe dissera depois de ela se ter vindo embora. Mas deixaria esse obstáculo para quando lá chegasse; com alguma sorte, o facto de estarem deitadas na areia iria apaziguar os ânimos, e ela poderia abordar o assunto de forma natural.

Ronnie saiu do quarto e percorreu o corredor no preciso instante em que a música vinda da sala de estar terminou, sendo de imediato seguida pela segunda composição que ela interpretara no Carnegie Hall.

Fez uma pausa, ajeitando o saco ao ombro. Era óbvio que ele iria fazer aquilo. Sem dúvida porque ouvira a água do chuveiro e percebera que a filha estava acordada. Sem dúvida porque desejava que ambos encontrassem uma base de entendimento mútuo.

Bom, hoje não, pai. Ele que a desculpasse, mas tinha assuntos a tratar. Não estava com a mais pequena disposição para aquilo.

Já se preparava para sair a correr porta fora quando viu Jonah sair da cozinha.

— Não te disse para preparares qualquer coisa saudável? — ouviu o pai a dizer ao irmão.

— E foi o que fiz. Estou a comer uma *Pop-Tart*.[7]

— Eu tinha em mente uma coisa mais do género dos flocos de cereais.

— Isto tem açúcar — disse Jonah com uma expressão muito séria.
— Eu preciso de energia, pai.

---

[7] Tipo de bolacha muito popular nos EUA, com uma variedade de recheios açucarados e, nalguns casos, cobertura de glacê. Pode ser consumida ao natural, torrada ou gelada. (NT)

Ronnie começou a atravessar rapidamente a sala de estar, na esperança de conseguir chegar à porta antes que o pai tentasse interpelá-la.

Jonah cumprimentou-a com um sorriso. — Olá, Ronnie!

— Olá, Jonah. Adeus, Jonah. — Estendeu a mão para o puxador da porta.

— Querida? — ouviu o pai a chamá-la. Interrompeu a música. — Podemos conversar a respeito da noite passada?

— Agora não tenho muito tempo para conversar — desculpou-se ela, ajeitando o saco.

— Só queria saber por onde é que andaste o dia todo.

— Em lado nenhum. Não é importante.

— Ai isso é que é importante.

— Não é, não, pai — retorquiu Ronnie, com firmeza na voz. — Não é nada. E tenho mais que fazer, está certo?

Jonah aproximou-se da porta com a sua *Pop-Tart* na mão. — E que vem a ser isso? Aonde é que vais agora?

Era precisamente este tipo de conversa que ela pretendia evitar. — Não é da tua conta.

— Quanto tempo é que te vais demorar?

— Não sei.

— Estás a pensar vir almoçar ou jantar a casa?

— Não sei — repetiu ela. — Agora tenho de me ir embora.

O pai começou uma vez mais a tocar piano. A *terceira* peça que ela interpretara no Carnegie Hall. Mais valia ter posto a tocar o CD da mãe.

— Mais logo, vamos lançar papagaios. Eu e o pai, quero eu dizer.

A irmã não deu mostras de o ter ouvido. Ao invés, virou-se repentinamente para o pai. — Quer fazer o favor de parar com isso? — disse em tom ríspido.

Ele parou abruptamente de tocar. — O quê?

— Essa música que está para aí a tocar! Acha que eu não reconheço essas peças? Eu já percebi o que é que está a tentar fazer e já lhe disse que me recuso a tocar.

— E eu acredito em ti — respondeu o pai.

— Então por que é que não desiste de me tentar fazer mudar de ideias? Por que é que, de cada vez que o vejo, está sempre aí sentado a martelar ao piano?

O pai mostrou-se genuinamente confuso. — Não tem nada que ver contigo — justificou-se ele. — É só... que me deixa mais bem-disposto.

— Bom, pois a mim, deixa-me agoniada. Ainda não percebeu? Odeio o piano! Odeio o facto de ter sido obrigada a tocá-lo todos os dias sem excepção! E odeio ser obrigada a ver essa maldita coisa!

Antes que o pai tivesse oportunidade de dizer fosse o que fosse, Ronnie deu meia-volta aos calcanhares, arrancou a *Pop-Tart* das mãos de Jonah e irrompeu porta fora.

* * *

Levou algumas horas até encontrar Blaze na mesma discoteca onde tinham estado na véspera, a meia dúzia de quarteirões de distância do molhe. Ronnie não soubera o que esperar da primeira vez que tinha estado na loja — parecia-lhe um tanto ou quanto antiquada numa época de *iPods* e *downloads* —, mas Blaze garantira-lhe que a experiência valeria a pena, e valera, de facto.

Para além dos CD, a discoteca vendia mesmo álbuns de vinil, aos milhares, a maior parte provavelmente artigos de colecção, incluindo um exemplar por estrear de *Abbey Road* e uma imensidão de velhos *singles* pendurados nas paredes com assinaturas de artistas como Elvis Presley, Bob Marley e Ritchie Valens. Ronnie ficou espantada por não estarem guardados a sete chaves. Deviam ser valiosos, mas o indivíduo que estava à frente da discoteca tinha um ar descontraído e parecia conhecer toda a gente. Usava o cabelo grisalho comprido apanhado num rabo-de-cavalo que lhe chegava à cintura e uns óculos à John Lennon. Trazia sandálias e uma camisa havaiana, e, apesar de ter idade suficiente para ser avô de Ronnie, sabia mais de música que qualquer outra pessoa que tivesse conhecido na vida, incluindo uma série de material *underground* que ela nunca ouvira em Nova Iorque. Ao longo da parede do fundo, viam-se auriculares onde os clientes podiam ouvir quer os álbuns quer os CD, ou descarregar música para os *iPods*. Ao espreitar pela vitrina nessa manhã, vira Blaze de pé, com uma mão em concha a segurar um auricular contra o ouvido, a outra a bater na mesa ao ritmo do que quer que estivesse a ouvir.

Nem por sombras estava preparada para ir passar um dia à praia.

Ronnie inspirou fundo e entrou na discoteca. Por muito mau que pudesse parecer — logo para começar, achava que Blaze não se deveria ter embebedado —, tinha uma réstia de esperança de que a amiga tivesse estado tão toldada que nem se lembrasse do que se passara. Ou, melhor ainda, que tivesse estado sóbria o suficiente para perceber que Ronnie não tinha qualquer interesse em Marcus.

Mal começou a descer o corredor cheio de CD, Ronnie teve a sensação de que Blaze estava à sua espera. Baixou o volume dos auriculares, embora não os tirasse dos ouvidos, e virou-se para ela. Ronnie ainda estava a ouvir a música, qualquer coisa barulhenta e irritante que não reconheceu. Blaze agarrou nos CD.

— Pensei que fôssemos amigas — começou ela.

— E somos — salientou Ronnie. — E tenho andado este tempo todo à tua procura, porque não quero que fiques com uma ideia errada do que se passou ontem à noite.

A expressão de Blaze era gélida. — Estás a referir-te a convidares o Marcus para ir dar um passeio contigo?

— Não foi isso que aconteceu — insistiu Ronnie. — Eu não o convidei para coisa nenhuma. Não sei quais eram as intenções dele...

— As intenções dele? As intenções *dele?* — Blaze arrancou os auriculares dos ouvidos. — Eu bem vi a maneira como tu estavas a olhar para ele! Eu ouvi o que tu lhe disseste!

— Mas eu não lhe disse nada! Eu não o convidei para dar passeio nenhum...

— Tu tentaste beijá-lo!

— De que é que estás para aí a falar? Eu não tentei nada beijá-lo... Blaze avançou um passo. — Foi o que ele me contou!

— Então mentiu-te! — ripostou Ronnie, mantendo-se firme. — Aquele fulano tem um problema grave qualquer...

— Não... não... não te atrevas sequer a ir por aí...

— Ele mentiu-te. Eu não o beijei nada. Eu nem sequer gosto dele. O único motivo por que estava ali foi por tu teres insistido para que fôssemos.

Durante um momento prolongado, Blaze manteve-se em silêncio. Ronnie perguntou-se se teria finalmente conseguido fazer-se entender.

— Como queiras — disse Blaze por fim, o tom de voz a transmitir claramente o significado das suas palavras.

Afastou Ronnie com um encontrão e encaminhou-se para a porta. Ronnie ficou a vê-la a ir-se embora, sem saber se estava magoada ou zangada com a forma como Blaze acabara de reagir, até que decidiu que era um pouco de ambas as coisas. Através da vitrina, viu Blaze a desaparecer a passo enfurecido.

Era no que dava tentar compor as situações.

Ronnie ficou sem saber o que fazer a seguir: não queria ir para a praia, mas também não queria voltar para casa. Não tinha um automóvel à disposição, e não conhecia rigorosamente ninguém ali. O que significava... o quê? Que talvez acabasse por passar o Verão num banco de jardim qualquer a dar de comer aos pombos como faziam os frequentadores mais excêntricos de Central Park. Que talvez acabasse a chamar cada um deles pelo nome...

À saída, os seus pensamentos foram interrompidos pelo disparo súbito dum alarme, e ela olhou de relance por cima do ombro, a princípio de curiosidade e depois de confusão, quando se apercebeu do que é que estava a suceder. A discoteca só tinha uma entrada.

Quando deu por ela, o indivíduo do rabo-de-cavalo estava a correr no encalço dela.

Não tentou fugir porque sabia que não fizera nada de mal; quando o empregado da discoteca lhe pediu que lhe mostrasse o saco, não viu qualquer motivo para não lhe satisfazer a vontade. Era óbvio que se tratava dum mal-entendido, e foi só quando ele retirou dois CD e meia dúzia de *singles* assinados do saco que se apercebeu de que tinha razão quanto ao pressentimento de que Blaze estivera à espera dela. Os CD eram os mesmos que vira na mão de Blaze, e esta retirara os *singles* da parede. Em estado de choque, compreendeu que Blaze já trazia o plano premeditado.

Com uma tontura súbita, mal ouviu o empregado da loja a dizer--lhe que a polícia já vinha a caminho.

CAPÍTULO 11

STEVE

Depois de adquirirem os materiais necessários, principalmente placas de madeira e de contraplacado, Steve e Jonah passaram a manhã a vedar o recanto do piano. O resultado não ficou bonito — o pai teria ficado mortificado —, mas Steve concluiu que teria de chegar. Sabia que o bangaló acabaria por ser demolido; a valer alguma coisa, o terreno valia mais sem a casa. O bangaló tinha de cada lado mansões em miniatura de três pisos, e Steve estava certo de que os vizinhos que lá moravam consideravam a sua casa um atentado à vista que fazia baixar o valor das respectivas propriedades.

Steve martelou um prego, pendurou a fotografia de Ronnie e de Jonah que tirara da parede junto ao piano, e recuou um passo a fim de examinar o resultado da sua obra.

— Que tal te parece? — perguntou ele a Jonah.

O filho franziu o nariz. — Parece que construímos uma parede feia de contraplacado e lhe penduramos uma fotografia. E agora já não vai poder continuar a tocar piano.

— Eu sei.

Jonah inclinou a cabeça dum lado para o outro. — E também acho que está torto. Faz uma espécie de curva para fora e para dentro.

— Não estou a ver nada.

— Está a precisar de óculos, pai. E continuo sem perceber por que é que lhe foi dar para montar isto.

— A Ronnie disse que não queria tornar a ver o piano.

— E depois?

— Como não tenho nenhum sítio onde o possa esconder, decidi montar uma parede. Agora ela já não é obrigada a vê-lo.

— Oh — disse Jonah, a pensar. — Sabe, eu também não gosto nada de ter de fazer os trabalhos de casa. Aliás, nem sequer gosto de os ver amontoados em cima da minha secretária.

— Estamos no Verão. Não tens de fazer trabalhos de casa.

— Só estou a sugerir que talvez fosse boa ideia construir uma parede em volta da minha secretária.

Steve conteve o riso. — Talvez seja melhor conversares com a tua mãe a respeito disso.

— Eu ou o pai.

Steve cedeu a uma gargalhada à socapa. — Já estás com fome?

— O pai disse que íamos lançar papagaios.

— E vamos. Só queria saber se te apetece almoçar.

— Acho que me está a apetecer mais um gelado.

— Não me parece boa ideia.

— Uma bolacha? — insistiu Jonah em tom esperançoso.

— E que tal uma sanduíche de compota e manteiga de amendoim?

— Pode ser. Mas sempre vamos lançar o papagaio, não vamos?

— Vamos.

— A tarde toda?

— Enquanto tiveres vontade.

— Está bem. Nesse caso, como a sanduíche. Mas só se o pai também comer uma.

Steve sorriu, colocando um braço em volta dos ombros do filho.

— Combinado. — Encaminharam-se para a cozinha.

— Não sei se já reparou, mas a sala está muito mais pequena — observou Jonah.

— Pois está.

— A parede está torta.

— Pois está.

— E não condiz com as outras paredes.

— Aonde é que pretendes chegar?

Jonah assumiu uma expressão séria. — Só queria ter a certeza de que o pai não está a ficar maluco.

* * *

O tempo estava perfeito para lançar papagaios. Steve foi sentar-se numa duna situada a duas casas de distância da sua, a ver o papagaio ziguezaguear pelo céu. Jonah, como sempre a transbordar de energia, entreteve-se a correr dum lado ao outro da praia. Steve ficou a observá-

-lo com orgulho, surpreendido ao recordar-se de que, quando fazia o mesmo em miúdo, nem o pai nem a mãe o acompanhavam. Não eram más pessoas. Sabia que não. Nunca o maltrataram, nunca o deixaram passar fome, nunca discutiam na sua presença. Levavam--no ao dentista e ao médico uma ou duas vezes por ano, não lhe faltava de comer nem um casaco nas manhãs frias de Inverno e uma moeda no bolso para poder comprar leite na escola. Todavia, se o pai era estóico, a mãe não diferia muito, e Steve supunha que era esse o motivo que justificava que tivessem estado tantos anos casados. A mãe era originária da Roménia; o pai conhecera-a durante o serviço militar, enquanto estivera estacionado na Alemanha. Ela mal falava inglês quando se casaram e nunca questionara a cultura em que fora educada. Cozinhava as refeições, limpava a casa e tratava da roupa; da parte da tarde, trabalhava em *part-time* como costureira. Nos últimos anos de vida, sabia falar um inglês razoável, o bastante para se desvencilhar sozinha no banco e na mercearia, mas mesmo nessa altura tinha uma pronúncia suficientemente cerrada para que os outros tivessem por vezes dificuldade em entendê-la.

Era também católica devota, caso raro em Wilmington, à época. Ia todos os dias à missa e rezava o terço à noite, e, apesar de Steve apreciar a tradição e a cerimónia da missa dominical, o padre sempre lhe dera a impressão de ser um homem frio e arrogante, mais interessado nos preceitos da Igreja que no bem-estar do seu rebanho. Por vezes — muitas vezes, na realidade —, Steve interrogava-se sobre o destino que levaria a sua vida se não tivesse ouvido a música proveniente da Primeira Igreja Baptista quando tinha oito anos.

Quarenta anos decorridos, os pormenores tinham perdido a nitidez. Recordava-se vagamente de ter entrado lá numa tarde e de ter ouvido o Pastor Harris ao piano. Sabia que o pastor o deveria ter acolhido bem, visto que obviamente regressara, e o Pastor Harris acabara por se tornar o seu primeiro professor de música. A seu tempo começara a frequentar — e depois a abandonar — as aulas sobre a Bíblia que a igreja disponibilizava. Sob muitos aspectos, a igreja baptista tornara-se a sua segunda casa e o Pastor Harris tornara-se o seu segundo pai.

Lembrava-se de que a mãe não ficara muito satisfeita com isso. Quando estava contrariada, punha-se a resmungar em romeno e, durante anos, sempre que ele saía para a igreja, ouvia palavras e frases ininteligíveis enquanto ela fazia o sinal da cruz e o obrigava a usar um escapulário. Na perspectiva dela, ter um pastor baptista a ensinar o filho a tocar piano era equivalente a jogar à macaca com o diabo.

Mas nunca o proibiu, e era quanto bastava. Steve não dava importância ao facto de a mãe não comparecer às reuniões com os professores, nem de ela nunca ler para ele ouvir, nem tão-pouco de nunca ninguém convidar a sua família para os churrascos ou festas da vizinhança. O que importava para ele era que ela o autorizara não apenas a encontrar a sua vocação, mas também a segui-la, mesmo desconfiando do motivo. E que, sem ele perceber bem como, conseguira fazer com que o pai, que ridicularizava a ideia de ganhar a vida por meio da música, não o proibisse disso mesmo. E, por esta razão, haveria de contar sempre com o amor do filho.

Jonah continuou a correr para trás e para diante, embora o papagaio não lho exigisse. Steve sabia que a brisa soprava com força suficiente para o manter a voar sem auxílio. Vislumbrava os contornos dum símbolo do Batman recortados contra duas nuvens escuras em forma de cúmulos, do género que prometia chuva. Embora a tempestade de Verão não fosse prolongada — talvez uma hora até o céu tornar a desanuviar —, Steve levantou-se para avisar Jonah que talvez fosse altura de voltarem para casa. Ainda não tinha dado meia dúzia de passos quando reparou numa série de linhas ténues na areia que conduzia à duna localizada nas traseiras da casa, rastos que vira por diversas vezes durante a sua infância e adolescência. Esboçou um sorriso.

— Olha, Jonah! — chamou-o, seguindo o rasto. — Chega aqui! Há uma coisa que gostava que visses!

Jonah veio a correr até junto dele, com o papagaio a puxar-lhe por um braço. — O que é?

Steve desceu a duna até a um ponto em que se fundia com a praia propriamente dita. Quando o filho se postou a seu lado, viam-se apenas alguns ovos quase à superfície.

— O que é isto? — indagou Jonah.

— É um ninho de tartaruga-boba — esclareceu-o Steve. — Mas não te chegues muito perto. Nem lhes toques. Não devemos incomodá-las.

Jonah debruçou-se para ver melhor, ainda a segurar o papagaio.

— O que é uma tartaruga-boba? — inquiriu ele, ofegante, a tentar controlar o papagaio.

Steve pegou num pedaço de madeira que dera à costa e começou a desenhar um círculo amplo em redor do ninho. — É uma tartaruga que vive no mar. Está em vias de extinção. Dão à costa durante a noite para porem os ovos na praia.

— Nas traseiras da nossa casa?

— Este é um dos locais onde as tartarugas-bobas fazem o ninho. Mas o mais importante que deves saber é que estão em vias de extinção. Sabes o que é que isso quer dizer?

— Quer dizer que estão a morrer — respondeu Jonah. — Eu vejo o Planeta Animal, sabia?

Steve concluiu o círculo e pôs de lado o bocado de madeira. Quando se ia a levantar, sentiu uma pontada de dor, mas não fez caso.

— Não exactamente. Quer dizer que se não tentarmos ajudá-la e não tivermos cuidado, a espécie poderá desaparecer.

— Como os dinossauros?

Steve preparava-se para responder quando ouviu o telefone tocar na cozinha. Deixara a porta das traseiras aberta para arejar a casa e foi andando e correndo pela areia até alcançar o alpendre. Estava ofegante quando atendeu o telefone.

— Pai? — ouviu na extremidade oposta do fio.

— Ronnie?

— Preciso de que me venha buscar. Estou na esquadra da polícia.

Steve levou a mão à cana do nariz e esfregou-a. — Está bem — acedeu. — Vou já a caminho.

* * *

O Agente Johnson informara-o do que se passava, mas sabia que Ronnie ainda não estava pronta para conversar sobre o assunto. Jonah, todavia, não parecia incomodado com isso.

— A mamã vai ficar furiosa — observou ele.

Steve reparou nos maxilares da filha a retesar-se.

— Eu não fiz nada — declarou ela.

— Então quem foi que fez?

— Não quero falar sobre isso — disse ela. Cruzou os braços diante do peito e encostou-se à porta do carro.

— A mamã não vai gostar nada de saber.

— Eu não fiz nada! — repetiu Ronnie, virando-se repentinamente para o irmão. — E proíbo-te de que lhe digas que fui eu. — Fez questão de frisar que estava a falar a sério antes de se voltar para o pai.

— Eu não fiz nada, pai — insistiu ela. — Juro por Deus que não. O pai tem de acreditar em mim.

Steve pressentiu-lhe o desespero na voz, mas não pôde deixar de recordar a aflição de Kim quando conversaram a respeito do caso de Ronnie. Reflectiu na forma como a filha se andava a comportar desde que ali chegara e no tipo de pessoas com quem travara amizade.

Com um suspiro, sentiu as poucas forças que lhe restavam a dissiparem-se. Diante dos seus olhos, o Sol era uma esfera quente dum laranja ofuscante, e, acima de tudo, percebeu que a filha precisava de ouvir a verdade.

— Eu acredito em ti — disse-lhe.

* * *

Quando chegaram a casa, estava a começar a anoitecer. Steve foi até à duna verificar o ninho da tartaruga. Estava um daqueles finais de tarde magníficos típicos das Carolinas — uma brisa suave, o céu, uma manta de milhares de cores variegadas — e, a curta distância da praia, logo a seguir aos barcos de corrida, avistou um grupo de golfinhos a brincar. Passavam em frente da casa duas vezes por dia, e recordou a si próprio para avisar o filho para se manter atento a ver se os via. Jonah haveria sem dúvida de querer nadar até lá para se tentar aproximar deles e tocar-lhes; Steve costumava fazer o mesmo quando era novo, mas nunca fora bem sucedido.

A ideia de ter de telefonar a Kim a informá-la do sucedido apavorava-o. Adiando a decisão, sentou-se na duna junto ao ninho, a contemplar o que restava do rasto da tartaruga. Entre o vento e os veraneantes, a maior parte fora completamente apagado. Para além dum pequeno entalhe no sítio onde a duna desembocava na praia, o ninho era praticamente invisível, e os escassos ovos que ele conseguia ver assemelhavam-se a pedras claras e lisas.

O vento trouxera um bocado de poliestireno e, quando se debruçou para o apanhar da areia, viu Ronnie a aproximar-se. Caminhava a passo lento, os braços cruzados diante do peito, a cabeça descaída de modo que o cabelo lhe ocultava quase completamente o rosto. Deteve-se a uma certa distância.

— O pai está zangado comigo? — perguntou-lhe ela.

Era a primeira vez desde que ali chegara que se dirigia a ele sem dar sinais de raiva ou de frustração.

— Não — tranquilizou-a. — Nem por sombras.

— Então o que é que está aqui a fazer?

Steve apontou para o ninho. — Uma tartaruga-boba veio aqui pôr os ovos ontem à noite. Já alguma vez viste alguma?

Ronnie abanou a cabeça, e Steve prosseguiu. — São criaturas muito bonitas. Têm uma carapaça castanho-avermelhada e chegam a pesar mais de trezentos e cinquenta quilos. A Carolina do Norte é um dos poucos lugares onde fazem o ninho. Mas, seja como for, encontram-se em vias de extinção. Acho que apenas uma em mil atinge a idade adulta, e não quero que os guaxinins descubram o ninho antes de os ovos eclodirem.

— Como é que os guaxinins haveriam de saber que há aqui um ninho?

— Quando a fêmea da tartaruga-boba põe os ovos, urina. Os guaxinins conseguem farejar a urina dela e devoram-lhe os ovos todos. Quando eu era novo, descobri um ninho do lado oposto do molhe. Num dia estava tudo bem, e no dia seguinte fui dar com as cascas todas partidas. Fiquei muito pesaroso.

— Outro dia vi um guaxinim no nosso alpendre.

— Eu sei. Tem andado a vasculhar o lixo. E, mal entre em casa, vou enviar uma mensagem ao aquário. Se tivermos sorte, amanhã mandam cá alguém com uma gaiola especial para impedir a aproximação das criaturas.

— Então e esta noite?

— Acho que vamos precisar de ter fé.

Ronnie prendeu uma madeixa de cabelo atrás da orelha. — Pai? Posso perguntar-lhe uma coisa?

— Tudo o que quiseres.

— Por que é que disse que acreditava em mim?

De perfil, era capaz de ver em simultâneo a jovem em que a filha se estava a transformar e a menina que guardava na memória.

— Porque tenho confiança em ti.

— Foi por isso que construiu a parede para tapar o piano? — Olhou para ele, mas não foi capaz de o encarar de todo. — Quando entrei em casa, não pude deixar de reparar.

Steve abanou a cabeça. — Não. Fiz isso porque gosto muito de ti.

Ronnie rasgou um breve sorriso, hesitando antes de se sentar a seu lado. Ficaram a ver as ondas a rebentar ritmadamente ao longo da costa. A maré cheia não tardaria aí, e parte da praia desaparecera.

— O que é que me vai acontecer? — indagou ela.

— O Pete vai falar com a proprietária, mas não faço ideia. Alguns daqueles discos eram autênticas peças de colecção. São bastante valiosos.

Ronnie sentiu-se subitamente agoniada. — O pai já contou à mãe?

— Não.

— E vai contar?

— Provavelmente.

Ficaram algum tempo em silêncio. À beira-mar, viram passar um grupo de surfistas com as pranchas debaixo do braço. Ao longe, o mar encrespava-se lentamente, formando ondas que pareciam colidir umas nas outras antes de se tornarem a formar de imediato.

— Quando é que vai telefonar para o aquário?

— Logo que voltar para casa. Seja como for, tenho a certeza de que a esta hora o Jonah já deve estar com fome. O melhor será começar a fazer o jantar.

Ronnie olhou atentamente para o ninho. Com o aperto que sentia no estômago, não se conseguia imaginar a comer fosse o que fosse.

— Não quero que aconteça nada aos ovos das tartarugas esta noite.

Steve virou-se para ela. — E então o que é que queres fazer?

* * *

Horas mais tarde, depois de meter Jonah na cama, Steve foi até ao alpendre das traseiras ver como estava Ronnie. Antes disso, depois de ter enviado uma mensagem ao aquário, fora à loja comprar tudo o que achava que ela iria precisar: um saco-cama leve, um candeeiro de campismo, uma almofada barata e repelente de insectos.

Não se sentia à vontade a pensar em Ronnie a dormir ao relento, mas era óbvio que a filha estava determinada e ele admirava o impulso dela para proteger o ninho. Garantira-lhe que iria ficar bem e, até certo ponto, Steve acreditava que tinha razão. À semelhança da maior parte das pessoas criadas em Manhattan, aprendera a ser cuidadosa e vira e vivenciara o suficiente do mundo para saber que por vezes era um sítio perigoso. Para além de que o ninho ficava a menos de quinze metros da janela do quarto dele — que tencionava deixar aberta — e, por conseguinte, estava confiante de conseguir ouvir caso Ronnie se encontrasse em dificuldades. Dada o formato da duna batida pelo vento e a localização do ninho, era pouco provável que alguém que passasse pela praia desse sequer pela presença da filha.

Ainda assim, tinha apenas dezassete anos e ele era pai dela, o que, tudo somado, significava que o mais provável seria ir de vez em quando ver como ela estava. Ser-lhe-ia completamente impossível dormir toda a noite a sono solto.

A Lua estava reduzida a uma mera fatia fina, mas o céu apresentava-se límpido e, à medida que Steve se deslocava por entre as sombras, recordou a conversa que tinham tido. Perguntava-se como ela se sentiria perante a decisão dele de esconder o piano. Iria acordar no dia seguinte com a mesma atitude que tivera quando ali chegara? Não sabia. À medida que se acercava o suficiente para conseguir discernir os contornos da silhueta adormecida de Ronnie, o jogo de luz e sombra dava-lhe um ar a um tempo mais novo e mais velho do que na verdade era. Tornou a reflectir nos anos que perdera e que nunca haveria de recuperar.

Permaneceu ali o suficiente para o seu olhar varrer a praia duma extremidade à outra. Ao que via, não havia ninguém nas redondezas, e, assim, deu meia-volta e regressou para dentro de casa. Instalou-se no sofá e acendeu a televisão, percorrendo os canais até tornar a desligá-la. Por fim, foi para o quarto e meteu-se na cama.

Adormeceu quase imediatamente, mas acordou passado uma hora. Pé ante pé, foi novamente ver como estava a filha, a quem amava mais do que à própria vida.

CAPÍTULO 12

RONNIE

A primeira coisa de que se apercebeu ao acordar foi de que tinha o corpo todo dorido. Sentia as costas rígidas, doía-lhe o pescoço e, quando ganhou coragem para se sentar, uma pontada acutilante atingiu-lhe um ombro.

Não era capaz de conceber que alguém pudesse dormir ao relento por vontade própria. Quando era mais pequena, tinha alguns amigos que não se cansavam de gabar os encantos do campismo, mas ela achara que eram loucos varridos. Dormir no chão *doía*.

Tal como, claro estava, o sol ofuscante. A julgar pelo facto de andar a acordar com as galinhas desde que ali chegara, calculava que o dia de hoje não seria excepção. Ainda nem deviam ser sete da manhã. O Sol pairava baixo no horizonte, e viam-se algumas pessoas a passear os cães ou a fazer *jogging* à beira-mar. Teriam sem dúvida dormido nas suas camas. Não se conseguia imaginar a andar, quanto mais a fazer exercício. Naquele momento até dificuldade em respirar sem desmaiar tinha.

Enchendo-se de coragem, foi-se levantando aos poucos até que por fim se lembrou do motivo que a levara a dormir ali. Foi verificar o ninho, constatando com alívio que estava intacto, e, se bem que devagar, as dores e os achaques começaram a desaparecer. Perguntou--se inutilmente como é que Blaze seria capaz de dormir na praia, até que, de repente, se recordou do que a rapariga lhe fizera.

Detida por andar a roubar numa loja. Um delito grave.

Fechou os olhos, revivendo tudo o que se passara: os olhares de fúria que o empregado da discoteca lhe deitara até à chegada do polícia; o desapontamento do Agente Pete durante o trajecto até à esquadra; o telefonema terrível que se vira obrigada a fazer ao pai. Por pouco não vomitara durante o regresso a casa, ao lado do pai no carro.

Se havia algum lado animador em todo o sucedido, era o facto de o pai não ter perdido as estribeiras com ela. E, ainda mais inacreditável, assegurara-lhe que acreditava na inocência dela. Todavia, ainda não conversara com a mãe. Mal isso acontecesse, tudo estaria perdido. A mãe iria sem dúvida chorar e gritar até que o pai cedesse, e ele acabaria por pô-la de castigo porque fora isso que prometera à mãe. Depois do *Incidente*, a mãe deixara-a de castigo durante um mês, e aquilo era de longe mais grave que um mero incidente.

Tornou a sentir-se agoniada. Não se conseguia imaginar a passar um mês inteiro fechada no quarto, um quarto que, ainda por cima, seria obrigada a partilhar, num sítio onde não queria estar. Interrogou-se se a situação ainda poderia piorar mais. Enquanto esticava os braços por cima da cabeça, soltou um guincho ao sentir uma pontada aguda no ombro. Baixou-os lentamente, contraindo-se.

Passou os minutos seguintes a arrastar as suas coisas para o alpendre das traseiras. Apesar de o ninho ficar nas traseiras da casa, não queria que os vizinhos desconfiassem de que tinha dormido ao relento. A julgar pela imponência das suas casas, deviam ser o género de pessoas que queriam encontrar tudo com ar perfeito para a fotografia quando todas as manhãs se sentavam nos alpendres das traseiras a tomar o pequeno-almoço. O facto de saberem que alguém tinha estado a dormir ao relento à porta da sua casa não se enquadraria provavelmente nessa imagem de perfeição, e a última coisa que Ronnie desejava era tornar a ser alvo de aparato policial. Com a sorte que tinha, o mais certo seria ser detida por vagabundagem. Vagabundagem grave.

Foram precisas duas idas e vindas para conseguir levar tudo para casa — não teve forças para carregar com tudo duma vez só —, mas depois apercebeu-se de que se esquecera do seu exemplar d'*Ana Karenina* nas dunas. Fizera tenções de o ler na noite da véspera, mas, uma vez que o cansaço a impedira, pusera-o debaixo dum pedaço de madeira que dera à costa para que a humidade não o estragasse. Quando voltou atrás para o ir buscar, reparou em alguém com um fato-macaco bege a anunciar os Travões Blakelee, e que trazia na mão um rolo de fita adesiva amarela e meia dúzia de paus. Parecia vir da praia em direcção a sua casa.

Quando pegou no livro, o indivíduo já estava mais próximo, e andava agora de volta da duna. Precipitou-se na direcção dele, a matutar o que seria que andava ali a fazer, e foi então que ele se virou para ela. Quando os seus olhares se cruzaram, foi uma das raras ocasiões na sua vida em que ficou completamente sem saber o que dizer.

Reconheceu-o de imediato, apesar do fato-macaco. Na sua imaginação, vislumbrou-o em tronco nu, bronzeado e em forma, o cabelo castanho húmido de transpiração, uma pulseira de macramé no pulso. Era o rapaz do campo de voleibol que chocara contra ela, o rapaz cujo amigo se ia pegando à bulha com Marcus.

Detendo-se em frente dela, ele pareceu igualmente ficar sem saber o que dizer. Ao invés, limitou-se a fitá-la. Embora soubesse que o rapaz era maluco, teve a impressão de que ele sentiu uma certa satisfação por a encontrar uma vez mais. Percebeu isso pelo ar que fez quando a reconheceu, pela forma como lhe sorriu, nenhum dos quais fazia qualquer sentido.

— Olha, és tu — disse ele. — Bom dia.

Ronnie não soube ao certo o que pensar, para além de se admirar do tom amigável.

— O que é que estás aqui a fazer? — perguntou-lhe.

— Recebi um telefonema do aquário. Alguém ligou para lá na noite passada a dar notícia dum ninho de tartaruga-boba, e eles pediram-me que cá viesse ver o que se passava.

— Tu trabalhas para o aquário?

O rapaz abanou a cabeça. — Só colaboro como voluntário. Eu trabalho na oficina de automóveis do meu pai. Por acaso não viste um ninho de tartaruga por aqui?

Ronnie sentiu-se descontrair ligeiramente. — Fica mais além — respondeu ela, apontando.

— Olha que bom. — Sorriu-lhe. — Eu estava com esperança de que ficasse próximo da casa.

— Porquê?

— Por causa das tempestades. Se as ondas chegarem ao ninho, os ovos não vão aguentar.

— Mas são tartarugas marinhas.

Ele ergueu as mãos. — Eu sei. Para mim, também não faz sentido, mas é assim que a natureza funciona. No ano passado perdemos uma série de ovos por causa duma tempestade tropical. Ficámos desolados. Trata-se duma espécie em vias de extinção, não sei se sabes. Apenas uma em mil consegue atingir a idade adulta.

— Sei, pois.

— Ai sim? — O rapaz parecia admirado.

— O meu pai contou-me.

— Oh — disse ele. Apontou para a praia com um aceno cordato.

— Ao que percebo, moras aqui perto?

— Por que é que queres saber?

— Estou só a fazer conversa — apressou-se ele a responder. — A propósito, chamo-me Will.

— Olá, Will.

Ele fez uma pausa. — É curioso.

— O quê?

— Em geral, quando alguém se apresenta, a outra pessoa faz o mesmo.

— Eu não sou como as outras pessoas. — Ronnie cruzou os braços diante do peito, tendo o cuidado de manter a distância.

— Isso eu já percebi. — Rasgou-lhe um breve sorriso. — Peço desculpa por ter chocado contra ti durante o jogo de vólei.

— Já me tinhas pedido desculpa, lembras-te?

— Eu sei. Mas tu deste-me a impressão de ter ficado um bocado zangada comigo.

— Entornei o refrigerante todo na camisola.

— Isso é que foi uma pena. Mas acho que devias esforçar-te por tomares mais atenção ao que se passa à tua volta.

— Desculpa?

— É um jogo de movimentos rápidos.

Ronnie assentou as mãos nas ancas. — Estás a tentar sugerir que a culpa foi minha?

— Só estou a tentar evitar que o incidente se repita. Tal como já te disse, senti-me culpado pelo que aconteceu.

Com esta resposta, ela ficou com a sensação de que Will estava a tentar namoriscá-la, mas não percebeu bem porquê. Não fazia sentido: sabia que não fazia o género dele e, para ser sincera, nem tão-pouco ele fazia o seu. Contudo, àquela hora tão matutina, não estava com disposição para se pôr à procura de explicações. Ao invés, apontou para os objectos que ele trazia, a pensar que talvez fosse preferível retomarem o assunto que tinham em mãos. — Como é que essa fita adesiva vai conseguir manter os guaxinins afastados?

— Não consegue. Só vim aqui marcar o local do ninho. Aplico a fita em redor dos tacos para que os tipos que instalam as gaiolas saibam onde se encontra o ninho.

— E quando é que eles a vão instalar?

— Não faço ideia. — Will encolheu os ombros. — Talvez daqui a uns dois ou três dias.

Ronnie lembrou-se do tormento que sentira ao acordar e começou a abanar a cabeça. — Não, não me parece. Telefona-lhes e diz-lhes que têm de vir resolver o problema do ninho *hoje* sem falta. Diz-lhes que ontem à noite eu vi um guaxinim a rondar o ninho.

— E viste?

— Basta que lhes digas isso, está bem?

— Logo que me despachar daqui, telefono-lhes. Está prometido.

Ronnie contemplou-o com uma olhadela de soslaio, a pensar que fora fácil *de mais*, contudo, antes que tivesse tempo para matutar mais no assunto, o pai apareceu nos degraus do alpendre das traseiras.

— Bom dia, minha querida — cumprimentou-a ele. — O pequeno-almoço está quase pronto, para o caso de estares com fome.

O olhar de Will dirigiu-se ao pai e regressou a Ronnie. — Moras aqui?

Ao invés de lhe responder, ela recuou um passo. — Vê lá se não te esqueces de informar as pessoas do aquário, está bem?

Apressou-se a voltar para casa, mas, quando ia a subir para o alpendre, ouviu Will chamá-la.

— Ei!

Deu meia-volta aos calcanhares.

— Não me disseste como é que te chamavas.

— Pois não — respondeu-lhe ela. — Também me parece que não.

À medida que se encaminhava para a porta, recordou-se de que não deveria olhar para trás, mas não conseguiu resistir a dar uma espreitadela por cima do ombro.

Quando o viu arquear uma sobrancelha, censurou-se para com os seus botões, satisfeita por não lhe ter dito como se chamava.

* * *

Foi dar com o pai na cozinha, ao fogão, de volta duma frigideira, mexendo-a com uma espátula. Na bancada a seu lado, encontrava-se uma embalagem de tortilhas, e Ronnie viu-se forçada a admitir que o que quer que ele estivesse a preparar tinha um aroma delicioso.

— Olá — disse ele por cima do ombro. — Quem era aquele rapaz com quem estavas a falar?

— Um tipo qualquer do aquário. Veio cá marcar o ninho. O que é que está a cozinhar?

— Um pequeno-almoço vegetariano à base de burrito.

— Está a gozar comigo.

— Leva arroz, feijões e tofu. E a seguir mistura-se tudo na tortilha. Espero que gostes. Descobri a receita na Internet e, por isso, não posso garantir que fique bom.

— Tenho a certeza de que vai ficar — disse a filha. Cruzou os braços diante do peito, decidida a pôr o assunto para trás das costas duma vez por todas. — Já falou com a mãe?

O pai abanou a cabeça. — Não, ainda não. Mas estive ainda agora a falar com o Pete. Ele disse-me que ainda não conseguiu falar com a proprietária da loja. Ela tem estado para fora.

— Ela?

— Parece que o indivíduo que lá trabalha é sobrinho da dona. Mas o Pete garantiu-me que a conhecia muito bem.

— Oh — disse Ronnie, a interrogar-se se isso faria alguma diferença.

O pai bateu com a espátula na frigideira. — Em qualquer dos casos, decidi que será melhor esperar até estar de posse de todas as informações antes de telefonar à tua mãe. Não me agrada nada apoquentá-la sem necessidade.

— Está a querer dizer que talvez não tenha de lhe contar?

— A menos que tu faças questão de que conte.

— Não, está bem assim — apressou-se Ronnie a dizer. — Tem razão. Talvez seja melhor esperarmos.

— Muito bem — concordou ele. Deu mais uma mexedela e apagou o lume. — Acho que isto já deve estar pronto. Estás com fome?

— Esfomeada — confessou Ronnie.

Enquanto ela se aproximava, o pai tirou um prato do armário e deitou-lhe a tortilha, acrescentando em seguida um pouco do recheio com uma colher. Em seguida, ofereceu-lho. — Achas que chega?

— E sobra — assegurou-lhe ela.

— Queres café? Tenho uma cafeteira pronta. — Pegou numa chávena e entregou-lha. — O Jonah comentou comigo que às vezes vais ao Starbucks e, por isso, foi desse café que comprei. É possível que não seja tão bom como o que fazem nas lojas, mas fiz o melhor que pude.

Ronnie aceitou a chávena, de olhar fixo no pai. — Por que é que está a ser tão simpático comigo?

— E por que não haveria de ser?

«Porque eu não tenho sido muito simpática consigo», poderia ter sido a sua resposta. Mas não foi. — Obrigada — tartamudeou ela ao invés, a julgar que tudo aquilo mais se parecia com um episódio esquisito d'*A Quinta Dimensão*, em que o pai, sem se saber como nem porquê, se esquecera completamente dos últimos três anos.

Serviu-se dum pouco de café e foi sentar-se à mesa. Steve seguiu-lhe de imediato o exemplo e começou a enrolar o seu burrito.

— Como é que correu a noite passada? Dormiste bem?

— Bem, enquanto estive a dormir. Acordar é que já não foi tão fácil.

— Apercebi-me tarde de mais que deveria ter comprado antes um colchão insuflável.

— Não faz mal. Mas acho que, depois de tomar o pequeno-almoço, me vou deitar um bocado. Ainda não descansei tudo o que tinha a descansar. Foram dois dias muito compridos.

— Nesse caso, talvez fosse preferível não beberes café.

— Não faz diferença. Acredite em mim, vou dormir que nem uma pedra.

Atrás deles, Jonah entrou na cozinha com um pijama dos Transformers vestido, o cabelo todo espetado. Ronnie não foi capaz de conter um sorriso.

— Bom dia, Jonah — cumprimentou-o ela.

— Está tudo bem com as tartarugas?

— Tudo óptimo — assegurou-lhe a irmã.

— Bom trabalho — elogiou-a ele. Aproximou-se do fogão a coçar as costas. — O que é que há para o pequeno-almoço?

— Burritos — esclareceu-o o pai.

Jonah examinou o refogado na frigideira com ar desconfiado, em seguida os ingredientes em cima da bancada. — Não me diga que agora lhe deu para ser gótico, pai?

Steve esforçou-se por conter um sorriso. — Está bom.

— É tofu! Que nojo!

Ronnie riu-se ao afastar a cadeira da mesa. — Então e por que é que não comes uma *Pop-Tart?*

Jonah afivelou um ar de quem ponderava se a pergunta estaria armadilhada. — Com leite de chocolate?

Ronnie deitou uma olhadela ao pai.

— O que não falta no frigorífico é leite — disse este.

Encheu-lhe um copo de leite e pousou-o em cima da mesa. Jonah não se mexeu. — Muito bem, o que é que se passa?

— O que é que se passa como?

— Isto não é normal — observou ele. — Há uma pessoa que deveria estar zangada. Há uma pessoa que de manhã está sempre zangada.

— Por acaso referes-te a mim? — indagou Ronnie. Enfiou duas *Pop-Tarts* na torradeira. — Eu estou *sempre* bem-disposta.

— Pois, não me digas — retorquiu ele. Olhou para a irmã de soslaio. — Tens mesmo a certeza de que está tudo bem com as tartarugas? Porque vocês estão os dois com cara de que elas morreram.

— Estão óptimas, garanto-te — tranquilizou-o Ronnie.

— Vou lá ver.

— Força.

O irmão examinou-a com olhar atento. — Depois do pequeno--almoço — acrescentou.

Steve sorriu e deitou uma olhadela à filha. — Então qual é o programa para hoje? — perguntou-lhe. — Depois de fazeres a tua sesta?

Jonah pegou no copo de leite. — Tu nunca fazes a sesta.

— Quando estou cansada, faço.

— Não — insistiu ele. — Há aqui qualquer coisa que não bate certo. — Pousou novamente o copo. — Há aqui qualquer coisa estranha, e eu não vou descansar enquanto não descobrir o que é.

* * *

Após concluir a refeição — e após ter conseguido sossegar Jonah —, Ronnie retirou-se para o quarto. Steve levou-lhe algumas toalhas, que pendurou no varão das cortinas, embora Ronnie as dispensasse. Adormeceu quase de imediato e só tornou a acordar a meio da tarde, banhada em suor. Depois de tomar um duche fresco e demorado, passou pela oficina para informar o pai e o irmão do que tencionava fazer. Ainda não houvera menção a um eventual castigo imposto pelo pai.

Era possível, obviamente, que ele se decidisse a castigá-la mais tarde, depois de ter conversado com o polícia ou com a mãe. Ou então talvez lhe tivesse dito a verdade — talvez tivesse acreditado nela quando lhe assegurara a sua inocência.

Não seria óptimo?

Em qualquer dos casos, teria de falar com Blaze, e passou as duas horas seguintes à procura dela. Passou por casa da mãe da rapariga e pelo *diner*, e, embora não tivesse transposto a porta, espreitou pelas vitrinas da discoteca, com o coração num alvoroço, assegurando-se de que o proprietário estava de costas voltadas. Blaze também não estava lá.

Postada no molhe, perscrutou a praia duma extremidade à outra, em vão. Era possível, claro estava, que Blaze tivesse ido para Bower's Point; era um dos poisos predilectos do bando de Marcus. Mas não queria ir lá sozinha. A última coisa que queria era vê-lo, muito menos tentar pôr algum juízo na cabeça de Blaze com ele por perto.

Já se preparava para desistir e voltar para casa quando reparou em Blaze a sair por entre as dunas um pouco mais adiante. Precipitou-se para os degraus, tendo o cuidado de não a perder de vista, em seguida lançou-se numa corrida pela praia fora. Se Blaze viu Ronnie a vir na sua direcção, não deu qualquer sinal de se importar. Ao invés, à medida que Ronnie se aproximava, sentou-se numa duna e pôs-se a contemplar o mar.

— Tens de contar à polícia o que fizeste — instou-a Ronnie sem rodeios.

— Eu não fiz nada. E quem foi apanhada foste tu.

Ronnie teve vontade de lhe dar uns abanões. — Quem pôs aqueles *singles* e os CD no meu saco foste tu!

— Ai isso é que não fui.

— Eram os mesmos CD que estavas a ouvir!

— E, da última vez que os vi, continuavam ao pé dos auriculares.

— Blaze recusava-se a encará-la.

Ronnie começou a sentir o sangue a aflorar-lhe às faces. — O caso é grave, Blaze. Trata-se da minha vida. Não posso ser acusada dum delito grave! Eu contei-te o que é que já me aconteceu!

— Ah, bom.

Ronnie comprimiu os lábios para não rebentar. — Por que é que me fizeste isto?

Blaze levantou-se, sacudindo a areia das calças de ganga. — Eu não te fiz nada — afirmou ela. A sua voz era impávida e fria. — E foi exactamente isso que disse à polícia hoje de manhã.

Incrédula, Ronnie ficou a ver Blaze a afastar-se, com um ar de quem quase acreditava no que acabara de dizer.

* * *

Ronnie regressou ao molhe.

Não lhe apetecia voltar para casa, ciente de que, mal o pai falasse com o Agente Pete, ficaria a par da versão de Blaze. Pois, talvez ele continuasse a encarar a situação com calma — mas e se deixasse de acreditar nela?

E o que é que motivara Blaze a fazer aquilo? O que acontecera com Marcus? Ou Marcus a convencera a fazer aquilo, porque ficara furioso com a maneira como Ronnie o rejeitara, ou Blaze acreditava que Ronnie estava empenhada em roubar-lhe o namorado. Naquele momento, inclinava-se mais para a segunda hipótese, embora, contas feitas, isso não tivesse grande importância. Fosse qual fosse a sua motivação, Blaze estava a mentir e mais que disposta a destruir a vida de Ronnie.

Não comia nada desde o pequeno-almoço, mas, com o nó que sentia no estômago, também não tinha fome. Ao invés, sentou-se no molhe até o Sol descer no horizonte, a ver a água passar de azul a cinzento e depois finalmente a carvão. Não esteve sozinha: ao longo do molhe, havia pessoas a pescar, apesar de, ao que via, os peixes andarem meio arredios. Uma hora mais tarde, apareceu um casal jovem com sanduíches e um papagaio. Reparou nos olhares meigos que trocavam entre si. Calculou que andassem na faculdade — pouco mais velhos que ela deveriam ser —, mas havia uma afectuosidade natural entre ambos que ainda não vivenciara em nenhum dos relacionamentos que tivera até à data. Claro, já tinha tido namorados, mas nunca estivera apaixonada, e havia ocasiões em que duvidava de que isso algum dia lhe fosse acontecer. Depois do divórcio dos pais, desenvolvera um certo cepticismo em relação ao amor, e o mesmo se aplicava à maioria das suas amigas. Eram quase todas filhas de pais divorciados e, por conseguinte, talvez a culpa residisse aí.

Quando os derradeiros raios de Sol estavam a desaparecer do céu, regressou a casa. Hoje queria chegar a horas decentes. Era o mínimo que podia fazer para mostrar ao pai que dava o devido valor à atitude compreensiva dele. E, não obstante a sesta dessa manhã, continuava cansada.

Quando chegou à entrada do molhe, optou por seguir pelo bairro comercial ao invés de continuar pela praia. Mal contornou a esquina do *diner*, percebeu que tomara a decisão errada. Deparou com uma silhueta indistinta encostada ao capô dum automóvel, a segurar uma bola de fogo na mão.

Marcus.

Só que, desta feita; estava sozinho. Ronnie deteve-se, sentindo o ar a ficar-lhe preso na garganta.

Ele afastou-se do carro com um impulso e veio na direcção dela, o efeito das luzes da rua a deixar-lhe metade do rosto envolto na escuridão. Fez rebolar a bola de fogo pelas costas da mão, de olhar fixo em Ronnie, até a bola lhe tornar a rebolar para o pulso. Apertou a bola na mão, apagando-a, e abeirou-se de Ronnie.

— Olá, Ronnie — disse. O sorriso dava-lhe um ar ainda mais sinistro.

Ela ficou onde estava, decidida a que Marcus percebesse que não tinha medo dele. Muito embora até tivesse.

— O que é que queres? — interrogou-o, recriminando-se intimamente pelo leve tremor da voz.

— Vi-te a passar e lembrei-me de te vir cumprimentar.

— E já cumprimentaste — ripostou ela. — Adeus.

Preparou-se para seguir o seu caminho, mas ele barrou-lhe a passagem.

— Ouvi dizer que tens tido uns problemas com a Blaze — sussurrou ele.

Ronnie inclinou-se para trás, a pele a arrepiar-se-lhe. — O que é que sabes acerca disso?

— O suficiente para não acreditar nela.

— Não estou com disposição para isto.

Ela desviou-se uma vez mais, tentando contorná-lo, e desta feita Marcus deixou-a passar, mas não tardou a chamá-la.

— Não te vás embora. Vim à tua procura, porque quero que saibas que eu talvez seja capaz de a convencer a desistir do que te está a fazer.

Mesmo contra vontade, Ronnie hesitou. À luz difusa, Marcus cravou os olhos nela.

— Eu devia ter-te avisado de que a Blaze é muito ciumenta.

— E foi por isso que fizeste o possível por complicar ainda mais as coisas, não é verdade?

— Naquela noite eu só estava a brincar. Achei piada àquilo. Achas que me passou pela cabeça que ela faria uma coisa daquelas?

«Está claro que acho», pensou Ronnie. «E era precisamente isso que tu querias.»

— Então conserta o teu erro — disse ela. — Fala com a Blaze, faz o que quer que tenhas a fazer.

Marcus abanou a cabeça. — Tu não percebeste o que eu te quis dizer. Eu disse que *talvez* conseguisse meter-lhe juízo na cabeça. Se...

— Se o quê?

Ele encurtou o espaço entre ambos. As ruas, reparou Blaze, estavam sossegadas. Não se via vivalma, nenhum automóvel no cruzamento.

— Tenho andado a pensar que podíamos ser... amigos.

Ronnie sentiu novamente o rubor a assomar-lhe às faces, e a exclamação saiu-lhe antes de se conseguir conter. — O quê!?

— Ouviste o que te disse. E eu resolvo a situação.

Apercebeu-se de que ele estava suficientemente próximo para lhe tocar e recuou um passo súbito. — Afasta-te mas é de mim!

Deu meia-volta e largou a correr, sabendo que Marcus iria atrás dela, consciente de que ele conhecia a zona melhor que ela, aterrorizada com a ideia de que ele a pudesse agarrar. Sentia o coração a martelar-lhe no peito, ouvia a sua respiração acelerada.

A casa não ficava longe, mas Ronnie não estava em boa forma. Não obstante o medo e o afluxo de adrenalina, sentia as pernas a começarem a pesar-lhe. Sabia que não seria capaz de manter aquele ritmo e, quando contornou uma esquina, atreveu-se a deitar uma olhadela por cima do ombro.

E constatou que se achava sozinha na rua, que não vinha ninguém atrás dela.

De regresso a casa, Ronnie não entrou de imediato. Viu a luz da sala de estar acesa, mas queria recuperar a compostura antes de enfrentar o pai. Sem saber explicar ao certo o motivo, não desejava que ele percebesse o valente susto que apanhara e, assim, sentou-se nos degraus do alpendre que dava para a rua.

Lá no alto, as estrelas resplandeciam em pleno, a Lua a pairar no horizonte. O aroma a água salgada flutuava na neblina vinda do oceano, um cheiro vagamente primordial. Noutro contexto, talvez lhe tivesse transmitido uma sensação tranquilizadora; naquele instante, parecia-lhe tão estranho como tudo o resto.

Primeiro Blaze. A seguir Marcus. Perguntou-se se estaria numa terra de gente doida.

Marcus era doido, sem sombra de dúvida. Bom, talvez não do ponto de vista clínico — era inteligente, astuto e, ao que ela tivesse oportunidade de ver até ao momento, completamente destituído de empatia, o género de pessoa que não pensa senão em si próprio e nos seus interesses. No Outono anterior, na aula de Inglês, tivera de ler um romance da autoria dum escritor contemporâneo, e escolhera *O Silêncio dos Inocentes*. No livro, descobrira que o protagonista, Hannibal Lecter, não era psicopata, mas sim sociopata; fora a primeira vez que tomara consciência de que havia uma diferença entre ambos. Apesar de Marcus não ser um canibal assassino, tinha a sensação de que eram mais as semelhanças que partilhava com Hannibal que as diferenças a separá-los, pelo menos na perspectiva que tinham do mundo e do respectivo papel nele.

Blaze, todavia... ela era...

Ronnie não sabia precisar. Dominada pelas emoções, sem dúvida. Frustrada e ciumenta, também. Contudo, durante o dia que tinham passado juntas, nunca ficara com a sensação de que a rapariga tinha algum problema grave, para além de ser um farrapo emocional, um tornado de hormonas e imaturidade que espalhava a destruição no seu rasto.

Soltou um suspiro e passou uma mão pelo cabelo. Não lhe apetecia nada ir para dentro de casa. Já estava mesmo a imaginar a conversa.

«Então, querida, como é que te correu a tarde?»

«Bastante mal. A Blaze está completamente embeiçada por um sociopata manipulador e esta manhã mentiu aos polícias e, por isso, vou parar à prisão. E já agora? O sociopata, não contente em querer ir para a cama comigo, ainda por cima veio atrás de mim e me pregou um susto de morte. E o seu dia, como é que correu?»

Não seria propriamente a conversa agradável depois do jantar que o pai desejaria ter, mesmo correspondendo à verdade.

O que significava que teria de fingir. Soltando um suspiro, levantou-se a custo dos degraus do alpendre e encaminhou-se para a porta.

Foi encontrar o pai instalado no sofá, com uma Bíblia com os cantos das folhas dobrados aberta diante dele.

— Olá, minha querida, como é que te correu a tarde?

Já se estava mesmo a ver.

Forçou um leve sorriso, tentando agir com a maior descontracção possível. — Não tive oportunidade de falar com ela — respondeu-lhe.

* * *

Fora-lhe difícil aparentar uma atitude normal, mas lá conseguira. Mal chegara a casa, o pai encorajara-a a irem os dois para a cozinha, onde ele preparou outro prato de massa — tomates, beringela, abóbora e curgete sobre *penne*. Comeram na cozinha enquanto Jonah montava um posto avançado d' *A Guerra das Estrelas* com peças de *Lego*, uma prenda que o Pastor Harris lhe trouxera quando nesse dia passara lá por casa para lhes fazer uma visita.

Depois do jantar, instalaram-se na sala de estar, o pai a ler a Bíblia enquanto Ronnie se entretinha com a *Ana Karenina*, um livro que a mãe lhe garantira que iria adorar. Apesar de a leitura até ser agradável, Ronnie estava incapaz de se concentrar. Não apenas por causa de Blaze e de Marcus, mas também porque o pai estava a ler a *Bíblia*. Recuando na memória, pareceu-lhe que nunca o vira fazer aquilo. Embora também se pudesse dar o caso de já ter lido e de ela nunca ter reparado.

Jonah terminou a construção da sua engenhoca de *Lego* — Ronnie não fazia ideia do que poderia ser — e anunciou que se ia deitar. Concedeu-lhe alguns minutos, na esperança de que, quando entrasse no quarto, o irmão tivesse entretanto adormecido, posto o que pôs o livro de parte e se levantou do sofá.

— Boa noite, minha querida — desejou-lhe o pai. — Sei que não tem sido fácil para ti, mas gosto muito de te ter cá em casa.

Hesitou antes de atravessar a sala até junto dele. Inclinando-se para a frente, e pela primeira vez em três anos, deu-lhe um beijo na face.

— Boa noite, pai.

* * *

No quarto às escuras, Ronnie sentou-se na cama, sentindo-se exausta. Embora não lhe apetecesse chorar — *detestava* quando chorava —, parecia incapaz de conter a torrente súbita de emoções. Soltou uma expiração entrecortada.

— Vá lá, chora à vontade — ouviu Jonah a sussurrar-lhe.

«Óptimo», pensou. «Era mesmo do que estava a precisar.»

— Eu não estou a chorar — salientou.

— Mas olha que parece.

— Não estou.

— Pronto. A mim, tanto se me dá.

Ronnie fungou, num esforço por se controlar, e estendeu a mão para debaixo da almofada à procura do pijama que lá deixara. Com ele bem encostado ao peito, levantou-se para ir à casa de banho mudar de roupa. Pelo caminho, calhou de relancear pela janela. A Lua elevara-se no céu, projectando uma luminosidade prateada na areia, e, quando ela se virou na direcção do ninho de tartarugas, detectou um movimento súbito nas sombras,

Depois de farejar o ar, o guaxinim precipitou-se para o ninho, protegido apenas pela fita adesiva amarela.

— Oh, gaita!

Deixou cair o pijama no chão e correu para fora do quarto. Enquanto passava disparada pela sala de estar e pela cozinha, ouviu vagamente o pai a gritar: — O que é que foi? — Porém, antes de ter tempo de lhe responder, já tinha chegado ao alpendre. Trepou até ao cimo da duna e começou a gritar e a abanar os braços.

— Não! Pára com isso! Vai-te embora!

O guaxinim empertigou o focinho e escapuliu-se o mais depressa que pôde. Desapareceu por detrás da duna e por entre o capim--navalha.

— O que é que se passa? O que foi que aconteceu?

Ao virar-se, deparou com o pai e o irmão no alpendre.

— Eles não vieram instalar a gaiola!

CAPÍTULO 13

WILL

A Oficina Blakelee abrira as portas havia escassos dez minutos quando Will a viu transpor a entrada e a encaminhar-se directamente para a recepção.

Limpando as mãos a uma toalha, foi ao encontro dela.

— Olá — cumprimentou-a com um sorriso. — Não estava à espera de te ver aqui.

— Muito obrigada! — retrucou ela.

— De que é que estás para aí a falar?

— Pedi-te um pequeno favor! Bastava teres feito um telefonema para irem instalar a gaiola! Mas nem isso foste capaz de fazer!

— Espera aí... O que é que se passa? — Will pestanejou.

— Eu avisei-te de que tinha visto um guaxinim! Eu avisei-te de que tinha visto um guaxinim a andar de volta do ninho!

— Aconteceu alguma coisa ao ninho?

— Como se isso te importasse para alguma coisa! O que foi? Tinhas um jogo de vólei e nunca mais te lembraste?

— Só quero saber se está tudo bem com o ninho.

Ronnie continuou a fitá-lo de olhar feroz. — Está, está tudo bem. Mas não graças a ti. — Deu meia-volta aos calcanhares e saiu disparada para a porta.

— Espera! — gritou-lhe ele. — Não te vás já embora!

Ela ignorou-o, percorrendo a passos largos o pequeno vestíbulo e transpondo a porta, deixando Will pregado ao chão, em estado de choque.

— Mas que diabo foi aquilo?

Por cima do ombro, Will reparou em Scott a olhá-lo fixamente por detrás do macaco hidráulico.

— Faz-me um favor — pediu-lhe Will.

— Do que é que precisas?

Pescou as chaves do bolso e dirigiu-se sem demora para a carrinha estacionada nas traseiras. — Segura isto aqui por mim. Tenho um assunto a tratar.

Scott deu um passo rápido em frente. — Espera! De que é que estás para aí a falar?

— Estarei de volta logo que possa. Se o meu pai chegar entretanto, diz-lhe que não me demoro. Tu sempre podes ir adiantando as coisas.

— Aonde é que vais? — insistiu Scott.

Desta feita, Will não lhe respondeu, e o amigo precipitou-se no seu encalço.

— Vá lá, meu! Não quero fazer isto sozinho! Temos um monte de carros para despachar.

Will não se incomodou e, uma vez fora do alcance de Scott, correu para a carrinha, sabendo aonde precisava de ir.

* * *

Foi encontrá-la na duna uma hora decorrida, sentada ao lado do ninho, ainda tão zangada como estivera no momento em que irrompera pela oficina.

Ao vê-lo aproximar-se, levou as mãos às ancas. — O que é que queres daqui?

— Não me deixaste acabar. Eu telefonei para o aquário.

— Está-se mesmo a ver.

Will inspeccionou o ninho. — Não aconteceu nada ao ninho. Para quê tanto alarido?

— Lá isso é verdade. Mas não graças a ti.

O rapaz sentiu uma pontada de irritação. — Qual é o teu problema?

— O meu problema é que ontem à noite tive de dormir outra vez ao relento porque o guaxinim voltou. O mesmo guaxinim de que te falei!

— Tu dormiste aqui?

— Mas será possível que não ouças o que te digo? Sim, tive de dormir aqui. Duas noites seguidas, porque *tu* não fazes o que te compete! Se eu não tivesse olhado pela janela no momento crucial, o guaxinim teria roubado os ovos. Quando finalmente o consegui afugentar, já estava quase a chegar ao ninho. E depois fui obrigada a dormir aqui, porque sabia que ele iria voltar. Motivo pelo qual te pedi que avisasses o aquário! E parti do princípio de que até mesmo um desportista de praia como tu se lembraria de *cumprir as suas obrigações!*

Ronnie cravou os olhos nele, as mãos novamente nas ancas, como se tentasse aniquilá-lo com a sua visão de raios mortíferos.

Will não foi capaz de resistir. — Só mais uma vez, para esclarecermos esta história duma vez por todas: tu viste um guaxinim, a seguir pediste-me que avisasse o aquário, depois tornaste a ver um guaxinim. E acabaste por dormir cá fora? É verdade?

Ronnie abriu a boca, mas apressou-se a fechá-la. Em seguida, girando sobre o seu próprio eixo, cortou a direito até casa.

— Eles vêm amanhã logo de manhã! — gritou-lhe Will. — E, só para que saibas, eu telefonei mesmo. Duas vezes, para ser mais exacto. Uma vez logo a seguir a ter aplicado a fita e outra quando saí do emprego. Quantas vezes vou ter de repetir isto até me dares ouvidos?

Embora tivesse parado, Ronnie continuava a recusar-se a olhar para ele. Will prosseguiu: — E depois, esta manhã, quando te foste embora, fui de imediato à procura do director do aquário e falei pessoalmente com ele. Garantiu-me que a primeira coisa que fariam amanhã de manhã seria tratar deste ninho. Teriam vindo hoje, mas há oito ninhos em Holden Beach.

Ronnie voltou-se pausadamente e perscrutou-o, a tentar descobrir se estaria a falar verdade ou não.

— Mas isso não resolve o problema das minhas tartarugas esta noite, pois não?

— As tuas tartarugas?

— Pois — assentiu ela. O seu tom de voz era enfático. — A minha casa. As minhas tartarugas.

E, dito isto, deu meia-volta e regressou a casa, desta feita sem se importar que ele ainda lá estivesse.

* * *

Will gostava dela; era tão simples quanto isto.

No trajecto de regresso ao emprego, continuava sem saber ao certo por que é que gostava dela, mas a verdade era que nunca abandonara o trabalho para ir atrás de Ashley. De todas as vezes em que a vira, ela conseguira surpreendê-lo. Gostava da sinceridade dela e gostava da indiferença que ela mostrava por ele. Por irónico que pudesse parecer, nem uma única vez lhe conseguira causar boa impressão. Da primeira, entornara-lhe refrigerante em cima, da segunda, por um triz não a envolvera numa zaragata e por fim, nessa manhã, deixara-a convencida de que era ou preguiçoso, ou idiota.

Não que isso constituísse um problema, claro estava. Não era sua amiga e mal a conhecia... Mas, fosse lá por que motivo fosse, a opinião dela a seu respeito era importante para ele. E, não era apenas importante, mas, por absurdo que pudesse parecer, queria que ela ficasse com boa impressão dele. Porque queria que ela também gostasse dele.

Era uma experiência estranha, uma novidade para ele e, durante o resto do dia na oficina — sem hora do almoço para compensar o tempo que se ausentara —, deu pelos seus pensamentos a desviarem-se constantemente para ela. Sentia que havia qualquer coisa de genuíno na forma como se expressava e agia, um certo carinho e bondade por debaixo daquela fachada frágil e arredia. Algo que lhe dava a certeza de que, embora a tivesse desapontado até ao momento, com ela, havia sempre a possibilidade de redenção.

* * *

Nessa noite, foi dar com ela sentada exactamente onde esperava, numa cadeira de praia com um livro aberto no colo, entretida a ler à luz duma pequena lanterna.

Ergueu o olhar à medida que ele se aproximava, mas tornou de imediato a concentrar a sua atenção no livro, não denotando surpresa nem agrado.

— Calculei que estivesses aqui — afirmou Will. — A tua casa, as tuas tartarugas, e isso assim.

Ao ver que ela não lhe respondia, desviou o olhar. Ainda não era muito tarde, e havia sombras a movimentarem-se por detrás das cortinas da pequena casa onde ela morava.

— Algum sinal do guaxinim?

Ao invés de lhe responder, ela virou uma página do livro.

— Espera. Deixa-me ver se adivinho. Estás a fazer por me ignorar, não é verdade?

Perante isto, ela soltou um suspiro. — Não devias estar com os teus amigos, a admirarem-se ao espelho?

Will riu-se. — Essa teve graça. Vou ver se não me esqueço.

— Não teve graça nenhuma. Estou a falar muito a sério.

— Oh, porque nós somos todos muito giros, não é?

Em resposta, ela tornou a baixar os olhos para o livro, embora Will tenha percebido que não estava de facto a ler. Foi sentar-se a seu lado.

— «As famílias felizes são todas iguais; cada família infeliz é infeliz à sua própria maneira» — citou ele, apontando para o exemplar. — É a primeira frase desse livro que estás a ler. Sempre achei que havia uma grande dose de verdade nisso. Ou então foi o que nos disse o meu professor de Inglês. Já não me lembro bem. Li-o no semestre passado.

— Os teus pais devem estar todos orgulhosos de ti por gostares de ler.

— E estão mesmo. Compraram-me um pónei e mais não sei o quê quando escrevi um ensaio sobre *O Gato do Chapéu*.

— E isso foi antes ou depois de te gabares de teres lido Tolstoi?

— Ah, agora já me estás a prestar atenção. Foi só para ter a certeza. — Estendeu os braços em direcção ao horizonte. — Está uma linda noite, não achas? Sempre gostei de noites como esta. O barulho das ondas na escuridão surte um certo efeito tranquilizador, não achas? — Quedou-se em silêncio.

Ronnie fechou o livro. — Que espécie de insistência vem a ser esta?

— Gosto de pessoas que gostam de tartarugas.

— Então vai ter com os teus amigos do aquário. Ah, espera, não podes. Porque eles andam a salvar as tartarugas, e os teus outros amigos estão ocupados a pintar as unhas e a frisar o cabelo, não é?

— Provavelmente. Mas a verdade é que estou aqui porque achei que talvez estivesses a precisar de companhia.

— Estou muito bem sozinha — ripostou ela. — Agora já te podes ir embora.

— A praia é pública. E eu gosto de aqui estar.

— Então vais ficar?

— Acho que sim.

— Então não te importas se eu voltar para casa?

Will sentou-se muito direito e levou uma mão ao queixo. — Não sei se será muito boa ideia. Afinal de contas, como é que poderás ter a certeza de que eu vou ficar aqui a noite toda? E com esse maldito guaxinim que por aí anda...

— O que é que tu queres de mim? — reclamou ela.

— Para começar, e que tal se me dissesses como te chamas?

Ela agarrou numa toalha e estendeu-a por cima das pernas. — Ronnie — disse. — É um diminutivo de Veronica.

Will reclinou-se ligeiramente, apoiando-se nos braços. — Muito bem, Ronnie. O que é que tens para me contar a teu respeito?

— O que é que isso te interessa?

— Vê lá se me poupas um bocado — ripostou Will, virando-se para ela. — Estou a fazer o melhor que posso, está bem?

Não sabia ao certo a opinião dela acerca daquilo, todavia, enquanto apanhava o cabelo num rabo-de-cavalo folgado, parecia conformar-se com a ideia de que não se iria conseguir livrar dele com tanta facilidade como julgara.

— Muito bem. Coisas a meu respeito: moro em Nova Iorque com a minha mãe e o meu irmão mais novo, mas ela recambiou-nos para aqui, para passarmos o Verão com o nosso pai. E agora estou aqui condenada a tomar conta de ovos de tartaruga, ao mesmo tempo que um jogador de vólei, barra ajudante de mecânico, barra voluntário de aquário me tenta dar a volta.

— Não te estou nada a tentar dar a volta — protestou Will.

— Ai não?

— Acredita em mim, vim para aqui porque me senti responsável pela falta da gaiola e não achei bem que ficasses aqui sozinha. Tal como já te disse, a praia é pública e nunca se sabe quem é que poderá aparecer por aí.

— Alguém como tu, por exemplo?

— Não é comigo que te devias preocupar. Há muita gente mal intencionada por esse mundo fora. Até mesmo aqui.

— E deixa-me ver se adivinho. Tu queres proteger-me, é isso?

— Em caso de necessidade, não hesitaria em proteger-te do que quer que fosse.

Ronnie não reagiu, mas ele ficou com a sensação de que a apanhara desprevenida. A maré estava a subir e, juntos, ficaram a contemplar o reflexo prateado das ondas que vinham rebentar na margem. Através das janelas, as cortinas esvoaçavam, como se alguém os estivesse a observar.

— Muito bem — disse ela por fim, interrompendo o silêncio. — Agora é a tua vez. O que é que tens para me contar a teu respeito?

— Sou um jogador de vólei, barra ajudante de mecânico, barra voluntário de aquário.

Ouviu-a rir-se uma vez mais, apreciando a sua energia desembaraçada. Era contagiosa.

— Não te importas de que te faça companhia durante um bocado?

— A praia é pública.

Ele fez um gesto na direcção da casa. — Precisas de avisar o teu pai de que aqui estou?

— Tenho a certeza de que ele já sabe que aqui estás — assegurou-lhe Ronnie. — A noite passada, de minuto a minuto, vinha ver como eu estava.

— Parece-me ser um bom pai.

Ela deteve-se a reflectir em qualquer coisa antes de responder.

— Com que então gostas de voleibol?

— É uma maneira de me manter em forma.

— Isso não responde à minha pergunta.

— Gosto de jogar. Embora não saiba dizer até que ponto.

— Mas do que gostas a sério é de chocar contra as pessoas, não é verdade?

— Isso já depende de contra quem é que choco. Embora, há uns dias, tenha chocado contra uma rapariga que até nem me calhou nada mal.

— Achas que é boa ideia atazanares-me dessa maneira?

— Se não fosse assim, não estaria aqui neste momento.

— E eu poderia estar a desfrutar duma noite sossegada e tranquila na praia.

— Não sei. — Sorriu-lhe. — As pessoas têm tendência a sobrevalorizar as noites sossegadas e tranquilas.

— E acho que esta noite não vou poder descobrir se isso é verdade ou não, não é?

Will riu-se. — Em que escola é que andas?

— Não ando em nenhuma — afirmou ela. — Concluí o secundário há umas semanas. E tu?

— Eu acabei de fazer o mesmo na Escola Secundária de Laney. É a mesma escola que o Michael Jordan frequentou.

— Aposto que toda a gente que lá anda diz o mesmo.

— Não — corrigiu-a Will. — Só aqueles que concluíram o curso.

Ronnie revirou os olhos. — Está bem. Então e o que é que vais fazer a seguir? Vais continuar a trabalhar na oficina do teu pai?

— Só até ao fim do Verão. — Apanhou um punhado de areia na mão em concha e deixou-a deslizar por entre os dedos.

— E depois?

— Receio bem que seja segredo.

— Segredo?

— Não te conheço o suficiente para te poder confiar essa informação.

— Então e se me desses uma pista? — teimou ela.

— E se começássemos por ti? O que é que planeias fazer a seguir?

Ronnie ponderou na questão. — Ando a pensar seriamente em enveredar por uma carreira como guardadora de ninhos de tartaruga. Parece que tenho jeito para o negócio. Nem imaginas a velocidade a que o guaxinim fugiu. É capaz de ter julgado que eu era o Exterminador.

— Até pareces o Scott a falar — comentou Will. Ao ver a sua expressão desorientada, ele explicou-se: — É o meu parceiro de vólei, e é uma espécie de rei das referências cinematográficas. Dá a impressão de que não é capaz de terminar uma frase sem uma alusão a um filme qualquer. Mas, como seria de prever, em geral arranja sempre umas com insinuações sexuais.

— Parece-me tratar-se dum talento único.

— Oh, disso não há dúvida. Eu podia pedir-lhe que fizesse uma demonstração especialmente para ti.

— Não, obrigada. Dispenso bem as insinuações sexuais.

— Olha que eras capaz de gostar.

— Não me parece.

Will susteve-lhe o olhar durante esta troca de galhardetes, reparando que era mais bonita que a imagem que guardava na memória. E, para além do mais, inteligente e engraçada, o que era melhor ainda.

Próximo do ninho, o capim-navalha curvava-se ao sabor da brisa, e o barulho regular das ondas rodeava-os, provocando em Will a sensação de que se achavam dentro dum casulo. Ao longo da praia, as luzes cintilavam nas casas viradas para o oceano.

— Não te importas de que te faça uma pergunta?

— E há alguma coisa que eu possa fazer para te impedir?

Arrastou os pés para a frente e para trás na areia. — O que é que tens que ver com a Blaze?

No silêncio, ela retesou-se ligeiramente. — Aonde é que pretendes chegar com isso?

— Só fiquei admirado por te ver com ela na outra noite.

— Oh — disse ela. Embora não fizesse ideia do motivo, pareceu-lhe aliviada. — Para dizer a verdade, conhecemo-nos quando me entornaste o refrigerante em cima. Logo que eu acabei de limpar a porcaria que fizeste.

— Estás a brincar comigo.

— Não estou, não. Ao que eu vejo, por estes lados, entornar refrigerante para cima das pessoas é o equivalente a dizer: «Olá, prazer em conhecer-te.» Na minha maneira de ver as coisas, os cumprimentos convencionais funcionam melhor, mas quem sou eu para estar para aqui a dar opiniões? — Fez uma inspiração profunda. — Mas, seja como for, ela pareceu-me fixe e, como eu não conhecia mais ninguém por aqui, bom... acabei por andar com ela durante um bocado.

— E ela passou aqui a noite de ontem contigo?

Ronnie abanou a cabeça. — Não.

— O quê? Ela não quis salvar as tartarugas? Ou pelo menos fazer-te companhia?

— Eu não lhe contei o que se passava.

Will percebeu que ela queria encerrar o assunto e, por conseguinte, fez-lhe a vontade. Ao invés, apontou para a praia.

— Apetece-te ir dar um passeio?

— Estás a referir-te a um passeio romântico, ou a um mero passeio?

— Digamos... a um mero passeio.

— Boa ideia. — Bateu as palmas. — Mas que fique desde já esclarecido que não me quero afastar muito, uma vez que os voluntários do aquário não se mostraram muito preocupados com o guaxinim, e os ovos continuam desprotegidos.

— Podes ter a certeza de que eles estão preocupados. Tenho de fonte segura que neste momento há um voluntário do aquário de guarda ao ninho.

— É verdade — admitiu ela. — A questão que se coloca é: porquê?

* * *

Percorreram a praia na direcção do molhe, passando por uma dúzia de mansões viradas para o oceano, cada uma com um enorme alpendre e degraus que conduziam à praia. Umas casas mais adiante, um dos vizinhos estava a dar uma pequena festa; todas as luzes do terceiro andar estavam acesas, e viam-se três ou quatro casais debruçados sobre o parapeito da varanda, a contemplar o reflexo do luar nas ondas.

Não trocaram muitas palavras, mas, por algum motivo, o silêncio não pareceu incomodá-los. Ronnie manteve uma distância suficiente para não roçarem um no outro acidentalmente, por vezes de olhos postos na areia, noutras, dirigidos em frente. Houve ocasiões em que Will teve a impressão de ver um sorriso aflorar-lhe aos lábios, como se se tivesse lembrado dum episódio engraçado que ainda não partilhara com ele. De quando em vez, ela interrompia a caminhada e baixava-se para apanhar conchas meio enterradas na areia, e ele atentou na sua concentração enquanto as examinava ao luar, antes de atirar a maior parte fora. As outras, enfiava-as dentro do bolso.

Havia tanta coisa a respeito dela que desconhecia — sob muitos aspectos, continuava a ser um enigma para ele. Nisso, era exactamente o oposto de Ashley. Ashley não era senão segura e previsível; com ela, Will sabia perfeitamente ao que ia, ainda que não fosse isso o que realmente desejava. Ronnie, porém, era diferente, sem dúvida alguma, e quando lhe ofereceu um sorriso vulnerável e inesperado, teve a sensação de que lhe intuía os pensamentos. Essa percepção acalentou-o e, quando finalmente deram meia-volta e arrepiaram caminho até ao seu poiso junto ao ninho da tartaruga, houve um instante em que ele se imaginou a passear lado a lado com ela na praia, todas as noites, num futuro longínquo.

* * *

Quando chegaram a casa, Ronnie entrou para falar com o pai enquanto Will descarregava a carrinha. Instalou o seu saco-cama e as provisões ao lado do ninho da tartaruga, com pena de que Ronnie não tivesse ficado a vigiar as tartarugas na companhia dele. Ela, porém, já o avisara de que em hipótese alguma o pai a autorizaria a fazer isso. Pelo menos dava-se por satisfeito de ela poder passar a noite na sua própria cama.

Tentando pôr-se confortável, estendeu-se no saco-cama, a pensar que pelo menos esse dia assinalara um início. A partir daí, tudo poderia acontecer. Contudo, quando se virou, sorrindo-lhe quando ela veio ao alpendre acenar-lhe um último adeus, sentiu um sobressalto no seu íntimo, só de pensar que ela também poderia imaginar que estava ali o início de qualquer coisa.

* * *

— Quem é este tipo?

— Ninguém. Só um amigo. Agora desaparece.

À medida que estas palavras vagueavam pelos corredores nebulosos da sua mente, Will fez um esforço por se recordar donde estava. Semicerrando os olhos para os proteger do sol, constatou que tinha um rapazinho diante de si.

— Oh, olá — balbuciou Will.

O rapaz esfregou o nariz. — O que é que estás aqui a fazer?

— Acordei agora mesmo.

— Isso vejo eu. Mas o que é que estiveste aqui a fazer a noite passada?

Will sorriu-lhe. O miúdo tinha um ar tão sério quanto o dum juiz, o que, tendo em conta a sua idade e estatura, lhe dava um certo ar cómico. — A dormir.

— Hã, hã.

Will impulsionou-se para trás, dando espaço a si próprio para se sentar, e reparou em Ronnie, um pouco afastada de ambos. Trazia vestidas uma *T-shirt* preta e calças de ganga esfarrapadas, e estava com a mesma expressão trocista que lhe vira na noite da véspera.

— Sou o Will — apresentou-se ele. — E tu?

O rapaz dirigiu um aceno de cabeça a Ronnie. — Sou o companheiro de quarto dela — anunciou ele. — Já nos conhecemos há muito tempo.

Will coçou a cabeça, com ar sorridente. — Estou a ver.

Ronnie deu um passo em frente, o cabelo ainda molhado do duche. — Este aqui é o meu irmão abelhudo, o Jonah.

— Ai sim!? — exclamou Will.

— Pois é — confirmou Jonah. — À excepção da parte do abelhudo.

— Ainda bem que me dizes.

Jonah continuou de olhar fixo nele. — Acho que te conheço dalgum lado.

— Não me parece. Tenho a sensação de que, se já nos tivéssemos encontrado, não me teria esquecido de ti.

— Não, já me lembro — adiantou Jonah, com um sorriso a aflorar-lhe aos lábios. — Foste tu quem avisou o polícia de que a Ronnie tinha ido para Bower's Point.

A recordação daquela noite assomou-lhe subitamente à memória, e Will voltou-se para Ronnie, vendo, horrorizado, a sua expressão a passar da curiosidade ao espanto até alcançar finalmente o entendimento.

«Oh, não.»

Jonah continuava a bater na mesma tecla. — Pois foi, o Agente Pete trouxe-a para casa e, na manhã seguinte, ela e o meu pai tiveram uma discussão dos diabos...

Will reparou nos lábios de Ronnie a retesarem-se. Por entre resmungos, deu meia-volta repentina e precipitou-se para casa.

Jonah deixou uma frase a meio, a perguntar-se o que fora que dissera.

— Muito obrigado — resmungou Will, pondo-se de pé dum pulo e correndo atrás de Ronnie.

— Ronnie! Espera! Vá lá! Desculpa! Não fiz aquilo com intenção de te arranjar problemas.

Estendeu um braço para a agarrar e alcançou-a. Quando os seus dedos lhe roçaram a *T-shirt*, ela virou-se de frente para ele.

— Desaparece!

— Ouve só o que te quero dizer...

— Tu e eu não temos nada que ver um com o outro! — atirou-lhe ela em cara. — Percebeste?

— Então o que foi aquilo ontem à noite?

As faces dela ruborizaram-se. — Esquece. Deixa-me em paz.

— Essa tua cena não funciona comigo — afirmou Will. Sem saber ao certo como nem porquê, estas palavras foram suficientes para a calar durante algum tempo. — Tu interrompeste a briga, apesar de estar toda a gente desejosa de os espicaçar. Foste a única pessoa que reparou no miúdo que começou a chorar, e eu vi a maneira como sorrias quando ele se foi embora com a mãe. Lês Tolstoi nas horas vagas. E, para além do mais, gostas de tartarugas marinhas.

Apesar de Ronnie empertigar o queixo com ar de desafio, Will percebeu que lhe tinha atingido um ponto sensível. — E depois?

— Por isso, hoje quero mostrar-te uma coisa. — Fez uma pausa, aliviado por ela não se ter oposto de imediato. Mas também não tinha aceitado e, sem lhe dar tempo a decidir-se, ele avançou um pequeno passo.

— Vais gostar — assegurou-lhe. — Prometo-te.

* * *

Will entrou no parque de estacionamento deserto do aquário e seguiu por uma pequena estrada de serviço que conduzia às traseiras. Ronnie ia sentada a seu lado na carrinha, mas fora a maior parte do trajecto em silêncio. Enquanto ele saía da carrinha e se dirigia à entrada reservada aos funcionários, constatou que, embora tivesse aceitado acompanhá-lo, ainda não se decidira se estava zangada com ele ou não.

Will segurou-lhe a porta para ela passar, sentindo o contraste entre a aragem fresca e o ar quente e húmido do exterior. Conduziu-a através dum longo corredor, em seguida transpôs mais uma porta que dava acesso ao aquário propriamente dito.

Viu meia dúzia de pessoas a trabalhar nos respectivos gabinetes, embora o aquário só abrisse ao público daí a uma hora. Will adorava ir até lá antes da abertura; as luzes ténues dos tanques e a ausência de barulho conferiam-lhe uma aparência de esconderijo secreto. Dava consigo muitas vezes hipnotizado diante dos espinhos venenosos dos peixes-leão à medida que se deslocavam em espirais pela água salgada, a rasar pelo vidro, a perguntar-se se teriam consciência de que o seu habitat estava mais reduzido, a tentar imaginar se dariam pela sua presença.

Ronnie seguia a seu lado, a observar a actividade ao seu redor. Parecia satisfeita por se manter em silêncio enquanto passavam por um enorme tanque oceânico, que acolhia uma réplica em tamanho pequeno dum submarino alemão afundado na Segunda Guerra Mundial. Quando chegaram ao tanque das alforrecas que ondulavam lentamente e emitiam um brilho fluorescente na escuridão, deteve-se e levou a mão ao vidro, maravilhada.

— *Aurelia aurita* — anunciou Will. — Também conhecidas por medusas-da-lua.

Ronnie assentiu com a cabeça, tornando a concentrar a sua atenção no tanque, atónita perante os movimentos em câmara lenta daquelas criaturas. — São tão delicadas — comentou ela. — Até custa a acreditar que as picadas delas sejam tão dolorosas.

Depois de seco, o cabelo dela ficara mais encaracolado que na véspera, dando-lhe um certo ar de maria-rapaz rebelde.

— Conta-me o que sabes sobre elas. Acho que desde miúda não há ano em que não tenha sido picada.

— Devias fazer o possível por evitá-las.

— E faço. Mas elas conseguem sempre encontrar-me. Acho que devem ter uma atracção qualquer por mim.

Esboçou um sorriso débil, em seguida virou-se e olhou de frente para Will. — O que é que viemos aqui fazer?

— Eu avisei-te de que te queria mostrar uma coisa.

— Já estou farta de ver peixes. E também já estive num aquário.

— Eu sei. Mas este aqui é especial.

— Porque só cá estamos nós os dois?

— Não — respondeu-lhe ele. — Porque vais ver uma coisa que o público não vê.

— O quê? Tu e eu sozinhos diante de um tanque das alforrecas?

Ele fez-lhe um sorriso arreganhado. — Melhor ainda. Anda daí.

Numa situação como aquela, em geral Will não hesitaria em dar a mão à rapariga; com Ronnie, porém, não teve coragem de o fazer. Apontou com o polegar para um corredor a um recanto, tão escondido que passava praticamente despercebido. Ao fundo do corredor, deteve-se diante duma porta.

— Não me digas que te deram um escritório — picou-o Ronnie.

— Não — respondeu-lhe Will, empurrando a porta para a abrir.

— Eu não trabalho aqui, ou já te esqueceste? Sou apenas um voluntário.

Entraram num grande compartimento de tijolos de cinzas, atravessado por condutas de ar e dúzias de canos expostos. As luzes fluorescentes zuniam por cima da cabeça de ambos, mas o barulho era abafado pelos enormes filtros de água que revestiam a parede do fundo. Um tanque aberto gigante, cheio quase até à borda com água do mar, emprestava ao ar um toque salgado.

Will conduziu-a a uma plataforma de grades de aço que circundava o tanque e desceram por uns degraus. Na extremidade oposta do tanque, havia uma vitrina de acrílico de tamanho médio. As lâmpadas sobranceiras proporcionavam luz suficiente para vislumbrar os contornos da criatura que se movimentava lentamente.

Will deixou-se ficar a observar Ronnie até ela finalmente se aperceber do que estava a ver.

— É uma tartaruga marinha?

— Uma tartaruga-boba, para ser mais preciso. Chama-se *Mabel*.

Uma tartaruga deslizou diante da vitrina, tornando visíveis as cicatrizes que tinha na carapaça, bem como a falta duma barbatana.

— O que foi que lhe aconteceu?

— Foi atingida pela hélice dum barco. Foi salva há cerca dum mês, praticamente moribunda. Um especialista da Universidade da Carolina do Norte teve de lhe amputar parte da barbatana dianteira.

No tanque, incapaz de se manter completamente direita, *Mabel* nadava ligeiramente inclinada até que foi de encontro à parede do fundo e deu novamente início ao seu circuito.

— Ela vai ficar boa?

— É um milagre que tenha conseguido sobreviver tanto tempo, e espero que se safe. Entretanto, já recuperou parte das forças. Mas ninguém sabe se será capaz de sobreviver no oceano.

Ronnie observou-a a embater contra a parede e a corrigir a sua rota, em seguida voltou-se para Will.

— Por que é que fizeste questão de que eu visse isto?

— Porque achei que irias gostar tanto dela quanto eu gosto — explicou-lhe ele. — Com cicatrizes e tudo.

Ronnie pareceu admirada com as suas palavras, mas não fez comentários. Ao invés, voltou-se e deixou-se ficar a observar *Mabel* durante mais algum tempo. Quando a tartaruga desapareceu nas sombras ao fundo, Will ouviu Ronnie soltar um suspiro.

— Não devias estar a trabalhar? — interrogou-o ela.

— Hoje é o meu dia de folga.

— Trabalhar para o pai tem as suas vantagens, não tem?

— Bem podes dizê-lo.

Ronnie bateu no vidro, a tentar chamar a atenção de *Mabel*. Passado um instante, tornou a virar-se para ele. — Então e o que é que costumas fazer quando estás de folga?

* * *

— Apenas um bom rapaz do Sul à moda antiga, hum? Ir à pesca, contemplar as nuvens. Acho que devias usar um boné da NASCAR[8] e mascar tabaco.

Demoraram-se mais meia hora no aquário — Ronnie mostrou-se particularmente encantada com as lontras —, posto o que Will a levou a uma loja de artigos de pescaria a fim de comprarem camarão congelado para usarem como isco. Daí, conduziu-a a um local escassamente povoado do lado da ilha virado para o continente, e, uma vez aí chegados, foi buscar o material de pesca que tinha guardado na traseira da carrinha. Em seguida, acompanhou-a até à beira dum pequeno embarcadouro, e aí se instalaram os dois, com os pés a baloiçar a curta distância da água.

— Não sejas snobe — espicaçou-a Will. — Quer acredites quer não, o Sul é óptimo. Até temos água canalizada em casa, e tudo o mais. E, aos fins-de-semana, vamos para o lamaçal.

— Para o lamaçal?

— Vamos andar de carrinha pela lama.

Ronnie simulou uma expressão sonhadora. — Isso parece-me tão... intelectual.

Will deu-lhe uma cotovelada na brincadeira. — Isso, goza comigo à vontade se quiseres. Mas garanto-te que é divertido. Ficamos com o pára-brisas todo cheio de água lamacenta, a carrinha fica atolada, fazemos girar os pneus para encharcar o fulano que está ao nosso lado.

— Acredita em mim, já estou tonta só de pensar nisso — comentou Ronnie, impávida.

— Ao que vejo, não é assim que costumas passar os fins-de-semana lá na cidade.

Ela abanou a cabeça. — Hum... não. Não propriamente.

— Até aposto que nunca sais de Nova Iorque, não é verdade?

— Está claro que saio. Afinal de contas, estou aqui, não estou?

— Sabes ao que me refiro. Nos fins-de-semana.

— Para que haveria eu de querer sair de lá?

— Talvez só para ficares sozinha de vez em quando.

— Quando quero ficar sozinha, vou para o meu quarto.

---

[8] A National Association for Stock Car Auto Racing é a maior associação automobilística norte-americana e a responsável pela organização dos campeonatos mais disputados dos EUA. (*NT*)

— E para onde irias se te apetecesse sentares-te à sombra duma árvore a ler?

— Iria para Central Park — refutou-o ela com facilidade. — Há uma colina fantástica por detrás de Tavern on the Green. E posso comprar um *latte* mesmo ao virar da esquina.

Will abanou a cabeça a fingir que lamentava a sorte dela. — Saíste--me cá uma menina da cidade. Por acaso sabes pescar?

— Não é assim tão difícil quanto isso. Basta prender o isco no anzol, atirar a linha e depois segurar na cana. Que tal me tenho estado a sair?

— Nada mal, se as coisas fossem assim tão simples. Mas tens de conhecer os locais apropriados e saber exactamente para onde é que pretendes atirá-la. Tens de conhecer os iscos e os engodos que deves usar, e isso depende de imensa coisa: desde o tamanho dos peixes, passando pelas condições atmosféricas até à transparência da água. E depois, claro está, tens de fisgar o anzol no momento exacto, caso contrário, perdes o peixe.

Ronnie pareceu considerar este comentário. — Então por que é que optaste pelos camarões?

— Porque estavam em saldo — foi a resposta dele.

Ela soltou uma gargalhada e em seguida roçou um braço ligeiramente contra o dele. — Que engraçadinho — disse. — Mas acho que eu estava a pedi-las.

Will ainda sentia o calor do toque dela no ombro. — Andas a pedir bem pior que isso — retorquiu ele. — Vai por mim, por estas bandas, há gente para quem a pesca é uma autêntica religião.

— Tu incluído?

— Não. Para mim, a pesca é... um acto contemplativo. Dá-me tempo para pensar sem ser interrompido. E, para além disso, sempre me vou entretendo a observar as nuvens enquanto uso o meu boné da NASCAR e masco tabaco.

Ronnie franziu o nariz. — Tu não mascas tabaco, pois não?

— Não. A ideia de ficar sem lábios por causa do cancro da boca não me agrada de todo.

— Assim, fico mais descansada. — Começou a baloiçar as pernas para trás e para a frente. — Recuso-me a namorar com rapazes que masquem tabaco.

— Então estás a querer dizer que estamos a namorar?

— Não, isto não tem nada que ver com namorar. Estamos a pescar.

— As coisas que uma pessoa aprende. Bom, afinal é a isto que a vida se resume, não é verdade?

Ronnie arrancou uma lasca de madeira do embarcadouro. — Até pareces um anúncio à cerveja.

Uma águia-marinha pairou por cima de ambos no preciso momento em que a linha era puxada para debaixo de água uma vez, e depois outra. Will puxou bruscamente a cana em sentido ascendente enquanto a linha se retesava. Levantou-se o mais depressa que pôde e começou a recolhê-la, a cana já curvada. Aconteceu tudo tão depressa que Ronnie mal teve tempo de perceber o que se passava.

— Apanhaste algum? — perguntou-lhe ela, pondo-se precipitadamente de pé.

— Chega aqui — chamou-a, continuando a recolher a linha. Forçou a cana na direcção dela. — Aqui! — gritou-lhe. — Segura!

— Não consigo! — guinchou ela, recuando.

— Não é difícil! Basta que a segures e continues a rodar o molinete!

— Mas eu não sei fazer isso!

— Acabei de te dizer! — insistiu ele. Ronnie avançou lentamente, e Will praticamente a obrigou a segurar na cana. — Agora continua a rodar o molinete!

Ela viu a cana começar a descer enquanto dava ao molinete.

— Segura-a bem! Mantém a linha esticada!

— Estou a fazer o que posso! — gritou ela.

— Estás a sair-te lindamente!

O peixe espadanou quase à superfície — uma pequena corvina vermelha, reparou ele — e Ronnie soltou um grito, armando uma cena. Quando viu que ele se desatou a rir, desatou a rir também, pondo-se a saltar ao pé-coxinho. Quando o peixe tornou a espadanar, ela gritou uma vez mais, saltando ainda mais alto, mas desta feita com uma expressão de determinação feroz.

Era, reflectiu Will, uma das cenas mais engraçadas a que assistia nos últimos tempos.

— Continua a fazer tal e qual o que tens feito — encorajou-a. — Trá--lo para mais perto da borda que eu trato do resto. — Com uma rede na mão, apoiou-se de barriga para baixo, esticando um braço sobre a água à medida que Ronnie continuava a dar ao molinete. Com um gesto rápido, conseguiu apanhar o peixe na rede, em seguida levantou-se. Quando virou a rede ao contrário, o peixe caiu no cais, espadanando ao bater na superfície. Ronnie continuou a segurar o molinete, dançando em volta do peixe enquanto Will deitava a mão à linha.

— O que é que estás para aí a fazer? — guinchou ela. — Tens de o devolver à água!

— Não lhe vai acontecer nada de mal...

— Está a morrer!

Will acocorou-se e agarrou no peixe, segurando-o contra o piso.

— Ai isso é que não está!

— Tens de lhe tirar o anzol! — guinchou ela outra vez.

Ele procurou o anzol e começou a extraí-lo. — Estou a tentar! Dá--me só um instante!

— Está a sangrar! Magoaste-o! — Pôs-se a dançar freneticamente em volta dele.

Ignorando-a, Will continuou a extrair o anzol. Sentia a cauda a movimentar-se para trás e para a frente, a bater-lhe nas costas da mão. A corvina era pequena, rondaria o quilo e meio, mas surpreendentemente forte.

— Estás a demorar muito! — apressou-o Ronnie.

Will retirou cuidadosamente o anzol, mas manteve o peixe preso contra o piso. — Tens a certeza de que não queres levá-lo para casa para o jantar? Devia dar uns filetes razoáveis.

Ronnie abriu e fechou a boca de incredulidade, contudo, antes de ter tempo de dizer fosse o que fosse, Will tornou a atirar a corvina à água. Com um chape, ela mergulhou e desapareceu. Ele estendeu um braço para pegar numa toalha das mãos e limpou o sangue dos dedos.

Ronnie continuou a olhar para ele com ar acusador, as faces ruborizadas de indignação. — Tu não te importavas de o comer, pois não? Se eu não estivesse aqui?

— Tê-lo-ia devolvido à água.

— Por que será que não acredito em ti?

— Porque deves ter razão. — Rasgou-lhe um sorriso e tornou a pegar na cana. — Então, queres prender o próximo isco ou queres que seja eu a fazê-lo?

* * *

— Então a minha mãe anda desvairada com os preparativos para o casamento da minha irmã, faz questão de que tudo saia perfeito — comentou Will. — O ambiente lá em casa tem andado um pouco... tenso.

— Quando é que é o casamento?

— A nove de Agosto. O facto de a minha irmã querer que seja realizado lá em casa também não ajuda nada. O que, como seria de esperar, é mais um motivo de *stress* para a minha mãe.

Ronnie sorriu. — Como é que é a tua irmã?

— Inteligente. Mora em Nova Iorque. Um pouco do género espírito livre. Muito parecida com outra irmã mais velha que eu conheço. O comentário pareceu agradar-lhe. Enquanto passeavam pela praia, o Sol ia descendo no horizonte, e Will percebeu que Ronnie estava mais descontraída. Tinham acabado por pescar e devolver mais três peixes antes de se encaminharem para a baixa de Wilmington, onde saborearam o almoço num ancoradouro virado para o rio Cape Fear. Com o olhar dirigido para um ponto situado na margem oposta, Will assinalara-lhe o *USS North Carolina*, um couraçado da Segunda Guerra Mundial entretanto desmantelado. Ao ver Ronnie inspeccioná-lo, o rapaz apercebeu-se da facilidade que tinha em passar o tempo na companhia dela. Ao contrário de outras raparigas suas conhecidas, era sincera e não se entretinha com joguinhos idiotas. Possuía um sentido de humor subtil que lhe agradava, mesmo quando a piada era à sua custa. Na realidade, não havia nela nada de que não gostasse.

À medida que se aproximavam de casa, Ronnie adiantou-se no caminho para ir verificar como estava o ninho instalado no sopé da duna. Deteve-se junto à gaiola — era feita do arame usado nos galinheiros e estava presa à areia através de estacas muito compridas — e, quando foi ter com ela à duna, ela voltou-se para ele com ar de dúvida.

— Achas que isto é suficiente para impedir que o guaxinim ataque o ninho?

— É o que consta.

Ronnie mirou-o atentamente. — E como é que as tartarugas vão ser capazes de sair cá para fora? Elas não conseguem passar pelos buracos, pois não?

Will abanou a cabeça. — Os voluntários do aquário vêm cá tirar a gaiola antes de os ovos chocarem.

— E como é que sabem quando eles chocam?

— Eles já quase que fizeram disto uma ciência. Os ovos demoram cerca de sessenta dias a incubar antes de eclodirem, embora isso possa variar ligeiramente dependendo das condições atmosféricas. Quanto mais alta a temperatura se mantiver ao longo do Verão, mais depressa eclodem. E não te esqueças de que este não é o único ninho que existe na praia, e que nem sequer foi o primeiro. Logo que as primeiras tartarugas começam a sair dos ninhos, as outras em geral fazem o mesmo dentro duma semana, no máximo.

— Já alguma vez as viste a sair dos ovos?

Will assentiu com a cabeça. — Quatro vezes.

— E como é que é?

— Para dizer a verdade, há uma certa barafunda. À medida que o momento certo se aproxima, retiramos as gaiolas, em seguida escavamos uma vala rasa do ninho até à água, alisando-a o mais possível, mas deixando-a com altura suficiente dos lados para que as tartarugas sejam obrigadas a dirigir-se para o mar. E é esquisito, porque a princípio só alguns ovos é que se mexem, mas dá a impressão de que o movimento deles é suficiente para pôr o resto do ninho também em movimento e, quando damos por isso, o ninho mais parece uma colmeia dopada com esteróides. As tartarugas começam a trepar umas por cima das outras para conseguirem sair do buraco, e depois, quando chegam à areia, começam a encaminhar-se para a água a fazer lembrar um cortejo de caranguejos. É um espectáculo extraordinário.

À medida que ia descrevendo, tinha a sensação de que Ronnie tentava imaginar a cena. Foi então que reparou no pai a chegar ao alpendre, e acenou-lhe.

Will apontou para a casa. — Imagino que seja o teu pai, não é? — indagou.

— Nem mais.

— Não nos queres apresentar?

— Não.

— Prometo comportar-me bem.

— Isso seria conveniente.

— Então por que é que não nos apresentas?

— Porque ainda não me levaste a conhecer os teus pais.

— E por que é que tens de conhecer os meus pais?

— Precisamente — retorquiu ela.

— Não estou certo de perceber aonde queres chegar.

— Então como foi que conseguiste ler Tolstoi até ao fim?

Se Will já estava confuso antes, agora estava completamente desorientado. Ronnie começou a descer a praia vagarosamente, e, em meia dúzia de passos rápidos, ele alcançou-a.

— Tu não és propriamente fácil de entender.

— E depois?

— E depois nada. Só estava a tomar nota para não me esquecer.

Ela sorriu de si para consigo, dirigindo o olhar para o horizonte. Ao longe, uma traineira regressava ao porto da pesca ao camarão.

— Quero estar aqui quando acontecer — disse ela.

— Quando acontecer o quê?

— Quando os ovos eclodirem. A que julgaste que me estava a referir?

Will abanou a cabeça. — Oh, voltámos a esse assunto. Bom, está bem, mas quando é que voltas para Nova Iorque?

— No final de Agosto.

— Isso vai ser mesmo à justa. Só espero que tenhamos um Verão comprido e quente.

— Pelo menos é isso que promete. Estou a ferver.

— Isso é por estares vestida de preto. E de calças de ganga.

— Não fazia ideia de que ia passar a maior parte do dia ao ar livre.

— Caso contrário, terias vestido um biquíni, não é verdade?

— Não me parece — disse ela.

— Não gostas de usar biquíni?

— É óbvio que sim.

— Mas só quando eu não ando por perto?

Ronnie atirou a cabeça para trás. — Hoje não.

— E se eu prometer levar-te outra vez a pescar?

— Não estás a abonar muito a teu favor.

— À caça de patos?

Foi quanto bastou para a calar. Quando finalmente recuperou a fala, fê-lo em tom desaprovador. — Diz-me que não caças patos?

Quando viu que Will não lhe respondia, Ronnie prosseguiu:
— Aquelas criaturas lindas e amorosas cobertas de penas, a voar rumo ao seu lago, que não fazem mal a ninguém? E tu tens coragem de disparar contra elas?

Will considerou a pergunta. — Só no Inverno.

— Quando eu era pequena, o meu animal de peluche preferido era um pato. Tinha papel de parede com patos. Tinha um hámster chamado *Duffy*. Eu *adorava* patos.

— Também eu os adoro — salientou Will.

Ronnie não se deu ao incómodo de ocultar o cepticismo. Will reagiu contando pelas pontas dos dedos e prosseguindo: — Adoro-os fritos, assados, grelhados e acompanhados por um molho agridoce...

Ela deu-lhe um encontrão, levando-o a desequilibrar-se durante alguns passos. — Isso é horrível!

— Não é nada, é engraçado!

— Tu não passas dum rapaz cruel.

— Às vezes — admitiu ele. Apontou em direcção à casa. — Então se não queres ir já para casa, queres vir comigo?

— Porquê? Estás a planear contar-me ou mostrar-me mais alguma maneira como matas os animais?

— Tenho um jogo de vólei daqui a bocado e gostaria que viesses comigo. Vai ser divertido.

— Tencionas tornar a entornar-me refrigerante em cima?

— Só se fores tu a trazê-lo.

Ronnie reflectiu momentaneamente, posto o que se colocou lado a lado com Will rumo ao molhe. Ele deu-lhe uma leve cotovelada, e ela retribuiu-lha.

— Acho que és uma pessoa cheia de problemas — disse-lhe Ronnie.

— Que tipo de problemas?

— Bom, para começar, és um assassino de patos malévolo.

Ele riu-se, e os olhares de ambos cruzaram-se. Ronnie desviou os olhos para a areia, em seguida na direcção da praia e, por fim, tornou a concentrá-los em Will. Abanou a cabeça, incapaz de conter um sorriso, como se estivesse admiradíssima com o que estava a suceder entre ambos e a desfrutar de cada instante.

CAPÍTULO 14

RONNIE

Se ele não fosse tão giro, nada daquilo teria acontecido.

Enquanto observava Will e Scott a movimentarem-se pelo campo, aproveitou para reflectir na sequência de acontecimentos que os tinham trazido até ali. Teria mesmo ido pescar nesse dia? E visto uma tartaruga ferida a andar num tanque às oito horas da manhã?

Abanou a cabeça, esforçando-se por evitar olhar para o corpo esguio e os músculos bem delineados de Will enquanto ele perseguia a bola pela areia. Objectivo difícil de cumprir, uma vez que ele estava de tronco nu.

Talvez afinal o resto do Verão não fosse ser tão horrível quanto receara.

Está claro que pensara o mesmo depois de conhecer Blaze, e viu--se o resultado que *isso* dera.

Ele não era propriamente o género dela, mas, à medida que o via jogar, começou a perguntar-se se seria uma desvantagem assim tão grande quanto isso. Não fora bafejada pela sorte no que tocara à escolha de namorados no passado, sendo Rick o exemplo acabado disso mesmo. Só Deus sabia que Will era de longe mais inteligente que qualquer outro dos rapazes com quem saíra, e, acima de tudo, parecia ter propósitos na vida. Tinha um emprego, colaborava como voluntário, era um atleta bastante razoável; e, como se isso não bastasse, dava-se bem com a família. E apesar de gostar de desempatar as situações duma forma um tanto ou quanto exasperante, não era fácil de levar. Quando Ronnie o testara, ele dera-lhe réplica — mais que uma vez, aliás — e ela via-se forçada a admitir que até não desgostara de todo.

Se havia alguma coisa nele que lhe dava que pensar, era o seguinte: não sabia por que motivo Will gostava dela. Ronnie não tinha nada que ver com as raparigas com que o vira naquela noite na feira popular

— e, com toda a honestidade, nem sequer tinha a certeza de que de futuro ele se quisesse tornar a encontrar com ela. Observou-o a correr de volta à linha de serviço, em seguida a deitar uma olhadela na direcção dela, claramente satisfeito por ela ter aceitado o seu convite. Movimentava-se pela areia com desenvoltura, e quando se preparou para servir a bola, deu uma indicação qualquer a Scott, que parecia entregar-se ao jogo como se a sua vida dependesse disso. Mal Scott se virou para a rede, Will revirou os olhos, deixando claro que considerava a intensidade do amigo bastante exagerada. «É só um jogo», parecia ele estar a dizer, e Ronnie viu ali um sinal encorajador. Em seguida, depois de arremessar a bola ao ar e de a servir com força, lançou-se numa corrida para a parte lateral do campo para dar seguimento ao jogo. Quando o viu sacrificar o seu próprio corpo mergulhando para apanhar a bola e libertando uma pequena nuvem de areia no ar, Ronnie perguntou-se se o que vira escassos instantes atrás não passara duma ilusão — todavia, quando falhou um remate e Scott reagiu levando as mãos à cabeça de frustração com um olhar furioso, Will ignorou-o. Deitou uma piscadela de olho a Ronnie e preparou-se para o próximo remate.

— Tu e o Will, hã?

Atónita, Ronnie apercebeu-se de que alguém se sentara atrás dela. Ao dar meia-volta, reparou na loura que vira na companhia de Will e Scott na noite da feira popular.

— Desculpa?

A loura fez deslizar uma mão pelo cabelo e exibiu os seus dentes perfeitos. — Tu e o Will. Vi-vos a chegarem juntos.

— Oh — disse Ronnie. A intuição dizia-lhe que quanto menos dissesse, melhor.

Se a loura reparou na reacção desconfiada de Ronnie, não o demonstrou. Arremessando a cabeça para trás com uma perícia estudada, tornou a exibir a dentadura. De certeza que branqueava os dentes, concluiu Ronnie. — Sou a Ashley. E tu és...

— Ronnie.

Ashley continuou com os olhos cravados nela. — E estás cá de férias? — Quando Ronnie a mirou com um olhar feroz, sorriu uma vez mais. — Se fosses daqui, eu saberia de certeza. Eu e o Will conhecemo-nos desde miúdos.

— Hum, hum — disse Ronnie, evitando ao máximo comprometer-se.

— Calculo que se tenham conhecido quando ele chocou contra ti e entornaste o refrigerante, não foi? Conhecendo-o como conheço, o mais provável é ele ter feito isso de propósito.

Ronnie pestanejou. — O quê?

— Não é a primeira vez que o vejo a fazer isso. E deixa-me adivinhar o resto. Ele levou-te a pescar, não é verdade? Naquele embarcadouro pequenino do outro lado da ilha?

Deste feita, Ronnie não foi capaz de disfarçar a surpresa.

— É o que ele faz sempre quando quer conhecer uma rapariga. Bom, ou isso, ou levá-la ao aquário.

— De que é que estás para aí a falar? — indagou ela, a voz a faltar-lhe.

Ashley enlaçou os braços em volta das pernas. — Miúda nova, conquista nova? Não te zangues com ele — disse ela em tom conversador. — É apenas uma questão de feitio. É mais forte que ele.

Ronnie sentiu o sangue a esvair-se-lhe do rosto. Aconselhou a si própria para que não lhe desse ouvidos, não acreditasse naquilo, que Will não era nada assim. As palavras, porém, insistiam em ecoar-lhe no espírito...

Deixa-me adivinhar. Ele levou-te a pescar, não foi?

Ou isso ou levá-la ao aquário.

Tê-lo-ia ela de facto avaliado mal? Parecia-lhe que se tinha enganado a respeito de toda a gente que conhecera naquela terra. O que até fazia sentido, tendo em conta que fora para ali contra a sua vontade. Ao respirar fundo, reparou que Ashley a estava a estudar atentamente.

— Está tudo bem contigo? — perguntou-lhe a rapariga, as suas sobrancelhas perfeitamente depiladas a unirem-se de apreensão. — Disse alguma coisa que te tivesse incomodado?

— Estou óptima, não te preocupes.

— Mas olha que estás com um ar agoniado.

— Já te disse que estou óptima — reiterou Ronnie em tom ríspido.

A boca de Ashley abriu-se e tornou a fechar-se antes de a sua expressão suavizar. — Oh, não. Não me digas que te estavas mesmo a apaixonar por ele?

Miúda nova, conquista nova? É apenas uma questão de feitio...

As palavras insistiam em ressoar-lhe na mente, e Ronnie não lhe respondeu; não conseguiu responder-lhe. Apesar do seu silêncio, Ashley continuou, em voz empática: — Bom, não te sintas mal por isso, porque ele, quando quer, consegue ser o rapaz mais sedutor deste mundo. Acredita em mim, eu sei, porque também já caí na conversa dele. — Acenou com a cabeça na direcção da assistência. — E o mesmo se pode dizer de metade das outras raparigas que aqui vês.

Ronnie perscrutou instintivamente a multidão, reparando em meia dúzia de raparigas bonitas de biquíni, todas elas de olhos cravados em Will. Sentia-se incapaz de falar. Entretanto, Ashley prosseguia:

— Julguei que fosses capaz de perceber isso sozinha... Afinal de contas, pareces-me um bocadinho mais sofisticada que as outras raparigas de cá. Imaginei...

— São horas de ir andando — declarou Ronnie, num tom de voz que aparentava mais calma que aquela que na verdade sentia. No campo, Will deveria tê-la visto levantar-se, porque se virou para ela a sorrir, a encarnar o papel do...

Rapaz mais sedutor deste mundo...

Afastou-se, zangada com ele, mas ainda mais zangada consigo própria por ter sido tão ingénua. O seu único desejo era desaparecer daquela terra maldita.

* * *

No quarto, atirou a mala para cima da cama e estava a enfiar as roupas lá dentro quando a porta se abriu nas suas costas. Por cima do ombro, viu o pai à entrada. Teve um breve instante de hesitação, mas de imediato se dirigiu à cómoda para ir buscar mais alguns dos seus pertences.

— Tiveste um dia difícil? — perguntou-lhe o pai. A voz dele era suave, mas não ficou à espera de resposta. — Eu estava na oficina com o Jonah quando te vi chegar da praia. Tinhas um ar bastante zangado.

— Não quero falar sobre isso.

O pai permaneceu onde estava, reservando uma certa distância. — Vais a algum lado?

Ronnie soltou o ar com fúria e continuou a fazer a mala. — Vou-me pôr a andar daqui, está bem? Vou telefonar à mãe e vou voltar para casa.

— Foi assim tão mau?

Ela virou-se para o pai. — Por favor, não me obrigue a ficar aqui. Eu não gosto deste sítio. Não gosto das pessoas que aqui moram. Não me encaixo aqui. Não pertenço aqui. Quero voltar para casa.

O pai não fez comentários, mas Ronnie detectou-lhe o desapontamento no rosto.

— Lamento — acrescentou ela. — E não tem nada que ver com o pai, está bem? Se me telefonar, eu falo consigo. E pode ir visitar-me a Nova Iorque para passarmos tempo juntos, está bem?

O pai continuou a observá-la em silêncio, o que agravou ainda mais o sentimento de culpa da filha. Examinou o conteúdo da mala antes de acrescentar o restante.

— Não tenho a certeza de te poder deixar ir embora.

Ronnie já estava à espera disto e sentiu a tensão a crescer no seu íntimo. — Pai...

Ele ergueu as mãos. — Não se trata do motivo que julgas. Se eu pudesse, deixava-te ir embora. Telefonaria à tua mãe neste preciso instante. Mas tendo em conta o que aconteceu no outro dia na discoteca...

«Com a Blaze», ouviu-se a si própria responder. «E a detenção...»

Os ombros de Ronnie descaíram. Na fúria, esquecera-se dos artigos roubados.

Era óbvio que se esquecera deles. Se nem sequer fora ela quem os roubara! Sentiu as forças a esgotarem-se-lhe repentinamente, e deu meia-volta, deixando-se abater em cima da cama. Não era justo. Nada daquilo era justo.

O pai continuava no quarto.

— Posso tentar contactar o Pete... o Agente Johnson... e ver se é possível. Mas o mais certo é que só consiga falar com ele amanhã, e não te quero ver metida em mais sarilhos. Mas se ele disser que não faz mal e ainda te quiseres ir embora, não serei eu que me irei opor.

— Promete?

— Sim — confirmou ele. — Mesmo isso indo contra a minha vontade, prometo.

Ronnie assentiu com a cabeça, comprimindo os lábios. — E irá visitar-me a Nova Iorque?

— Se puder — respondeu-lhe o pai.

— Se puder, como?

Antes de o pai ter tempo de lhe responder, ouviram bater subitamente à porta, pancadas sonoras e insistentes. O pai relanceou por cima do ombro. — Acho que deve ser o rapaz com quem andaste hoje. — Ela tentou imaginar como saberia o pai e, reparando na expressão da filha, ele acrescentou: — Vi-o a aproximar-se nesta direcção quando vim para casa à tua procura. Queres que o despache?

Não te zangues com ele. É apenas uma questão de feitio. É mais forte que ele.

— Não — decidiu Ronnie. — Eu encarrego-me disso.

O pai esboçou um sorriso e, por um instante, a filha achou que ele tinha um ar mais envelhecido que na véspera. Como se o pedido dela lhe tivesse acrescentado alguns anos.

Mas, mesmo assim, ela não pertencia àquele lugar. Aquela era a terra do pai, não dela.

Tornaram a bater à porta.

— Pai?

— Sim?

— Obrigada — disse-lhe. — Eu sei que gostaria muito que eu continuasse aqui, mas não posso mesmo.

— Não faz mal, minha querida. — Não obstante o sorriso, as suas palavras denotavam mágoa. — Eu compreendo.

Ronnie ajeitou a bainha das calças de ganga antes de se levantar da cama. Quando ia a caminho da porta, o pai pousou-lhe uma mão nas costas e ela deteve-se. Depois, reunindo coragem, dirigiu-se à porta e abriu-a, reparando na mão de Will suspensa no ar. Mostrou-se surpreendido ao vê-la atender.

Ela fitou-o, a interrogar-se como poderia ter sido tola ao ponto de confiar nele. Deveria ter ouvido a sua intuição.

— Oh, olá... — cumprimentou-a Will, baixando a mão. — Estás aqui. Por um momento, julguei...

Ronnie atirou-lhe com a porta na cara, mas o rapaz começou de imediato a bater uma vez mais, a chamá-la com voz suplicante.

— Vá lá, Ronnie! Espera! Eu só quero saber o que foi que se passou! Por que é que te vieste embora?

— Desaparece! — gritou-lhe ela.

— O que foi que eu fiz?

Ela tornou a abrir a porta de rompante. — Eu não estou disposta a aturar os teus jogos!

— Que jogos? De que é que estás para aí a falar?

— Eu não sou estúpida. E não tenho nada que te dar justificações.

Tornou a fechar-lhe a porta na cara. Will pôs-se novamente a bater.

— Enquanto não falares comigo, não me vou embora!

O pai abeirou-se da porta. — Problemas no paraíso?[9]

— Não estamos no paraíso.

— Parece-me bem que não — constatou ele. — Queres que seja eu a entender-me com ele? — sugeriu Steve novamente à filha.

As pancadas recomeçaram uma vez mais.

— Não tarda, ele cansa-se. O melhor é não fazermos caso.

Após um instante de dúvida, o pai pareceu aceitar isto e dirigiu-se à cozinha. — Estás com fome?

---

[9] *Trouble in paradise*, no original. Trata-se duma expressão recorrente na língua inglesa e que tem sido usada amiudadas vezes como título de vários filmes, programas televisivos, jogos de vídeo e álbuns musicais. (*NT*)

148

— Não — respondeu ela de forma automática. Em seguida, levando as mãos ao estômago, mudou de ideias. — Bom, se calhar comia qualquer coisa.

— Descobri uma boa receita na Internet. Leva cebolas, cogumelos e tomates refogados em azeite, e serve-se como molho para a massa, polvilhada com queijo parmesão. Soa-te bem?

— Acho que o Jonah é capaz de não gostar.

— Ele queria um cachorro-quente.

— Se não quisesse, é que eu me admirava.

O pai sorriu e, logo de seguida, tornaram a bater à porta. Perante a insistência, deve ter reparado em qualquer coisa na expressão da filha, porque abriu os braços.

Sem pensar, Ronnie aproximou-se do pai e sentiu-o a abraçá-la. Havia qualquer coisa... terna e indulgente no abraço dele, algo de que ela sentia a falta havia anos. Foi a custo que conteve as lágrimas e se soltou dos seus braços.

— E que tal se eu lhe desse uma ajuda a preparar o jantar?

* * *

Ronnie empenhou-se uma vez mais em decifrar o conteúdo da página que acabara de ler. O Sol pusera-se havia uma hora e, depois de percorrer ansiosamente uma dúzia de canais no televisor do pai, acabara por desligá-lo e ido buscar o seu livro. Todavia, por muito que se esforçasse, não conseguiu chegar ao fim dum capítulo sequer, porque Jonah havia uma hora que não saía da janela... o que a obrigava a pensar no que se encontrava do outro lado, ou melhor, de *quem* se encontrava do outro lado.

Will. Já se tinham passado quatro horas, e o rapaz ainda não se fora embora. Desistira de bater à porta havia muito tempo e limitara-se a empoleirar-se no alto da duna, de costas voltadas para a casa. Teoricamente, estava numa praia pública, e, por conseguinte, Ronnie e o pai não tinham outro remédio senão ignorá-lo. E era precisamente isso que Ronnie e o pai — que, para seu grande espanto, estava novamente a ler a Bíblia — estavam a tentar fazer.

Jonah, por seu turno, era simplesmente incapaz de o ignorar. A vigília de Will exercia sobre ele um efeito hipnotizante, como se um objecto voador não-identificado tivesse aterrado no molhe ou o Pé-Grande andasse a arrastar-se pela areia. Embora já tivesse o pijama dos Transformers vestido e devesse ter ido para a cama havia uma hora, suplicara ao pai que o deixasse ficar a pé mais um bocadinho, porque, nas suas palavras: — Se me for deitar muito cedo, ainda sou capaz de fazer chichi na cama.

Pois.

Não fazia chichi na cama desde que começara a gatinhar, e Ronnie tinha a certeza de que o pai não acreditara na desculpa que o filho lhe dera. A sua aquiescência teria provavelmente que ver com o facto de ser o primeiro serão que passavam os três juntos desde a chegada de ambos e — dependendo do que o Agente Johnson lhes dissesse no dia seguinte — poderia bem ser o último. Ronnie calculou que o pai desejasse simplesmente prolongar a experiência.

O que era compreensível, claro estava, e lhe causou um certo peso na consciência por se querer ir embora. Cozinhar o jantar com ele fora mais divertido do que ela a princípio julgara, uma vez que o pai se escusara a condimentar as perguntas com insinuações, hábito que a mãe adquirira ultimamente. Não obstante, continuava a não fazer tenções de prolongar a estadia, mesmo que isso custasse ao pai. O mínimo que poderia fazer seria esforçar-se por tornar a noite agradável.

O que, como seria de prever, era impossível.

— Quanto tempo mais achas que ele irá aguentar ali? — resmungou Jonah. Pelas contas de Ronnie, o irmão fizera aquela pergunta pelo menos cinco vezes nos últimos vinte minutos, embora nem ela nem o pai lhe tivessem respondido. Desta feita, porém, o pai pôs a Bíblia de lado.

— Por que é que não vais lá perguntar-lhe? — sugeriu ele ao filho.

— Claro, está-se mesmo a ver — desdenhou ele. — Ele não é meu namorado.

— Nem meu, tão-pouco — apressou-se Ronnie a acrescentar.

— Pois olha que, pela maneira como se está a comportar, é o que parece.

— Mas não é, percebeste? — Virou a página do livro.

— Então o que é que está a fazer sentado ali fora? — Inclinou a cabeça, a ver se descobria uma solução para o enigma. — Quer dizer, é estranho, não achas? Sentado ali fora durante horas, à espera de que tu vás falar com ele. Quer dizer, estamos a falar da minha irmã? A minha *irmã*?

— Olha que eu te estou a ouvir — avisou-o Ronnie. Nos últimos vinte minutos, calculava ter lido o mesmo parágrafo umas boas seis vezes.

— Só estou a dizer que acho estranho — reflectiu Jonah, com ar de cientista distraído. — Por que havia ele de querer ficar lá fora à espera da minha *irmã*?

Ronnie desviou os olhos da leitura, reparando no pai a tentar em vão disfarçar um sorriso.

Tornou a dar atenção ao livro, começando a reler o mesmo parágrafo com determinação renovada, e durante os minutos seguintes, a sala ficou envolta em silêncio.

À excepção do barulho de Jonah a remexer-se e a resmungar à janela.

Fez um esforço por ignorá-lo. Enterrou-se no sofá, empoleirou os pés em cima da mesa e obrigou-se a concentrar-se na leitura. Momentaneamente, foi capaz de se abstrair de tudo à sua volta e estava prestes a embrenhar-se novamente na história quando tornou a ouvir a vozinha de Jonah.

— Quanto tempo mais é que achas que ele vai aguentar lá fora? — murmurou o irmão.

Fechou o livro de rompante. — Pronto! — gritou, a pensar que Jonah sabia exactamente em que botões é que precisava de carregar para a fazer perder as estribeiras. — Eu vou lá! Eu vou falar com ele!

* * *

Quando Ronnie desceu os degraus do alpendre para ir falar com Will, foi acolhida por uma brisa agreste, que trazia atrás de si o aroma do sal e dos pinheiros. Se ele ouviu a porta a fechar-se, não deu qualquer sinal disso; ao invés, parecia estar satisfeito a atirar conchas minúsculas às aranhas-do-mar, que fugiam a correr para dentro dos respectivos buracos.

Uma camada de névoa marítima toldava as estrelas, dando uma aparência mais fria e mais escura à noite. Ronnie cruzou os braços diante do peito para se proteger da aragem. Will, reparou ela, continuava com os mesmos calções e a mesma camisola que usara ao longo do dia. Interrogou-se se não estaria com frio, mas logo afastou esse pensamento. Não era importante, recordou a si própria quando ele se voltou na direcção dela. No escuro, não lhe conseguia descortinar a expressão, contudo, à medida que o fitava, apercebia-se de que, mais que zangada com ele, se sentia exasperada com a sua insistência.

— Puseste o meu irmão completamente destrambelhado — declarou Ronnie naquilo que esperava que fosse uma voz autoritária. — É melhor ires-te embora.

— Que horas são?

— Já passa das dez.

— Estava a ver que nunca mais vinhas falar comigo.

— Nem sequer devias ter vindo até aqui. Já te disse para te ires embora. — Presenteou-o com um olhar feroz.

Os lábios de Will retesaram-se numa linha fina. — Quero saber o que foi que se passou — insistiu ele.

— Não se passou nada.

— Então conta-me o que é que a Ashley te esteve a dizer.

— Não me esteve a dizer nada.

— Eu vi-vos as duas a conversar! — acusou-a Will.

Era precisamente este o motivo por que ela não acedera a falar com ele; era precisamente aquilo que desejava evitar. — Will...

— Por que é que te foste embora a correr depois de estares a conversar com ela? O que é que disseste? E por que é que demoraste quatro horas até finalmente te decidires a vir falar comigo?

Ronnie abanou a cabeça, recusando-se a admitir a mágoa que sentia. — Não tem importância.

— Resumindo e concluindo, ela disse-te qualquer coisa, não disse? O que foi que ela te disse? Que nós ainda saímos os dois? Porque isso não é verdade. Entre nós está tudo acabado.

Ronnie levou algum tempo a perceber o que ele queria dizer. — Ela foi tua namorada?

— Foi — confirmou o rapaz. — Durante dois anos.

Ao ver que Ronnie não dizia nada, Will levantou-se e avançou um passo para ela. — O que é que exactamente ela te disse?

Mas Ronnie mal conseguiu ouvir-lhe a voz. Ao invés, recordou a primeira vez que vira Ashley, a primeira vez que vira Will. Ashley, com a sua figura perfeita vestida de biquíni, de olhos fixos em Will...

Vagamente, ouviu o rapaz a prosseguir. — O que foi agora? Recusas-te a falar comigo? Obrigas-me a ficar horas aqui sentado e nem sequer te dignas a responder à minha pergunta?

Mas Ronnie mal o ouvia. Ao invés, recordou-se da aparência de Ashley naquele dia, nas linhas laterais. A posar com um ar encantador, a aplaudir... a querer que Will reparasse nela?

Porquê? Porque Ashley queria reconquistá-lo? E receava que Ronnie se intrometesse nos seus planos?

Assim, as coisas começavam a fazer sentido. Todavia, antes de ela ter tempo para pensar no que dizer, Will abanou a cabeça.

— Julguei que fosses diferente. Só julguei... — Olhou-a fixamente, a expressão, um misto de raiva e desapontamento, até que, num repente, deu meia-volta e tomou a direcção da praia. — Que diabo, sei lá que foi que pensei! — arremessou ele por cima do ombro.

Ronnie deu um passo em diante e já se preparava para chamar por ele quando reparou numa luz a tremeluzir ao fundo da praia, junto à margem. A luz subiu e desceu, como se alguém estivesse a lançar uma... Uma bola de fogo, concluiu ela.

Sentiu o ar a ficar-lhe preso na garganta, sabendo que era Marcus quem ali estava, e recuou um passo involuntário. Pelo espírito, perpassou-lhe uma imagem dele a aproximar-se sorrateiramente do ninho enquanto ela dormia ao relento. Perguntou-se até que ponto ele se aproximara. Por que não a deixaria em paz? Andaria a persegui-la?

Já vira reportagens nos noticiários e ouvira falar em casos semelhantes. Embora lhe agradasse pensar que saberia como reagir e seria capaz de se desenvencilhar em quase todas as situações, aquilo era diferente. Porque Marcus era diferente.

Porque Marcus lhe incutia medo.

Will já seguia umas quantas casas mais à frente, a sua silhueta a ser engolida pela noite. Pensou em chamá-lo e contar-lhe tudo o que se passara, mas a última coisa que desejava era ficar ali para além do estritamente necessário. Nem tão-pouco queria que Marcus a relacionasse com Will. Já não, pelo menos. Agora contava apenas consigo própria.

E com Marcus.

Sentindo o pânico a crescer, recuou outro passo, mas obrigou-se a parar. Se ele percebesse que lhe tinha medo, poderia agravar a situação. Em lugar disso, colocou-se debaixo do círculo de luz do alpendre e, propositadamente, orientou o olhar na direcção de Marcus.

Não o conseguia ver — apenas a luz trémula a oscilar para cima e para baixo. Marcus, tinha a certeza, pretendia assustá-la, e isso desencadeou um instinto qualquer no seu âmago. Ainda com o olhar fixo nele, apoiou as mãos nas ancas e empertigou o queixo numa atitude de desafio. Sentia o sangue a latejar-lhe o peito, mas aguentou-se na mesma posição até a bola de fogo lhe pousar na mão. Um instante decorrido, a luz apagou-se e Ronnie percebeu que Marcus tinha fechado o punho em volta dela, anunciando a sua aproximação.

Mesmo assim, recusou-se a sair donde estava. Não sabia ao certo o que fazer se ele surgisse a escassos metros de distância, contudo, à medida que os segundos se foram transformando num minuto e noutro ainda, percebia que ele chegara à conclusão de que seria arriscado aproximar-se. Farta de esperar e satisfeita por ter transmitido a mensagem pretendida, deu meia-volta e entrou em casa.

Foi só quando se encostou à porta depois de a ter fechado que reparou que tinha as mãos a tremer.

CAPÍTULO 15

MARCUS

— Quero comer qualquer coisa antes de o *diner* fechar — suplicou Blaze.

— Então vai — retorquiu Marcus. — Eu cá não tenho fome.

Blaze e Marcus achavam-se em Bower's Point, juntamente com Teddy e Lance, que tinham engatado duas das raparigas mais feias que Marcus vira na vida e estavam entretidos a tentar embebedá-las. Marcus ficara desde logo contrariado por os encontrar ali, e, para cúmulo, havia uma hora que Blaze não se cansava de o importunar, a perguntar-lhe onde estivera o dia todo.

Tinha o pressentimento de que aquela insistência estava relacionada com Ronnie, porque de parva Blaze não tinha nada. A rapariga percebera desde o primeiro momento que Marcus estava interessado na outra, o que explicava por que escondera aqueles CD dentro do saco de Ronnie. Era a solução perfeita para obrigar Ronnie a manter a distância.

E isso irritara-o. E depois ir dar com ela ali, a queixar-se com fome, a pendurar-se nele e a atazaná-lo com perguntas...

— Não me apetece ir sozinha — continuou ela a lastimar-se.

— Não ouviste o que te acabei de dizer? — vociferou ele. — Será possível que nunca ouças uma palavra do que te digo? Já te disse que não estou com fome.

— Também não te disse para comeres nada... — resmungou Blaze em tom submisso.

— E que tal se te calasses?

Foi quanto bastou. Pelo menos durante alguns minutos. Pela expressão de amuada dela, Marcus percebia que estava à espera de que ele lhe pedisse desculpa ou algo no género. Pois, bom, bem podia esperar.

Virando-se de frente para o mar, acendeu a bola de fogo, irritado por Blaze não arredar pé dali. Irritado por Teddy e Lance não arredarem pé dali, quando tudo o que ele precisava era de paz e sossego. Irritado com o facto de Blaze ter afugentado Ronnie, e particularmente irritado por permitir que a situação o irritasse. Não era do feitio dele, e detestava sentir-se assim. Tinha vontade de bater em qualquer coisa ou em alguém, e quando deitou uma olhadela a Blaze e viu a cara de amuada dela, colocou-a em primeiro lugar na sua lista. Desviou-se dali, ansioso por poder beber a sua cerveja, levantar o volume da música e ficar a sós com os seus pensamentos. Sem toda aquela gente à sua volta.

Para além do mais, não estava verdadeiramente zangado com Blaze. Que diabo, quando descobrira o que ela tinha feito, até ficara satisfeito, a pensar que lhe poderia facilitar as coisas com Ronnie. Tu coças-me as costas que eu coço-te as tuas, ou algo nesse género. Todavia, quando sugerira isso mesmo a Ronnie, ela reagira como se ele sofresse duma doença contagiosa qualquer, como se preferisse morrer a deixá-lo aproximar-se. Marcus, porém, não era do tipo de desistir facilmente, e calculava que ela acabaria por chegar à conclusão de que seria essa a única maneira de se livrar dos apuros em que estava metida. E, assim, fora até casa dela fazer-lhe uma pequena visita, na esperança duma oportunidade de falar com ela. Decidira que seria melhor moderar o discurso e, ao invés, optar por escutá-la com compreensão enquanto ela lhe contava a partida terrível que Blaze lhe pregara. Talvez tivessem ido dar um passeio e, quem sabe, acabado debaixo do molhe e depois logo se veria o que acontecia. Não era?

Porém, quando chegara a casa dela, encontrara lá Will. De todas as pessoas possíveis, logo Will, sentado numa duna, à espera de conversar com ela. E Ronnie acabou mesmo por sair de casa e ir falar com ele. Na verdade, pareciam ter discutido, embora, pela maneira como se comportavam, fosse óbvio que alguma coisa se passava entre ambos, o que só contribuiu para aumentar a sua irritação. Porque isso significava que se conheciam. Porque significava que o mais certo seria andarem um com o outro.

O que significava que ele se enganara redondamente a respeito dela.

E depois? Oh, aí é que estava o busílis. Depois de Will se ter ido embora, Ronnie apercebera-se de que tinha duas visitas em lugar duma só. Quando ela reparou que Marcus a estava a vigiar, percebeu que só haveria duas alternativas: ou ela viria falar com ele na esperança de que ele convencesse Blaze a contar a verdade, ou ficaria cheia de medo e fugiria a correr para dentro de casa. Agradava-lhe o facto de ter poder para a assustar. Poderia usá-lo em seu proveito.

Todavia, ela não fizera nada disso. Ao invés, fixara o olhar na direcção de Marcus, como que a dizer: «Atreve-te.» Deixara-se ficar no alpendre, a linguagem corporal a transmitir sinais de provocação agressiva, até ter finalmente voltado para dentro de casa.

Não autorizava ninguém a fazer-lhe isso. Muito menos raparigas. Quem diabo julgava ela que era? Com corpo franzino e firme ou sem ele, Marcus não gostara. Não gostara mesmo nada.

Blaze veio interromper-lhe os pensamentos. — Tens a certeza de que não queres vir?

Marcus virou-se para ela, acometido por uma necessidade súbita de desanuviar as ideias, de se acalmar. Sabia exactamente do que precisava e de quem lho poderia dar.

— Anda cá — disse ele. Forçou um sorriso. — Senta-te ao pé de mim. Não quero que te vás já embora.

CAPÍTULO 16

STEVE

Steve levantou a cabeça e viu Ronnie a entrar em casa. Embora ela lhe tivesse dirigido um sorriso, a esforçar-se por lhe garantir que estava tudo bem, ele não pôde deixar de reparar na expressão da filha quando esta agarrou no seu livro e foi para o quarto.

Havia qualquer coisa que não estava mesmo nada bem.

Só não sabia ao certo o quê. Não percebia se Ronnie estava triste, zangada ou receosa e, enquanto ponderava a hipótese de ir falar com ela, ficou com a certeza absoluta de que, o que quer que se passasse, ela preferia lidar com o problema sozinha. Calculava que seria normal. Era verdade que nos últimos anos não tinham estado muito na companhia um do outro, mas dera aulas a adolescentes durante anos e sabia que era quando os miúdos queriam falar com os adultos — quando tinham alguma coisa importante a dizer — que estes tinham razões para ficar seriamente preocupados.

— Olhe, pai — chamou-o Jonah.

Steve proibira o filho de estar à janela enquanto a irmã estivesse lá fora. Parecera-lhe a decisão mais acertada, e Jonah percebera que não valia a pena insistir. Descobrira a série de desenhos animados *SpongeBob* num dos canais, e havia quinze minutos que estava entretido a vê-la.

— Sim?

Jonah levantou-se com uma expressão muito séria. — O que é que tem um só olho, fala francês e adora comer bolachas antes de se ir deitar?

Steve reflectiu na pergunta. — Não faço ideia.

Jonah levou uma mão ao rosto e tapou um olho. — *Moi*.

Steve riu-se e levantou-se do sofá, pousando a Bíblia. O miúdo era mesmo engraçado. — Anda daí. Tenho umas *Oreos* na cozinha. — Encaminharam-se nessa direcção.

157

— Acho que a Ronnie e o Will estiveram a discutir — sugeriu Jonah, ajeitando o pijama.

— É esse o nome dele?

— Não se preocupe. Já andei a fazer as minhas averiguações.

— Ah — disse Steve. — E por que é que achas que eles discutiram?

— Eu ouvi-os. O Will parecia-me muito zangado.

Steve franziu o sobrolho. — Julguei que estivesses a ver os desenhos animados.

— E estava. Mas não pude deixar de ouvir a conversa — justificou-se Jonah em tom prosaico.

— Não devias pôr-te a ouvir as conversas alheias — repreendeu-o Steve.

— Mas às vezes são interessantes.

— Mas não é correcto.

— A mãe põe-se à escuta das conversas da Ronnie quando ela está ao telefone. E surripia-lhe o telemóvel quando a Ronnie está no duche e lê-lhe as mensagens.

— A sério? — Steve esforçou-se por disfarçar a surpresa.

— Pois é. Se não fosse assim, como é que havia de saber o que é que ela andava a fazer?

— Não sei... Talvez conversando com ela — sugeriu-lhe o pai.

— Pois, não me diga — retorquiu Jonah. — Nem o Will é capaz de falar com ela sem que tenham uma discussão. Ela faz qualquer um perder as estribeiras.

* * *

Quando Steve tinha doze anos, não tinha muitos amigos. Entre as aulas na escola e as lições de piano, sobrava-lhe pouco tempo livre, e a pessoa com quem mais frequentemente conversava era o Pastor Harris.

Naquela época da sua vida, o piano tornara-se uma autêntica obsessão, e era habitual Steve treinar durante quatro a seis horas diárias, perdido no seu próprio mundo de melodia e composição. Já vencera inúmeros concursos locais e estaduais. A mãe comparecera apenas ao primeiro, e o pai nunca aparecera em nenhum. Ao invés, dava por si muitas vezes ao lado do Pastor Harris, que o levava no seu automóvel até Raleigh, Charlotte, Atlanta ou Washington DC. Passavam longas horas à conversa, e apesar de o Pastor Harris ser um homem religioso e de evocar as bênçãos de Jesus Cristo na maior parte das conversas, isso parecia-lhe tão natural como alguém oriundo de Chicago comentar os maus resultados da equipa de basebol Cubs durante as finais do campeonato da liga profissional.

O Pastor Harris era um homem bondoso atormentado pela vida. Levava a sua vocação a sério, e passava a maior parte dos serões ocupado com o seu rebanho, quer fosse no hospital, quer na casa funerária, quer em casa de membros da congregação com quem travara amizade. Aos fins-de-semana celebrava casamentos e baptizados, às quartas-feiras à noite, tinha encontros da congregação e, às terças e quintas, ensaiava com o coro. Todavia, todos os fins de tarde, perto do entardecer, quer fizesse chuva, quer fizesse sol, reservava uma hora para si próprio e ia passear para a praia sozinho. Quando regressava, Steve dava por si a pensar que aquela hora de solidão viera mesmo a calhar ao pastor. Sempre que voltava daqueles passeios, o seu rosto trazia uma expressão calma e tranquila. Steve calculava que era a maneira que o pastor arranjara para reivindicar algum tempo só para si próprio; até que lhe tocou no assunto.

— Não — esclarecera-o o Pastor Harris. — Eu não vou passear para a praia para estar sozinho, porque isso não é possível. Enquanto ando, converso com Deus.

— Quer dizer que reza?

— Não — insistira o Pastor Harris. — Estou a falar de conversar. Nunca te esqueças de que Deus é teu amigo. E, à semelhança de todos os amigos, Ele anseia por saber o que se passa na nossa vida. Quer seja bom ou mau, quer nos faça sofrer ou zangar, e até mesmo quando lhe perguntamos por que é que têm de acontecer coisas terríveis. E, por isso, eu converso com ele.

— E o que é que lhe diz?

— O que é que tu dizes aos teus amigos?

— Eu não tenho amigos. — Steve esboçou um sorriso forçado. — Pelo menos não tenho nenhum com quem possa conversar.

O Pastor Harris pousou-lhe uma mão tranquilizadora no ombro.

— Tens-me a mim. — Quando viu que Steve não reagia, o pastor apertou-lhe o ombro. — Eu e Deus conversamos da mesma maneira que eu e tu o fazemos.

— E Ele responde-lhe? — indagou Steve em tom céptico.

— Sempre.

— E o senhor ouve-o?

— Ouço — confirmou ele —, mas não com os ouvidos. — Levou uma mão ao peito. — É aqui que ouço as respostas de Deus. É aqui que eu sinto a Sua presença.

* * *

Depois de dar um beijo na bochecha de Jonah e de o aconchegar na cama, Steve deteve-se mesmo à saída do quarto, a observar a filha. Para sua surpresa, ao entrar no quarto, verificara que Ronnie estava a dormir, e já não havia sinais do que quer que a estivesse a aborrecer quando chegara a casa. Tinha as feições descontraídas, o cabelo a cair--lhe em cascata pela almofada e ambos os braços dobrados junto ao peito. Hesitou em dar-lhe um beijo de boas-noites, mas acabou por deixá-la sossegada, permitindo aos seus sonhos flutuarem sem inter-rupções, como a neve derretida a ser levada pela correnteza, até ao seu devido destino.

Apesar disso, não teve coragem de se ir logo embora. Ver os filhos a dormir exercia sobre ele um efeito traquilizador e, quando Jonah se virou para o outro lado para se afastar da luz que vinha do corredor, Steve perguntou-se há quanto tempo não dava um beijo de boas-noites a Ronnie. No ano anterior à sua separação de Kim, a filha atingira a idade em que considerava aqueles gestos embaraçosos. Recordava-se nitidamente da primeira noite em que lhe dissera que a ia aconchegar na cama e ela lhe respondera: «Não é preciso. Eu faço isso sozinha.» Kim olhara para ele com uma expressão de claro pesar: já percebera que Ronnie estava a ficar uma rapariga crescida, mas, apesar disso, a passagem da infância causava-lhe mágoa.

Ao contrário de Kim, Steve não levava a mal à filha por ela estar a crescer. Lembrava-se de quando tinha a mesma idade e lembrava-se de querer decidir por si próprio. Lembrava-se de formar as suas pró-prias ideias a respeito do mundo, e os anos em que trabalhara como professor tinham contribuído para reforçar a convicção de que a mudança não era apenas inevitável, mas que, em geral, acarretava as suas recompensas. Havia ocasiões em que se encontrava numa sala de aula com um único aluno, a ouvi-lo falar-lhe dos problemas que tinha com os pais, da mãe que se esforçava por ser sua amiga ou do pai que tentava controlá-lo. Tinha a impressão de que os outros professores do departamento achavam que ele tinha uma afinidade natural com os alunos e, muitas vezes, depois de os próprios alunos terem abandonado a escola, descobria que estes partilhavam da mesma opinião. Não sabia ao certo a que se devia isso. Na maior parte das vezes, ouvia-os em silêncio ou então limitava-se a reformular o problema, obrigando os jovens a chegarem às suas próprias conclusões, confiante de que, na maioria das vezes, eram as conclusões mais acertadas. Mesmo quando sentia necessidade de dizer alguma coisa, em geral apresentava apenas os comentários mais genéricos típicos dos psicólogos de divã. «É óbvio que a tua mãe quer ser tua amiga», poderia ele dizer, «ela está a começar a ver em ti mais um adulto que deseja conhecer.» Ou «O teu pai sabe que cometeu erros na vida, e não quer que tu os repitas.» Pensamentos vulgares dum homem vulgar, mas, para seu grande espanto, era frequente o aluno voltar-se para a janela em silêncio, como se estivesse a assimilar qualquer verdade profunda. Havia mesmo alturas em que depois recebia um telefonema dos pais, a agradecer-lhe por se ter disponibilizado a conversar com o filho e a comunicar-lhe que ultimamente ele parecia andar mais bem-disposto. Quando pousava o auscultador, fazia um esforço por se lembrar do que fora que dissera, na esperança de se descobrir mais perspicaz que inicialmente julgara, mas era sempre em vão.

No silêncio do quarto, Steve ouviu a respiração de Jonah começar a abrandar. Percebeu que o filho já estava a dormir; o sol e o ar fresco pareciam capazes de esgotá-lo a um ponto que Manhattan jamais conseguiria. Quanto a Ronnie, sentiu-se aliviado por o sono lhe ter suprimido a tensão dos últimos dias. O rosto da filha estava sereno, quase angelical, e, sem saber bem porquê, trouxe-lhe à memória o ar do Pastor Harris depois dos seus passeios pela praia. Deixou-se ficar a contemplá-la na tranquilidade absoluta do quarto, ansiando uma vez mais por um sinal da presença divina. No dia seguinte, Ronnie ir-se-ia possivelmente embora e, ao lembrar-se disso, avançou um passo hesitante na direcção da filha. O luar penetrava pela janela, e Steve ouviu o barulho monótono e ritmado das ondas para lá do vidro. O brilho suave das estrelas longínquas tremeluziu numa afirmação celestial, como se Deus estivesse a anunciar a sua presença algures. Foi acometido por um cansaço súbito. Estava sozinho, pensou; haveria sempre de estar sozinho. Inclinou-se para Ronnie e deu-lhe um beijo delicado na face, sentindo uma vez mais o amor inato que lhe tinha, uma alegria tão intensa como a dor.

* * *

Pouco faltava para o romper do dia, a primeira coisa de que se lembrou ao acordar — mais uma sensação, na verdade — foi que sentia saudades de tocar piano. Enquanto se contraía já à espera da pontada previsível de dores no estômago, sentiu um impulso para correr até à sala de estar e entregar-se à música.

Interrogou-se quando voltaria a ter oportunidade de tocar. Arrependia-se agora de não ter travado conhecimento com outros moradores da cidade; houvera momentos desde que entaipara o piano em que fantasiara acerca de ir ter com um amigo e pedir-lhe para se servir do piano que este tinha na sala de estar, e que raramente era usado, piano esse que o seu amigo imaginário considerava um objecto meramente decorativo. Via-se a si próprio a sentar-se num banco poeirento enquanto o amigo o observava da cozinha ou do *hall* de entrada — não sabia ao certo donde — e, de repente, começava a tocar qualquer coisa que comovia o amigo às lágrimas, qualquer coisa que não conseguira interpretar durante os longos meses que passara em *tournée*.

Sabia que era uma fantasia ridícula, mas a verdade é que, sem a música, se sentia inútil e à deriva. Levantou-se da cama e obrigou-se a afastar aqueles pensamentos sombrios. O Pastor Harris informara-o de que tinha sido encomendado um piano novo para a igreja, uma oferta dum dos seus membros. E que Steve estaria à vontade para ir para lá tocar logo que ele chegasse. Todavia, isso só aconteceria em finais de Julho, e não tinha a certeza de ser capaz de aguentar até lá.

Ao invés, sentou-se à mesa da cozinha e assentou as mãos no tampo. Se se concentrasse bem, deveria conseguir ouvir mentalmente a música. Afinal de contas, Beethoven compusera a sinfonia *Eroica* quando estava praticamente surdo, não era? Talvez ele conseguisse ouvi-la mentalmente, tal como Beethoven fizera. Escolheu o concerto que Ronnie interpretara no Carnegie Hall e, de olhos fechados, concentrou-se. A princípio, à medida que começou a movimentar os dedos, a melodia saiu-lhe fraca. Gradualmente, porém, as notas e os acordes foram-se tornando mais claros e distintos, e embora não fosse tão agradável como tocar piano a sério, sabia que teria de se contentar com aquilo.

Com as frases finais do concerto a reverberarem-lhe no espírito, tornou a abrir os olhos lentamente e deu por si sentado na cozinha semiobscurecida. O Sol espreitaria no horizonte daí a escassos minutos e, sem saber ao certo porquê, ouviu o som duma única nota, um si bemol, baixo e prolongado, a acenar-lhe. Sabia que era apenas imaginação sua, mas o som da nota prolongou-se, e Steve correu a buscar papel e caneta.

Desenhou apressadamente meia dúzia de travessões e rabiscou as notas, e em seguida tornou a pressionar o dedo contra a mesa. E ouviu-a novamente, só que desta feita seguiram-se-lhe mais algumas notas, que também escrevinhou rapidamente.

Passara uma parte considerável da sua vida a escrever música, mas até ele considerava as suas melodias estatuetas em comparação com as estátuas que em geral preferia tocar. Talvez o mais certo fosse acabar por não dar em nada, mas sentiu-se entusiasmar perante o desafio. E se fosse capaz de compor qualquer coisa... inspirada? Algo que seria lembrado muito depois de ele próprio ter sido esquecido?

* * *

A fantasia foi de curta duração. Já anteriormente tentara sem resultado, e estava certo de que desta vez o falhanço se iria repetir. Mas, apesar de tudo, sentia-se bem por ter feito aquilo. Havia qualquer coisa arrebatadora no acto de criar a partir do nada. Embora não se tivesse adiantado muito na melodia — ao fim de muito trabalho, regressara às primeiras notas que escrevera e decidira começar tudo do princípio —, sentia uma certa satisfação.

Quando o Sol se empertigou nas dunas, Steve reflectiu nos pensamentos que lhe tinham ocorrido na noite da véspera e decidiu ir dar um passeio pela praia. Acima de tudo, desejava voltar para casa com o mesmo ar pacífico que observava no rosto do Pastor Harris; contudo, à medida que ia arrastando os pés pela areia, não conseguiu evitar sentir-se um amador, uma pessoa que andava à procura das verdades de Deus como uma criança anda à procura de conchas.

Teria sido gratificante se tivesse conseguido detectar um sinal óbvio da Sua presença — um arbusto a arder, quem sabe —, mas esforçou-se ao invés por se concentrar no mundo à sua volta: o Sol a elevar-se do mar, o encanto dos trinados matinais, os restos de bruma que pairavam acima da água. Procurou assimilar a beleza sem um propósito consciente, tentando sentir a areia debaixo dos pés e a brisa que lhe acariciava as faces. Apesar do seu empenho, não sabia se se achava mais perto da resposta por que ansiava.

O que seria, interrogou-se pela centésima vez, que permitia ao Pastor Harris ouvir as repostas no seu coração? O que quereria ele dizer quando afirmava que sentia a presença de Deus? Estava claro que Steve podia perguntar directamente ao Pastor Harris, mas duvidava de que isso contribuísse para o esclarecer. Como poderia alguém explicar uma coisa assim? Seria equivalente a descrever as cores a alguém que fosse cego de nascença: talvez a pessoa conseguisse compreender as palavras, mas o conceito ficaria para sempre um mistério só seu.

Estranhava aqueles pensamentos. Até recentemente, nunca se vira atormentado por questões daquela natureza, mas calculava que as suas responsabilidades quotidianas o tinham sempre ocupado ao ponto de evitar pensar nelas, pelo menos até ao seu regresso a Wrightsville

Beach. Ali, o tempo abrandara em consonância com o ritmo da sua vida. À medida que continuava a percorrer a praia, reflectiu uma vez mais na decisão fatídica que tomara ao tentar a sorte como concertista. Era verdade que sempre tentara imaginar se seria bem sucedido ou não, e, sem dúvida, sentira que o tempo começava a esgotar-se. Mas como fora que estas ideias tinham adquirido tamanha urgência na altura? Por que se dispusera a abandonar a família durante tantos meses seguidos? Como, perguntava-se, poderia ter sido tão egoísta? Em retrospectiva, a decisão não se revelara sábia para nenhum deles. Em tempos, julgara que fora a sua paixão pela música a obrigá--lo àquela decisão; agora, porém, suspeitava de que andara em busca de maneiras de preencher o vazio que por vezes se acoitava no seu íntimo.

E, enquanto caminhava, começou a interrogar-se se seria naquela consciencialização que acabaria por encontrar a resposta que procurava.

CAPÍTULO 17

RONNIE

Quando Ronnie acordou, deitou uma olhadela ao relógio, aliviada por, pela primeira vez desde a sua chegada, ter conseguido dormir até tarde. Não que fosse muito tarde, mas, quando se levantou, sentiu-se bastante revigorada. Ouvia a televisão na sala e, ao sair do quarto, reparou de imediato em Jonah. Estava deitado de costas no sofá, a cabeça dependurada da almofada e os olhos cravados no ecrã. O pescoço, numa posição que parecia que se estava a preparar para a guilhotina, estava cheio de migalhas de *Pop-Tarts*. Viu o irmão a dar mais uma dentada na bolacha, a espalhar mais migalhas por cima de si próprio e do tapete.

Não queria fazer-lhe aquela pergunta. Sabia que a resposta não faria sentido, mas não foi capaz de se conter.

— O que é que estás a fazer?

— Estou a ver televisão de cabeça para baixo — explicou-lhe o irmão. Estava a ver uma daquelas séries de desenhos animados japoneses irritantes, cheios de criaturas com grandes olharapos, que escapavam ao entendimento de Ronnie.

— E porquê?

— Porque me apetece.

— Insisto: porquê?

— Não sei.

Já sabia que não valia a pena tê-lo interrogado. Ao invés, olhou de relance para a cozinha. — Onde é que está o pai?

— Não sei.

— Tu não sabes onde é que está o pai?

— Não sou *baby-sitter*. — O irmão parecia aborrecido.

— A que horas é que ele saiu de casa?

— Não sei.

— Estava aqui quando acordaste?

— Hum, hum. — O olhar dele nunca se desviou da televisão. — Disse qualquer coisa a respeito da janela.

— E depois...

— Não sei.

— Estás a querer dizer-me que se evaporou assim sem mais nem menos?

— Não. Estou a dizer que, depois disso, o Pastor Harris chegou e foram os dois lá para fora conversar. — Deu uma entoação à resposta que até parecia que era óbvia.

— Então e por que é que não disseste logo? — Ronnie atirou as mãos ao ar de exaspero.

— Porque estou a tentar ver os meus desenhos animados virado *ao contrário*. Não é fácil falar contigo com o sangue a subir-me à cabeça.

Preparou-se desde logo para uma enxurrada de respostas tortas — «Então talvez fosse boa ideia pores-te mais vezes de cabeça para baixo», por exemplo —, mas a irmã não cedeu à tentação. Porque estava mais bem-disposta. Porque tinha dormido até tarde. E, acima de tudo, porque estava a ouvir uma vozinha no seu íntimo que lhe dizia: «És capaz de voltar para casa hoje.» Acabava-se a Blaze, acabavam-se o Marcus e a Ashley, acabava-se o madrugar.

E também se acabava o Will...

Aquela ideia obrigou-a a parar. Feitas as contas, ele não fora assim tão mau quanto isso. Para ser sincera, ontem até passara um belo dia na companhia dele, isto se não contássemos com a parte final. Deveria tê-lo informado do que Ashley lhe contara; deveria ter-se explicado. Mas quando Marcus aparecera...

Desejava, desejava do fundo do coração, afastar-se o mais possível daquela terra.

Abriu as cortinas e espreitou pela janela. Avistou o pai e o Pastor Harris na rampa de acesso à casa, e apercebeu-se de que não via o pastor desde que era miúda. Ele pouco mudara desde então; apesar de agora andar apoiado numa bengala, o cabelo branco e as sobrancelhas fartas continuavam tão memoráveis como sempre. Ronnie sorriu, a recordar-se da gentileza dele depois do funeral do avô. Percebia por que motivo o pai gostava tanto do pastor; transmitia um ar de bondade infinita, e ela recordava-se que, depois da missa, lhe oferecera um copo de limonada fresca que era mais doce que qualquer refrigerante. Dava a impressão de que estavam a conversar com outra pessoa, alguém que ela não conseguia vislumbrar. Dirigiu-se à porta e abriu-a para poder ver melhor. Não tardou a reconhecer o carro-patrulha. O Agente Pete Johnson estava encostado à porta aberta do automóvel, obviamente a preparar-se para se ir embora.

Ouvia o motor em ponto morto e, enquanto descia os degraus do alpendre, o pai dirigiu-lhe um aceno hesitante. Pete fechou a porta, provocando a Ronnie uma sensação de abatimento.

Quando chegou junto do pai e do Pastor Harris, o Agente Pete já estava a fazer marcha-atrás pelo acesso à casa, o que só contribuiu para lhe confirmar que se avizinhavam más notícias.

— Já estás a pé — comentou o pai. — Ainda há pouco fui ver como estavas e encontrei-te a dormir como uma pedra. — Gesticulou com o polegar. — Ainda estás lembrada do Pastor Harris?

Ronnie estendeu-lhe a mão. — Estou. Olá. Prazer em vê-lo.

Quando o Pastor Harris lha apertou, ela reparou nas cicatrizes lustrosas que lhe cobriam as mãos e os braços. — Não posso acreditar que sejas a mesma jovem que tive a felicidade de conhecer vai para tantos anos. Estás uma rapariga crescida. — Sorriu-lhe. — Estás parecida com a tua mãe.

Era um comentário que ouvia muito ultimamente, mas ainda não sabia ao certo que juízo fazer dele. Significaria que estava com um ar envelhecido? Ou que a mãe tinha uma aparência jovem? Era difícil entender, embora Ronnie soubesse que o pastor pretendera elogiá-la.

— Obrigada. Como é que está Mrs. Harris?

Ele ajeitou a bengala. — Mantém-me na linha, como sempre. E tenho a certeza de que também gostaria muito de te ver. Se por acaso tiveres oportunidade de passar pela nossa casa, garanto-te que terá um jarro de limonada caseira à tua espera.

Parecia que o pastor se lembrava. — Sou bem capaz de aproveitar a oportunidade.

— Espero bem que sim. — Virou-se para Steve. — Obrigado uma vez mais por te prontificares a fazer a janela. Está a ficar uma maravilha...

Ele dispensou os agradecimentos. — Não é preciso...

— Está claro que é. Mas agora tenho mesmo de me ir embora. Esta manhã tenho as irmãs Towson a orientar o estudo da Bíblia e, se as conhecessem como eu conheço, perceberiam por que é que está fora de questão deixá-las por sua conta e risco. São do género que aprecia o fogo do inferno. Adoram Daniel e a Revelação, mas parecem esquecer-se de que a Segunda Carta aos Coríntios também faz parte das Escrituras. — Virou-se para Ronnie. — Gostei muito de te tornar a ver, minha jovem. Espero que o teu pai não te esteja a dar que fazer. Bem sabes como são os pais.

Ela sorriu-lhe. — Ele não é mau de todo.

— Óptimo. Mas, já sabes, se ele te começar a dar problemas, basta vires falar comigo, que eu farei tudo ao meu alcance para o pôr na ordem. Ele costumava ser bastante travesso em miúdo, e, como tal, posso bem imaginar a tua frustração.

— Eu não era nada travesso — protestou o pai. — Não fazia outra coisa senão tocar piano.

— Lembra-me de te contar da ocasião em que ele deitou tinta vermelha na pia baptismal.

O pai ficou mortificado. — Eu nunca fiz semelhante coisa!

O Pastor Harris parecia estar a divertir-se à grande. — É possível, mas não é isso que me tira a razão. O teu pai pode tentar transmitir a imagem que quiser, mas perfeito é que ele não era!

Dito isto, deu meia-volta e começou a descer a rampa de acesso à casa. Ronnie observou-o a afastar-se, divertida. Qualquer pessoa que conseguisse embaraçar o pai — duma forma inofensiva, obviamente — era alguém que, sem dúvida alguma, Ronnie desejava conhecer melhor. Sobretudo se tivesse histórias para contar a respeito do pai. Histórias engraçadas. Histórias interessantes.

A expressão do pai enquanto via o pastor afastar-se era inescrutável. Quando se voltou novamente para a filha, contudo, parecia ter regressado ao pai que ela conhecia, e Ronnie recordou-se de que o Agente Pete se fora embora havia escassos minutos.

— Sobre o que era a conversa? — indagou ela. — Com o Agente Pete.

— E que tal se tomássemos o pequeno-almoço primeiro? Tenho a certeza de que deves estar esfomeada. Mal tocaste no jantar.

Ronnie segurou-lhe nos braços. — Conte-me lá, pai.

Steve hesitou, à procura das palavras adequadas, mas não havia maneira de adoçar a verdade. Soltou um suspiro. — Não podes voltar para Nova Iorque, pelo menos até seres acusada, na semana que vem. A proprietária da loja tenciona apresentar queixa contra ti.

* * *

Ronnie estava sentada na duna, menos zangada que assustada perante a ideia do que se estava a passar dentro de casa. Havia uma hora que o pai lhe contara o que o Agente Pete lhe viera comunicar, e desde então que estava ali sentada. Sabia que o pai estava a conversar com a mãe ao telefone, e Ronnie mal podia imaginar a reacção dela. Era a única vantagem de se encontrar ali...

À excepção de Will...

Ronnie abanou a cabeça, a interrogar-se por que diabo não conseguia afastá-lo do pensamento. Já estava tudo acabado entre ambos, isto se é que alguma coisa tinha realmente começado. Por que é que ele se mostrara interessado nela? Se namorara tanto tempo com Ashley, era porque apreciava o género dela. Se havia alguma coisa que a vida lhe ensinara era que as pessoas não mudavam. Gostavam do que gostavam, mesmo não sabendo precisar o motivo. E ela não tinha nada que ver com Ashley.

Não havia lugar a contestações. Porque se ela fosse como Ashley, seria bem capaz de começar a nadar rumo ao horizonte até a última réstia de esperança se esgotar. Mais valia dar tudo por acabado.

Apesar de tudo, não era essa a sua maior preocupação de momento. A sua maior preocupação era a mãe. A mãe estaria sem dúvida a receber a notícia da detenção, uma vez que o pai estava naquele *instante* ao telefone. A ideia provocou-lhe arrepios. A mãe devia estar a fazer um alarido, aos *gritos*, de certeza. Logo que terminasse a conversa com o pai, o mais certo seria ligar à irmã ou à mãe e espalhar a notícia a respeito da última atrocidade horrenda que Ronnie cometera. Era dada a acrescentar toda a sorte de pormenores pessoais, em geral exagerando tanto quanto podia para que a filha ficasse o mais mal vista possível. Neste caso, o aspecto mais importante a salientar era que *ela não fora culpada!*

Mas faria isso alguma diferença? Está claro que não. Era capaz de *sentir* a fúria da mãe, e isso provocava-lhe náuseas. Talvez afinal fosse boa ideia não poder voltar para casa hoje.

Nas suas costas, ouviu o pai a aproximar-se. Quando a viu espreitar por cima do ombro, ele hesitou. Ronnie percebeu que o pai estava a tentar descobrir se ela preferia ficar sozinha, até que, tomando todas as cautelas, ele se veio sentar ao lado dela. Não lhe disse nada de imediato. Ao invés, parecia distraído a observar uma traineira da pesca do camarão ancorada ao longe, próximo da linha do horizonte.

— Ela ficou muito zangada?

Já sabia a resposta, mas não se conseguiu conter.

— Um bocadinho — admitiu ele.

— Só um bocadinho?

— O mais provável é que tenha deitado a cozinha abaixo enquanto estiveram ao telefone.

Ronnie fechou os olhos, imaginando a cena. — O pai contou-lhe mesmo tudo o que se passou?

— Está claro que contei. E fiz questão de lhe frisar que tinha a certeza de que tu estavas a dizer a verdade. — Pôs-lhe um braço em redor do ombro e deu-lhe um abraço. — Aquilo acaba por lhe passar. Passa sempre.

Ronnie assentiu com a cabeça. No silêncio, sentia o pai a observá-la. — Lamento que não possas voltar para casa hoje — disse-lhe. O seu tom de voz era suave, como se lhe pedisse desculpa. — Bem sei o quanto detestas aqui estar.

— Eu não detesto aqui estar — retorquiu ela de forma automática. Para sua própria surpresa, apercebeu-se de que, por muito que viesse a tentar convencer-se do contrário, o que dizia correspondia à verdade. — O problema é que eu não pertenço aqui.

O pai esboçou-lhe um sorriso melancólico. — Se te serve de consolo, quando aqui morei em novo, também tinha a sensação de que não pertencia aqui. Sonhava em ir para Nova Iorque. Mas é estranho, porque, quando finalmente me livrei desta terra, acabei por ter mais saudades dela que algum dia imaginei possível. Há qualquer coisa no oceano que exerce uma atracção sobre mim.

Ronnie virou-se para o pai. — E agora o que é que me vai acontecer? O Agente Pete acrescentou mais alguma coisa?

— Não. Apenas que a proprietária da loja se sente na obrigação de apresentar queixa, porque os artigos eram valiosos e ultimamente tem tido imensos problemas com os roubos.

— Mas eu não roubei nada! — protestou Ronnie.

— Eu sei — assegurou-lhe o pai. — E nós vamos arranjar maneira de resolver o problema. Contrataremos um bom advogado e faremos tudo o que for preciso.

— Os advogados são caros?

— Os bons, sim — admitiu ele.

— E o pai tem dinheiro para isso?

— Não te preocupes. Arranjarei uma solução. — Fez uma pausa. — Posso pedir-te um favor? O que é que fizeste à Blaze para ela ficar tão revoltada contigo? Nunca me chegaste a contar.

Tivesse sido a mãe a fazer-lhe esta pergunta, e o mais certo seria Ronnie ter-se recusado a responder-lhe. Nem tão-pouco teria respondido ao pai escassos dias atrás. Agora, sem saber ao certo porquê, não via qualquer razão em contrário. — Ela tem um namorado esquisito, de meter medo ao susto, e está convencida de que eu lho quero roubar. Ou qualquer coisa neste género.

— O que é que pretendes dizer com esquisito e de meter medo ao susto?

Ronnie fez uma pausa. À beira-mar, começavam a chegar as primeiras famílias, carregadas com toalhas e brinquedos de praia. — Ontem à noite vi-o — afirmou em voz baixa. Apontou para o fundo da praia. — Ele esteve ali enquanto eu estive a conversar com o Will.

O pai não fez qualquer esforço por ocultar a preocupação. — Mas não se aproximou.

Ela abanou a cabeça. — Não. Mas há qualquer coisa... estranha nele. O Marcus...

— Talvez o melhor seja manteres-te afastada desses dois. Da Blaze e do Marcus, quero eu dizer.

— Não se aflija. Não faço tenções de tornar a falar com nenhum deles.

— Queres que eu telefone ao Pete? Sei que não tiveste uma boa experiência com ele...

Ronnie abanou a cabeça. — Ainda é cedo. E, por muito que lhe custe a acreditar, não estou nada zangada com o Pete. Ele estava apenas a cumprir o seu dever e, para dizer a verdade, até se mostrou bastante compreensivo com tudo o que se passou. Acho que ficou com pena de mim.

— Ele garantiu-me que acreditava em ti. Motivo pelo qual foi falar com a proprietária.

Ronnie esboçou um sorriso tímido, a pensar como era bom poder ter uma conversa daquelas com o pai. Por um instante, tentou imaginar até que ponto a sua vida teria sido diferente se ele nunca tivesse saído de casa. Hesitou, apanhando um punhado de areia e deixando-o escapar por entre os dedos.

— Por que é que nos abandonou, pai? — indagou ela. — Já tenho idade suficiente para saber a verdade, não acha?

O pai esticou as pernas, claramente a ganhar tempo. Parecia debater-se com qualquer coisa, a tentar perceber quanto lhe haveria de contar e por onde começar, até que se decidiu pelo óbvio. — Quando eu deixei de dar aulas na Juilliard, fiz todos os espectáculos que pude. Era o meu sonho, sabias? Ser um concertista famoso. Adiante... Julgo que deveria ter reflectido mais na realidade da situação antes de tomar essa decisão. Mas o que é facto é que não reflecti. Não me apercebi dos problemas que isso causaria à tua mãe. — Fitou-a com ar sério. — No fim, acabámos por... nos afastar um do outro.

Ronnie observou o pai enquanto este lhe respondia, a tentar ler nas entrelinhas.

— Havia outra pessoa, não havia? — inquiriu ela. A sua voz não apresentava qualquer modulação.

O pai não lhe respondeu logo, optando por desviar o olhar. Ronnie sentiu o coração a cair-lhe aos pés.

Quando finalmente lhe respondeu, parecia exausto. — Eu sei que me deveria ter esforçado mais por tentar salvar o meu casamento, e lamento não ter feito isso. Mais que tu algum dia possas imaginar. Mas quero que saibas uma coisa, está bem? Nunca, por um instante sequer, deixei de acreditar na tua mãe; nunca, por um instante sequer, deixei de acreditar na resistência do nosso amor. Apesar de no fim não ter resultado como tu e eu gostaríamos que tivesse, olho para ti e para o Jonah e penso na sorte que tenho de vos ter como filhos. Numa vida inteira de erros, vocês dois são as melhores coisas que já me aconteceram.

Quando o pai terminou, Ronnie pegou noutro punhado de areia e deixou-o deslizar por entre os dedos, sentindo-se cansada. — O que é que hei-de fazer?

— Estás a referir-te ao dia de hoje?

— Estou a referir-me a tudo.

Sentiu-o apoiar-lhe uma mão delicadamente nas costas. — Acho que, como primeiro passo, talvez fosse boa ideia ires falar com ele.

— Com quem?

— Com o Will — esclareceu o pai. — Lembras-te de quando passaste por casa ontem? Quando me viste no alpendre? Estava a observar-vos, a constatar a naturalidade com que pareciam estar na companhia um do outro.

— O pai nem sequer o conhece — obstou Ronnie, a sua voz um misto de admiração e surpresa.

— Pois não — admitiu o pai. Sorriu-lhe com uma expressão meiga. — Mas conheço-te a ti. E ontem estavas feliz.

— E se ele se recusar a falar comigo? — afligiu-se ela.

— Não há-de recusar com certeza.

— Como é que o pai sabe?

— Porque eu estive a observá-lo, e ele também estava feliz.

* * *

À entrada da recepção da Oficina Blakelee, a única coisa em que Ronnie conseguia pensar era: «Eu não quero fazer isto.» Por um lado, não queria enfrentá-lo, mas, por outro, sabia que não lhe restava alternativa. Tinha consciência de que fora injusta com ele e que, no mínimo, Will tinha direito a saber o que fora que Ashley lhe dissera. Afinal de contas, ficara horas à espera à porta de casa de Ronnie, não era verdade?

Para além de que se via forçada a admitir que o pai tinha razão. Divertira-se imenso na companhia de Will, ou pelo menos, tanto quanto era possível numa terra daquelas. E havia qualquer coisa nele que o diferenciava de todos os rapazes que conhecera até ao momento. Não tanto o facto de jogar voleibol e ter corpo de atleta, nem mesmo de ser mais inteligente do que dava a entender. Will não tinha medo dela. Ultimamente, tinha mandado muitos dar uma volta por estarem convencidos de que lhes bastava serem simpáticos e pronto. Não que isso não fosse importante, desde que o rapaz equacionasse ser simpático com ser capacho. Ronnie gostava de que ele a tivesse levado à pesca, mesmo que ela não tivesse mostrado grande entusiasmo por isso. Fora a maneira que Will arranjara para lhe dizer: «É assim que eu sou e é isto que eu gosto de fazer, e, entre todas as pessoas com quem neste momento me dou, tu és aquela com quem prefiro desfrutar desta experiência.» Muitas vezes, quando um rapaz a convidava para sair, ia buscá-la a casa sem a mais pequena ideia do que haveriam de fazer ou aonde haveriam de ir, acabando por obrigá-la a decidir. Achava aquela atitude tão estúpida e desenxabida. Will era tudo menos desenxabido, e Ronnie não podia deixar de o apreciar por isso.

O que significava, claro estava, que tinha de consertar a situação. Armando-se de coragem para o caso de ele ainda estar zangado, entrou na recepção. Na oficina, Will e Scott estavam a trabalhar por debaixo dum automóvel levantado. Scott disse qualquer coisa ao amigo, que se virou e a viu, mas não lhe sorriu. Ao invés, limpou as mãos a um trapo e veio ao encontro dela.

Will deteve-se a uma certa distância. A expressão dele era indecifrável. — O que é que queres?

Não propriamente a abertura de que ela estava à espera, mas também não se podia dizer que fosse completamente inesperada.

— Tinhas razão — reconheceu Ronnie. — Ontem, vim-me embora do jogo porque a Ashley disse que eu não passava do teu mais recente projecto. E também deu a entender que eu não era a primeira, que o dia que passámos juntos... todas as coisas que fizemos e os sítios aonde tu me levaste... eram artimanhas que usavas com todas as raparigas.

Will continuou de olhos fixos nela. — Ela mentiu.

— Eu sei.

— Então por que é que me deixaste cá fora sentado à tua espera durante horas a fio? E por que é que não me contaste isso ontem?

Ronnie prendeu uma madeixa de cabelo atrás da orelha, sentindo a vergonha a assomar-lhe ao peito, mas a fazer o possível por disfarçar.

— Estava irritada e magoada. E, quando me estava a preparar para te contar, tu saíste disparado e nem me deste tempo.

— Estás a querer dizer que a culpa foi minha?

— Não, nem por sombras. Há muitas coisas que se estavam a passar que não têm nada que ver contigo. Os últimos dias têm sido... difíceis. — Fez deslizar uma mão nervosamente pelo cabelo. Estava tanto calor na garagem.

Will levou um instante a assimilar o que acabara de ouvir. — Mas por que é que acreditaste nela? Tu nem sequer a conheces.

Ronnie fechou os olhos. «Porquê?», interrogou-se. «Porque sou uma idiota. Porque não confiei no que a minha intuição me dizia a respeito dela.» Todavia, não disse nada disto. Limitou-se a abanar a cabeça. — Não faço ideia.

Ao ver que ela não se mostrava disposta a acrescentar mais nada, Will enfiou os polegares nos bolsos das calças. — Foi só isso que me vieste cá dizer? Porque eu tenho o trabalho à minha espera.

— Também te queria pedir desculpa — disse ela, a voz sumida. — Desculpa. Exagerei.

— Ai lá isso é verdade — ripostou Will. — Tiveste uma reacção perfeitamente irracional. Mais alguma coisa?

— E também queria que ficasses a saber que gostei imenso do dia de ontem. Isto é, pelo menos até ao fim.

— Está bem.

Não percebeu ao certo o significado desta resposta, mas, quando ele lhe rasgou um breve sorriso, sentiu-se a descontrair.

— Está bem? É tudo? É tudo o que tens para me dizer depois de eu ter vindo até aqui para te pedir desculpa? «Está bem»?

Ao invés de responder, Will avançou um passo na direcção dela e, subitamente, tudo se precipitou duma maneira tal que nem teve tempo de se aperceber. Num instante ele encontrava-se a um metro de distância de Ronnie, e no instante seguinte, tinha uma mão na anca dela e estava a puxá-la para junto dele. Inclinando-se para a frente, beijou-a. Os lábios de Will era macios, e ele foi surpreendentemente delicado. Talvez se tivesse dado simplesmente o caso de ele a ter apanhado desprevenida, mas, mesmo assim, Ronnie apanhou-se a retribuir-lhe o beijo. Não foi um beijo muito demorado, nem o género de beijo capaz de fazer tremer a terra e arrebatar as almas que ultimamente se viam no cinema; mas, mesmo assim, ficou contente por ter acontecido, e, sem saber precisar ao certo porquê, apercebeu-se de que era precisamente isso que desejava que ele fizesse.

Quando Will se afastou, Ronnie sentiu o sangue a aflorar-lhe às faces. A expressão dele era algo séria, e não tinha rigorosamente nada de desenxabida.

— Da próxima vez que te zangares comigo, vem falar comigo — disse-lhe. — Não me feches a porta na cara. Eu não gosto de joguinhos. E, já agora, também gostei muito do dia de ontem.

* * *

Durante o trajecto de regresso a casa, Ronnie ainda se sentia ligeiramente atordoada. Apesar de já ter revisto mentalmente o beijo entre ambos uma dúzia de vezes, continuava sem perceber como fora que acontecera.

Mas gostara. Gostara mesmo muito. O que lhe suscitava a seguinte pergunta: por que motivo se viera embora logo de seguida? Tudo apontava para que devessem ter feito planos para se voltarem a encontrar, mas, com Scott a assistir à cena de queixo caído, pareceu-lhe mais fácil despedir-se de Will com um beijo rápido e deixá-lo retomar o trabalho que tinha em mãos. Todavia, a sua intuição dizia-lhe que se tornariam a ver, e que esse momento não tardaria muito a chegar.

Will gostava dela. Ronnie não sabia precisar o porquê nem como é que isso acontecera, mas a verdade é que acontecera mesmo. A ideia parecia-lhe inacreditável, e desejou que Kayla estivesse ali com ela para poderem conversar acerca desse assunto. Está claro que poderia sempre telefonar à amiga, mas não seria a mesma coisa e, para além do mais, não sabia ao certo o que lhe haveria de dizer. Imaginava que só queria alguém disposto a escutá-la.

Quando se estava a acercar de casa, a porta da oficina abriu-se de rompante. Jonah saiu para a luz do Sol e encaminhou-se para casa.

— Olá, Jonah! — chamou-o ela.

— Oh, olá, Ronnie! — O irmão deu meia-volta e começou a correr na direcção dela. Quando chegou junto da irmã, pôs-se a olhar para ela atentamente. — Posso fazer-te uma pergunta?

— Claro.

— Queres uma bolacha?

— O quê?

— Uma bolacha. Uma *Oreo*, por exemplo. Queres?

Ronnie não fazia a mínima ideia de onde a conversa iria parar, pela simples razão de que o cérebro do irmão funcionava em rotas perpendiculares, e não paralelas, às suas. Respondeu-lhe em tom cauteloso.

— Não.

— Como é possível que não queiras uma bolacha?

— Porque não me apetece.

— Pronto, deixa lá — disse ele, mudando de táctica. — Imaginemos que querias uma bolacha. Digamos que estavas *a morrer* por uma bolacha, e que havia bolachas no armário. O que é que farias?

— Comia uma? — aventurou-se Ronnie.

Jonah estalou os dedos. — Exactamente. É precisamente aí que pretendo chegar.

— Do que é que estás para aí a falar?

— Que se as pessoas querem bolachas, deviam ir buscá-las. É isso que as pessoas fazem.

«Ah, ah!», pensou ela. «Agora faz sentido.» — Deixa-me ver se adivinho. O pai não te deixa comer bolachas?

— Não. Mesmo estando eu praticamente a morrer de fome, nem quer ouvir falar nisso. Diz que primeiro tenho de comer uma sanduíche.

— E tu achas que isso é uma injustiça.

— Tu acabaste de dizer que se eu queria uma bolacha, deveria ir buscá-la. Então por que é que eu não posso? Eu não sou uma criança pequena. Sei tomar decisões por mim próprio. — Fitou a irmã com uma expressão muito séria.

Ronnie levou um dedo ao queixo. — Hum. Já estou a perceber por que é que isso te transtorna tanto.

— Não é justo. Se ele tiver vontade de comer uma bolacha, basta-lhe ir buscá-la. Se tu tiveres vontade de comer uma bolacha, basta-te ir buscá-la. Mas, se for eu a querer uma bolacha, a regra já não se aplica. Já te disse e repito: não é justo.

— Então e o que é que pensas fazer?

— Vou comer uma sanduíche. Porque não tenho outro remédio. Porque o mundo não é justo para os miúdos de dez anos.

Foi-se embora a passo arrastado sem esperar por uma resposta. Ronnie não conseguiu conter um sorriso ao vê-lo afastar-se. Talvez mais logo, pensou, o levasse a comer um gelado. Por um instante, ponderou se haveria de o seguir até casa, mas depois acabou por mudar de ideias e dirigiu-se à oficina. Achava que já deveria estar na altura de ir ver a janela de que tanto ouvia falar.

Da porta, reparou no pai a soldar dois pedaços de chumbo.

— Olá, minha querida. Sê bem-vinda.

Ronnie assim fez, abarcando a oficina pela primeira vez na totalidade. Franziu o nariz ao reparar nos animais esquisitos dispostos nas prateleiras e acabou por ir até à bancada, onde deparou com a janela. Ao que lhe era dado a ver, o fim ainda estava longe; não tinham sequer um quarto terminado, e se o padrão constituía um sinal indicativo dalguma coisa, o mais provável seria faltarem centenas de peças.

Depois de despachar a peça, o pai endireitou-se e fez rodar os ombros. — Esta bancada não tem altura suficiente para mim. Ao fim dum tempo, deixa-me derreado.

— Quer que lhe vá buscar um *Tylenol*?

— Não, sou eu que estou a ficar velho. Não há nada que o *Tylenol* possa fazer contra isso. Afixada à parede, junto a um artigo de jornal que relatava o incêndio, via-se uma fotografia da janela. Ronnie aproximou-se dela para a ver melhor, mas logo de seguida desviou o olhar para o pai. — Já fui falar com ele — disse-lhe. — Fui à garagem onde ele trabalha.

— E?

— Ele gosta de mim.

O pai encolheu os ombros. — Nem podia ser doutra maneira. Tu não és nada de deitar fora.

Ronnie sorriu, sentindo uma onda de gratidão inundá-la. Interrogou-se, sem no entanto chegar a uma conclusão, se o pai sempre fora assim tão simpático. — Por que é que está a construir a janela para a igreja? Por o Pastor Harris o deixar morar nesta casa?

— Não. Eu tê-la-ia construído mesmo se não fosse isso... — A voz esmoreceu-lhe. No silêncio, Ronnie fitava-o expectante. — É uma longa história. Tens a certeza de que te apetece ouvi-la?

A filha assentiu com a cabeça.

— Eu devia ter uns seis ou sete anos da primeira vez que fui dar com a igreja do Pastor Harris. Entrei lá dentro para me proteger da chuva... Quero dizer, estava a chover a cântaros e eu estava encharcado. Quando o ouvi a tocar piano, recordo-me de ter pensado que ele me mandaria embora dali. Mas a verdade é que não mandou. Em lugar disso, foi-me buscar um cobertor e uma tigela de sopa, e telefonou à minha mãe para ela me vir buscar. Todavia, antes de ela chegar, deixou-me tocar piano. Eu não passava dum miúdo, não fazia senão martelar nas teclas, mas... adiante... acabei por voltar lá no dia seguinte e ele tornou-se o meu primeiro professor de piano. Tinha um amor imenso à música. Costumava dizer-me que a música bonita era semelhante ao cantar dos anjos, e eu fiquei viciado. Passei a ir todos os dias à igreja e passava horas ao piano debaixo da janela original, com uma luz celestial a jorrar em cascata a toda a minha volta. É esta a imagem que me ocorre sempre que me lembro das horas que lá passei. Aquela linda torrente de luz. E há uns meses, quando a igreja ardeu...

Apontou para o artigo afixado na parede. — Nessa noite, a vida do Pastor Harris esteve por um fio. Estava lá dentro, a dar os últimos retoques num sermão, e por pouco não conseguiu fugir. A igreja... foi uma questão de minutos até se incendiar e acabou por ser completamente consumida pelas chamas. O Pastor Harris esteve um mês internado no hospital, e desde então tem vindo a celebrar missa num velho armazém que alguém lhe emprestou. É sujo e escuro, mas eu julgava que seria apenas uma solução temporária, até que ele me comunicou que a seguradora cobria apenas metade dos prejuízos, e que não haveria maneira de poderem custear uma janela nova. Eu fiquei incrédulo. A igreja nunca mais voltaria a ser como o local de que eu tinha memória, e isso não estaria certo. E foi por isso que me decidi a construí-la. — Clareou a voz. — Preciso de a acabar.

Enquanto o pai falava, Ronnie fez um esforço por imaginá-lo em criança, sentado ao piano da igreja, o olhar dela a oscilar entre ele, a fotografia e a janela de vitral parcialmente construída que jazia em cima da mesa.

— Está a fazer um bom trabalho.

— Pois, bem... No fim, logo veremos como fica. Mas o Jonah parece estar a gostar de trabalhar nela.

— Oh, por falar em Jonah. Ele está um bocadinho magoado por o pai não o ter deixado comer uma bolacha.

— Ele tem de almoçar primeiro.

Ronnie fez um sorriso malicioso. — Não estou a contrariá-lo. Só achei piada à situação.

— E ele por acaso disse-te que hoje já tinha comido duas bolachas?

— Receio bem que não.

— Já calculava. — Pousou as luvas em cima da bancada. — Queres almoçar connosco?

Ronnie acenou com a cabeça. — Sim, acho que sim.

Dirigiram-se para a porta. — A propósito — inquiriu o pai, esforçando-se por aparentar descontracção —, será que vou ter oportunidade de conhecer o jovem que gosta da minha filha?

Ela esgueirou-se para a frente dele, para a luz do Sol. — É possível.

— E que tal se o convidasses para jantar? E talvez depois pudéssemos... Sabes, fazer aquilo que costumávamos fazer — sugeriu o pai a medo.

Ronnie ponderou na proposta. — Não sei, pai. As coisas podem aquecer de mais.

— Então fica assim: deixo a decisão ao teu critério, está bem?

CAPÍTULO 18

WILL

— Vá lá, meu. Tens de te concentrar no jogo. Se fizeres isso, vamos dar cabo do Landry e do Tyson no torneio.

Will atirou a bola duma mão para a outra, ao lado de Scott na areia, ainda a transpirar dos últimos lançamentos. A tarde estava a chegar ao fim. Tinham dado o trabalho por concluído na garagem às três e tinham saído a correr para a praia para um despique contra algumas equipas da Geórgia que estavam a passar a semana na zona. Estavam todos a preparar-se para um torneio do Sudeste que teria lugar em finais de Agosto, em Wrightsville Beach.

— Este ano eles ainda não perderam. E acabaram de vencer os nacionais de juniores — salientou Will.

— E depois? Nós não participámos. Eles ganharam a um bando de zeros-à-esquerda. — No mundo de Scott, quem perdia era um zero-à-esquerda.

— Eles ganharam-nos no ano passado.

— Pois foi, mas no ano passado tu estavas ainda pior que estás agora. Tive de ser eu a arcar com o fardo todo.

— Muito obrigado.

— Disse isto só por dizer. És irregular. Como ontem, por exemplo. Depois daquela miúda dos Rapazes Perdidos se ter ido embora a correr. Quem te tivesse visto durante o resto de jogo, ainda pensava que eras cego.

— Ela não é uma miúda dos Rapazes Perdidos. O nome dela é Ronnie.

— Tanto faz. Sabes qual é o teu problema?

«Isso, Scott, por favor, diz-me lá qual é o meu problema», pensou Will. «Estou ansioso por que me dês a tua opinião.» Scott prosseguiu, alheio aos pensamentos do amigo.

— O teu problema é falta de *concentração*. Basta acontecer uma coisa qualquer sem importância nenhuma para tu fugires para a terra do nunca. Oh, entornei a bebida da Elvira em cima dela, e por isso vou falhar os próximos cinco remates. Oh, a Vampira zangou-se com a Ashley, por isso é melhor falhar os próximos dois serviços...

— Importas-te de parar com isso? — interrompeu-o Will.

Scott mostrou-se confuso. — Parar com o quê?

— Parar de lhe chamar nomes.

— Estás a ver o que eu dizia!? É precisamente a isto que me refiro! Eu não estou a falar dela. Estou a falar de ti e da tua falta de *concentração*. Da tua incapacidade para te concentrares no jogo.

— Nós ganhámos dois *sets* seguidos, e eles só marcaram sete pontos no total! Nós demos cabo deles — protestou Will.

— Mas não deveriam ter marcado nem cinco pontos. Nós devíamos tê-los eliminado.

— Estás a falar a sério?

— Sim, estou. Eles não são nada de especial.

— Mas nós ganhámos! Isso não é suficiente?

— Não quando podíamos ter ganhado por mais. Podíamos tê-los deixado de rastos, para que, quando nos voltássemos a encontrar no torneio, desistissem mesmo antes do início do jogo. Chama-se a isto psicologia.

— No meu vocabulário, chama-se forçar o resultado.

— Bom, isso é porque não tens as ideias claras, caso contrário, nunca terias acabado metido com a Cruella de Vil.

Primeiro Elvira, Vampira e agora Cruella. Pelo menos, pensou Will, não estava a reciclar material.

— Acho que estás é com inveja — concluiu Will.

— Longe disso. Pessoalmente, acho que devias sair com a Ashley, para eu poder sair com a Cassie.

— Ainda andas a pensar nisso?

— Está lá? E em quem querias tu que eu andasse a pensar? Devias tê-la visto de biquíni ontem.

— Então convida-a para sair contigo.

— Ela não quer ir. — Scott franziu o sobrolho de consternação. — Trata-se dum acordo entre ambas, ou lá o que é. Não compreendo.

— Talvez ela te ache feio.

Scott despediu-lhe um ar furioso e em seguida soltou uma gargalhada forçada. — Ah, ah! Mas que engraçado que tu me saíste.

Aconselho-te vivamente a inscreveres-te no programa do Letterman.[10] — Continuou a fitar Will com olhar zangado.

— Foi só uma hipótese.

— Bom, eu dispenso as tuas hipóteses, está bem? E afinal o que é que se passa entre ti e a...

— A Ronnie?

— Isso. O que é que se anda a passar? Ontem, passaste o teu dia de folga todo com ela, e depois, esta manhã, ela aparece na oficina, e tu beija-la? Tu estás, tipo... a pensar ter alguma coisa séria com ela?

Will manteve-se em silêncio.

Scott abanou a cabeça ao mesmo tempo que empunhava um dedo, como que a enfatizar o seu ponto de vista. — Sabes, o problema é o seguinte. A última coisa de que tu precisas é duma namorada a sério. Tens de te concentrar naquilo que é importante. Tens um emprego a tempo inteiro, trabalhas como voluntário para salvar os golfinhos, as baleias, as tartarugas ou lá o que é isso, e sabes o quanto precisas de treinar para ficares em forma para o torneio. Já assim o tempo não te chega, quanto mais!

Will escusou-se a comentar, embora visse o pânico de Scott a crescer a cada instante que passava.

— Ah, vá lá, meu! Não me faças uma coisa destas! Mas afinal que diabo é que tu vês nela?

Will continuou sem responder.

— Não, não, não — repetiu Scott como se fosse um mantra. — Eu já sabia que isto ia acontecer. Foi por isso que te aconselhei a saíres com a Ashley! Para não te tornares a meter em namoros sérios. Tu já sabes qual vai ser o resultado. Vais tornar-te um eremita. Vais-te marimbar para os amigos para poderes estar com ela. Vai por mim, a última coisa de que precisas é de te envolveres a sério com a...

— Ronnie — preencheu Will.

— Seja lá o que for — retorquiu Scott. — Não estás a perceber aonde eu quero chegar.

Will sorriu. — Já alguma vez te deste conta de que tens mais opiniões a respeito da minha vida que da tua?

— Isso deve-se ao facto de eu não fazer asneiras como tu fazes.

---

[10] Referência a David Letterman, apresentador e produtor de televisão norte--americano que dirige programas de grande audiência, aos quais leva uma ampla variedade de convidados. (*NT*)

Will teve uma contracção involuntária, lembrando-se repentinamente da noite do incêndio e perguntando-se se Scott seria estúpido a tal ponto.

— Não quero falar sobre esse assunto — disse-lhe, mas apercebeu-se de que Scott não o estava a ouvir. Ao invés, o olhar do amigo estava dirigido para lá do ombro de Will, num ponto da praia mais adiante.

— Só podem estar a gozar comigo — resmungou Scott.

Will deu meia-volta nos calcanhares e deparou-se com Ronnie a aproximar-se. De calças de ganga e *T-shirt* escura, claro estava, com um ar tão deslocado como um crocodilo na Antárctida. Rasgou um enorme sorriso.

Foi ao encontro dela, deleitando os olhos com a sua imagem, interrogando-se uma vez mais sobre o que estaria ela a pensar. Adorava o facto de ser incapaz de a compreender na totalidade.

— Olá — cumprimentou-a, acercando-se dela.

Ronnie deteve-se fora do alcance dele. Trazia uma expressão séria.

— Não me beijes. Limita-te a ouvir o que te tenho a dizer, está bem?

* * *

Sentada ao lado de Will na carrinha, Ronnie manteve-se tão enigmática como sempre. Foi todo o caminho de olhos fixos na janela, com um leve sorriso estampado no rosto, aparentemente satisfeita por poder desfrutar da paisagem. Todavia, ao fim dalguns minutos, entrelaçou as mãos no colo e voltou-se para Will. — Garanto-te que o meu pai não se importa de que vás de calções e camisola de manga à cava.

— Não demora nada.

— Mas vai ser um jantar informal.

— Estou cheio de calor e todo transpirado. Não vou chegar a tua casa para jantar com o teu pai vestido como um vadio.

— Mas se eu já te disse que ele não se incomoda com isso.

— Mas incomodo-me eu. Ao contrário dalgumas pessoas minhas conhecidas, eu gosto de causar boa impressão.

Ronnie abespinhou-se. — Estás a querer insinuar que eu não?

— Está claro que não. Por exemplo, toda a gente que eu conheço adora pessoas de cabelo roxo.

Apesar de saber que Will se estava a meter com ela, os seus olhos arregalaram-se e depois, subitamente, semicerraram-se. — Tu não me pareces muito incomodado com isso.

— Pois, mas isso é porque sou especial.

Cruzou os braços diante do peito e fixou o olhar nele. — Estás a pensar em continuar assim toda a noite?

— Assim, como?

— Como uma pessoa que não tem a mais pequena hipótese de algum dia me voltar a beijar.

Will riu-se e voltou-se para ela. — Peço desculpa. Não fiz por mal. E, para dizer a verdade, gosto de madeixas roxas. É assim... é assim que tu és e pronto.

— Bom, nesse caso, para a próxima, tens de ter mais cuidado com o que dizes. — Entretanto, Ronnie abriu o porta-luvas e começou a vasculhar lá dentro.

— O que é que estás a fazer?

— Só a dar uma olhadela. Trazes alguma coisa escondida?

— Podes vasculhar à vontade. E já que estás com a mão na massa, podias aproveitar para lhe dar uma arrumadela.

Ronnie tirou uma bala do porta-luvas e segurou-a ao alto para que Will a conseguisse ver. — Calculo que seja com isto que matas os patos, não é?

— Não, isso é para os veados. É grande de mais para um pato. Se eu o alvejasse com essa bala, o pato ficaria feito em fanicos.

— Tens um problema muito grave, sabias?

— Já ouvi dizer que sim.

Ronnie soltou uma gargalhada antes de se reduzir ao silêncio. Seguiam pelo lado da ilha virado para o continente, e, por entre o casario que se propagava descontroladamente, viam o sol cintilar na água. Ronnie fechou o porta-luvas e baixou a viseira. Ao reparar numa fotografia duma loura encantadora, pegou nela e examinou-a.

— É bonita — comentou.

— Pois é.

— Aposto dez dólares como puseste isto na tua página do Facebook.

— Perdeste. É a minha irmã.

Will reparou no olhar de Ronnie a desviar-se da fotografia para o pulso dele, atenta à pulseira de macramé.

— E por que é que usam pulseiras a condizer? — indagou ela.

— Somos eu e a minha irmã quem as faz.

— Para apoiar uma causa meritória, sem dúvida.

— Não — respondeu Will e, ao verificar que ele não adiantava mais nada, Ronnie ficou com a nítida sensação de que não desejava alongar-se sobre aquele assunto. Ao invés, com todo o cuidado, devolveu a fotografia ao respectivo sítio e tornou a subir a viseira.

— A tua casa ainda fica muito longe daqui? — perguntou-lhe ela.

— Estamos quase a chegar — tranquilizou-a Will.

— Se eu soubesse que ficava tão longe, teria voltado para casa. Tendo em conta que nos estamos a afastar cada vez mais de minha casa, quero eu dizer.

— Mas terias perdido a minha conversa brilhante.

— É assim que lhe chamas?

— Estás a pensar continuar a insultar-me? — Will mirou-a de relance. — Só pergunto para saber se devo aumentar o volume da música para não ser obrigado a ouvir-te.

— Sabes muito bem que não me devias ter beijado há bocado. Não se pode dizer que tenha sido romântico — ripostou Ronnie.

— Eu cá achei muito romântico.

— Tu estavas na garagem, tinhas as mãos todas sujas de óleo, e o teu amigalhaço não tirava os olhos de nós.

— Um cenário perfeito — comentou Will.

À medida que a carrinha abrandava, tornou a baixar a viseira. Em seguida, depois de descrever uma curva, deteve-se enquanto pressionava o comando. Dois portões de ferro forjado abriram-se lentamente, e a carrinha tornou a avançar. Entusiasmado com a perspectiva de nessa noite ir jantar com a família de Ronnie, Will parecia alheio ao facto de ela se ter entretanto reduzido ao silêncio.

CAPÍTULO 19

RONNIE

«Caramba», pensou ela, «mas que ridículo.» Não era apenas o jardim com roseiras estilizadas, sebes e estátuas de mármore, nem a imponente mansão georgiana rodeada de colunas, nem tão-pouco os automóveis exóticos de luxo que estavam a ser polidos manualmente numa área apropriadamente reservada ao efeito — era tudo no seu conjunto.

E não era apenas ridículo. Era bem pior que ridículo.

É verdade, ela sabia que havia gente rica em Nova Iorque que tinha apartamentos com vinte e três divisões em Park Avenue, e casas nos Hamptons, mas não se dava o caso de alguma vez ter estado na companhia dessas pessoas nem de ter sido convidada para as respectivas casas. O mais perto que estivera de sítios como aquele fora através das revistas e, mesmo assim, eram quase todas instantâneos aéreos tirados por *paparazzi*.

E ali estava ela, de *T-shirt* e calças de ganga esfarrapadas. Bonito. No mínimo dos mínimos, Will deveria tê-la prevenido.

Continuou a fitar a casa à medida que a carrinha percorria o acesso, contornando a rotunda diante da fachada. Estacionou mesmo em frente à porta. Ronnie virou-se para ele e já se preparava para lhe perguntar se era mesmo ali que ele morava, mas percebeu a tempo que era uma pergunta desnecessária. Era óbvio que Will morava ali. Nessa altura, ele já estava a descer da carrinha.

Seguindo-lhe o exemplo, abriu a porta e saiu. Os dois indivíduos ocupados com a lavagem dos carros deitaram-lhe uma olhadela rápida antes de retomarem a sua tarefa.

— Como te disse, vou só tomar um duche num instante. Não me demoro nada.

— Tudo bem — disse Ronnie. Na verdade, foi a única coisa que lhe ocorreu. Nunca na vida tinha visto uma casa tão grande como aquela.

Subiu atrás dele os degraus que conduziam ao alpendre e deteve--se momentaneamente à porta, o suficiente para reparar numa pequena placa de bronze junto à entrada que dizia: «Blakelee».

À semelhança da Oficina Blakelee. À semelhança da cadeia nacional de acessórios para automóveis. O que implicava que o pai de Will não se limitava a ser um concessionário isolado, mas, muito provavelmente, fora ele o fundador da empresa.

Ronnie estava a tentar processar aquele simples facto quando Will abriu a porta e a conduziu a um amplo vestíbulo com uma imponente escadaria ao meio. À direita, entrevia-se uma biblioteca revestida de painéis de madeira escura, enquanto à esquerda, a porta aberta deixava ver uma espécie de sala de música. Directamente em frente, havia uma enorme divisão aberta inundada de sol, por detrás da qual Ronnie avistou as águas cintilantes da Intracoastal Waterway.

— Não me avisaste de que o teu apelido era Blakelee — resmungou Ronnie.

— Não me perguntaste. — Will encolheu os ombros com ar de indiferença. — Entra.

Conduziu-a para lá da escadaria até à sala ampla. Nas traseiras da casa, Ronnie viu uma enorme varanda coberta; à beira da água, avistou o que só poderia ser descrito como um iate de médias dimensões ancorado no cais.

Pronto, não podia deixar de admitir. Sentia-se deslocada ali, e o facto de o mesmo suceder à maior parte das pessoas quando ali punham os pés pela primeira vez não lhe servia de consolo. Tinha a sensação de ter aterrado em Marte.

— Queres que te arranje qualquer coisa para beber enquanto eu me preparo?

— Hum, não, estou bem assim. Obrigada — declinou ela, a fazer um esforço para conter o ar embasbacado.

— Queres que te mostre a casa primeiro?

— Deixa estar.

Algures mais adiante e para um dos lados, ouviu uma voz que chamava.

— Will? Foste tu que chegaste?

Ronnie virou-se e viu surgir uma mulher atraente na casa dos quarenta adiantados, trajada com um fato de linho caro e a segurar na mão uma revista de noivas.

— Olá, mãe — cumprimentou-a Will. Atirou as chaves da carrinha para um recipiente pousado na mesa da entrada, mesmo ao lado duma jarra com lírios acabados de apanhar. — Trouxe uma pessoa comigo. Esta é a Ronnie. E esta é a minha mãe, Susan.

— Oh. Olá, Ronnie — disse Susan em tom de frieza. Embora ela fizesse o possível por disfarçar, Ronnie percebeu que a mãe de Will não ficara satisfeita por se ver surpreendida por uma visita inesperada. O desagrado dela, não pôde Ronnie deixar de pensar, prendia-se mais com a *visita* em questão que com o facto de ser *inesperada*. Ou seja, com ela própria.

Todavia, se Ronnie pressentiu a tensão, Will obviamente não deu por nada. Talvez a capacidade de dar por coisas daquelas fosse uma característica feminina, pois Will continuou a conversar com a mãe com toda a naturalidade.

— O pai está em casa? — perguntou-lhe.

— Acho que está no escritório.

— Antes de sair, preciso de falar com ele.

Susan passou a revista duma mão para a outra. — Vais sair?

— Vou jantar com a família da Ronnie.

— Oh — disse ela. — Mas que óptimo.

— Tenho uma novidade de que vai gostar. A Ronnie é vegetariana.

— Oh — repetiu Susan, virando-se para examinar a rapariga. — É verdade?

Ronnie sentiu-se como se tivesse encolhido. — É.

— Que interessante — observou Susan. Apesar de Ronnie perceber que Susan achava aquilo tudo menos interessante, Will continuava a leste.

— Bom, vou só lá acima num instante. Não demoro nada.

Apesar de se sentir tentada a dizer-lhe para se despachar, Ronnie conteve-se. — Está bem — disse ao invés.

Com meia dúzia de passos compridos e saltitantes, Will alcançou as escadas, deixando Ronnie e Susan entregues uma à outra. No silêncio que se seguiu, Ronnie sentiu uma consciência aguda do facto de que, por muito pouco que tivessem em comum, partilhavam da infelicidade de serem deixadas a sós uma com a outra.

Ronnie teve vontade de estrangular Will. O mínimo que poderia ter feito seria adverti-la.

— Então — disse Susan com um sorriso forçado. Tinha uma aparência quase plastificada. — Tu és a tal que tem o ninho das tartarugas nas traseiras de casa?

— Sou sim.

Susan assentiu com a cabeça. Era óbvio que o tema de conversa já se lhe esgotara e, por conseguinte, Ronnie fez um esforço por preencher o silêncio. Apontou para o vestíbulo. — Tem uma casa muito bonita.

— Obrigada.

Posto isto, Ronnie ficou também sem saber o que dizer e, durante um momento prolongado, ficaram a olhar uma para a outra com ar de constrangimento. Não fazia ideia do que poderia ter acontecido caso tivessem continuado sozinhas. Felizmente, porém, entretanto chegou um indivíduo a rondar os cinquenta ou sessenta anos, vestido com umas *Dockers* informais e um pólo.

— Pareceu-me ouvir alguém chegar — declarou ele, acercando-se de ambas. A sua atitude era amigável, quase mesmo jocosa. — Sou o Tom, também conhecido por pai do Will, e tu és a Ronnie, certo?

— É um prazer conhecê-lo — respondeu ela.

— O prazer é todo meu, por ter finalmente oportunidade de conhecer a jovem acerca de quem ele não se tem cansado de falar. Susan clareou a voz. — O Will vai jantar a casa da família da Ronnie.

Tom virou-se para a esposa. — Espero que não façam nada de especial. Aquele miúdo vive à custa de *pizza* de salame e de hambúrgueres.

— A Ronnie é vegetariana — acrescentou Susan. Ronnie não pôde deixar de reparar que a mãe de Will disse isto no mesmo tom com que outra pessoa poderia ter dito que ela era *terrorista*. Ou talvez não. Não sabia precisar. Will deveria mesmo tê-la avisado acerca do que encontraria à sua espera, para que pelo menos pudesse ter vindo preparada. Tom, porém, à semelhança do filho, pareceu não dar por nada.

— Não me digas? Mas isso é óptimo. Pelo menos, irá comer um jantar saudável, para variar. — Fez uma pausa. — Eu sei que estás à espera do Will, mas será que me podes dispensar uns minutos? Há uma coisa que gostava de te mostrar.

— Tenho a certeza de que ela não está interessada no teu avião, Tom — protestou Susan.

— Não faço ideia. Talvez esteja — retorquiu o marido. Virando-se para Ronnie, perguntou-lhe: — Gostas de aviões?

Está claro, pensou ela, por que é que a família não haveria de ter um avião? Só faltava *isso* para completar a equação. A culpa de toda aquela confusão era de Will. Mal pusessem os pés dali para fora, iria *matá-lo*. Mas que alternativa lhe restava?

— Sim — respondeu. — É claro que gosto de aviões.

* * *

Como seria de esperar, tinha uma imagem em mente — um *Learjet* ou um *Gulfstream* estacionados num hangar privativo ao fundo da propriedade —, mas era uma imagem vaga, uma vez que os únicos aviões a jacto particulares que vira até ao momento tinham sido em fotografias. Apesar de tudo, o que viu foi tudo menos o que esperava: um adulto mais velho que o pai a manobrar o controlo remoto dum avião de brincar, concentrado nos comandos.

O avião gemeu ao circundar de rasante as copas das árvores, precipitando-se a pique sobre as águas da Intracoastal Waterway.

— O meu sonho sempre foi ter um brinquedo destes, e finalmente decidi-me a comprar um. Na realidade, já é o segundo. O primeiro foi parar por acidente dentro de água.

— Que pena — observou Ronnie em tom solidário.

— Pois é, mas pelo menos aprendi para a próxima a ler as instruções até ao fim.

— Foi um choque?

— Não, ficou sem combustível. — Mirou-a de relance. — Queres experimentar?

— Talvez seja melhor não — hesitou Ronnie. — Não tenho jeito para esse género de coisas.

— Não é assim tão difícil quanto possa parecer — garantiu-lhe Tom. — É um avião adequado a principiantes. É supostamente à prova de idiotas. Está claro que o primeiro também era e, por conseguinte, o que é que isso nos sugere?

— Que talvez que devesse ter lido as instruções?

— Nem mais — anuiu ele. Houve qualquer coisa na maneira como disse isto que lhe fez lembrar de Will.

— A Susan conversou contigo a respeito do casamento? — indagou ele.

Ronnie abanou a cabeça. — Não. Mas o Will já me disse qualquer coisa acerca disso.

— Hoje fui obrigado a passar duas horas na florista a olhar para arranjos florais. Já alguma vez passaste duas horas a olhar para arranjos florais?

— Não.

— Considera-te uma rapariga de sorte.

Ronnie soltou uma leve gargalhava, aliviada por estar ali com o pai de Will. Nesse preciso momento, chegou o próprio Will, acabado de sair do duche e bem aprumado com um pólo e calções. Ambos de marca, mas calculou que já deveria estar a contar com isso.

— Vais ter de desculpar o meu pai. Há ocasiões em que se esquece de que é adulto — comentou Will em tom irónico.

— Pelo menos, sou sincero. E não te vi a correr para casa para me dares uma ajuda.

— Tive um jogo de vólei.

— Pois, deve ter sido por isso, deve. E deixa-me que te diga que aqui a Ronnie é muito mais bonita do que tu me deste a entender.

Embora a própria tivesse sorrido com agrado, Will acanhou-se.

— Pai...

— É verdade — apressou-se Tom a acrescentar. — Não é motivo para ficares envergonhado. — Depois de se assegurar de que o avião estava novamente na rota certa, deitou uma olhadela a Ronnie. — Ele tem a mania de ficar envergonhado. Em pequeno, não devia haver miúdo mais envergonhado neste mundo. Não era capaz de se sentar ao lado duma rapariga bonita que corava logo até às orelhas.

Will, entretanto, abanava a cabeça de incredulidade. — Nem acredito que esteja a dizer semelhante coisa, pai. E logo diante dela.

— Qual é o problema? — Tom dirigiu o olhar para Ronnie. — Isso incomoda-te?

— Nem por sombras.

— Estás a ver? — Deu umas quantas palmadinhas no peito do filho, como a provar que tinha razão. — Ela não se importa.

— Muito obrigado — disse ele com uma careta.

— Afinal para que é que servem os pais? Olha, queres dar uma voltinha aqui com esta geringonça?

— Não posso. Tenho de levar a Ronnie a casa para o jantar.

— Escuta o que te digo. Mesmo que eles te sirvam beringelas com rutabagas e tofu, quero que comas o que te puserem à frente e que depois não te esqueças de agradecer a refeição — advertiu-o Tom.

— O mais certo é que seja massa — esclareceu Ronnie com um sorriso malicioso.

— A sério? — Tom mostrou-se desapontado. — Isso ele come.

— O que foi? Por acaso o pai não quer que eu coma?

— É sempre bom experimentarmos coisas novas. Como é que correu o dia hoje na oficina?

— Era precisamente sobre isso que eu precisava de falar consigo. O Jay disse que havia um problema qualquer com o computador ou o *software*... as impressões saem todas a duplicar.

— Só na oficina principal ou em toda a parte?

— Não sei.

Tom suspirou. — Acho que, nesse caso, o melhor é eu ir lá ver o que se passa. Partindo do princípio, claro está, de que consigo fazer esta coisa aterrar. Divirtam-se os dois, está bem?

Uns minutos volvidos, já dentro da carrinha, Will fez tilintar as chaves antes de ligar o motor.

— Desculpa lá o que se passou. O meu pai tem ocasiões em que não diz senão disparates.

— Não te preocupes. Eu simpatizei com ele.

— E, já agora, eu não era assim tão tímido como ele quis dar a entender. Nunca fiquei corado até às orelhas.

— Está claro que não.

— Estou a falar a sério. Sempre fui descontraído.

— Disso não tenho dúvidas — comentou Ronnie, dando-lhe uma palmadinha no joelho. — Mas agora escuta. A respeito desta noite: a minha família tem uma tradição estranha.

* * *

— Mentiste-me! — gritou-lhe Will. — Tens passado a noite inteira a mentir-me e estou farto disso até à ponta dos cabelos.

— Não te atrevas sequer! — gritou-lhe Ronnie em resposta. — Quem tem estado a mentir és tu!

A mesa do jantar há muito tempo que tinha sido levantada — o pai servira-lhes esparguete com molho *marinara*, tal como previsto, e Will fizera questão de limpar o prato — e estavam agora sentados à mesa da cozinha com cartas encostadas à testa num jogo de póquer mentiroso. Will tinha um oito de copas, Steve, um três de copas, e Jonah, um nove de espadas. Viam-se moedas empilhadas diante de cada um deles, e o frasco ao centro transbordava de trocos.

— Estão ambos a mentir — acrescentou Jonah. — Nenhum dos dois é capaz de dizer a verdade.

Will mostrou o seu jogo a Jonah e estendeu a mão para a pilha dos trocos. — Vinte e cinco cêntimos dizem-me que tu não sabes do que é que estás para aí a falar.

O pai abanava a cabeça. — Má jogada, meu jovem. Acabou-se. Vou ter de te extorquir cinquenta cêntimos.

— Isso quero eu ver! — gritou Ronnie. Tanto Jonah como Will lhe seguiram de imediato o exemplo.

Fizeram uma pausa, mirando-se uns aos outros até que, por fim, atiraram as cartas que tinham na mão para cima da mesa. Ronnie, uma vez que tinha um oito, concluiu que o vencedor seria Jonah. Outra vez.

— Vocês são todos mentirosos! — declarou ele. O irmão, constatou a irmã, tinha alcançado o dobro das vitórias de qualquer um deles e, à medida que o via a recolher o monte dos trocos, observou que, pelo menos até àquele momento, o serão estava a correr bastante bem. Não soubera o que esperar quando decidira levar Will lá a casa, visto que era a primeira vez que apresentava um rapaz ao pai. Iria ele tentar dar--lhes espaço escondendo-se na cozinha? Iria tentar travar amizade com Will? Iria dizer ou fazer qualquer coisa capaz de a envergonhar? No trajecto até casa, fora desde logo divisando planos de fuga a que pudesse recorrer mal o jantar tivesse chegado ao fim.

Todavia, bastara-lhe entrar em casa para ficar com um bom pressentimento. Logo para começar, estava tudo arrumado, Jonah tinha obviamente recebido ordens para não se alapar a eles nem para interrogar Will como se ele fosse um criminoso, e o pai acolhera Will com um simples aperto de mão e um descontraído: «É um prazer conhecer--te.» Will comportou-se à altura da situação, claro estava, respondendo às perguntas com: «Sim, senhor», e «Não, senhor», o que lhe pareceu encantador à maneira sulista. A conversa ao jantar fluiu com naturalidade; o pai fez algumas perguntas a Will relativamente ao trabalho na oficina e no aquário, e Jonah chegou mesmo ao ponto de pôr um guardanapo no colo. Acima de tudo, o pai não disse nada susceptível de a envergonhar e, apesar de ter mencionado que tinha dado aulas na Juilliard, escusou-se a adiantar que fora professor de Ronnie, ou que ela em tempos tocara no Carnegie Hall, ou que tinham composto canções juntos, nem tão-pouco comentou o facto de, até há meia dúzia de dias, terem estado de relações cortadas. Quando, depois da refeição, Jonah pediu para comer bolachas, Ronnie e o pai desataram a rir-se, deixando Will admirado por não ver onde é que estava a graça. Juntos, deitaram mãos à obra para levantar a mesa e, quando Jonah sugeriu que jogassem ao póquer mentiroso, Will concordou com entusiasmo.

Quanto a Will, era o género de rapaz com quem a mãe gostaria de ver Ronnie a namorar: bem-educado, respeitador, inteligente e, acima de tudo, desprovido de tatuagens... Teria sido agradável poderem contar com a presença da mãe ali, quanto mais não fosse para a tranquilizar de que a filha não descarrilara por completo. Por outro lado, o mais certo seria a mãe ter ficado tão entusiasmada com tudo aquilo que das duas, uma: ou tentaria adoptar Will de imediato, ou, depois de este se ter ido embora, teria gabado insistentemente a Ronnie as qualidades do rapaz, o que teria como único efeito dar vontade à filha de terminar o namoro antes que a mãe se entusiasmasse de mais. O pai não faria nada disto — parecia confiar no discernimento de Ronnie e contentava-se em deixá-la decidir por si própria sem interferir.

O que era deveras estranho, tendo em conta que só agora ele estava a começar a conhecê-la uma vez mais, e, em simultâneo, lhe despertava uma certa tristeza, pois começava a pensar que cometera um erro ao passar os últimos três anos a evitá-lo. Talvez tivesse sido agradável poder conversar com o pai quando a mãe lhe estava a dar cabo do juízo.

Tudo somado, não se arrependia de ter convidado Will para jantar. Não havia dúvida de que lhe fora mais fácil falar com o pai de Ronnie que esta com Susan. A mulher era de meter medo ao susto. Bom, talvez houvesse aqui um certo exagero, mas não restava dúvida de que a conseguira intimidar. A mulher deixara bem claro que ou não gostava de Ronnie, ou não gostava do facto de o filho gostar de Ronnie.

Em circunstâncias normais, não teria dado importância ao que os pais dos amigos pensavam a respeito dela, nem tão-pouco se teria preocupado minimamente com a maneira como estava vestida. Afinal de contas, era assim que era e pronto. Fora a primeira vez naquilo que lhe parecia uma eternidade a sentir que não estava à altura da situação, e isso incomodara-a muito mais que julgara possível.

À medida que anoitecia e o jogo de póquer mentiroso começava a esmorecer, pressentiu Will a observá-la. Retribuiu-lhe o olhar com um sorriso.

— Estou quase de fora — anunciou ele, apontando para a sua pilha de trocos.

— Eu sei. Também eu.

Will relanceou a janela. — Achas que o teu pai não se importaria se fôssemos dar um passeio?

Desta feita, teve a certeza de que ele lhe fazia aquela sugestão porque desejava passar algum tempo a sós com ela — porque gostava dela, ainda que a própria Ronnie não tivesse a certeza de poder dizer o mesmo.

Encarou-o bem nos olhos. — Adorava ir dar um passeio contigo.

CAPÍTULO 20

WILL

A praia estendia-se ao longo de vários quilómetros, separada de Wilmington por uma ponte que cruzava a Intracoastal Waterway. Mudara, claro estava, desde a infância de Will — tornando-se mais congestionada no Verão, os pequenos bangalós como aquele em que Ronnie estava a morar substituídos por mansões imponentes viradas para o oceano —, mas ele continuava a adorar o mar à noite. Quando era miúdo, costumava vir de bicicleta até à praia, na esperança de ver qualquer coisa interessante, e raramente vinha desapontado. Já vira grandes tubarões serem arrastados para a praia, castelos de areia tão elaborados que poderiam ter ganhado um concurso a nível nacional, e numa ocasião chegara mesmo a avistar uma baleia, a flutuar na água mesmo junto à arrebentação.

Naquela noite, a praia estava deserta, e à medida que ele e Ronnie caminhavam descalços à beira-mar, ocorreu-lhe que aquela era a rapariga com quem desejava enfrentar o futuro.

Sabia que ainda não tinha idade para pensar em coisas dessas e não caíra na ilusão de se querer casar, todavia, sem saber precisar o motivo, tinha a sensação de que, caso conhecesse Ronnie daí a dez anos, talvez fosse ela a tal. Sabia que Scott não seria capaz de compreender a ideia — Scott parecia incapaz de imaginar um futuro que ultrapassasse a semana seguinte —, mas a verdade era que Scott não diferia em grande medida da maioria dos seus coetâneos. Era como se as suas mentes percorressem trajectos distintos: Will não estava interessado em namoros fugazes, não estava interessado em seduzir ninguém para testar os seus dotes de conquistador, não estava interessado em fazer charme para obter os seus intentos com uma rapariga para logo a trocar por outra novidade atraente. Não era esse tipo de rapaz. Nunca seria esse tipo de rapaz. Quando conhecia uma rapariga, a primeira pergunta que fazia a si próprio não era se ela servia para meia dúzia de encontros; era antes se ela seria o género de rapariga com quem se imaginava a conviver durante muito tempo.

Supunha que isto se devia em parte à influência dos pais. Estavam casados havia trinta anos, tinham começado do zero, como acontecia a tantos casais e, ao longo dos anos, tinham construído o negócio e criado uma família. Durante todo esse tempo tinham dado provas de amor mútuo, comemorando os seus êxitos e apoiando-se um ao outro em momentos difíceis. Nenhum dos dois era perfeito, contudo, Will crescera com a certeza de que os pais formavam uma equipa, e, com o decorrer do tempo, fora assimilando essa lição.

Era fácil concluir que ele namorara dois anos com Ashley por ela ser bonita e rica, e embora ele mentisse se dissesse que a beleza da rapariga era irrelevante, era menos importante que as qualidades que Will julgara ver nela. Ashley ouvira-o tal como ele a ouvira a ela, Will convencera-se de que lhe poderia contar tudo, e vice-versa. Todavia, com o tempo, fora-se sentindo cada vez mais desiludido com ela, sobretudo quando, lavada em lágrimas, ela admitira que curtira numa festa com um rapaz qualquer duma faculdade da zona. Depois disso, as coisas nunca mais se tinham voltado a endireitar. Não porque ele se afligisse que Ashley pudesse tornar a cometer o mesmo erro — afinal, errar era humano e tudo se resumira a um beijo —, mas, dalguma forma, o incidente contribuíra para Will definir com clareza o que desejava das pessoas que faziam parte da sua vida. Começou a reparar na forma como Ashley tratava os demais, e tinha dúvidas de gostar do que via. A sua tendência para a coscuvilhice constante — outrora algo que lhe parecera inofensivo — começou a incomodá-lo, e o mesmo se aplicava às longas esperas que ela o obrigava a suportar enquanto se arranjava para irem sair à noite. Sentira-se culpado ao, finalmente, romper com ela, embora se tivesse consolado com o facto de que tinha apenas quinze anos quando começara a namorá-la, e Ashley fora a sua primeira namorada. Acabou por concluir que não lhe restava outra alternativa. Sabia quem era e o que era importante para ele, e não via qualquer reflexo disso em Ashley. Calculou que seria melhor pôr fim ao relacionamento antes de as coisas se complicarem ainda mais.

A irmã de Will, Megan, era parecida com ele. Bonita e inteligente, conseguira intimidar a maioria dos rapazes com quem saíra até à data. Durante muito tempo, fora passando dum namoro a outro, mas não por vaidade ou inconstância. Quando lhe perguntara por que é que não assentava, a resposta da irmã não deixara lugar a dúvidas: «Há rapazes que crescem a pensar que hão-de assentar num futuro distante, e há outros que se sentem prontos para o casamento logo que conhecem a pessoa certa. Os primeiros aborrecem-me, sobretudo porque os acho ridículos; e os últimos, para ser franca, são muito difíceis de encontrar. Mas eu estou interessada é nos sérios, e leva tempo a encontrar um rapaz assim que me agrade. Quero dizer, se a relação não for capaz de sobreviver a longo prazo, por que diabo valeria a pena eu investir o meu tempo e energia nela a curto prazo?»

Megan. Quando a irmã lhe veio à ideia, Will sorriu. Vivia a vida de acordo com regras que ela própria ditava. Como seria de prever, esta sua atitude fizera a mãe perder as estribeiras ao longo dos últimos seis anos, uma vez que se apressara a descartar praticamente todos os rapazes da cidade provenientes do género de família a quem a mãe concedia a sua aprovação. Contudo, não podia deixar de admitir que Megan tivera razão e que, felizmente, conseguira encontrar um rapaz em Nova Iorque que preenchia todos os requisitos.

Duma forma estranha, Ronnie fazia-o lembrar-se de Megan. Era uma excêntrica, uma livre-pensadora, para além de ser duma independência obstinada. Aparentemente, não tinha nada que ver com as raparigas por quem Will se imaginava a sentir atracção, mas... o pai era óptimo, o irmão era um pândego e a própria Ronnie deveria ser a rapariga mais inteligente e solidária que ele conhecera na vida. Quem mais se disporia a acampar a noite inteira ao relento para proteger um ninho de tartarugas? Quem mais se intrometeria numa zaragata para ajudar uma criança? Quem mais leria Tolstoi nas horas vagas?

E quem mais, pelo menos naquela cidade, se apaixonaria por Will antes de saber a que família ele pertencia?

Isto, via-se forçado a admitir, também fora importante para ele, por muito que desejasse pensar o contrário. Adorava o pai e o seu apelido, e sentia orgulho no negócio que ele criara. Reconhecia as vantagens que a vida lhe proporcionara, mas... também queria ser uma pessoa por si só. Queria que as pessoas o conhecessem em primeiro lugar como *Will*, não como *Will Blakelee*, e a única pessoa neste mundo com quem podia conversar acerca disto era com a irmã. Não se dava o caso de morar em Los Angeles, onde havia filhos de celebridades em todas as escolas, nem tão-pouco num sítio como Andover, onde praticamente toda a gente conhecia alguém oriundo duma família famosa. Numa terra como a sua, onde toda a gente se conhecia, as coisas não eram tão fáceis, e, à medida que fora crescendo, fora-se tornando mais cauteloso no que tocava às amizades. Não tinha problemas em falar com quase toda a gente, mas aprendera a erguer um muro invisível, pelo menos até ter a certeza de que as pessoas que ia conhecendo não tinham qualquer relação com a sua família ou que não era este o motivo por que as raparigas mostravam interesse na sua pessoa. E se ainda lhe restava alguma dúvida de que Ronnie não sabia nada a respeito da sua família, esta dissipara-se por completo no momento em que estacionara diante do portão.

— Em que é que estás a pensar? — ouviu-a perguntar-lhe. Uma leve brisa ondulou-lhe o cabelo, e ela tentou em vão apanhar as madeixas soltas num rabo-de-cavalo.

— Estou a pensar no quanto gostei de jantar em tua casa.

— Na nossa casinha modesta? É ligeiramente diferente daquilo a que estás habituado.

— A tua casa é óptima — insistiu Will. — E o mesmo se pode dizer do teu pai e do Jonah. Apesar de me ter arrasado num jogo de póquer mentiroso.

— Ele ganha sempre, mas não me perguntes como. Desde pequeno. Acho que faz batota, mas ainda não descobri como.

— Talvez tenhas de aprender a mentir melhor.

— Oh, tal como quando me disseste que trabalhavas para o teu pai?

— Mas eu trabalho mesmo para o meu pai — salientou Will.

— Tu bem sabes aonde eu pretendo chegar.

— Tal como já te disse, não achei isso relevante. — Will deteve-se e virou-se para ela. — Ou será que é?

Ronnie pareceu escolher as palavras com cautela. — É interessante e ajuda a explicar umas quantas coisas a teu respeito, mas se eu te contasse que a minha mãe trabalha como auxiliar jurídica numa sociedade de advogados nova-iorquina, será que isso alteraria o que sentes por mim?

Esta era daquelas perguntas a que Will podia responder com total honestidade. — Não. Mas é diferente.

— Porquê? — indagou ela. — Porque a tua família é rica? Uma afirmação dessas só faz sentido para alguém que só dê valor ao dinheiro.

— Não foi isso que eu quis dizer.

— Então o que é que quiseste dizer? — desafiou-o ela, abanando de imediato a cabeça. — Olha, vamos deixar isto bem claro. Estou-me nas tintas para que o teu pai seja o sultão do Brunei. Tiveste a sorte de nascer no seio duma família privilegiada. O que fazes com esse facto depende exclusivamente de ti próprio. Eu estou aqui porque gosto da tua companhia. E, caso não gostasse, não haveria dinheiro neste mundo capaz de alterar os meus sentimentos.

Enquanto falava, Ronnie via a agitação de Will crescer. — Por que é que terei a sensação de que já não é a primeira vez que fazes esse discurso?

— Porque não é a primeira vez que o faço. — Ela parou e voltou--se para ele. — Basta ires a Nova Iorque para perceberes por que é que aprendi a falar com franqueza. Há clubes nocturnos em que não encontramos senão snobes, que não falam senão na família, no dinheiro que a família ganha... aborrecem-me. Fico a olhar para eles e só me apetece dizer-lhes: «Ainda bem que tens pessoas na tua família que fizeram qualquer coisa da própria vida, mas o que tens a dizer quanto a ti próprio?» Mas não digo, porque eles não conseguiriam alcançar. Acham que são os escolhidos. Nem sequer vale a pena irritarmo-nos com eles, porque tudo aquilo é simplesmente ridículo. Mas se julgas que te convidei para jantar em minha casa por causa da tua família ser quem é...

— Não, não julgo — retorquiu Will, cortando-lhe a palavra. — Nem nunca tal coisa me passou pela cabeça.

No escuro, Will percebeu que Ronnie estava a ponderar se ele estaria a dizer a verdade ou simplesmente aquilo que ela desejava ouvir. Na tentativa de pôr um ponto final na discussão, ele virou-se e apontou para trás de ambos, para a oficina anexa à casa.

— Que edifício é aquele? — interrogou-a.

Ronnie não lhe respondeu de imediato, e Will pressentiu que ainda não se decidira se havia de acreditar nele ou não.

— Pertence à nossa casa — explicou-lhe por fim. — Este Verão, o meu pai e o Jonah andam ocupados a fazer uma janela de vitral.

— O teu pai faz janelas de vitral?

— Passou a fazer agora.

— E não era isso que ele fazia antes?

— Não — respondeu-lhe ela. — Tal como ele te disse ao jantar, era professor de piano. — Deteve-se a limpar qualquer coisa dos pés, depois mudou de assunto. — E tu, o que é que tencionas fazer a seguir? Vais continuar a trabalhar para o teu pai?

Will engoliu em seco, resistindo à tentação de a beijar uma vez mais. — Só até ao final de Agosto. No Outono, vou para Vanderbilt.

Duma das casas ao longo da praia chegaram-lhes ténues acordes musicais; de olhos semicerrados, Will avistou ao longe um grupo de pessoas numa varanda das traseiras. A canção era um êxito qualquer dos anos oitenta, embora não soubesse precisar qual.

— Deve ser divertido.

— É bem capaz.

— Não me pareces muito entusiasmado.

Will deu-lhe a mão e retomaram o passeio. — É uma óptima faculdade e o *campus* é lindo — debitou ele com um certo constrangimento.

Ronnie dirigiu-lhe um olhar atento. — Mas tu não queres ir para lá?

— Eu gostaria de ir para outro sítio, e fui admitido numa faculdade que tem um programa de ciências ambientais extraordinário, mas a minha mãe faz questão de que eu vá para Vanderbilt. — À medida que caminhava, sentia a areia a deslizar-lhe por entre os dedos dos pés.

— E tu fazes sempre a vontade à tua mãe?

— Tu não compreendes — disse ele, abanando a cabeça. — É uma tradição da nossa família. Os meus avós andaram lá, os meus pais andaram lá, a minha irmã andou lá. A minha mãe pertence ao conselho de administração e... ela...

Fez um esforço por encontrar a palavra mais adequada. A seu lado, sentiu os olhos de Ronnie cravados nele, mas não teve coragem de a encarar.

— Eu sei que ela pode parecer um bocado... distante ao primeiro contacto. Mas, depois de a conhecermos melhor, vemos que não há no mundo pessoa mais genuína que ela. Seria capaz de tudo... e quando digo tudo, é mesmo *tudo*... por mim. Mas os últimos anos têm sido muito difíceis para ela.

Will baixou-se para apanhar uma concha da areia. Depois de a examinar, arremessou-a num arco em direcção às ondas. — Lembras-te de quando me fizeste aquela pergunta acerca da pulseira?

Ronnie assentiu com a cabeça, à espera de que ele prosseguisse.

— Eu e a minha irmã usamos aquela pulseira em memória do meu irmão mais novo. Chamava-se Mike, e era um miúdo giríssimo... o género de miúdo que só está bem na companhia das outras pessoas. Tinha o riso mais contagioso que possas imaginar e, quando ele se começava a rir dalguma coisa engraçada, nós não tínhamos outro remédio senão rirmo-nos também. — Fez uma pausa momentânea, contemplando a água. — Bom, há quatro anos, eu e o Scott tivemos um jogo de basquete e, como era a vez de a minha mãe nos levar, o Mike foi connosco, como era seu hábito. Chovera todo o dia, e o piso estava escorregadio. Eu deveria ter prestado mais atenção, mas ia entretido a jogar à misericórdia com o Scott no assento traseiro. Sabes de que jogo se trata? Em que tentamos torcer os pulsos do adversário no sentido contrário até ele ceder?

Will hesitou, enchendo-se de coragem para o resto da história.

— Nós íamos mesmo engalfinhados um no outro... às gargalhadas e aos pontapés ao banco... e a minha mãe estava constantemente a dizer-nos para estarmos quietos, mas nós não lhe ligávamos nenhuma. Por fim, consegui ter o Scott mesmo onde queria, torci-lhe o pulso com toda a força que tinha e ele soltou um grito. A minha mãe virou--se para ver o que tinha acontecido, e foi quanto bastou. Perdeu o controlo do carro. E... — Engoliu em seco, sentindo as palavras a estrangulá-lo. — Bom, o Mike não resistiu. E se não fosse o Scott, o mais provável seria a minha mãe não ter resistido também. Embatemos contra o separador e fomos atirados para dentro de água. A nossa sorte foi o Scott ser um excelente nadador, uma vez que foi criado na praia e tudo o mais... e conseguiu tirar-nos aos três de dentro do automóvel, embora na altura só tivesse doze anos. Mas o Mikey... — Will apertou a cana do nariz. — O Mike morreu do impacto. Ainda nem sequer completara o primeiro ano do infantário.

Ronnie pegou-lhe na mão. — Lamento profundamente.

— Também eu. — Pestanejou para conter as lágrimas que ainda lhe vinham aos olhos sempre que se recordava daquele dia.

— Percebes que foi um acidente, não percebes?

— Sim, eu sei. E a minha mãe também. Mas, mesmo assim, culpa--se por ter perdido o controlo do carro, tal como eu sei que, em certo aspecto, também me culpa a mim. — Abanou a cabeça. — Bom, depois do acidente, começou a sentir necessidade de ter tudo sob controlo. Incluindo a mim próprio. Eu sei que a única preocupação dela é a minha segurança, que quer evitar que algum mal me aconteça, e acho que, em certa medida, eu também acredito nisso. Afinal, basta olharmos para o que aconteceu. A minha mãe entrou completamente em desespero no funeral, e eu odiei-me por tê-la posto naquele estado. Senti-me responsável. E prometi a mim próprio que haveria de arranjar maneira de a compensar. Mesmo sabendo que isso é impossível.

Enquanto falava, começou a virar a pulseira de macramé.

— E qual é o significado dessas letras? PSMM?

— Para sempre na minha memória. A ideia partiu da minha irmã, como uma maneira de o recordarmos. Falou-me nisso logo a seguir ao funeral, mas eu nem lhe prestei atenção. Se eu mal conseguia estar dentro da igreja... Com a minha mãe aos gritos, o meu irmão mais novo na urna, o meu pai e a minha irmã a chorar... Jurei que nunca mais voltaria a pôr os pés noutro funeral.

Por uma vez sem exemplo, Ronnie ficou sem palavras. Will endireitou-se, ciente de que era um episódio penoso de assimilar e admirado por lho ter sequer contado. — Desculpa. Não te devia ter falado nisto.

— Não tem importância — apressou-se ela a tranquilizá-lo, apertando-lhe a mão. — Ainda bem que contaste.

— Afinal, não tenho uma vida tão perfeita como poderias ser levada a julgar, não é?

— Nunca julguei que a tua vida fosse perfeita.

Will quedou-se em silêncio, e, tomada por um impulso, Ronnie inclinou-se para ele e deu-lhe um beijo na face. — Quem me dera que não tivesses sido obrigado a passar por tudo isso.

Ele respirou bem fundo e retomou o passeio pela praia. — Daí podes ver como é importante para a minha mãe que eu vá para Vanderbilt. E, como tal, é para aí que eu vou.

— Tenho a certeza de que vais gostar. Ouvi dizer que é uma óptima faculdade.

Will entrelaçou os dedos nos dela, a pensar como eram macios em contraste com a sua pele calejada. — Agora é a tua vez. O que é que eu não sei a teu respeito?

— Não há nada do género do que tu me acabaste de contar — respondeu ela, abanando a cabeça. — Nem tem comparação.

— Não tem de ser importante. Só de contribuir para eu perceber quem és.

Ronnie deitou uma olhadela à casa. — Bom... eu estive três anos de relações cortadas com o meu pai. Para dizer a verdade, só recomecei a falar com ele há meia dúzia de dias. Depois de ele e a minha mãe se terem divorciado, eu fiquei... zangada com ele. Fiquei com vontade de nunca mais lhe pôr a vista em cima, e a última coisa que queria era vir passar o Verão aqui.

— Então e agora? — Will reparou no luar a cintilar-lhe nos olhos. — Já estás mais contente por teres vindo?

— Talvez — foi a resposta dela.

Ele riu-se e deu-lhe uma cotovelada na brincadeira. — E como é que tu eras quando eras miúda?

— Enfadonha — confessou ela. — Não fazia nada senão tocar piano.

— Gostava de te ouvir tocar.

— Agora já não toco — apressou-se Ronnie a esclarecer, com um laivo de teimosia na voz.

— Nunca?

Ela abanou a cabeça, e embora Will percebesse que a história não terminava ali, era óbvio que Ronnie não se queria alongar sobre aquele assunto. Ao invés, ouviu-a falar dos amigos que tinha em Nova Iorque e do que costumava fazer ao fim-de-semana, sorrindo com as traquinices de Jonah. Parecia-lhe tão natural estar na companhia dela, tão agradável e autêntico. Contou-lhe coisas que nunca contara a Ashley. Imaginava que desejava que ela o conhecesse como verdadeiramente era e suspeitava de que ela saberia como reagir adequadamente.

Era diferente de todas as pessoas que encontrara até à data. Tinha a certeza de que nunca haveria de querer soltar-lhe a mão; os dedos de ambos pareciam encaixar-se na perfeição — entrelaçados sem esforço, como complementos ideais.

Para além da casa onde estava a decorrer a festa, achavam-se completamente sozinhos. Os acordes musicais eram suaves e longínquos, e, quando ele levantou os olhos, vislumbrou o brilho fugaz duma estrela cadente por cima da cabeça de ambos. Quando se virou para Ronnie, percebeu, pela expressão dela, que também a vira.

— Qual foi o teu desejo? — quis saber Ronnie, a voz num sussurro. Will, porém, não foi capaz de lhe responder. Ao invés, levantou-lhe a mão e enlaçou as costas dela com o seu outro braço. Fitou-a intensamente, sabendo com certeza que se estava a apaixonar. Puxou-a de encontro a si e beijou-a sob um manto de estrelas, admirado por ter tido a felicidade de a encontrar.

CAPÍTULO 21

RONNIE

Pronto, admitia que seria capaz de se habituar àquela vida: estendida na prancha de saltos da piscina das traseiras, um copo de chá doce gelado ao seu lado, uma travessa de frutos na cabana, que fora servida por um chefe de cozinha, numa baixela de prata e com folhas de hortelã-pimenta a decorar.

Apesar de tudo, não conseguia imaginar o que representara para Will crescer num mundo daqueles. Mas também, e tendo em conta que nunca conhecera outro, o mais provável seria já nem dar por isso. Enquanto apanhava banhos de sol na prancha, avistou-o no telhado da cabana, a preparar-se para saltar. Trepara até lá acima como um ginasta e, mesmo ao longe, Ronnie reparou nos músculos dos braços e do abdómen a contraírem-se-lhe.

— Olha — chamou-a ele. — Vê-me só a saltar daqui.

— Um salto? Só isso? Tiveste essa trabalheira toda de subir ao telhado para dares um saltinho?

— Que mal tem? — indignou-se ele.

— Só estou a querer dizer que isso qualquer pessoa é capaz de fazer — espicaçou-o Ronnie. — Até eu seria capaz de saltar daí.

— Isso gostava eu de ver. — Will parecia céptico.

— Não me quero molhar.

— Mas eu convidei-te para vires nadar!

— É assim que as raparigas como eu nadam. Também se chama trabalhar para o bronze.

Ele soltou uma gargalhada. — Na verdade, até é capaz de ser boa ideia apanhares um bocado de sol. Imagino que em Nova Iorque nunca deve haver sol, hã?

— Estás a querer insinuar que estou pálida? — Ronnie franziu o sobrolho.

— Não — assegurou-lhe ele, abanando a cabeça. — Não seria esse o termo que eu empregaria. Acho que «macilenta» seria mais apropriado.

— Uau, mas que encanto de pessoa que tu me saíste. Leva-me a perguntar o que terei eu visto em ti.

— Porquê, já não vês?

— Não, e não posso deixar de te dizer que, se insistires em usares palavras como «macilenta» para me descreveres, também não antevejo um grande futuro para nós dois.

Will pôs-se com ar de quem a avaliava. — Então e se eu der dois saltos? Perdoas-me?

— Só se acabares os saltos com um mergulho perfeito. Mas se não conseguires melhor que dois saltos e uma entrada desajeitada, eu posso fingir que fico deslumbrada, isto desde que prometas que não me molhas.

Ele arqueou uma sobrancelha e, em seguida, recuou dois passos e avançou outro para ganhar impulso. Will dobrou-se sobre si próprio, rodopiou duas vezes no ar e mergulhou na piscina com os braços em primeiro lugar e o corpo direito, quase sem fazer ondulação.

Bom, pensou Ronnie, aquilo era impressionante, ainda que não se pudesse dizer que fosse uma surpresa completa, tendo em conta a graciosidade com que Will se movimentava no campo de voleibol. Quando tornou a vir à superfície, junto à beira da prancha, e se levantou, ela percebeu que estava satisfeito consigo próprio.

— Não te saíste nada mal — opinou Ronnie.

— Nada mal? Só isso?

— Dava-te quatro vírgula seis.

— Em cinco?

— Em dez — emendou-o ela.

— Aquele salto merecia no mínimo um dez!

— Isso julgas tu. Mas o juiz sou eu.

— E a quem é que posso recorrer? — inquiriu ele, estendendo a mão para se segurar à borda da prancha.

— A ninguém. O resultado é oficial.

— Então e se eu me sentir lesado?

— Nesse caso, para a próxima, é melhor pensares duas vezes antes de usares a palavra «macilenta».

Will riu-se e começou a içar-se para cima da prancha de saltos. Ronnie segurou na prancha.

— Ei... Pára... Não faças isso... — avisou-o.

— Queres dizer... isto? — indagou ele, puxando a prancha ainda mais para baixo.

— Já te disse que não me quero molhar! — guinchou ela.

— E eu quero que venhas nadar comigo! — De repente, agarrou-lhe num braço e puxou-a. Aos guinchos, Ronnie caiu à água. Logo que voltou à superfície para respirar, Will tentou beijá-la, mas ela retraiu-se.

— *Não!* — gritou, por entre gargalhadas, deliciada com a frescura da água e a sensação sedosa da pele dele a roçar contra a dela. — Nunca te hei-de perdoar!

Enquanto estavam os dois engalfinhados na brincadeira, reparou em Susan a observá-los do alpendre das traseiras. A avaliar pela expressão dela, era nítido que não estava nada satisfeita.

* * *

Ao fim dessa mesma tarde, quando se encaminhavam para a praia para irem verificar como estava o ninho das tartarugas, pararam para saborear um gelado. Ronnie seguia lado a lado com Will, a lamber o cone com o gelado a ameaçar derreter-se, a admirar-se com o facto de só na véspera se terem beijado pela primeira vez. Se a noite anterior fora quase perfeita, o dia de hoje fora melhor ainda. Ela adorava a desenvoltura com que ambos passavam da seriedade à descontracção, bem como o facto de Will ter tanto jeito para a arreliar quanto para se deixar arreliar por ela.

Estava claro que fora *ele* a puxá-la para dentro de água, motivo pelo qual Ronnie se vira obrigada a escolher o momento oportuno para a retaliação. Não fora tão difícil como se poderia esperar, uma vez que Will não fazia ideia do que estava para vir, mas, mal ele levara o cone de gelado aos lábios, ela pregara-lhe uma valente cotovelada, sujando-lhe a cara toda de gelado. A rir-se à socapa, esgueirara-se por uma esquina... direitinha aos braços de Marcus.

Vinha acompanhado por Blaze, assim como por Teddy e Lance.

— Bom, mas que bela surpresa! — comentou Marcus em tom arrastado, segurando-a com força.

— Larga-me! — gritou Ronnie, revoltada consigo própria pelo pânico súbito que lhe transparecia da voz.

— Larga-a — acrescentara Will, atrás dela. A sua voz era resoluta. Séria. — Imediatamente.

Marcus parecia deleitado com a cena. — Devias ver por onde andas, Ronnie.

— Imediatamente! — gritou-lhe Will, com um ar zangado, pondo-se à vista.

— Tem lá calma, Menino Riquinho. Ela é que veio contra mim... Eu só a segurei para que não caísse. E, já agora, como é que tem passado o Scott? Tem brincado muito com os petardos?

Para espanto de Ronnie, Will ficou petrificado. Com um sorriso malicioso, Marcus tornou a dirigir a atenção para ela. Apertou-lhe os braços com mais força ainda antes de a soltar de vez. Enquanto Ronnie se apressava a recuar um passo, Blaze acendeu uma bola de fogo, com uma expressão de frieza.

— Ainda bem que fui a tempo de evitar que caísses — disse Marcus. — Não seria nada boa ideia apareces no tribunal na terça-feira cheia de nódoas negras, não é verdade? Não havias de querer que o juiz pensasse que eras uma pessoa violenta; já basta seres ladra.

Ronnie limitou-se a ficar a olhar para ele embasbacada, sem palavras, até que Marcus deu meia-volta e se foi embora. À medida que se afastavam, viu Blaze a atirar-lhe a bola de fogo, que ele apanhou com agilidade e lhe devolveu.

* * *

Sentado na duna à porta de casa dela, Will ouviu-a em silêncio contar-lhe tudo o que lhe acontecera desde que ali chegara, incluindo o episódio na discoteca. Quando terminou, Ronnie entrelaçou as mãos no colo.

— E foi assim. Quanto aos roubos nas lojas de Nova Iorque, nem sequer sei por que é que os cometi. Nem sequer eram coisas que me fizessem falta. Foi só uma coisa que me apeteceu fazer porque os meus amigos também faziam. Quando fui a tribunal, confessei tudo, porque sabia que tinha agido mal e estava decidida a nunca mais repetir o mesmo erro. E não repeti... nem lá, nem aqui. Mas, a menos que a queixa seja retirada ou que a Blaze confesse o que fez, vou ficar metida em grandes sarilhos, não apenas aqui, mas também em Nova Iorque. Eu sei que parece absurdo e tenho a certeza de que não vais acreditar em mim, mas juro que não estou a mentir.

Will envolveu as mãos dela nas suas. — Eu acredito em ti — garantiu-lhe. — E acredita no que te digo... Vindo do Marcus, não há nada que me surpreenda. Desde miúdo que só faz disparates. A minha irmã andou com ele na escola e contou-me que numa ocasião a professora foi dar com uma ratazana morta dentro duma gaveta. Toda a gente sabia quem tinha feito aquilo, até mesmo o director, mas não conseguiram provar nada. E ele continua a entreter-se com as mesmas artimanhas do costume, com a diferença que agora tem o Teddy e o Lance às ordens. Já ouvi algumas coisas assustadoras a respeito dele.

Mas a Galadriel... dantes ela era uma boa rapariga. Conheço-a desde miúda, e não sei o que se passa com ela ultimamente. Sei que os pais se divorciaram e que ela teve um abalo tremendo. Mas não percebo o que é que ela vê no Marcus, nem tão-pouco por que é que insiste em dar cabo da própria vida. Eu costumava ter pena dela, mas o que ela te está a fazer agora não se faz a ninguém.

Ronnie sentiu um cansaço súbito. — Na próxima semana tenho de ir a tribunal.

— Queres que vá contigo?

— Não. Não quero que me vejas diante do juiz.

— Não me importo...

— Mas eu não quero que a tua mãe descubra. Tenho quase a certeza de que ela não gosta de mim.

— Por que dizes isso?

«Porque vi os olhares que ela me deitou há bocado», poderia ter sido a resposta de Ronnie. — É só uma impressão.

— Toda a gente fica com a mesma impressão quando a conhece — tranquilizou-a Will. — Tal como já te avisei, ao fim dalgum tempo de conviver contigo, ela vai começar a descontrair.

Ronnie tinha as suas dúvidas. Atrás dela, o Sol mergulhava no horizonte, conferindo ao céu um tom vívido alaranjado. — O que é que se passa entre o Scott e o Marcus? — interrogou-o.

Will retesou-se. — O que é que se passa como?

— Lembras-te da noite da feira? Depois de fazer o espectáculo dele, o Marcus começou a ficar todo exaltado com uma coisa qualquer e eu achei por bem manter-me à distância. Parecia que andava a vasculhar a multidão e, quando viu o Scott, ficou com... com uma expressão muito estranha, como se tivesse encontrado aquilo que procurava. Quando dei por mim, tinha feito uma bola com a embalagem das batatas fritas e estava a atirá-la ao Scott.

— Eu também assisti a tudo, ainda te lembras?

— Mas lembras-te do que ele disse? Foi esquisito. Perguntou ao Scott se lhe ia atirar com um petardo. E há bocado, quando ele te repetiu uma coisa parecida, tu ficaste paralisado.

Will desviou o olhar. — Não foi nada de especial — teimou ele, apertando-lhe as mãos. — E eu não teria deixado que ele te fizesse mal. — Inclinou-se para trás, apoiando-se nos cotovelos. — Importas-te que te faça uma pergunta? Sobre um assunto que não tem nada que ver com isto.

Ronnie arqueou uma sobrancelha, insatisfeita com a resposta, mas decidida a deixar passar.

— Por que é que em tua casa há um piano atrás duma parede de contraplacado? — Quando reparou no ar de surpresa dela, encolheu os ombros. — Vê-se através da janela, e aquela parede de contraplacado não condiz propriamente com o resto da decoração.

Foi a vez de Ronnie desviar o olhar. Soltou as mãos das dele e enterrou-as na areia. — Eu disse ao meu pai que nunca mais queria pôr a vista em cima do piano, e ele montou aquela parede.

Will pestanejou. — Odeias assim tanto o piano?

— Odeio — confirmou ela em tom átono.

— Por o teu pai ter sido professor? — Ronnie ergueu o olhar de surpresa ao ouvir isto. — Ele costumava dar aulas na Juilliard, não era? Faz todo o sentido que tenha sido ele a ensinar-te. E estou disposto a apostar que tu tinhas imenso talento para isso, quanto mais não seja porque, para odiar uma coisa ao ponto que tu odeias o piano, é preciso já ter gostado muito dela.

Para um jogador de vólei, barra ajudante de mecânico, perspicácia não lhe faltava. Ronnie enterrou os dedos ainda mais na areia, e sentiu-a fresca e pesada.

— Ele começou a ensinar-me a tocar logo que eu dei os primeiros passos. Passei horas esquecidas a tocar, sete dias por semana, durante anos a fio. Chegámos mesmo a compor juntos. Era uma forma de partilha, sabes? Uma coisa exclusivamente nossa, e quando ele saiu de casa... Eu senti que ele não se tinha limitado a trair a nossa família, senti que ele me tinha traído a mim duma forma pessoal, e fiquei tão zangada que jurei a pés juntos nunca mais tocar ou compor na vida. E, por isso, quando aqui cheguei, e vi o piano, e o ouvi a tocar sempre que eu estava por perto, não consegui evitar a sensação de que ele estava a fingir que o que fizera não tinha importância nenhuma. Como se ele julgasse que podia voltar a ser tudo como antes. Mas não podia. Não podemos desfazer o passado.

— Mas na noite em que eu jantei em vossa casa, fiquei com a impressão de que te davas bem com ele — observou Will.

Lentamente, Ronnie foi desenterrando as mãos da areia. — É verdade, nos últimos dias temo-nos andado a dar melhor. Mas isso não significa que eu queira voltar a tocar — insistiu ela com obstinação.

— Eu sei que não é da minha conta, mas se eras assim tão boa, só te estás a prejudicar a ti própria. É uma dádiva, sabias? E quem sabe? Talvez pudesses entrar na Juilliard.

— Eu sei que sim. Eles ainda me escrevem. Prometeram-me que, se eu mudar de ideias, me arranjam uma vaga. — Sentiu um assomo de irritação.

— Então por que é que não experimentas?

— E isso é assim tão importante para ti? — Presenteou-o com um olhar furibundo. — Que eu não seja a pessoa que julgavas que eu era? Que eu tenha um talento especial? Será que isso me torna suficientemente boa para ti?

— Nem pensar — disse ele em tom apaziguador. — Continuas a ser a pessoa que julguei que fosses. Desde o primeiro momento em que te vi. E não há maneira de poderes ser mais adequada a mim do que já és.

Mal Will disse isto, Ronnie sentiu-se envergonhada pela explosão. Detectou-lhe a sinceridade na voz e sabia que ele estava a dizer a verdade.

Recordou a si própria que se conheciam havia escassos dias e no entanto... ele era bondoso e inteligente, e ela já sabia que estava apaixonada. Como se pressentisse o que lhe ia no pensamento, Will endireitou-se e chegou-se mais a ela. Inclinou-se e beijou-lhe os lábios macios, e Ronnie teve a certeza súbita de que não queria senão passar horas e horas envolvida nos seus braços, tal como estava naquele momento.

CAPÍTULO 22

MARCUS

Marcus observava-os de longe. «Então é assim que vais ser, hum?» Que se lixasse tudo. Que se lixasse ela. Era altura de se divertir. Teddy e Lance tinham ido buscar as bebidas, e os convidados já estavam a chegar. Nesse mesmo dia, vira uma família de veraneantes a carregar a sua carrinha da treta, com um cão feioso e miúdos ainda mais feiosos, numa casa não muito longe da própria casa da treta onde Ronnie morava. Já andava por ali havia tempo suficiente para saber que os próximos locatários só chegariam no dia seguinte, depois de virem os funcionários da limpeza, o que significava que bastava-lhe entrar na casa, e tê-la-iam por sua conta nessa noite.

Não era assim tão difícil quanto se pudesse pensar, uma vez que estava de posse da chave e do código de segurança. Os veraneantes nunca trancavam a porta quando iam para a praia. Que motivo teriam para o fazer? Em geral, quando vinham de férias, traziam apenas comida e meia dúzia de jogos de vídeo, dado que a maioria se demorava apenas uma semana. E os proprietários que não residiam no local — mas, muito provavelmente, numa terra como Charlotte, e que o mais certo seria estarem fartos de atender chamadas da empresa de segurança quando os idiotas a quem tinham alugado a casa faziam disparar o alarme a meio da noite — tinham tido a gentileza de afixar o código mesmo por cima do dispositivo de segurança na cozinha. Uma atitude inteligente. Muito inteligente, mesmo. Com a paciência necessária, conseguira sempre desencantar uma casa ou outra para dar uma festa, mas o segredo era saber não abusar das oportunidades. Teddy e Lance estavam sempre a querer organizar festas em casas daquelas; Marcus, porém, sabia que, caso fizessem isso vezes de mais, as empresas que as geriam iriam ficar desconfiadas. Iriam mandar os funcionários até lá para ver como estavam as coisas, pediriam à polícia para apertar a frequência das rondas de vigilância e iriam advertir os veraneantes e os proprietários. E depois como ficariam eles? Encafuados em Bower's Point, como de costume.

Uma vez ao ano. Uma vez em cada Verão. A regra era esta, e era mais que suficiente, a menos que deitassem fogo à casa depois da festa. Sorriu. Bastar-lhe-ia fazer isso, e o problema ficaria resolvido. Nunca ninguém suspeitaria de que houvera ali uma festa. Não havia nada como um grande incêndio, porque o fogo era *vida*. Os fogos, especialmente os de grandes proporções, movimentavam-se, e dançavam, e destruíam, e devoravam. Recordava-se de ter deitado fogo a um celeiro quanto tinha doze anos e de ficar horas a fio a vê-lo ser devorado pelas chamas, a pensar que nunca vira nada tão extraordinário. E, assim, ateara outro, desta feita num armazém abandonado. Ao longo dos anos, ateara uma série deles. Não havia nada melhor; nada que lhe causasse maior entusiasmo que o poder que sentia com um isqueiro nas mãos.

Mas não iria fazer isso. Não nessa noite, porque não desejava que o seu passado chegasse ao conhecimento de Teddy e de Lance. Para além de que a festa iria ser qualquer coisa. Álcool, drogas e música. E miúdas. Miúdas embriagadas. Começaria por Blaze e depois talvez mais umas quantas, isto se conseguisse convencer Blaze a beber o suficiente para cair para o lado. Ou então talvez engatasse uma brasa estúpida qualquer, sem se ralar se Blaze estava sóbria o suficiente para dar fé do que se passava. Isso também teria a sua piada. Oh, Marcus tinha a certeza de que ela faria uma cena, mas ele limitar-se-ia a ignorá-la e a mandar Teddy e Lance pô-la na rua. Sabia que ela voltaria. Ela voltava sempre, a suplicar, lavada em lágrimas.

Era tão previsível que até aborrecia. E passava a vida a lastimar-se.

Ao contrário da Miss Corpinho Perfeito que morava umas casas mais adiante.

Esforçava-se o mais possível por afastar Ronnie do pensamento. Então, afinal, ela não gostava dele, então, afinal, preferia passar o tempo na companhia do Menino Riquinho, o príncipe da oficina de automóveis. Mas, também, o mais certo seria ela não ceder aos seus intentos. Devia ser uma frígida das que gostam de provocar os homens. Apesar disto, não conseguia perceber o que é que fizera para ela não gostar dele nem por que motivo ela fazia questão de o ignorar.

Estava muito melhor sem ela. Não precisava dela. Não precisava de ninguém, o que o deixava a pensar por que é que continuava a vigiá-la ou dava qualquer importância ao facto de ela andar a namorar com Will.

Estava claro que isso ainda tornava a situação mais interessante, quanto mais não fosse porque Marcus sabia tudo a respeito do calcanhar de Aquiles de Will.

Ainda se iria divertir um bom bocado à custa disso. Tal como se iria divertir nessa noite.

CAPÍTULO 23

WILL

Para Will, o Verão estava a passar depressa de mais. Entre o trabalho na garagem e estar a maior parte do tempo livre com Ronnie, dava a impressão de que os dias passavam a voar. À medida que Agosto se aproximava, deu por si a sentir-se cada vez mais ansioso perante a ideia de que, daí a algumas semanas, ela regressaria a Nova Iorque e ele próprio iria para Vanderbilt.

Ronnie tornara-se parte integrante da sua vida — sob muitos aspectos, a melhor parte. Ainda que Will nem sempre fosse capaz de a compreender, as diferenças que os separavam pareciam de certa forma contribuir para fortalecer a relação entre ambos. Tinham discutido por causa da insistência de ele a acompanhar a tribunal, que ela recusara terminantemente, mas Will recordava-se do ar de surpresa da namorada quando o encontrara à espera dela à saída do tribunal com um ramo de flores na mão. Sabia que Ronnie ficara desmoralizada por a queixa não ter sido retirada — a sua próxima ida a tribunal estava marcada para 28 de Agosto próximo, três dias antes da partida dele para a faculdade —, mas também sabia que tomara a atitude certa ao ir esperá-la quando ela lhe agradecera o ramo de flores com um beijo.

Ronnie surpreendera-o ao arranjar um emprego a tempo parcial no aquário. Não o informara previamente dos seus planos nem lhe pedira que intercedesse por ela. Para falar com franqueza, Will nem sequer se apercebera de que ela queria arranjar emprego. Quando mais tarde lhe falara no assunto, Ronnie explicara-lhe: «Tu passas o dia a trabalhar, e o meu pai e o Jonah andam entretidos com a janela de vitral. Eu precisava de qualquer coisa com que ocupar o tempo e, para além disso, quero ser eu a pagar as despesas com a advogada. O meu pai não é propriamente rico.» Quando Will a fora buscar ao fim do primeiro dia no emprego, todavia, reparou que a pele dela apresentava uma tonalidade quase esverdeada. «Mandaram-me alimentar as lontras», confessou-lhe. «Já alguma vez enfiaste a mão dentro dum balde cheio de peixes mortos e pegajosos? É nojento!»

Conversavam durante horas infindas. Parecia não haver tempo que chegasse no mundo para partilharem tudo o que desejavam. Às vezes, falavam apenas para preencher os momentos de silêncio — quando debatiam os seus filmes predilectos, por exemplo, ou quando ela lhe dissera que, apesar de ser vegetariana, ainda não chegara à conclusão se os ovos e os lacticínios se incluíam nessa categoria. Noutras ocasiões, porém, a conversa assumia um tom sério. Ronnie contou-lhe mais coisas a respeito das suas recordações de tocar piano e da sua relação com o pai; Will admitira que havia alturas em que se ressentia do facto de sentir responsabilidade por se tornar na pessoa que a mãe insistia que ele fosse. Falaram sobre o irmão dela, Jonah, e sobre a irmã dele, Megan, e especularam e sonharam acerca donde a vida acabaria por os levar. No caso de Will, o futuro parecia ter sido criteriosamente planeado: quatro anos em Vanderbilt e, depois da conclusão da licenciatura, passaria algum tempo a ganhar experiência noutra empresa, posto o que voltaria para dirigir o negócio do pai. Bastava-lhe recitar este plano, para ouvir a voz da mãe a sussurrar-lhe a sua aprovação; todavia, não podia deixar de se perguntar se seria mesmo isso que ele desejava. Quanto a Ronnie, reconhecia que não sabia ainda ao certo o que o ano vindouro ou o outro a seguir lhe trariam. No entanto, a incerteza não parecia amedrontá-la, o que fez crescer a admiração que Will sentia por ela. Mais tarde, ao reflectir nos respectivos planos, chegou à conclusão de que, dos dois, Ronnie era muito mais senhora do próprio destino que ele.

Apesar das gaiolas montadas para proteger os ninhos de tartaruga ao longo da praia, os guaxinins tinham conseguido escavar a areia por debaixo do arame e destruído seis ninhos. Logo que Ronnie ficou ao corrente do sucedido, insistiu para que se revezassem a guardar o ninho situado nas traseiras de sua casa. Não havia necessidade de ficarem os dois lá a noite inteira, contudo, passaram quase todas as noites abraçados um ao outro, a beijarem-se e a conversarem baixinho até muito depois da meia-noite.

Scott, como já seria de esperar, não era capaz de compreender a situação. Em mais que uma ocasião, Will chegara atrasado ao treino e deparara com o amigo a andar dum lado para o outro muito agitado, a perguntar-se que diabo lhe acontecera. No emprego, nas raras vezes em que Scott quis saber como é que estavam a correr as coisas com Ronnie, Will não se adiantou muito — sabia que o amigo não fizera aquela pergunta motivada por genuíno interesse. Scott fez tudo ao seu alcance para manter a atenção de Will concentrada no torneio de voleibol de praia que se avizinhava, em geral fingindo ou que Will acabaria por recobrar o juízo, ou que Ronnie simplesmente não existia.

Para além do mais, Ronnie tivera razão relativamente à mãe de Will. Embora esta não tivesse tecido qualquer comentário directo acerca da namorada nova do filho, ele pressentia a sua reprovação na forma como forçava um sorriso ao ouvir mencionar o nome de Ronnie, bem como na atitude quase formal que adoptava de cada vez que a levava a casa dos pais. Nunca lhe fazia qualquer pergunta acerca da namorada e quando ele dizia qualquer coisa a respeito dela — como se tinham divertido juntos, como ela era inteligente ou como a compreendia melhor que qualquer outra pessoa —, a mãe tinha reacções do género: «Tu estás quase a ir para Vanderbilt, e é difícil manter um namoro à distância», chegando mesmo a perguntar em voz alta se ele não achava que «andavam a passar demasiado tempo juntos». Não suportava ouvir a mãe falar-lhe assim. Fazia um esforço enorme para não se irritar com ela, pois sabia que estava a ser injusta. Ao contrário de praticamente toda a gente que Will conhecia, Ronnie não bebia álcool, não dizia asneiras nem coscuvilhava, e eles não tinham ido além dos beijos; todavia, a sua intuição dizia-lhe que a mãe não dava importância a estes aspectos. Vivia presa aos seus preconceitos e, por conseguinte, qualquer tentativa para a fazer mudar de opinião acerca de Ronnie redundaria em fracasso. Frustrado, começou a arranjar pretextos para se ausentar o mais possível de casa. Não apenas por causa da opinião que a mãe tinha a respeito da namorada, mas também devido à opinião que ele próprio começava a ter da mãe.

E a respeito de si próprio, obviamente, por não ter coragem de a enfrentar.

Para além das apreensões de Ronnie relativamente à próxima comparência em tribunal, a única mácula no Verão maioritariamente idílico de ambos era a presença insistente de Marcus. Embora o mais das vezes conseguissem evitá-lo, havia ocasiões em que isso se revelava impossível. Quando se cruzavam com ele, Marcus parecia encontrar sempre maneira de provocar Will, em geral fazendo referência a Scott. Will ficava petrificado. Se reagisse, Marcus poderia ir à polícia; se não fizesse nada, sentir-se-ia envergonhado. Ali estava ele, a namorar com uma rapariga que fora a julgamento e admitira que era culpada, e o facto de ele próprio não conseguir armar-se de coragem para lhe seguir o exemplo começava a atormentá-lo. Tentara convencer Scott a dizer a verdade e ir à polícia, mas o amigo rejeitara a ideia. E, duma forma indirecta, nunca permitia que Will se esquecesse do que fizera por ele e pela sua família naquele dia trágico em que Mikey morrera. Will reconhecia o heroísmo de Scott, contudo, à medida que o Verão se ia aproximando do fim, começou a perguntar-se se uma boa acção anterior seria suficiente para perdoar uma má acção posterior — e, nos seus momentos mais sombrios, se seria capaz de suportar o fardo da amizade de Scott.

* * *

Numa noite de inícios de Agosto, Will decidiu-se a levar Ronnie à praia à caça de aranhas-do-mar.

— Já te disse que não gosto de aranhas! — guinchou a namorada, agarrando-se ao braço dele.

Will riu-se. — São apenas aranhas-do-mar. Não te vão fazer mal nenhum.

Ronnie franziu o nariz. — São umas criaturas horrendas e rastejantes que vêm doutro planeta.

— Estás a esquecer-te de que isto foi ideia tua.

— Não foi nada, foi do Jonah. Garantiu-me que seria divertido. Mas é bem feito para eu aprender a não dar ouvidos a uma pessoa cujos conhecimentos sobre a vida se resumem aos desenhos animados.

— E eu a pensar que uma rapariga que alimenta lontras a peixes pegajosos não se incomodaria com meia dúzia de aranhiços inofensivos na praia. — Varreu a lanterna pela areia, iluminando os animais fugidios.

Ronnie olhou de imediato para a areia, não fosse outra aranha-do-mar se precipitar para os seus pés. — Para começar, não são meia dúzia de aranhiços inofensivos. São centenas deles. Em segundo, se eu soubesse que é isto que acontece na praia à noite, ter-te-ia obrigado a dormir todas as noites junto ao ninho das tartarugas. E, como tal, estou um bocadinho zangada contigo por me teres escondido este facto. E, em terceiro, embora eu trabalhe no aquário, isso não significa que goste de ter aranhas-do-mar a correr por cima dos meus pés.

Will fez o mais possível por manter um ar sério, mas foi em vão. Quando levantou a cabeça, Ronnie reparou na expressão dele.

— Deixa-te lá desse sorriso de troça. Não tem graça nenhuma.

— Desculpa lá, mas até tem... Afinal, deve haver por aqui uns vinte miúdos com os pais a fazer o mesmo que nós.

— Lá por os pais deles não terem juízo, a culpa não é minha.

— Queres ir-te embora?

— Não, deixa estar — disse ela. — Em qualquer dos casos, tu já me conseguiste atrair para o meio da infestação. Agora, não há nada a fazer, mais vale aguentar até ao fim.

— Bem sabes que ultimamente temos passeado muito pela praia.

— Pois sei. Por isso, obrigada mais uma vez por trazeres a lanterna e destruíres as minhas boas recordações.

— Tudo bem — disse ele, apagando a lanterna.

Ronnie enterrou-lhe as unhas no braço. — O que é que estás a fazer? Torna a acender a luz.

— Tu deixaste perfeitamente claro que não gostas da lanterna acesa.

— Mas, com a lanterna apagada, não os conseguimos ver!

— Por isso mesmo.

— O que significa que podem estar neste momento à minha volta. Acende-a outra vez — suplicou-lhe ela.

Will assim fez e, à medida que começavam a caminhar pela praia, começou a rir-se. — Um dia ainda te vou conseguir perceber.

— Não me parece. Se ainda não conseguiste, talvez isso esteja fora do teu alcance.

— Se calhar, até tens razão — admitiu Will. Enlaçou-lhe um braço pela cintura. — Ainda não me disseste se vais ao casamento da minha irmã.

— Porque ainda não me decidi.

— Quero que conheças a Megan. Ela é fantástica.

— Não é a tua irmã que me preocupa. Só acho que a tua mãe não me há-de querer lá.

— E depois? O casamento não é dela. A minha irmã faz questão de que tu vás.

— Já falaste com ela a meu respeito?

— Claro que sim.

— E o que foi que lhe disseste?

— A verdade.

— Que achas que eu sou macilenta.

Ele olhou-a de soslaio. — Ainda andas a pensar nisso?

— Não, já enterrei o assunto.

Will soltou um resmungo de desdém. — Pronto, para responder à tua pergunta: não, não lhe disse que eras macilenta. Disse-lhe que tu *costumavas ser* macilenta.

Ronnie assestou-lhe uma cotovelada nas costelas, e ele fingiu que suplicava por misericórdia. — Estou a brincar, estou a brincar... Eu nunca diria uma coisa dessas.

— Então o que foi que lhe disseste, hã?

Will deteve-se, voltando-se para a encarar. — Tal como te acabei de dizer, contei-lhe a verdade. Que tu eras inteligente, divertida, bonita e uma boa companhia.

— Oh, bom, nesse caso, não há problema.

— Não vais confessar que estás apaixonada por mim, pois não?

— Não estou certa de me conseguir apaixonar por um fulano carente — espicaçou-o ela. Pôs os braços à volta dele. — Podes interpretar este comentário como paga por deixares que as aranhas-do-mar andassem por cima dos meus pés. Está claro que estou apaixonada por ti.

Beijaram-se antes de retomarem o passeio. Estavam prestes a chegar ao molhe e a arrepiar caminho quando avistaram Scott, Ashley e Cassie a aproximarem-se em sentido contrário. Ronnie sentiu-se retesar debaixo do braço de Will enquanto Scott se desviava para os interceptar.

— Ainda bem que te encontro, meu — chamou-o o amigo, já mais próximo. Deteve-se diante de ambos. — Tenho passado toda a noite a enviar-te mensagens.

Will estreitou o seu abraço. — Desculpa. Deixei o telemóvel em casa da Ronnie. O que é que se passa?

Enquanto Scott lhe explicava, Will reparou em Ashley a fitá-los de longe.

— Recebi telefonemas de cinco equipas que vão participar no torneio, a dizer que querem fazer umas jogatanas antes da competição. São todas bastante boas, e querem montar um minicampo de treino para nos prepararmos para enfrentar o Landry e o Tyson. Muitos treinos, muitos exercícios, muitos jogos. Estamos até a pensar em fazer trocas nas equipas de vez em quando para melhorarmos os nossos tempos de reacção, uma vez que todos temos estilos diferentes.

— Quando é que eles chegam?

— Logo que estejamos preparados, mas estamos a apontar para esta semana.

— E quanto tempo é que vão cá ficar?

— Não sei. Três ou quatro dias? Até ao fim do torneio, acho eu. Sei que tens essa coisa do casamento e tudo o mais, mas podemos dar a volta a isso.

Will lembrou-se uma vez mais que o tempo que tinha para passar na companhia de Ronnie se estava a esgotar. — Três ou quatro dias?

Scott franziu o sobrolho. — Vá lá, meu. É mesmo do género de preparação de que estamos a precisar.

— Não achas que já estamos preparados?

— Mas o que foi que te deu agora? Não preciso de te lembrar a quantidade de treinadores da Costa Oeste que vêm assistir ao torneio. — Apontou um dedo a Will. — Talvez tu não precises duma bolsa de vólei para entrar na faculdade, mas eu cá preciso. E esta é a única oportunidade que eles terão de me ver jogar.

Will hesitou. — Dá-me tempo para pensar no assunto, está bem?

— Mas tu ainda achas que precisas de *pensar?*

— Primeiro tenho de falar com o meu pai. Não posso decidir tirar folga do trabalho durante quatro dias sem primeiro o avisar. Nem tu, tão-pouco.

Scott despediu um olhar furioso a Ronnie. — Tens a certeza de que o trabalho é a única coisa que está aqui em causa?

Will reconheceu o tom de provocação, mas a ocasião não lhe pareceu adequada para discutir aquele assunto com Scott. Este deu também sinais de pensar melhor e recuar um passo. — Pronto, tudo bem. Fala lá com o teu pai. Como queiras — adiantou. — Talvez acabes por arranjar maneira de incluíres isto na tua agenda tão sobrecarregada.

Dito isto, deu meia-volta, afastando-se sem sequer olhar para trás. Will, hesitante quanto ao que fazer, começou a conduzir Ronnie de regresso a casa. Encontravam-se já fora do alcance dos ouvidos de Scott, quando Ronnie lhe colocou um braço em volta da cintura e lhe perguntou: — Ele estava a referir-se àquele torneio de que me falaste?

Will assentiu com a cabeça. — No próximo fim-de-semana. No dia a seguir ao casamento da minha irmã.

— Num domingo?

Will assentiu uma vez mais. — O torneio realiza-se em dois dias, mas no sábado jogam as equipas femininas.

Ronnie reflectiu no assunto. — E ele precisa duma bolsa de vólei para conseguir entrar na faculdade?

— Não há dúvida de que lhe viria a calhar.

Ela segurou-lhe o braço para que parasse. — Então arranja lá tempo para essa coisa do campo de treino. Exercícios e jogos. Faz tudo o que for preciso para te preparares. Afinal de contas, ele é teu amigo, não é verdade? Não nos há-de faltar tempo para estarmos juntos. Nem que tenhamos de ir dormir juntos para o ninho das tartarugas. Eu não me importo de ir cansada para o emprego.

Enquanto a ouvia, Will não conseguia deixar de reparar na beleza de Ronnie e nas saudades que iria ter dela.

— E o que é que vai ser de nós, Ronnie? No final do Verão? — Will perscrutou-lhe o rosto.

— Tu vais para a faculdade — respondeu-lhe ela, desviando o olhar. — E eu vou voltar para Nova Iorque.

Ele puxou a cabeça dela na direcção da sua. — Eu percebo o que queres dizer.

— Pois é — confirmou ela. — Eu também sei perfeitamente o que tu queres dizer. Mas não sei o que é que queres que te diga. Não sei o que é que qualquer de nós possa dizer.

— E que tal: eu não quero que acabe?

Os olhos dela eram verde-mar, ternos de pesar. — Eu não quero que acabe — repetiu em voz baixa.

Apesar de ser o que Will queria ouvir e de não restar dúvida de que Ronnie fora sincera, ele apercebeu-se de algo que ela já sabia: que o facto de enunciarem aquelas palavras, ainda que correspondessem à verdade, pouco poder tinha para alterar o inevitável, ou mesmo para lhe levantar o ânimo.

— Eu hei-de ir visitar-te a Nova Iorque — prometeu-lhe ele.

— Espero bem que sim.

— E quero que tu vás ao Tennessee.

— Acho que não me importaria de suportar outra viagem até ao Sul caso tivesse uma boa razão para isso.

Will sorriu-lhe e retomaram o passeio pela praia. — Já sei o que havemos de fazer. Se aceitares o convite para vires ao casamento da minha irmã, eu comprometo-me a fazer tudo o que o Scott me pedir para me preparar para o torneio.

— Por outras palavras, tu comprometes-te a fazer aquilo que, logo para começar, já era a tua obrigação e, em troca, obténs o que desejas.

Não era exactamente assim que Will teria colocado o problema. Mas ela tinha uma certa razão. — Pois — admitiu ele. — Acho que é mais ou menos isso.

— Há mais alguma coisa? Tendo em conta que estás a fazer tão mau negócio.

— Já que falas nisso, por acaso, até há. Quero que tentes pôr juízo na cabeça da Blaze.

— De que é que estás para aí a falar? Eu já tentei conversar com ela.

— Eu sei, mas isso foi há quanto tempo? Há seis semanas? Entretanto, ela viu-nos juntos e, por conseguinte, sabe que não estás interessada no Marcus. E já teve tempo para ultrapassar o problema.

— Ela não vai dizer a verdade — objectou Ronnie. — Caso contrário, iria ficar metida em sarilhos.

— Como? De que é que a poderiam acusar? A questão é que eu não quero que tenhas problemas por um crime que não cometeste. A proprietária não quer saber disso, a advogada de acusação não quer saber disso, nem tão-pouco eu estou a querer insinuar que a Blaze vai querer saber, mas não estou a ver outra maneira de te conseguires livrar desta confusão.

— Não vai dar resultado — insistiu Ronnie.

— Talvez não. Mas, mesmo assim, eu acho que vale a pena tentar. Há muito tempo que a conheço, e ela dantes não era assim. Talvez ainda tenha uma réstia de bom senso que lhe diga que está a agir mal e só precise dum bom motivo para consertar os estragos que causou.

Embora não estivesse de acordo com Will, também não se podia dizer que Ronnie estivesse em desacordo, e regressaram a casa em relativo silêncio. Quando se iam a aproximar, Will reparou na luz a sair pela porta aberta da oficina.

— Será que a esta hora o teu pai ainda está a trabalhar na janela?

— Tudo indica que sim — disse ela.

— Posso vê-la?

— Por que não?

Lado a lado, encaminharam-se para o edifício em mau estado. Uma vez lá dentro, Will reparou numa lâmpada despida dependurada duma extensão, a iluminar uma grande bancada de trabalho no meio da divisão.

— Acho que ele não está aqui — observou Ronnie, olhando ao seu redor.

— A janela é esta? — indagou Will, acercando-se da bancada. — É enorme.

Ronnie postou-se ao lado dele. — É um espanto, não achas? É para a igreja que andam a reconstruir ao fundo da rua.

— Não me contaste nada disso. — A voz dele denotava tensão, até mesmo aos seus próprios ouvidos.

— Não me pareceu importante — respondeu ela de forma automática. — Porquê? Achas que é importante?

Will afastou o pensamento das imagens de Scott e do incêndio.

— Não propriamente — apressou-se a dizer, a fingir que examinava o vidro. — Só não fazia ideia de que o teu pai tinha capacidade para construir uma coisa tão elaborada.

— Nem eu, tão pouco. Aliás, nem ele próprio, antes de começar. Mas, uma vez que o meu pai me disse que era importante para ele, talvez isso ajude a explicar.

— E por que é que é assim tão importante para ele?

À medida que Ronnie lhe ia transmitindo a história que o pai lhe contara, Will não desviava o olhar da janela, a lembrar-se do que Scott fizera. E, como não podia deixar de ser, do que *ele* próprio não fizera. Ronnie deve ter-lhe detectado qualquer coisa na expressão, porque, quando chegou ao fim, parecia estar a estudá-lo.

— Em que é que estás a pensar?

Will fez deslizar a mão pelo vidro antes de lhe responder. — Alguma vez te interrogaste o que é que significa ser-se amigo de alguém?

— Não sei se entendi a tua pergunta.

Ele fixou o olhar nela. — Até que ponto estarias disposta a ir para protegeres um amigo?

Ronnie hesitou. — Suponho que isso depende do que o amigo tivesse feito. Da gravidade do que ele tivesse feito. — Apoiou-lhe uma mão nas costas. — O que é que me estás a esconder?

Ao ver que Will não lhe respondia, chegou-se mais a ele. — No fim, acho que devemos fazer sempre aquilo que consideramos correcto, mesmo que isso nos custe. Eu sei que isto talvez não seja de grande ajuda para ti, e que nem sempre é fácil sabermos o que é o mais correcto. Pelo menos em aparência. Mas mesmo quando eu me esforçava por justificar a mim própria que roubar não era nada de especial, sabia que estava errada. Isso fazia-me sentir... sombria por dentro. — Aproximou o rosto do dele, e Will sentiu-lhe o cheiro a areia e água do mar na pele. — Eu não neguei as acusações porque alguma coisa no meu íntimo me dizia que o que andara a fazer era errado. Há pessoas que são capazes de viver com isso, desde que possam escapar impunemente. Vêem tonalidades de cinzento onde eu vejo preto e branco. Mas eu não sou esse género de pessoas... e nem tão-pouco me parece que tu sejas.

Will desviou o olhar dela. Tinha vontade de lhe contar, estava ansioso por lhe contar tudo, visto que sabia que estava certa, mas parecia incapaz de encontrar as palavras adequadas. Ronnie compreendia-o a um ponto que nunca ninguém até à data fora capaz de compreender. Tinha muito que aprender com ela, pensou. Com ela do seu lado, seria uma pessoa melhor. Sob inúmeros aspectos, precisava dela. Quando se obrigou a assentir em concordância, ela pousou a cabeça no seu ombro.

Quando por fim saíram do alpendre e antes de ela voltar para casa, Will segurou-a. Chegou-a para junto dele e começou a beijá-la. Primeiro os lábios, depois as faces e por último o pescoço. A pele dela estava em brasa, como se tivesse passado horas estendida ao sol e, quando lhe tornou a beijar os lábios, sentiu-a a aconchegar o corpo ao seu. Enterrou-lhe as mãos no cabelo, continuando a beijá-la enquanto, devagar, recuava para a encostar à parede da oficina. Amava-a, dese-java-a, e à medida que se iam beijando, sentia os braços dela a acari-ciarem-lhe as costas e os braços. Sentiu o toque eléctrico contra a sua pele, a respiração dela quente contra a sua boca, e, lenta-mente, foi derivando para um local governado exclusivamente pelos sentidos.

As suas mãos andavam a deambular-lhe pelas costas e pelo abdó-men quando, finalmente, sentiu as mãos de Ronnie a apoiarem-se contra o seu peito, a afastá-lo.

— Por favor — disse ela, ofegante —, temos de parar com isto.

— Porquê?

— Porque não quero que o meu pai nos apanhe. Pode estar neste preciso momento a vigiar-nos da janela.

— Estamos só a beijar-nos.

— Pois. E parece que nos entusiasmámos. — Ela soltou uma gargalhada.

A expressão de Will rasgou-se num sorriso lânguido. — O que foi? Não nos estávamos só a beijar?

— Só estou a querer dizer que eu senti... que o que estávamos a fazer poderia levar-nos mais longe — explicou-se, ajeitando a cami-sola.

— E qual é o problema?

A expressão dela avisou-o que era altura de se deixar de brinca-deiras, e Will reconheceu que Ronnie tinha uma certa razão, embora isso fosse contra a sua vontade. — Tudo bem. — Soltou um suspiro, deixando cair as mãos num círculo folgado em redor da cintura dela. — Para a próxima, vou tentar controlar-me.

Ela deu-lhe um beijo na face. — Tenho total confiança em ti.

— Caramba, obrigado — resmungou ele.

Ronnie piscou-lhe o olho. — Vou ver se encontro o meu pai, está bem?

— Está. De qualquer das maneiras, amanhã também tenho de estar cedo no trabalho.

Ela sorriu-lhe. — Azar o teu. Eu só tenho de estar no meu às dez.

— E achas que te vão mandar outra vez dar de comer às lontras?

— Se não fosse eu, elas morriam de fome. Sou aquilo que se pode chamar indispensável.

Will soltou uma gargalhada. — Alguma vez te disse que não eras nada de deitar fora?

— Acho que nunca ninguém me disse isso. Mas, só para que saibas, também não és má companhia de todo.

CAPÍTULO 24

RONNIE

Ronnie ficou a ver Will a afastar-se e só depois se encaminhou para casa, a pensar nas coisas que ele lhe dissera e a interrogar-se se o namorado teria razão a respeito de Blaze. O julgamento iminente andara todo o Verão a pesar-lhe sobre os ombros: havia ocasiões em que se perguntava até que ponto a expectativa dum eventual castigo não seria ainda pior que o castigo em si. À medida que as semanas iam passando, dava por ela a acordar a meio da noite e sem conseguir de todo tornar a conciliar o sono. Não que a perspectiva de ir parar à prisão lhe causasse um grande receio — duvidava de que pudessem chegar tão longe —, mas afligia-se com a possibilidade de aqueles crimes a perseguirem para sempre. Seria obrigada a revelar o seu passado a uma faculdade que tencionasse frequentar? Teria de o confessar aos seus futuros patrões? Seria capaz de arranjar um emprego como professora? Não sabia se iria para a faculdade ou sequer se queria vir a dar aulas, mas o receio mantinha-se. Iria aquilo assombrá-la até ao fim da vida?

A advogada achava que não, mas não lhe podia prometer nada.

E o casamento. Era fácil para Will pedir-lhe que fosse, presumir que não era nada por aí além; Ronnie, porém, sabia que Susan não a queria lá, e a última coisa que desejava era causar qualquer espécie de transtorno. Afinal de contas, aquele seria o dia de Megan.

Ao alcançar o alpendre das traseiras, preparava-se para entrar em casa, quando ouviu a cadeira de baloiço ranger. Deu um pulo de susto, mas logo reparou em Jonah de olhos cravados nela.

— Aquilo. Foi. Tão. Nojento.

— O que é que estás a fazer aqui? — inquiriu, com o coração ainda num alvoroço.

— A olhar para ti e para o Will. Já te disse e repito: aquilo foi verdadeiramente nojento. — Fez questão de se arrepiar.

— Tu estavas a espiar-nos?

— Não tive outro remédio. Tu estavas mesmo ao pé da oficina com ele. Quem vos visse, ainda podia ser levado a pensar que ele te estava a esmagar contra a parede.

— Podes ter a certeza de que não estava — tranquilizou ela o irmão.

— Só te estou a dizer o que me pareceu.

Ela esboçou um sorriso. — Quando fores um bocadinho mais velho, hás-de compreender.

Jonah abanou a cabeça. — Eu percebi perfeitamente o que é que vocês estavam a fazer. Já vi nos filmes. Mas continuo a achar que é nojento.

— Já tinhas dito isso — salientou a irmã.

Isto pareceu calá-lo, pelo menos de momento. — Para onde é que ele foi?

— Para casa. Amanhã tem de trabalhar.

— E tu vais passar a noite de guarda ao ninho das tartarugas? Porque não é preciso. O pai disse que não se importava de ser ele a vigiá-las.

— Tu conseguiste convencer o pai a dormir ao relento?

— Foi ele que quis. Acha que vai ser divertido.

«Tenho as minhas dúvidas», pensou Ronnie. — Por mim, tudo bem.

— Eu já arrumei as minhas coisas. Saco-cama, lanterna, sumos, sanduíches, um pacote de bolachas-d'água-e-sal, *marshmallows*, batatas fritas, biscoitos e uma raqueta de ténis.

— Estás a planear jogar ténis?

— É para o caso de o guaxinim aparecer. Sabes, se ele nos tentar atacar.

— O guaxinim não te vai atacar.

— Ai não? — A voz de Jonah transmitia uma ponta de desapontamento.

— Bom, talvez seja uma boa ideia — acedeu Ronnie. — Por via das dúvidas. Nunca se sabe.

O irmão coçou a cabeça. — Foi isso que também eu pensei.

Ela apontou na direcção da oficina. — A propósito, a janela está a ficar muito bonita.

— Obrigado — disse Jonah. — O pai não descansa enquanto todas as peças não estiverem perfeitas. Há ocasiões em que me obriga a fazer a mesma peça duas ou três vezes. Mas estou a ganhar-lhe o jeito.

— Tudo indica que sim.

— Mas faz muito calor lá dentro. Sobretudo quando ele liga a estufa de secagem. Parece um forno.

«E é mesmo», pensou ela. Mas não corrigiu. — Isso é que é pena. E como é que vai a guerra das bolachas?

— Vai bem. Só tenho de esperar que o pai vá fazer a sesta para as comer.

— O pai não faz a sesta.

— Agora faz. Todas as tardes, durante umas horas. Há dias em que tenho de o sacudir com força para o conseguir acordar.

Ronnie fitou o irmão, admirada, antes de espreitar pela janela para dentro de casa. — Já agora, onde é que anda o pai?

— Está na igreja. O Pastor Harris passou por cá há bocado. Ultimamente não tem feito outra coisa. Ele e o pai gostam de conversar um com o outro.

— São amigos.

— Eu sei. Mas eu acho que ele aproveita isso como desculpa. Acho que o pai foi tocar piano.

— Que piano? — indagou Ronnie, atónita.

— O piano que foram entregar à igreja na semana passada. O pai tem ido para lá tocar.

— Ai sim?

— Espera aí — hesitou ele. — Não sei se te devia ter contado isto. Talvez fosse melhor esqueceres.

— E por que é que não me devias ter contado?

— Porque te pode dar para começares outra vez a gritar com o pai.

— Eu não vou nada gritar com o pai — protestou a irmã. — Quando é que foi a última vez que gritei com ele?

— Quando ele estava a tocar piano. Lembras-te?

«Ah, isso», recordou-se. Aquele miúdo tinha uma memória fantástica. — Bom, desta vez não vou gritar com o pai.

— Óptimo. Porque eu não quero que tu grites com ele. Combinámos ir amanhã a Fort Fisher, e eu quero que ele vá bem-disposto.

— Há quando tempo é que ele está na igreja?

— Não sei. Parece que foi há horas. Foi por isso que vim cá para fora. Estava à espera de que ele chegasse. Mas depois tu apareceste com o Will e puseram-se os dois na marmelada.

— Nós estávamos a beijar-nos!

— Pois olha que não foi isso que parecia. Tenho a certeza absoluta de que estavam na marmelada — frisou Jonah com toda a convicção.

— Já jantaste? — perguntou-lhe a irmã, ansiosa por mudar de assunto.

— Tenho estado à espera do pai.

— Queres que te prepare uns cachorros-quentes?

— Só com *ketchup* e mais nada? — pressionou ele.

Ronnie soltou um suspiro. — Tudo bem.

— E eu a pensar que tu nem de lhes tocar eras capaz.

— Sabes, é engraçado, mas, como ultimamente tenho andado a mexer em montes de peixes mortos, os cachorros-quentes já não me parecem tão nojentos.

Jonah sorriu. — Levas-me só uma vez ao aquário para eu te poder ver a dares de comer às lontras?

— Se quiseres, até talvez te deixe alimentá-las.

— A sério? — A voz do irmão elevou-se de entusiasmo.

— Acho que sim. Teria de pedir autorização, claro está, mas, visto que eles deixam alguns dos grupos de estudantes fazer isso, julgo que não haverá problema.

O rosto dele ficou radiante de alegria. — Uau! Obrigado. — Em seguida, enquanto se levantava da cadeira de baloiço, acrescentou:

— Ah, a propósito, deves-me dez dólares.

— De quê?

— Olá!? Para não ir contar ao pai o que tu e o Will andaram a fazer. Que nojo!

— Estás a falar a sério? Mesmo depois de eu me oferecer para te fazer o jantar?

— Vá lá. Tu tens emprego e eu sou pobre.

— É óbvio que julgas que devo ganhar uma fortuna. Não tenho dez dólares. Tudo o que ganhei até ao momento foi para pagar à advogada.

Jonah reflectiu uns instantes. — Então, e se forem cinco?

— Tu terias coragem de me extorquir cinco dólares mesmo depois de eu te dizer que nem dez tenho? — Ronnie simulou indignação.

Jonah reflectiu uma vez mais. — Então, e se forem dois?

— E que tal um?

Ele rasgou um sorriso. — Combinado.

* * *

Depois de fazer o jantar a Jonah — ele quis os cachorros-quentes fervidos em água e não no microondas —, Ronnie encaminhou-se pela praia até à igreja. Não ficava longe, mas tinha de seguir em sentido contrário ao trajecto que em geral tomava, e mal dera por ela das poucas vezes que lhe passara à porta.

À medida que se aproximava, avistou os contornos do pináculo recortados contra o céu. Não fosse isso, e a igreja passaria despercebida entre o ambiente ao redor, sobretudo porque era muito mais pequena que as outras casas à sua volta e não apresentava nenhuma espécie de ornamentações dispendiosas. As paredes eram feitas de ripas de madeira e, apesar de o edifício ser de construção recente, já tinha um aspecto desgastado pelo tempo.

Teve de trepar pela duna para chegar ao parque de estacionamento no lado que dava para a rua, e ali detectou vestígios de actividade mais recente: um contentor a transbordar, uma pilha de tábuas de madeira junto à porta e uma grande carrinha estacionada à entrada. A porta da frente estava entreaberta, iluminada por uma luz suave, embora o resto do edifício estivesse às escuras.

Dirigiu-se à entrada e transpôs a porta. Ao olhar em seu redor, constatou que as obras ainda estavam bastante atrasadas. O chão era de cimento, o reboco ainda não fora concluído e não havia sinal de bancos. Havia pó por todo o lado, no entanto, ao fundo, onde Ronnie imaginava que o Pastor Harris deveria pregar aos domingos, viu o pai sentado a um piano novo em folha que parecia completamente deslocado. Um velho candeeiro de alumínio ligado a uma extensão constituía a única fonte de iluminação.

Ele não a ouvira a entrar, e continuou a tocar, embora Ronnie não reconhecesse de que música se tratava. Parecia-lhe quase contemporânea, ao contrário da música que o pai em geral interpretava, mas, mesmo aos ouvidos dela, soou-lhe... algo inacabada. O pai deu indícios de se aperceber do mesmo, porque se interrompeu momentaneamente, pareceu reflectir um pouco e começou tudo do início.

Desta feita, ouviu as variações subtis que ele introduzira. Representavam uma melhoria, mas a melodia ainda não estava no ponto ideal. Sentiu-se inundar de orgulho ao verificar que ainda tinha a capacidade não apenas de interpretar música, mas também de imaginar variações possíveis. Quando era mais nova, fora acima de tudo este seu talento que deslumbrara o pai.

Ele recomeçou novamente, introduzindo novas alterações, e, à medida que Ronnie o observava, percebia que estava mais satisfeito. Embora a música já não fizesse parte da vida dela, sempre fizera parte da do pai, e Ronnie sentiu um peso súbito na consciência por o afastar desse prazer. Em retrospectiva, recordava-se de ficar zangada por pensar que o pai a estava a tentar induzir a tocar, mas seria isso mesmo verdade? Teria sido mesmo essa a intenção dele? Ou estaria a tocar porque isso constituía um aspecto essencial da sua personalidade?

Não sabia dizer com certeza, mas, ao vê-lo, sentiu-se comovida com o gesto do pai. A seriedade com que ele considerava cada nota e a desenvoltura com que introduzia alterações levaram-na a tomar consciência do quanto ele desistira em resultado da sua exigência infantil.

Enquanto tocava, o pai tossiu uma vez, depois outra, até que foi obrigado a interromper a tarefa. Continuou a tossir, uma tosse carregada de muco, e, ao ver que não havia maneira de acalmar, Ronnie precipitou-se para junto do pai.

— Pai? — chamou-o. — Sente-se bem?

Ele levantou o olhar e, por alguma razão desconhecida, a tosse começou a acalmar. Quando a filha se debruçou sobre ele, apresentava apenas uma leve pieira.

— Está tudo bem — assegurou-lhe o pai, a voz a enfraquecer.

— O problema é que isto aqui está cheio de pó... Ao fim dum bocado, fico cheio de tosse. Todos os dias tem sido a mesma coisa.

Ronnie observou-o atentamente, a achar que estava ligeiramente pálido. — Tem a certeza de que é do pó?

— Sim, tenho. — O pai afagou-lhe a mão. — O que é que vieste cá fazer?

— O Jonah disse-me que o pai estava aqui.

— Acho que fui apanhado, hum?

A filha abanou uma mão em sinal de indiferença. — Não tem importância, pai. Afinal de contas é um talento, não é?

Ao ver que o pai não lhe respondia, Ronnie aproximou-se do teclado, recordando-se de todas as músicas que tinham composto juntos.

— O que era que estava ainda agora a tocar? Está a compor uma música nova?

— Ah, isso — disse ele. — A tentar compor uma seria mais apropriado. É só uma coisa em que tenho vindo a trabalhar. Nada de extraordinário.

— Pareceu-me boa...

— Não, não é nada. Não consigo perceber onde está o problema. Tu talvez pudesses... sempre tiveste mais jeito para compor que eu... mas eu não sou capaz de acertar com ela. É como se estivesse sempre a voltar à estaca zero.

— A música está boa, pai — insistiu ela. — E pareceu-me... mais moderna que aquilo que o pai costuma tocar.

Ele sorriu. — Deste por isso, foi? No princípio não era assim. Para falar com franqueza, não sei o que é que se está a passar comigo.

— Se calhar, esteve a ouvir o meu *iPod*.

O pai tornou a sorrir. — Não, isso posso desde já garantir-te.

Ronnie olhou à sua volta. — Então e quando é que a igreja fica pronta?

— Não faço ideia. Creio que te disse que a seguradora não cobriu os prejuízos na totalidade... E, por conseguinte, por agora, as obras estão paradas.

— Então e a janela?

— Vou acabá-la, mesmo assim. — Apontou para a abertura coberta de contraplacado na parede nas suas costas. — É para ali que ela há-de ir, nem que tenha de ser eu a instalá-la.

— E o pai sabe fazer isso? — indagou Ronnie, incrédula.

— Ainda não.

A filha sorriu. — E o que é que este piano aqui está a fazer? Se a igreja ainda não está acabada? Não tem medo de que o roubem?

— A entrega do piano só estava prevista para depois da conclusão das obras, e, em teoria, ele não deveria estar aqui. O Pastor Harris tem esperança de encontrar alguém disposto a guardá-lo, mas, sem uma data prevista, não é tão fácil como se possa julgar. — Virou-se para espreitar pela porta e mostrou-se surpreendido ao constatar que anoitecera entretanto. — Que horas são isto?

— Nove e picos.

— Ora bolas! — exclamou ele, preparando-se para se levantar. — Não me dei conta das horas. Combinei acampar esta noite com o Jonah. E ele deve querer jantar.

— Já me encarreguei disso.

O pai sorriu, mas, à medida que reunia as suas folhas pautadas e desligava o candeeiro da igreja, a filha não pôde deixar de reparar na sua aparência cansada e frágil.

CAPÍTULO 25

STEVE

Ronnie tinha razão, pensou. Não havia dúvida de que a música era moderna.

Não lhe mentira quando lhe dissera que não começara por ser assim. Na primeira semana, tentara algo próximo do estilo de Schumann; durante alguns dias depois disso, sentira-se mais inspirado por Grieg. Posteriormente, era Saint-Saëns que ouvia mentalmente. No fim, porém, nada lhe parecia adequado; nada do que fazia conseguia recuperar a emoção que sentira quando anotara as primeiras notas singelas num pedaço de papel.

No passado, Steve trabalhava para criar música que, fantasiava ele, se manteria viva ao longo de gerações. Desta feita, não. Ao invés, fora experimentando. Tentara deixar que a música se apresentasse a si própria, e, pouco a pouco, fora-se apercebendo de que deixara de se empenhar em ecoar os grandes compositores e contentara-se em finalmente confiar em si próprio. Não que já tivesse atingido esse ponto, porque não tinha. A música estava longe do ideal e havia uma forte possibilidade de que nunca viesse a alcançá-lo, embora, sob um certo aspecto, isso não o incomodasse.

Interrogou-se se não teria sido sempre este o seu problema — ter passado a vida a emular aquilo que dera resultado com os demais. Interpretava música composta por outros havia séculos; procurava Deus durante os seus passeios pela praia porque isso funcionava com o Pastor Harris. Naquele preciso momento, com o filho sentado a seu lado numa duna nas traseiras de casa e a observar ao seu redor com a ajuda duns binóculos, muito embora o mais provável fosse não estar a ver nada, perguntou-se se teria feito aquelas escolhas não tanto porque achava que as respostas residiam nos outros, mas sobretudo porque tinha receio de confiar na sua intuição. Talvez os seus professores se tivessem acabado por tornar uma espécie de muleta, e, no fim, ficara com medo de ser ele próprio.

— Olhe, pai.

— Diz lá, Jonah.

— Está a pensar ir visitar-nos a Nova Iorque?

— Nada me faria mais feliz.

— Porque acho que agora a Ronnie vai passar a falar consigo.

— Espero bem que sim.

— Ela tem mudado muito, o pai não acha?

Steve pousou os binóculos. — Parece-me que todos temos mudado muito ao longo deste Verão.

— Pois é — concordou o filho. — Acho que estou mais alto, logo para começar.

— Disso não há dúvida. E aprendeste a fazer uma janela de vitral.

Jonah afivelou um ar pensativo. — Olhe, pai.

— Diz lá.

— Acho que quero aprender a fazer o pino.

Steve hesitou, a perguntar-se donde diabo teria surgido aquilo.

— E posso saber porquê?

— Gosto de estar de cabeça para baixo. Porquê, não sei. Mas acho que vou precisar de que me segurem nas pernas. Pelo menos, ao princípio.

— Terei todo o gosto em ajudar-te.

Quedaram-se num silêncio prolongado. Estava uma noite amena e estrelada e, à medida que reflectia na beleza do mundo à sua volta, Steve sentiu-se inundar por uma onda súbita de contentamento. Por estar a passar o Verão na companhia dos filhos, por estar sentado na duna ao lado do filho a conversar sobre tudo e nada. Habituara-se a dias como aquele e afligia-se só de pensar que estavam prestes a chegar ao fim.

— Olhe, pai.

— Diz lá, Jonah.

— Isto aqui é um bocado chato.

— A mim, parece-me tranquilo — retorquiu Steve.

— Mas eu não consigo ver quase nada.

— Podes ver as estrelas. E ouvir as ondas.

— Isso já eu faço das outras vezes. Fazem sempre todos os dias o mesmo barulho.

— Quando é que queres começar a praticar o pino?

— Talvez amanhã.

Steve pôs um braço em volta do filho. — O que é que se passa? Pareces-me um bocadinho triste.

— Não é nada. — A voz de Jonah mal se ouvia.

— Tens a certeza?

— Posso vir para a escola de cá? — inquiriu ele. — E morar consigo?

Steve sabia que tinha de avançar com cautela. — Então, e a tua mãe?

— Eu adoro a minha mãe. E também tenho saudades dela. Mas gosto muito de aqui estar. Gosto de passar o tempo consigo. Sabe, de fazer a janela, de lançar papagaios. De ficarmos sem fazer nada. Tenho-me divertido tanto. Não quero que acabe.

Steve chegou o filho mais a si. — E eu também gosto muito de estar contigo. Este tem sido o melhor Verão da minha vida. Mas, quando fores para a escola, não poderemos passar tanto tempo juntos como temos passado até aqui.

— Talvez o pai me pudesse ensinar em casa.

A voz de Jonah era suave, quase receosa, e, a Steve, o filho soava de facto à idade que tinha. Esta percepção provocou-lhe um aperto na garganta. Custou-lhe muito dizer o que disse em seguida, mas sabia que não lhe restava alternativa. — Estou convencido de que, se viesses morar comigo, a tua mãe iria sentir muito a tua falta.

— Então e se o pai voltasse a morar connosco? Se calhar, podia-se casar outra vez com a mãe.

Steve inspirou fundo, revoltado com a situação. — Eu sei que isto é difícil e parece tudo menos justo. Oxalá houvesse uma maneira de eu poder mudar as coisas, mas não há. Tu precisas de estar com a tua mãe. Ela gosta muitíssimo de ti e não saberia o que fazer sem ti. Mas eu também gosto muito de ti. E peço-te que nunca te esqueças disto.

Jonah assentiu com a cabeça como se já estivesse à espera da resposta do pai. — Ainda vamos a Fort Fisher amanhã?

— Se tu quiseres. E, depois, talvez possamos ir andar nos escorregas aquáticos.

— Aqui há escorregas aquáticos?

— Aqui não. Mas há-os num sítio que não fica muito longe. Só não nos podemos esquecer de levarmos o fato de banho.

— Está bem — disse Jonah, mostrando-se mais animado.

— E se calhar podíamos ir também comer ao Chuck E. Cheese.

— A sério?

— Se te apetecer. Quem decide somos nós.

— Está bem — acedeu ele. — Eu cá quero ir.

Jonah ficou em silêncio até que levou a mão à geleira. Quando tirou de lá uma embalagem de plástico de bolachas, Steve não teve coragem de o contrariar.

— Olhe, pai.

— Diz lá.

— Acha que as tartarugas vão sair dos ovos esta noite?

— Creio que ainda não devem estar prontas para isso, mas, uma vez que o Verão tem sido quente, não deve tardar muito.

Jonah juntou os lábios, mas acabou por não dizer nada, e Steve percebeu que o filho estava outra vez a pensar no momento da partida. Chegou-o ainda mais a si, mas, no seu íntimo, sentiu qualquer coisa a fender-se, uma ferida que nunca haveria de sarar.

* * *

No dia seguinte, bem cedo, Steve dirigiu o olhar para a praia, ciente de que, se fosse dar um passeio, seria pelo mero prazer de desfrutar da manhã.

Deus, concluíra ele, não se achava lá. Pelo menos para ele próprio. Todavia, agora que pensava nisso, até fazia sentido. Se detectar a presença de Deus fosse assim tão simples, então as praias estariam a abarrotar de gente logo pela manhã. Estariam cheias de pessoas empenhadas na respectiva demanda, ao invés de andarem a fazer *jogging*, a passear os cães, a pescar ou a fazer *surf*.

A busca da presença de Deus, compreendia agora, constituía um mistério tão grande quanto o próprio Deus, e afinal o que era Deus, senão um mistério?

Curioso, pensou, ter levado tanto tempo a atingir aquela perspectiva das coisas.

* * *

Passou o dia na companhia de Jonah, tal como tinham planeado na noite da véspera. O forte era provavelmente mais do seu interesse que do do filho, uma vez que possuía alguns conhecimentos acerca da Guerra Civil e sabia que Wilmington fora o último dos principais portos em funcionamento ao serviço da Confederação. Os escorregas aquáticos, contudo, provaram ser muito mais entusiasmantes para Jonah que para Steve. Cada pessoa tinha de transportar o seu tapete até ao cimo e, embora o filho tivesse força para fazer isso das primeiras vezes, Steve não tardou a ser obrigado a ajudá-lo.

Sentiu sinceramente que estava para morrer.

O Chuck E. Cheese, a *pizzeria* com imensos jogos de vídeo, manteve Jonah ocupado durante mais umas boas horas. Jogaram três partidas de hóquei aéreo, acumularam várias centenas de bilhetes para o jogo e, depois de trocarem os bilhetes, vieram-se embora com três bolas insufláveis, uma embalagem de lápis de cor e duas borrachas. Steve nem queria pensar na fortuna que aquilo lhe custara.

Foi um bom dia, um dia de muita diversão, mas também de muito cansaço. Depois de fazer um pouco de companhia a Ronnie, foi-se deitar. Exausto, foi uma questão de instantes até adormecer.

CAPÍTULO 26

RONNIE

Depois de o pai e de o irmão terem saído de casa, Ronnie foi à procura de Blaze, na esperança de conseguir apanhá-la antes de serem horas de ir para o aquário. Imaginava que não teria nada a perder com isso. O pior que poderia acontecer seria Blaze virar-lhe as costas ou rejeitá-la sem hesitar, o que a deixaria na mesma posição em que já se encontrava. Não estava à espera de que a rapariga mudasse de ideias dum momento para o outro e não queria criar expectativas, mas era difícil evitá-lo. Will tinha uma certa razão: Blaze não tinha nada que ver com Marcus, que era completamente desprovido de consciência, e não podia deixar de sentir nem que fosse uma pontinha de culpa, não era verdade?

Não demorou muito tempo a dar com ela. Blaze estava sentada numa duna próxima do molhe, a ver os surfistas. Não disse nada quando viu Ronnie aproximar-se.

Ronnie não sabia ao certo como começar sequer, e, por conseguinte, optou pelo óbvio.

— Olá, Blaze — cumprimentou-a.

A rapariga não lhe deu resposta, e Ronnie armou-se de coragem antes de prosseguir.

— Eu sei que o mais provável é não quereres falar comigo...

— Pareces um ovo da Páscoa.

Ronnie baixou os olhos para a indumentária que era obrigada a usar no aquário: camisola azul-turquesa com o logótipo da instituição, calções e sapatos brancos.

— Eu tentei convencê-los a deixarem-me usar uma farda preta, mas não me deixaram.

— É pena. O preto é a cor que melhor condiz contigo. — Blaze presenteou-a com um leve sorriso. — O que é que queres?

236

Ronnie engoliu em seco. — Naquela noite, eu não estava a tentar engatar o Marcus. Ele é que veio ter comigo, e não sei por que é que disse aquilo, para além de te querer fazer ciúmes. Tenho a certeza de que não acreditas em mim, mas faço questão de que saibas que seria incapaz de te fazer uma coisa dessas. Não sou dessas pessoas. — O discurso saíra-lhe de rajada, mas agora já estava dito.

Blaze manteve-se em silêncio durante alguns instantes, posto o que disse: — Eu sei.

Não era a resposta com que Ronnie estava a contar. — Então por que é que enfiaste aquelas coisas todas dentro do meu saco?

Blaze olhou-a de través. — Estava furiosa contigo. Porque era óbvio que ele estava interessado em ti.

Ronnie conteve um comentário que teria posto um ponto final definitivo na conversa, dando a Blaze a oportunidade de se explicar melhor. Esta tornou a concentrar a sua atenção nos surfistas. — Já reparei que tens passado muito tempo na companhia do Will.

— Ele contou-me que vocês os dois foram amigos em tempos.

— Sim, pois fomos — confirmou ela. — Há séculos. Ele é bom rapaz. Tens sorte. — Limpou as mãos às calças. — A minha mãe vai casar com o namorado. Quando ela me contou, tivemos uma discussão dos diabos e ela pôs-me fora de casa. Mudou a fechadura e tudo.

— Lamento saber isso — disse Ronnie com sinceridade.

— Não hei-de morrer por isso.

O comentário levou Ronnie a aperceber-se das semelhanças da vida de cada uma — divórcio, revolta e rebeldia, o casamento dum dos progenitores. No entanto, apesar de tudo isto, eram agora pessoas muito diferentes. Blaze mudara desde o início do Verão. Já não havia réstia do gosto pela vida que Ronnie detectara nela quando se tinham conhecido, e Blaze parecia-lhe mais velha, como se tivesse envelhecido anos ao invés de semanas. Mas não duma forma positiva. Tinha papos debaixo dos olhos, e a sua pele estava macilenta. Para além de que perdera peso. Muito peso, mesmo. Duma forma estranha, era como se Ronnie estivesse a ver a pessoa em que se poderia ter transformado e o que viu não lhe agradou.

— O que tu me fizeste não se faz a ninguém — declarou ela.

— Mas ainda estás a tempo de consertar a situação.

Blaze abanou lentamente a cabeça. — O Marcus não me deixa. Ameaçou-me de que nunca mais na vida falava comigo.

Ao ouvir o tom robótico da rapariga, Ronnie sentiu vontade de a sacudir. Blaze pareceu adivinhar-lhe os pensamentos, e soltou um suspiro antes de prosseguir.

— Não tenho mais sítio nenhum para onde ir. A minha mãe telefonou a todos os nossos parentes e pediu-lhes que não me acolhessem. Explicou-lhe que sabe que é difícil para mim, mas que o que eu preciso neste momento é de aprender à minha própria custa. Mas eu não tenho dinheiro para comer e, a menos que esteja disposta a passar o resto da minha vida a dormir na praia, tenho de fazer o que o Marcus me mandar. Quando se zanga comigo, nem sequer duche em casa dele me deixa tomar. E recusa-se a dar-me parte do dinheiro que ganhamos com os nossos espectáculos e, assim, também não posso comer. Há ocasiões que me trata pior que a um animal, e eu não suporto isso. Mas a quem posso recorrer senão a ele?

— Já tentaste conversar com a tua mãe?

— Para quê? Ela acha que sou um caso perdido e odeia-me.

— Tenho a certeza de que não te odeia nada.

— Tu não a conheces como eu a conheço.

Ronnie recordou-se momentaneamente da ocasião em que visitara a casa de Blaze e vira o dinheiro enfiado no envelope. Não parecia tratar-se da mesma mãe, mas escusou-se a comentar isso. Em silêncio, Blaze pôs-se de pé com um impulso. Tinha a roupa suja e amarrotada, como se andasse com ela há uma semana consecutiva. O que deveria corresponder à verdade.

— Eu sei o que queres que eu faça — disse a rapariga. — Mas eu não posso. E não é porque não goste de ti. Gosto. Acho que és uma boa pessoa, e eu não deveria ter feito o que fiz. Mas estou tão encurralada como tu. E também acho que o Marcus ainda não desistiu de ti.

Ronnie retesou-se. — Não desistiu como?

— Tem andado outra vez a falar em ti. E olha que não é com boas intenções. Se fosse a ti, mantinha-me longe de mim.

Antes de Ronnie ter oportunidade de responder, Blaze virou-lhe as costas e foi-se embora.

— Olha, Blaze — chamou-a.

Blaze voltou-se devagar.

— Se alguma vez não tiveres que comer nem sítio onde dormir, sabes onde eu moro.

Por um instante, Ronnie julgou vislumbrar não apenas um mero laivo de gratidão, mas algo que a fez lembrar da rapariga inteligente e bem-disposta que tinha conhecido.

— E mais uma coisa — acrescentou ela. — Aquela coisa das bolas de fogo que tu fazes com o Marcus é uma loucura.

Blaze esboçou-lhe um sorriso pesaroso. — E tu não achas que o resto da minha vida neste momento também é uma loucura?

* * *

Na tarde do dia seguinte, estava Ronnie diante do roupeiro sem fazer a mais pequena ideia do que havia de vestir. Mesmo que fosse ao casamento — o que ainda não decidira —, não tinha nada que fosse remotamente apropriado, a menos que se tratasse dum casamento com Ozzy Osbourne e respectivo clã.

Aquele, porém, seria um casamento formal, que requeria traje de cerimónia: os convidados, e não apenas o casal de noivos e respectivos padrinhos, teriam de ir de *smoking* e vestido comprido. Ao fazer as malas para o Verão, em Nova Iorque, nunca lhe passara pela cabeça que seria convidada para um acontecimento daquela natureza. Nem sequer trouxera o par de sapatos de salto alto pretos que a mãe lhe comprara no último Natal, e que ainda nem tinham saído da respectiva caixa.

Não percebia a insistência de Will para que ela comparecesse. Ainda que arranjasse maneira de aparecer com um aspecto apresentável, não se poderia dizer que fosse ter alguém com quem conversar. Will seria um dos padrinhos, o que significava que seria obrigado a pousar para uma infinidade de fotografias enquanto ela iria para a recepção, para além de que ele teria de se sentar à cabeceira da mesa, pelo que nem tão-pouco à refeição estariam juntos. O mais provável seria Ronnie acabar sentada à mesa com o governador, com um senador ou com uma família qualquer que chegara ali no seu avião privativo... Nem queria pensar no embaraço. Juntasse-se-lhe o facto de Susan a detestar, e tudo aquilo lhe parecia uma má ideia. Uma péssima ideia. Horrível de todas as perspectivas concebíveis.

Por outro lado...

Quando iria ela receber outro convite para um casamento como aquele? Ao que supunha, a casa fora sujeita a uma grande remodelação nas últimas semanas: tinham erguido uma nova cobertura temporária junto à piscina, tendas por todo o lado, plantado dezenas de milhares de flores, e, não contentes em alugar luzes a um estúdio cinematográfico de Wilmington, tinham encarregado a equipa do estúdio da instalação completa. O *catering* — que incluía de tudo, desde caviar a champanhe *Cristal* — seria fornecido por três restaurantes diferentes de Wilmington, sendo a operação supervisionada por um chefe de cozinha que Susan conhecia de Boston, que, ao que constava, fora em tempos tido em consideração para o cargo de principal chefe de cozinha da Casa Branca. Era um exagero completo, e Ronnie seguramente nunca haveria de querer um casamento assim — uma cerimónia numa praia mexicana com uma dúzia de convidados era mais o seu estilo —, mas imaginava que isso fizesse parte do atractivo de comparecer. Por muitos anos que vivesse, nunca mais haveria de ir a um acontecimento daqueles.

Partindo do princípio, claro estava, de que conseguiria arranjar qualquer coisa para levar vestida. Para ser franca, nem sequer sabia dizer por que é que lhe dera para vasculhar o roupeiro. Não podia agitar uma varinha mágica e transformar um par de calças de ganga num vestido ou fingir que, se fizesse o risco de maneira diferente no cabelo, isso seria suficiente para levar os outros convidados a não reparar nas suas *T-shirts* de concertos. A única indumentária razoavelmente decente que possuía, a única susceptível de não despertar a repugnância de Susan caso ela passasse lá por casa a caminho do cinema, era a farda que usava no aquário, aquela que lhe dava aspecto de ovo da Páscoa.

— O que é que estás a fazer?

Jonah estava à porta do quarto, a olhar para ela.

— Tenho de arranjar qualquer coisa para vestir — esclareceu-o a irmã, desanimada.

— Vais sair a algum lado?

— Não. Estou a falar duma roupa para o casamento.

Jonah inclinou a cabeça para um dos lados. — Tu vais-te casar?

— Está claro que não. Quem se vai casar é a irmã do Will.

— Como é que ela se chama?

— Megan.

— E é simpática?

Ronnie abanou a cabeça. — Não sei. Ainda não a conheço.

— Então por que é que vais ao casamento dela?

— Porque o Will me convidou. É assim que as coisas funcionam — explicou-lhe. — Ele pode levar um convidado ao casamento. E escolheu-me a mim.

— Oh — disse ele. — E o que é que estás a pensar vestir?

— Nada. Não tenho nada apropriado.

Jonah apontou para a irmã. — A roupa que tens vestida é gira. A farda de ovo da Páscoa. Imaginasse-se.

Ronnie puxou pela camisola. — Não posso levar isto. Vai ser um casamento formal. Tenho de ir de vestido comprido.

— E tens algum no armário?

— Não.

— Então, o que é que estás aí a fazer?

«Nem mais», concluiu ela, fechando a porta. Deixou-se cair em cima da cama.

— Tens razão — admitiu. — Não vou poder ir. É tão simples quanto isto.

— E tu gostavas de ir? — interrogou-a Jonah em tom de curiosidade.

Num escasso instante, os pensamentos de Ronnie passaram de «Nem pensar», até «Mais ou menos», acabando em «Sim, gostava». Sentou-se em cima das pernas dobradas pelos joelhos. — O Will quer que eu vá. É importante para ele. E deve ser um acontecimento digno de ser visto.

— Então por que é que não compras um vestido?

— Porque não tenho dinheiro — justificou-se Ronnie.

— Oh — disse ele. — Isso é fácil de resolver. — Dirigiu-se à colecção de brinquedos que tinha a um canto. Encafuado numa das pontas, estava um modelo dum avião de passageiros; Jonah pegou nele e trouxe-o para junto da irmã, desatarraxando o focinho do aparelho. À medida que ele deixava cair o conteúdo em cima da cama, Ronnie ia ficando cada vez mais boquiaberta perante a quantidade de dinheiro que o irmão fora acumulando. Haveria ali pelo menos umas centenas de dólares.

— É o meu banco — declarou Jonah. Esfregou o nariz. — Há uns tempos que ando a poupá-lo.

— E onde é que foste arranjar isto tudo?

O irmão apontou para uma nota de dez dólares. — Esta foi para não ir contar ao pai que te vi na noite da feira popular. — Indicou uma dum dólar. — Esta foi para não lhe contar que estiveste na marmelada com o Will. — Continuou a apontar para as diversas notas. — Esta foi para o fulano do cabelo azul, e esta ganhei-a a jogar ao póquer mentiroso. Esta foi daquela vez em que te escapuliste de casa depois do recolher obrigatório...

— Já percebi — disse ela. — Mas mesmo assim... — Pestanejou. — Tu poupaste este dinheiro todo?

— E o que esperavas tu que eu fizesse com ele? — retorquiu o irmão. — A mãe e o pai compram-me tudo o que preciso. A única coisa que tenho a fazer é insistir o suficiente. Basta sabermos como funciona. Com a mãe, é preciso chorar, o pai obriga-me a explicar por que é que aquilo que quero me faz falta.

Ronnie esboçou um sorriso. O irmão, um chantagista barra psicólogo. Extraordinário.

— E, por isso, não me faz grande falta. Para além de que gosto do Will. Ele faz-te feliz.

«Pois é», reconheceu Ronnie para si própria, «lá isso faz.»

— Para irmão mais novo, até não estás nada mal, sabias?

— Sim, sabia. E podes ficar com ele todo, com uma condição.

«Já cá faltava», pensou ela. — E qual é ela?

— Não me obrigares a ir às compras contigo. É uma chatice.

A irmã não precisou de muito tempo para se decidir. — Está combinado.

* * *

Ronnie observou-se atentamente, mal reconhecendo a imagem que via reflectida no espelho. Era a manhã do casamento, e ela passara os últimos quatro dias a experimentar praticamente todos os vestidos apropriados que existiam na cidade, a andar para a frente e para trás com vários sapatos novos e horas a fio sentada no cabeleireiro.

Levara quase uma hora a enrolar e a secar o cabelo da maneira que a cabeleireira lhe ensinara. Enquanto estava a ser atendida, Ronnie aproveitara para lhe pedir conselhos acerca da maquilhagem, e a rapariga dera-lhe algumas sugestões que ela seguira criteriosamente. O vestido — apesar de ter ido a muitas lojas, não encontrara muitas opções adequadas — tinha um profundo decote em V e lantejoulas pretas, muito longe daquilo que imaginara usar. Na noite da véspera, limara e pintara as unhas sozinha, com vagar, satisfeita por não ter esborratado o verniz.

«Não te conheço», comentou Ronnie com o próprio reflexo, virando-se para um lado e em seguida para o outro. «É a primeira vez que te vejo.» Deu umas quantas puxadelas ao vestido, ajeitando-o ligeiramente. Estava bastante bem, não podia deixar de admitir. Sorriu. E, sem dúvida, bem o suficiente para o casamento.

Calçou os sapatos a caminho da porta e percorreu o corredor até à sala de estar. O pai encontrava-se outra vez a ler a Bíblia, enquanto Jonah, como de costume, assistia aos desenhos animados. Quando o pai e o irmão olharam para ela, fizeram um grande ar de espanto.

— Fogo! — comentou Jonah.

O pai despediu-lhe um olhar zangado. — Isso não se diz.

— O que é que não se diz? — indagou o filho.

— Sabes perfeitamente do que é que estou a falar.

— Desculpe, pai — disse ele, com ar contrito. — Eu queria dizer outra coisa — teimou.

Ronnie e Steve riram-se, e o Jonah olhou dum para o outro.

— O que foi?

— Nada — respondeu-lhe o pai. Jonah aproximou-se da irmã para a inspeccionar mais de perto.

— O que é que aconteceu à madeixa roxa que tinhas no cabelo? — perguntou-lhe. — Desapareceu.

Ronnie agitou os caracóis. — Temporariamente — explicou-lhe. — Estou bem assim?

Antes de o pai ter oportunidade de responder, o irmão intrometeu-se. — Estás outra vez com ar de pessoa normal. Mas não pareces minha irmã.

— Estás muito bonita — apressou-se o pai a opinar.

Para sua própria surpresa, Ronnie soltou um suspiro de alívio. — O vestido fica-me bem?

— Na perfeição — assegurou-lhe o pai.

— E os sapatos? Não tenho a certeza de que fiquem bem com o vestido.

— Não podiam ficar melhor.

— Tentei fazer a maquilhagem e arranjar as unhas...

Sem lhe dar tempo a concluir, o pai abanou a cabeça. — Nunca te tinha visto tão bonita — afirmou ele. — Aliás, não sei se haverá no mundo alguma rapariga mais bonita que tu.

Já lhe ouvira aquilo centenas de vezes. — Pai...

— Olha que ele está a falar a sério — interrompeu-a Jonah. — Estás um espanto. Estou a ser sincero. Mal te reconheço.

A irmã franziu-lhe o sobrolho a fingir-se indignada. — Então estás a querer dizer-me que não gostas da minha aparência normal?

Ele encolheu os ombros. — Só os esquisitóides é que gostam de cabelo roxo.

Quando Ronnie se riu, Jonah apanhou o pai a sorrir à irmã.

— Uau! — foi tudo quando se sentiu capaz de dizer.

* * *

Meia hora volvida, estava a transpor os portões da propriedade Blakelee, com o coração num alvoroço. Tinham acabado de passar pelos agentes de patrulha à auto-estrada, posicionados ao longo de cada lado do caminho para verificar as identificações, e agora estavam a ser abordados por indivíduos de fato que lhes queriam estacionar o carro. Steve tentou explicar-lhes calmamente que estava ali somente para trazer a filha, mas a sua resposta não fez sentido para nenhum dos três empregados — a possibilidade de uma convidada do casamento não ter viatura própria era algo que escapava de todo ao seu entendimento.

243

E a remodelação...

Ronnie viu-se forçada a admitir que o local estava tão espectacular como um cenário cinematográfico. Havia flores por toda a parte, a sebe estava aparada ao pormenor e até o muro de tijolo e estuque que circundava a propriedade fora pintado de fresco.

Quando finalmente puderam dirigir-se à rotunda central, o pai olhou embasbacado para a casa, que se ia avolumando ao fundo. Finalmente, virou-se para Ronnie. Não estava habituada a ver o pai admirar-se fosse lá com o que fosse, mas não pôde deixar de reparar no seu tom de voz.

— É nesta casa que o Will mora?

— Nem mais — confirmou a filha. Já sabia o que ele iria dizer: que era um colosso, que nunca se apercebera de que a família era rica àquele ponto, perguntar-lhe se se sentia à vontade num sítio como aquele. Todavia, o pai limitou-se a sorrir sem um laivo sequer de constrangimento.

— Mas que belo local para realizar um casamento.

Conduziu com cuidado, fazendo o possível por não atrair mais que a atenção inevitável para o automóvel velho em que seguiam. Na verdade, o carro pertencia ao Pastor Harris, um velho *Toyota sedan* estilo caixote que ficara ultrapassado logo que saíra da linha de produção, nos anos noventa; mas andava, e de momento não precisavam de mais nada. Ronnie já tinha os pés doridos. Como é que algumas mulheres eram capazes de andar o dia todo de saltos altos era algo que escapava à sua compreensão. Mesmo quando estava sentada, pareciam-lhe instrumentos de tortura. Se pudesse, enchia os pés de pensos rápidos. Para além disso, o vestido não tinha obviamente sido concebido para permitir que uma pessoa se sentasse; estava a enfiar-se-lhe nas costelas, dificultando-lhe a respiração. Mas era também possível que fosse o nervoso a causa disto.

O pai contornou a rotunda, o seu olhar fixo na casa, à semelhança do dela, da primeira vez que a vira. Embora entretanto já tivesse tido tempo suficiente para se habituar a ela, continuava a deslumbrá-la. Acrescentasse-se os convidados — Ronnie nunca na vida vira tantos *smokings* e vestidos de cerimónia juntos —, e era quanto bastava para se sentir deslocada. Era óbvio que não pertencia ali.

Mais adiante, um indivíduo de fato escuro estava a fazer sinal aos veículos, e, antes de ela dar por isso, chegou a sua vez de descer do carro. Enquanto o homem lhe abria a porta e lhe estendia a mão para a ajudar a sair, o pai afagou-lhe a perna.

— Vais-te sair bem melhor do que julgas. —- Sorriu-lhe. — E nunca te esqueças do orgulho que sinto por ti.

— Obrigada, pai.

Deitou uma última espreitadela ao espelho antes de sair do carro. Uma vez cá fora, ajeitou o vestido a constatar que, agora que estava de pé, não sentia tanta dificuldade em respirar. Os corrimãos do alpendre estavam engalanados com lírios e tulipas, e, à medida que ela subia os degraus que davam acesso à porta, esta abriu-se de rompante.

De *smoking*, Will parecia tudo menos o jogador de voleibol de tronco nu que ela conhecera, ou o rapaz sulista descontraído que a levara à pesca; de certa forma, era como vislumbrar o homem sofisticado e bem-sucedido em que ele daí a uns anos se haveria de transformar. Não sabia precisar o motivo, mas não estava à espera de o ver com um aspecto tão... *requintado*, e já se preparava para lhe atirar uma piada acerca «da valente barrela que ele devia ter tomado», quando se apercebeu de que ainda não se tinham sequer cumprimentado.

Ficou um bom bocado a olhar para ela, sem conseguir dizer palavra. No silêncio prolongado, as borboletas no estômago de Ronnie começaram a ficar mais parecidas com pássaros[11], e não pôde deixar de pensar que devia ter cometido algum erro crasso. Talvez tivesse chegado cedo de mais, ou então, se calhar, exagerara no vestido e na maquilhagem. Já não sabia o que pensar e estava a preparar-se para pensar o pior quando Will finalmente lhe rasgou um sorriso.

— Estás... um autêntico espanto! — exclamou ele, e, ao ouvir estas palavras, Ronnie sentiu-se descontrair. Bom, um bocadinho, pelo menos. Ainda não vira Susan e, até que isso acontecesse, não se podia dizer que estivesse a salvo. Apesar disso, ficou satisfeita por Will gostar do seu aspecto.

— Não achas que está um bocado de mais? — perguntou-lhe.

Will acercou-se um passo dela e pousou-lhe as mãos nas ancas.

— Nem pensar.

— E de menos?

— No ponto ideal — sussurrou-lhe ele.

Ela estendeu uma mão e ajeitou-lhe o laço, pondo-lhe em seguida os braços em volta do pescoço. — Tenho de reconhecer que tu também não estás nada mal.

---

[11] «Sentir borboletas no estômago» (*to have butterflies in one's stomach*) é uma expressão idiomática inglesa que significa «estar nervoso». Optou-se pela tradução literal de modo a que não se perdesse o jogo entre «borboletas» e «pássaros». (*NT*)

* * *

O casamento não foi tão mau quanto Ronnie receava. Acontecia que a maior parte das fotografias dos noivos já tinha sido tirada antes da chegada dos convidados e, por conseguinte, teve oportunidade de passar algum tempo com Will antes da cerimónia. Aproveitaram os momentos juntos para darem um passeio pelo recinto, e Ronnie ficou deslumbrada com os arranjos. Will não estivera a brincar: as traseiras da casa tinham sofrido uma remodelação profunda e a piscina fora dotada duma cobertura temporária que parecia tudo menos temporária. Sobre a superfície tinham sido dispostas uma série de cadeiras brancas em leque, de frente para uma treliça branca onde Megan e o noivo trocariam os respectivos votos. O jardim fora provido de passadeiras novas, facilitando o acesso à escassa dúzia de mesas onde iriam jantar, por debaixo da abóbada da enorme tenda branca. Viam-se cinco ou seis esculturas de gelo elaboradamente esculpidas, suficientemente grandes para aguentarem horas sem derreter, mas o que realmente a cativou foram as flores: o recinto era um mar de tulipas e lírios coloridos.

Os convidados correspondiam essencialmente às suas expectativas. Para além de Will, os únicos que conhecia eram Scott, Ashley e Cassie, nenhum dos quais se mostraria particularmente encantado quando a visse ali. Não que isso a incomodasse por aí além. Logo que ocuparam os respectivos lugares, todos, com a possível excepção de Will, se concentraram na aparição iminente de Megan. Will, esse, parecia contentar-se em fixar os olhos em Ronnie da posição em que se encontrava, junto à treliça.

Esta desejava manter-se tão discreta quanto lhe fosse possível e, por conseguinte, escolheu um lugar a umas três filas de distância da última e afastado da coxia. Até ao momento ainda não vira Susan, que deveria estar provavelmente de roda da filha, e Ronnie rezava para que só desse por ela depois de a cerimónia chegar ao fim. Se dependesse dela, a mãe de Will nem depois disso daria pela sua presença, mas isso era pouco provável, dado o tempo que iria estar na companhia de Will.

— Dá-me licença, por favor — ouviu alguém dizer. Ao erguer o olhar, deparou com um homem idoso e a esposa a tentarem passar por ela até aos lugares desocupados do outro lado.

— Deve ser mais fácil se eu me sentar na ponta — sugeriu Ronnie.

— Tem a certeza?

— Não há qualquer problema — assegurou-lhe, deslocando-se para a última cadeira vaga a fim de lhes dar espaço. O indivíduo parecia-lhe vagamente familiar, contudo, a única possibilidade que lhe ocorreu, a única associação possível, foi o aquário, e tinha a impressão de que não era daí que o conhecia.

Sem lhe dar oportunidade doutras reflexões, um quarteto de cordas começou a tocar o refrão da «Marcha Nupcial». Ronnie deitou uma olhadela por cima do ombro em direcção à casa, juntamente com todos os presentes. Quando Megan surgiu no cimo da escadaria da varanda, ouviu-se uma exclamação geral. À medida que foi descendo os degraus, ao encontro do pai, lá em baixo à sua espera, Ronnie concluiu imediatamente que Megan era a noiva mais deslumbrante em que algum dia pusera a vista.

Cativada pela imagem da irmã de Will, mal deu pelo facto de o indivíduo a seu lado estar mais interessado em perscrutá-la a ela própria que a Megan.

* * *

A cerimónia foi elegante e surpreendentemente íntima. O pastor leu um excerto da Segunda Carta aos Coríntios, e em seguida Megan e Daniel recitaram os votos que haviam escrito em conjunto. Prometeram ter paciência quando era fácil serem impacientes, honestidade quando era fácil mentir, e, à sua própria maneira, cada um deles reconheceu o facto de o verdadeiro compromisso só poder ser comprovado mediante a passagem do tempo.

Enquanto Ronnie os via a trocar as alianças, congratulou-se com o facto de terem escolhido realizar o casamento ao ar livre. Era menos tradicional que os casamentos celebrados nas igrejas, sem deixar por isso de ser formal, e o cenário era digno de figurar num postal.

Percebeu também que Will tinha razão: ela iria ser como Megan. Nos casamentos a que assistira até à data, ficara sempre com a sensação de que as noivas estavam a representar, e, em mais que uma ocasião, vira noivas transtornadas por algo que se desviara do guião previsto. Megan, muito pelo contrário, parecia estar a desfrutar genuinamente do acontecimento. À medida que o pai a conduzia ao altar, fora presenteando alguns amigos com uma piscadela de olho e detivera-se para dar um abraço à avó. Quando o menino das alianças — uma criança que mal gatinhar sabia e que ficava engraçadíssima de *smoking* — parou a meio caminho do altar e se foi alapar no colo da mãe, Megan rira-se, deliciada, dispersando uma tensão momentânea.

Depois da cerimónia, Megan mostrou-se mais interessada em ir cumprimentar os convidados que em posar para mais fotografias dignas duma revista. Ou, imaginou Ronnie, era senhora duma confiança a toda a prova, ou então nem lhe passava pela cabeça as aflições por que a mãe tinha passado para organizar aquele casamento até ao mais ínfimo pormenor. Mesmo de longe, Ronnie percebeu que nada estava a correr da forma que Susan previra.

— Deves-me uma dança — ouviu Will sussurrar-lhe ao ouvido.

Ao voltar-se para ele, foi novamente surpreendida por o namorado ser tão bem-parecido. — Não me lembro de termos incluído isso no nosso acordo — retorquiu. — Tu só disseste que querias que eu viesse ao casamento.

— O quê? Não queres dançar comigo?

— Não há música.

— Estou a referir-me a daqui a bocado.

— Oh — disse ela. — Bom, nesse caso, talvez considere a tua proposta. Mas não devias estar a posar para as fotografias?

— Há horas que tenho estado a fazer isso. Preciso dum descanso.

— Sorrir demasiado faz-te doer as bochechas?

— Qualquer coisa nesse estilo. Oh, fiquei de te informar de que vais ficar instalada na mesa dezasseis, juntamente com o Scott, a Ashley e a Cassie.

«Que chatice.» — Que bom — comentou ela.

Will riu-se. — Não será tão mau quanto julgas. Eles vão comportar-se como pessoas crescidas. Caso contrário, corriam o sério risco de ficar sem cabeça às mãos da minha mãe.

Foi a vez de Ronnie se rir. — Diz à tua mãe que ela fez um excelente trabalho a organizar isto tudo. Isto está lindo.

— Não me hei-de esquecer — tranquilizou-a. Will continuou sem tirar os olhos dela até que ouviram chamar pelo nome dele. Quando se voltaram, Ronnie teve a impressão de detectar um toque levemente trocista na voz de Megan por o irmão ter debandado. — Tenho de voltar — disse-lhe. — Mas durante o jantar irei à tua procura. E não te esqueças da nossa dança mais logo.

Will estava de facto de cortar a respiração, admitiu ela uma vez mais. — Não posso deixar de te avisar que estou cheia de dores nos pés.

Ele apoiou uma mão sobre o coração. — Prometo não fazer troça de ti se começares a coxear.

— Caramba, obrigada.

Inclinou-se para ela e beijou-a. — Já te disse que esta noite estás linda?

Ronnie sorriu, ainda a saborear os seus lábios nos dela. — Não nos últimos vinte minutos. Mas é melhor ires andando. Estão à tua espera, e eu não te quero arranjar problemas.

Tornou a beijá-la e regressou para junto dos noivos e da família. Com um assomo de alegria, Ronnie deu meia-volta, reparando no senhor idoso a quem cedera o lugar na cerimónia novamente a observá-la.

* * *

Durante o jantar, Scott, Cassie e Ashley pouco ou nada se esforçaram para a incluir na respectiva conversa, mas Ronnie descobriu que isso não a incomodava. Não se sentia com disposição para falar com nenhum dos três, nem tão-pouco estava com fome. Ao invés, depois de dar umas garfadas, pediu licença para se levantar e encaminhou-se para a varanda. O alpendre permitia uma vista panorâmica da festa, que de noite conseguia ser ainda mais bonita. Sob o encanto prateado da Lua, as tendas pareciam cintilar. Chegavam-lhe aos ouvidos fragmentos de conversas que se misturavam com a música da orquestra que começara entretanto a tocar, e Ronnie deu por si a perguntar--se o que estaria ela a fazer nessa noite caso tivesse ficado em Nova Iorque. À medida que o Verão progredia, fora comunicando cada vez menos com Kayla. Embora ainda a considerasse sua amiga, apercebia--se de que não sentia saudades do mundo que deixara para trás. Havia semanas que não sentia vontade de ir a um clube nocturno, e quando Kayla lhe falara num rapaz fantástico que conhecera recentemente, Ronnie sentira os seus pensamentos vaguearem para Will. Sabia que fosse lá quem fosse o objecto da fixação de Kayla, não chegava de certeza aos calcanhares de Will.

Não se alongou muito com a amiga a respeito de Will. Kayla sabia que se continuavam a encontrar, todavia, de cada vez que mencionara as coisas que tinham feito juntos — quer fosse pescar, andar de carrinha pela lama ou passear na praia —, ficava com a impressão de que a amiga estava num comprimento de onda completamente diferente. Kayla parecia incapaz de compreender o facto de Ronnie gostar simplesmente da companhia de Will, e não podia deixar de se interrogar que efeito teria isso na amizade de ambas quando regressasse a Nova Iorque. Tinha consciência de que mudara no decorrer das semanas desde que ali chegara, enquanto Kayla, ao que tudo levava a crer, continuava igual a si própria. Ronnie apercebeu-se de que os clubes já não lhe despertavam qualquer espécie de interesse. Em retrospectiva, admirava-se por sequer ter gostado de os frequentar — música aos berros, e toda a gente na marmelada. E, já que tudo ali era supostamente tão fantástico, por que é que os frequentadores precisavam de álcool ou de drogas na esperança de intensificar a experiência? Não fazia sentido para ela, e, enquanto ouvia o oceano ao longe, constatou subitamente que nunca fizera.

Desejava igualmente melhorar a relação que tinha com a mãe. No mínimo dos mínimos, o pai ensinara-lhe que havia bons progenitores. Apesar de não alimentar qualquer tipo de ilusões quanto à possibilidade de a mãe confiar nela da mesma maneira que o pai confiava, sabia que a tensão entre ambas se manifestava nos dois sentidos. Talvez se Ronnie tentasse conversar com a mãe como conversava com o pai, o ambiente entre ambas desanuviasse.

Era estranho o que ser obrigado a abrandar era capaz de fazer por uma pessoa.

— Não vai durar muito, não sei se sabes — ouviu uma voz nas suas costas.

Absorvida nos seus pensamentos, não dera pela aproximação de Ashley, mas reconheceu-lhe a voz.

— Desculpa? — Com toda a cautela, voltou-se de frente para a loura.

— Quero eu dizer, eu, por mim, estou contente por o Will te ter convidado para o casamento. Deves aproveitar enquanto podes, porque não vai durar. A partida dele está por umas semanas. Já alguma vez pensaste nisso?

Ronnie mirou-a com olhar avaliador. — Não estou a ver o que é que tu tenhas que ver com isso.

— Mesmo que vocês façam planos para se encontrarem, achas sinceramente que a mãe do Will algum dia te irá aceitar? — prosseguiu Ashley. — A Megan já teve dois noivos antes deste, e a mãe correu com ambos. E vai acabar por te fazer o mesmo a ti, quer tu gostes, quer não. Mas mesmo que não faça, tu vais-te embora, ele também, e o vosso namoro não vai durar.

Ronnie sentiu a tensão a crescer, odiando Ashley por dar voz aos seus pensamentos mais sombrios. Começava a ficar farta da rapariga e estava quase a atingir o limite.

— Olha, Ashley — disse-lhe, chegando-se mais a ela. — Eu vou-te dizer uma coisa, está bem? E como quero que percebas bem o que te vou dizer, vou ser o mais clara possível. — Deu outro passo em frente até os rostos de ambas quase se tocarem. — Estou a ficar farta de ouvir as tuas tretas e, como tal, se mais alguma vez pensares em dirigir-me a palavra, dou-te um murro nesses dentes branqueados que não há-de ficar nem um para amostra. Esclarecido?

Algo na expressão dela deve ter convencido Ashley de que Ronnie falava a sério, porque, sem uma única palavra, se apressou a dar meia-volta aos calcanhares e a regressar à segurança da tenda.

* * *

Mais tarde, no alpendre, Ronnie sentiu-se satisfeita por ter finalmente conseguido calar Ashley, mas as palavras despeitadas da loura ainda a atormentavam. Will partiria para Vanderbilt dentro de duas semanas e ela, muito provavelmente, ir-se-ia embora uma semana depois. Não tinha a certeza do que iria suceder a ambos, para além da seguinte verdade indesmentível: as coisas iriam mudar.

Como poderia ser doutro modo? A relação funcionara à custa de se verem todos os dias, e, por muito que se esforçasse, não conseguia imaginar como seria comunicarem por telefone ou *e-mail*. Sabia que existiam outras alternativas — através da câmara de filmar que tinha no computador, por exemplo —, mas não alimentava ilusões de que isso tivesse alguma coisa que ver com a relação que tinham nesse momento.

O que significava... o quê?

Nas suas costas, a recepção estava no seu auge. As cadeiras tinham sido retiradas da cobertura temporária para dar lugar a uma pista de dança e, do seu ponto privilegiado no ancoradouro, vira Will dançar pelo menos duas vezes com a menina das flores, que tinha seis anos, bem como uma vez com a irmã, o que fizera um sorriso aflorar aos lábios de Ronnie. Um minutos após o confronto com Ashley, vira Megan e Daniel cortar o bolo. A música recomeçara no momento em que Tom fora dançar com a filha e, quando Megan lançara o ramo de noiva, Ronnie teve a certeza de que mesmo os vizinhos das casas mais afastadas não podiam ter deixado de ouvir os gritos da jovem que o apanhara.

— Aqui estás tu — disse-lhe Will, intrometendo-se no seu devaneio. Vinha a descer a passadeira na sua direcção. — Tenho andado por todo o lado à tua procura. Chegou a altura da nossa dança.

Ronnie observou-o a encurtar a distância que os separava, a tentar imaginar o que algumas das raparigas que ele haveria de conhecer na faculdade pensariam se nesse momento se encontrassem no lugar dela. Provavelmente o mesmo que ela própria: «Uau!»

Ele galgou os últimos passos ao encontro dela, e ela voltou-se. Estudar o movimento das ondas parecia-lhe mais fácil que encará-lo.

Will conhecia-a o suficiente para saber que alguma coisa se passava.

— O que é que foi?

Ao ver que ela não lhe respondia de imediato, afastou-lhe delicadamente uma madeixa de cabelo. — Fala comigo — murmurou-lhe.

Ronnie fechou momentaneamente os olhos antes de se virar para ele. — Aonde é que nós vamos parar assim? Tu e eu?

Will franziu o sobrolho de apreensão. — Acho que não te estou a perceber.

O sorriso dela era melancólico. — Ai isso é que estás — insistiu ela e, bastou ele baixar-lhe a mão do cabelo, para saber que isso era verdade. — Nunca mais vai ser a mesma coisa.

— Isso não significa que tenha de acabar...

— Dito assim, até parece que é fácil.

— Ir de Nashville a Nova Iorque não é nada de especial. São o quê... duas horas de voo? Não se dá o caso de eu ter de ir a pé.

— E tu irás visitar-me? — Ronnie sentiu a voz a tremer-lhe.

— Faço tenções disso. E também estou com esperança de que me vás visitar a Nashville. Podemos ir assistir ao *Grand Ole Opry**.

Ela riu-se apesar da mágoa que sentia no seu íntimo.

Will envolveu-a nos seus braços. — Não sei a que propósito veio tudo isto, mas estás enganada. Quer dizer, eu sei que não vai ser a mesma coisa, mas isso não significa que, sob certos aspectos, não possa até ser melhor. A minha irmã mora em Nova Iorque, estás lembrada? E as aulas também não duram o ano inteiro. Há pausas no Outono e na Primavera, há o Natal e há o Verão. E, tal como acabei de te dizer, se quisermos passar um fim-de-semana juntos, a viagem não é longa.

Ronnie perguntou-se o que haveriam os pais de pensar daquilo, mas escusou-se a dizer isso.

— O que é que se passa? — insistiu Will. — Não queres sequer tentar, é isso?

— É óbvio que quero tentar.

— Então vamos arranjar maneira de as coisas funcionarem, está bem? — Ele fez uma pausa. — Quero estar contigo o mais que puder, Ronnie. És inteligente, engraçada e honesta. Eu confio em ti. Eu confio em nós. É verdade que eu me vou embora e que tu vais voltar para casa, mas nada disso altera os meus sentimentos por ti. E os meus sentimentos não vão mudar simplesmente porque vou para Vanderbilt. Nunca gostei tanto de ninguém como gosto de ti.

---

* Trata-se dum programa radiofónico de música *country* transmitido ao vivo pela estação WSN de Nashville, no Tennessee. (*NT*)

Ronnie percebeu que ele estava a ser sincero, contudo, uma voz incómoda lá por dentro teimava em perguntar-lhe quantos romances de Verão sobreviviam ao teste do tempo. As pessoas mudavam. Os interesses mudavam. Bastava-lhe deitar uma olhadela ao espelho para ter consciência disso.

Todavia, a ideia de o perder era-lhe insuportável. Era a Will que amava, a Will que amaria para sempre, e, à medida que ele se debruçava sobre ela para a beijar, entregou-se-lhe. Enquanto ele a abraçava, Ronnie ia-lhe acariciando os ombros e as costas, sentindo-lhe a força dos braços. Sabia que Will esperava mais da relação que aquilo que ela estava disposta a oferecer-lhe, contudo, naquele instante, percebeu que não lhe restava alternativa. Havia apenas aquele momento, e pertencia a ambos.

Quando Will falou, a sua voz denotava hesitação e urgência em simultâneo. — Queres vir comigo para o barco do meu pai?

Ronnie sentia-se a tremer, sem saber se estaria preparada para o que vinha a seguir. Ao mesmo tempo, sentia um ímpeto intenso para avançar. — Está bem — sussurrou-lhe.

Will apertou-lhe a mão, e, à medida que ele a conduzia ao barco, teve a impressão de que estava tão nervoso quanto ela própria. Sabia que ainda estava a tempo de mudar de ideias, mas não desejava parar. Queria que a sua primeira vez fosse repleta de significado, que acontecesse com uma pessoa por quem tivesse sentimentos profundos. Ao aproximar-se do barco, mal dava pelo ambiente ao seu redor; a temperatura descera, e, pelo canto do olho, vislumbrou os convidados a movimentarem-se pela pista de dança. Um pouco mais ao longe, reparou em Susan a conversar com o senhor idoso que a estivera a observar anteriormente e teve novamente a sensação enervante de que o conhecia de algures.

— Fizeste um discurso muito bonito. Quem me dera tê-lo gravado — ouviu alguém comentar com voz arrastada.

Will vacilou. A voz provinha da extremidade oposta do ancoradouro. Apesar de se manter oculta na escuridão, Ronnie soube exactamente de quem se tratava. Blaze avisara-se de que qualquer coisa daquele género poderia acontecer. Marcus surgiu por detrás duma estaca e acendeu uma bola de fogo.

— Olha quem é ele, o Menino Riquinho. Não há dúvida de que lhe conseguiste mesmo dar a volta. — Arreganhou os dentes. — Ou quase.

Will avançou um passo. — Desaparece daqui.

Marcus movimentou a bola de fogo, girando-a entre os dedos. — Ou o quê? Chamas a polícia? Sabes bem que é melhor não.

— Isto é propriedade privada — afirmou Will, mas sem se conseguir mostrar tão seguro de si próprio como deveria.

— Eu gosto muito desta zona, sabias? As pessoas daqui são todas tão amigas e sofisticadas, constroem estas belas passadeiras que dão acesso das casas até à água. Eu adoro vir até cá, sabias? Para apreciar a vista, digo eu.

— Isto é o casamento da minha irmã — sibilou Will.

— Sempre achei a tua irmã uma autêntica beleza — comentou Marcus. — Uma vez até cheguei a convidá-la para sair comigo. Mas a galdéria deu-me com os pés. Acreditas? — Sem dar a Will oportunidade de responder, apontou para os convidados. — Há bocado vi o Scott, para ali a andar como se não tivesse uma preocupação neste mundo. Põe-nos a pensar sobre que espécie de consciência terá, não achas? Mas também não se pode dizer que a tua esteja imaculada, não é verdade? Até aposto que ainda não contaste à tua mamã que aí a ordinária da tua namorada está a um passo de ir parar à cadeia.

O corpo de Will retesou-se como a corda dum arco.

— Mas até aposto que o juiz a está a pôr na ordem, não é?

«O juiz...»

Subitamente, Ronnie percebeu por que motivo o senhor de idade lhe parecera tão familiar... e agora o juiz estava a conversar com Susan...

Sentiu o ar a suster-se-lhe na garganta.

Oh... meu Deus...

A percepção atingiu-a no preciso momento em que Will lhe soltou a mão. Enquanto arremetia contra Marcus, este atirou-lhe uma bola de fogo e saltou do embarcadouro para a passadeira. Trepou o muro do jardim, próximo do canto da tenda, mas não estava à altura de Will. Este manteve-se a uma distância segura, todavia, quando Marcus olhou de relance para trás, Ronnie detectou-lhe qualquer coisa na expressão que lhe disse que era exactamente aquilo que pretendia de Will.

Teve apenas uma fracção de segundo para se perguntar sobre o motivo quando viu Marcus a mergulhar em direcção às cordas que suportavam a tenda...

Lançou-se em frente. — Não faças isso, Will! Pára! — gritou-lhe, mas já não foi a tempo.

Will embateu contra Marcus, ficando ambos enredados nas cordas enquanto as cavilhas se soltavam do chão. Horrorizada, Ronnie viu um canto da tenda a desmoronar-se.

As pessoas desataram aos gritos, e ela ouviu um estrondo assustador quando uma das esculturas de gelo tombou, os convidados a fugir e a irem uns de encontro aos outros. Will e Marcus estavam engalfinhados no chão até que este último se conseguiu finalmente desenvencilhar do rapaz. Ao invés de dar seguimento à luta, escapou-se à confusão e tornou a saltar para a passadeira, sumindo-se de vista pelas traseiras duma casa vizinha.

No pandemónio que se seguiu, Ronnie deu por si a perguntar se alguém se iria sequer lembrar de ter visto Marcus por ali.

* * *

Dela, lembravam-se com certeza. Sentada no escritório, sentia-se como se tivesse doze anos. O seu único desejo era sair daquela casa o mais depressa possível e ir esconder-se debaixo dos cobertores da sua cama.

Enquanto ouvia Susan aos gritos na sala adjacente, não conseguia deixar de rever mentalmente a imagem da tenda a desmoronar-se.

— Ela arruinou o casamento da tua irmã!

— Ai isso é que não arruinou! — respondia-lhe Will também aos gritos. — Eu já lhe contei o que aconteceu!

— Estás à espera de que eu acredite que um estranho qualquer decidiu entrar clandestinamente na festa e que tu o tentaste impedir?

— Mas foi isso que aconteceu!

Por que motivo Will nunca se referia a Marcus pelo próprio nome, Ronnie não fazia ideia, mas nem por sombras lhe passava pela cabeça intrometer-se na conversa. Não se admiraria nada se ouvisse uma cadeira a ser atirada pela janela. Ou então se mãe e filho entrassem de rompante pelo escritório, a fim de que Susan pudesse descarregar em cima dela.

— Will, por favor... mesmo partindo do princípio de que a tua história corresponde à verdade, o que é que ele veio cá fazer? Toda a gente sabe a atenção que nós prestamos à segurança! Todos os juízes da cidade vieram ao casamento. O xerife estava a vigiar a estrada em frente, por amor de Deus. Só pode ter sido alguma coisa relacionada com essa rapariga! Não me venhas com essa... Basta-me olhar para a tua cara para saber que tenho razão... E, a propósito, o que é que tu estavas a fazer com ela no barco do teu pai?

Pela forma como Susan disse «essa rapariga», até parecia que Ronnie era uma coisa nojenta que ela tinha pisado sem querer e que não conseguia arrancar da sola do sapato.

— Mãe...

— Pára com isso! Nem sequer tentes vir-me com desculpas! Era o casamento da Megan, ainda não percebeste? O casamento da tua irmã!

Tu sabes melhor que ninguém a importância que isto tinha para todos nós. O quanto eu e o teu pai nos empenhámos para que tudo saísse na perfeição!

— Eu não fiz de propósito...

— Não faz diferença, Will. — Ronnie ouviu Susan soltar um suspiro de exaspero. — Tu sabias o que iria acontecer se a trouxesses para cá. Tu sabes que ela não é como nós...

— A mãe nem sequer lhe deu uma oportunidade...

— O Juiz Chambers *reconheceu-a!* Contou-me que ela vai a julgamento no final deste mês por andar a roubar numa loja. Portanto, das duas, uma: ou tu não sabias e ela te andou a mentir, ou sabias e estás a mentir-me a mim.

Criou-se um silêncio tenso, e, contra a sua própria vontade, Ronnie deu por si a pôr-se à escuta para ouvir a resposta de Will. Quando falou, foi em tom submisso.

— Eu não lhe contei porque sabia que a mãe não iria entender.

— Will, meu querido... ainda não percebeste que ela não é suficientemente boa para ti? Tens o futuro todo à tua frente, e a última coisa de que precisas na vida é duma pessoa como ela. Tenho estado à espera de que chegues a essa conclusão por ti próprio, mas parece-me que o teu envolvimento emocional é demasiado para te permitir ver o óbvio. Ela não é suficientemente boa para ti. É da classe baixa. Classe! Baixa!

À medida que os ânimos se exaltavam, Ronnie foi-se sentindo cada vez mais agoniada; teve de fazer um esforço enorme para não vomitar. Susan podia não ter razão em tudo, mas numa coisa não havia dúvida de que tinha: Ronnie fora o motivo da vinda de Marcus. Oxalá tivesse confiado na sua intuição e ficado em casa! Não pertencia ali.

— Está tudo bem? — perguntou-lhe Tom. Estava postado à entrada do escritório, com as chaves do carro na mão.

— Lamento imenso, Mr. Blakelee — apressou-se Ronnie a dizer. — Não foi minha intenção causar qualquer espécie de problemas.

— Eu sei que não — tranquilizou-a ele. Apesar da sua resposta compreensiva, ela sabia que o pai de Will não podia deixar de estar transtornado. Como poderia ser doutra maneira? Embora ninguém se tivesse ferido com gravidade, dois dos convidados que tinham sido atirados ao chão durante a confusão tiveram de ser conduzidos ao hospital. Tom mantinha as suas emoções sob controlo, e Ronnie estava-lhe grata por isso. Caso ele tivesse levantado a voz, ela ter-se-ia desfeito num pranto.

— Queres que te leve a casa? Lá fora, a situação está um bocado caótica. O teu pai é capaz de ter dificuldade em chegar até cá.

Ronnie assentiu com a cabeça. — Sim, por favor. — Ajeitou o vestido à medida que se levantava, esperando conseguir chegar a casa sem vomitar. — Não se importa de se despedir do Will por mim? E dizer-lhe que não quero tornar a vê-lo?

Tom assentiu com a cabeça. — Sim — acedeu ele. — Não me importo de fazer isso.

* * *

Ela não vomitou nem chorou, mas não disse uma única palavra naquele que lhe pareceu o maior trajecto de carro que fez na vida. Nem tão-pouco Tom, mas isso já não constituiu propriamente uma surpresa.

Quando chegou a casa, encontrou tudo sossegado; as luzes estavam apagadas, e tanto Jonah como o pai dormiam a sono solto. Do corredor, ouviu a respiração do pai; era pesada e profunda, como se tivesse tido um dia longo e difícil. Todavia, a única coisa que lhe ocorreu no momento em que se enfiou na cama e começou a chorar foi que nenhum dia poderia ter sido mais longo e difícil que aquele que acabara de ter.

* * *

Ainda tinha os olhos inchados e doridos quando sentiu alguém sacudi-la para a acordar. De olhos semicerrados, viu Jonah sentado a seu lado na cama.

— Tens de te levantar.

As imagens da noite da véspera e as coisas que Susan dissera assomaram-lhe à memória, causando-lhe uma náusea súbita.

— Não me apetece levantar.

— Não tens escolha. Está aqui uma pessoa que quer falar contigo.

— O Will?

— Não — respondeu o irmão. — Outra pessoa.

— Pede ao pai se não se importa de falar com ela — disse Ronnie, puxando o cobertor por cima da cabeça.

— Eu pedia, só que ele também está a dormir. E, para além do mais, ela pediu para falar contigo.

— Quem?

— Não a conheço, mas está lá fora à tua espera. E é uma brasa.

* * *

Ronnie apressou-se a enfiar umas calças de ganga e uma camisola e dirigiu-se cautelosamente para o alpendre. Não sabia o que esperar, mas do que viu não era com certeza.

— Estás com péssimo aspecto — observou Megan sem rodeios.

Vinha vestida com uma camisola de alças e uns calções, mas Jonah tinha razão: de perto, era ainda mais bonita do que lhe parecera no casamento da véspera. Para além de que irradiava uma autoconfiança que fez Ronnie sentir-se instantaneamente anos mais nova.

— Lamento imenso ter arruinado o teu casamento... — começou ela.

Megan ergueu uma mão. — Tu não arruinaste o meu casamento — assegurou-lhe ela com um sorriso forçado. — Tornaste a recepção... memorável...

Perante o comentário de Megan, Ronnie sentiu as lágrimas a virem-lhe aos olhos.

— Não chores — disse-lhe Megan com delicadeza. — Eu não acho que a culpada tenhas sido tu. A haver algum culpado, essa pessoa foi o Marcus.

Ronnie pestanejou.

— Pois, eu sei o que se passou. Depois de a minha mãe se ter cansado de o atormentar, o Will esteve a conversar comigo. Acho que fiquei com uma ideia bastante clara do que se passou. E, tal como já te disse, não te culpo. O Marcus é louco. Sempre foi.

Ronnie engoliu em seco. Apesar de Megan estar a ser indulgente a um ponto ridículo relativamente a tudo o que sucedera — ou talvez por isso mesmo —, sentia-se cada vez mais mortificada.

— Hum... Se não vieste aqui gritar comigo, então o que é que cá vieste fazer? — indagou ela em tom submisso.

— Em parte, porque estive a conversar com o Will. Mas o principal motivo da minha vinda aqui é por querer que me digas uma coisa. E peço-te que sejas sincera comigo.

Ronnie sentiu o estômago embrulhar-se-lhe. — O que é que queres saber?

— Quero saber se gostas a sério do meu irmão.

Ronnie não tinha a certeza de ter ouvido bem, mas o olhar de Megan mantinha-se resoluto. E, afinal, que tinha ela a perder? O namoro estava acabado. Se Susan não se encarregasse disso primeiro, a distância haveria de o fazer.

Megan pedira-lhe que lhe dissesse a verdade, e, em vista da gentileza de que dera mostras, Ronnie sabia que não lhe restava outra alternativa.

— Sim, gosto dele a sério.

— Não é uma aventura de Verão?

Ronnie abanou a cabeça com convicção. — Eu e o Will... — A voz esmoreceu-lhe. Não se atrevia a continuar, ciente de que não havia palavras que chegassem para descrever o que sentiam um pelo outro.

Estudando-lhe o rosto, Megan começou a esboçar um leve sorriso.

— Está bem — disse. — Eu acredito em ti.

Ronnie franziu o sobrolho de consternação, e Megan riu-se. — Eu sei como é. Já não é a primeira vez que vejo esse ar. Como esta manhã, quando me olhei ao espelho. Senti o mesmo pelo Daniel, mas tenho de confessar que é um pouco estranho ver-te com a mesma expressão. Quando eu tinha dezassete anos, acho que nem sabia o que era o amor. Mas quando é verdadeiro, é verdadeiro e não podemos deixar de o reconhecer.

À medida que Ronnie assimilava as palavras dela, concluiu que Will não fora justo na descrição que lhe fizera da irmã. Ela não era fantástica, era... muito melhor que isso. Era o género de pessoa em que a própria Ronnie desejava transformar-se daí a alguns anos, praticamente sob todos os aspectos. Numa questão de minutos, Megan conseguira tornar-se a sua heroína.

— Obrigada — murmurou, incapaz de se lembrar duma resposta mais adequada.

— Não tens nada de que me agradecer. Isto não tem nada que ver contigo. Isto tem que ver com o meu irmão, e ele ainda continua apaixonadíssimo por ti — afirmou ela com um sorriso sabedor. — Bom, mas aquilo aonde eu pretendo chegar é o seguinte: uma vez que tu também estás apaixonada por ele, aconselho-te a não te preocupares com o que se passou na recepção. Tudo o que fizeste foi proporcionar à minha mãe uma história de que falar até ao resto da vida. Acredita em mim, tão cedo não se vai cansar de falar no assunto. Com o tempo, há-de acabar por ultrapassar. Ultrapassa sempre.

— Não sei...

— Isso é porque tu não a conheces. Oh, não me interpretes mal: ela é um osso duro de roer. E protectora. Mas depois de a conheceres bem, verás que não há ninguém melhor no mundo. Está disposta a tudo pelas pessoas de quem gosta.

As palavras de Megan ecoavam a descrição que Will fizera da mãe, contudo, até ao momento, Ronnie ainda não vira essa faceta de Susan.

— Devias ter uma conversa com o Will — aconselhou-a Megan em tom sério, tornando a pôr os óculos de sol, a preparar-se para se ir embora. — Não te aflijas. Não te estou a sugerir que vás lá a casa. E, para além do mais, o meu irmão não está lá.

— Então onde é que ele está?

Megan apontou por cima do ombro, na direcção no molhe, ao longe. — Está no torneio. O primeiro jogo começa dentro de quarenta minutos.

O torneio. Com toda aquela precipitação, Ronnie esquecera-se dele de todo.

— Eu estive lá agora mesmo, e o meu irmão está completamente a leste. Está transtornadíssimo com tudo o que aconteceu. Estou convencida de que não pregou olho. Sobretudo depois do que tu disseste ao meu pai. Tens de consertar as coisas. — A voz dela denotava firmeza.

Megan já estava a pôr um pé nos degraus do alpendre quando se voltou uma última vez para Ronnie. — E sabes que mais? Eu e o Daniel adiámos a lua-de-mel por um dia para podermos ver o meu irmão jogar no torneio. Seria óptimo se ele se conseguisse concentrar no jogo. Talvez o Will tenha dado a entender que não estava muito interessado no torneio, mas olha que o resultado é muito importante para ele.

* * *

Depois de tomar um duche e de se vestir, Ronnie lançou-se numa corrida pela praia. A área em redor do molhe estava a abarrotar de gente, à semelhança da primeira noite que passara na cidade.

Entre os dois campos, tinham sido instaladas bancadas temporárias, que estavam apinhadas com, à vontade, uns mil espectadores. Ao longo do molhe, via-se uma multidão ainda maior, que acompanhava o torneio duma posição elevada. A praia em si também estava à cunha, e Ronnie teve dificuldade em conseguir abrir caminho por entre tanta gente. Não havia maneira de conseguir chegar a Will a tempo, afligiu-se.

Não admirava que a vitória no torneio fosse tão importante.

Perscrutou a multidão, detectando a presença dalgumas das outras equipas, o que só contribuiu para aumentar a ansiedade que sentia. Ao que lhe parecia, não existia uma zona especial reservada aos jogadores, e desesperava por conseguir localizá-lo no meio de tantas pessoas.

Faltavam apenas dez minutos para o jogo começar, e Ronnie já estava prestes a desistir, quando o avistou na companhia de Scott, próximo duns paramédicos que estavam encostados à carrinha dele. Quando Will despiu a camisola, desapareceu atrás da carrinha.

Ronnie embrenhou-se por entre a multidão, gritando pedidos de desculpas apressados a quem ia empurrando. Não levou um minuto sequer a chegar ao sítio onde o vira, mas já não o encontrou. Continuou a avançar, e desta feita teve a impressão de avistar Scott — era difícil de distinguir naquele mar de gente loura. No preciso momento em que ia a soltar um suspiro de frustração, reparou em Will, sozinho, à sombra das bancadas, a beber um grande gole duma garrafa de *Gatorade*.

Megan tivera razão. Bastava-lhe olhar para os ombros encurvados do rapaz para Ronnie perceber que estava exausto, para além de não lhe detectar qualquer indício de adrenalina pré-jogo.

Contornou alguns espectadores que estavam por ali de pé, desatando numa corrida à medida que se aproximava. Por um instante, teve a impressão de lhe ver surpresa no rosto, mas Will não tardou a afastar-se, e Ronnie percebeu que o pai lhe dera o seu recado.

Detectou mágoa e confusão na reacção de Will. Estava disposta a esclarecer o assunto com ele, mas, com o jogo a começar daí a dez minutos, não havia tempo para isso. Mal se acercou dele, envolveu-o nos seus braços e beijou-o tão apaixonadamente quanto foi capaz. Se Will ficou espantado, não tardou a recompor-se e a retribuir-lhe os beijos.

Logo que ela se afastou, Will apressou-se a dizer: — A respeito do que aconteceu ontem...

Ronnie abanou a cabeça, pousando-lhe um dedo delicadamente nos lábios. — Conversamos sobre isso depois, mas, só para que saibas, o que eu disse ao teu pai não foi sincero. Eu adoro-te. E peço-te que faças uma coisa por mim.

Quando ele descaiu a cabeça para o lado com ar de curiosidade, ela explicou-se:

— Quero que hoje jogues melhor do que alguma vez jogaste.

CAPÍTULO 27

MARCUS

Enquanto dava pontapés na areia em Bower's Point, Marcus sabia que tinha razões para estar contente com os estragos que causara na noite da véspera. Tudo lhe saíra exactamente conforme os seus planos. A casa fora decorada tal qual as descrições apresentadas pelos infindáveis artigos dos jornais, e não tivera qualquer dificuldade em desprender as cavilhas das tendas — não completamente, apenas o suficiente para ter a certeza de que se soltariam quando ele se lançasse para cima das cordas — enquanto decorria o jantar. Ficara deliciado quando vira Ronnie a deambular pelo embarcadouro e Will viera a reboque; nenhum deles o tinha decepcionado. O velho Will de confiança mostrara-se perfeitamente à altura do seu papel; se houvesse um fulano mais previsível no mundo inteiro, Marcus ficaria sinceramente surpreendido. Bastava carregar no botão X, e Will fazia uma coisa; no botão Y, e Will fazia outra. Não se tivesse ele divertido tanto, e teria sido enfadonho.

Marcus não era igual às outras pessoas; havia muito tempo que sabia disso. Durante a adolescência, nunca se sentira culpado com nada do que fazia, e apreciava esse seu traço de carácter. A capacidade de fazer tudo o que lhe apetecia, quando lhe apetecia, conferia-lhe uma sensação de poder, embora o prazer fosse em geral de curta duração.

Havia muito tempo que não se sentia tão vivo como na noite da véspera; a descarga de adrenalina fora incrível. Habitualmente, depois de ter implementado um dos seus «projectos», como gostava de lhes chamar, andava meses satisfeito. E ainda bem, uma vez que os seus ímpetos, se deixados seguir o seu livre curso, acabariam por metê-lo em maus lençóis. Não era parvo. Sabia como é que as coisas funcionavam, motivo pelo qual era sempre, sem excepção, muito cuidadoso.

Agora, porém, via-se atormentado pela sensação de que cometera um erro. Talvez fazer dos Blakelee o alvo do seu último projecto tivesse sido abusar da sorte. Afinal de contas, eles eram aquilo que de mais próximo à realeza havia em Wilmington — tinham poder, tinham bons relacionamentos e tinham dinheiro. E Marcus sabia que, caso descobrissem o seu envolvimento, não descansariam enquanto não o pusessem atrás das grades durante o maior período de tempo possível. E, por conseguinte, via-se a braços com uma dúvida insistente: até aí, Will encobrira sempre Scott, mas estaria disposto a continuar a fazê-lo mesmo às custas do casamento da irmã?

Não lhe agradava nada aquela sensação. Parecia-lhe quase como... *medo*. Não queria ir para a prisão, por muito curta que fosse a sentença. Não *podia* ir para a prisão. Não pertencia àquele lugar. Era *bom de mais* para isso. Era *inteligente de mais* para isso, e não se conseguia imaginar trancado numa cela e receber ordens do bando de lacaios que eram os guardas prisionais, nem a tornar-se no interesse amoroso dum neonazi com cento e cinquenta quilos de peso, nem tão-pouco a comer refeições polvilhadas com caganitas de baratas ou com qualquer um dos horrores que facilmente concebia.

Era óbvio que os edifícios que incendiara e as pessoas que agredira não representavam nada para ele; todavia, a ideia de ir parar à prisão provocava-lhe... náuseas. E nunca sentira o medo tão de perto como desde a noite da véspera.

Até agora, as coisas estavam calmas, recordou a si próprio. Era óbvio que Will não o denunciara, porque, caso contrário, Bower's Point estaria repleto de polícias. Mesmo assim, seria preferível fazer--se de morto durante uns tempos. Bem morto, aliás. Nada de festas nas casas da praia, nada de incêndios nos armazéns, e nem pensar em aproximar-se de Will ou de Ronnie. Escusado seria dizer que não diria uma única palavra sobre o sucedido a Teddy ou a Lance, nem sequer a Blaze. Seria melhor deixar o caso cair no esquecimento.

A menos que Will mudasse de ideias.

Esta possibilidade atingiu-o como um golpe físico. Onde outrora tivera Will completamente à sua mercê, agora os seus papéis tinham--se subitamente invertido... ou, no mínimo dos mínimos, equilibrado.

Talvez, pensou Marcus, fosse boa ideia sair da cidade por uns tempos. Encaminhar-se para sul, para Myrtle Beach, ou Fort Lauderdale, ou Miami, até o rebuliço do casamento ter passado de memória.

Parecia-lhe a decisão mais acertada, mas, para isso, precisava de dinheiro. De muito dinheiro. E depressa. O que significava que teria de dar espectáculos diante dalgumas multidões consideráveis. Por sorte, o torneio de voleibol de praia começava nesse dia. Will iria competir, sem sombra de dúvida, mas não havia razão para Marcus se aproximar dos campos. Daria o seu espectáculo no molhe... um grande espectáculo.

Atrás dele, Blaze estava sentada a apanhar sol, apenas com as calças de ganga e o sutiã vestidos; reparou na camisola dela embrulhada junto à fogueira.

— Blaze — chamou-a —, hoje vamos precisar de nove bolas de fogo. Vai vir muita gente e estamos aflitos de dinheiro.

A rapariga não lhe respondeu, todavia, o suspiro audível que soltou pôs-lhe os nervos em franja. Estava farto dela até à ponta dos cabelos. Desde que a mãe a pusera fora de casa, passava noite e dia colada a ele. Viu-a a levantar-se e a agarrar na garrafa de gás de isqueiro. Melhor para ela. Pelo menos fazia qualquer coisa para ganhar o seu sustento.

Nove bolas de fogo. Não todas ao mesmo tempo, claro estava; em geral, usavam seis no decorrer dum espectáculo. Contudo, se acrescentassem uma aqui e outra ali, de forma inesperada, talvez fosse suficiente para angariar o dinheiro de que precisava. Dentro de meia dúzia de dias, estaria na Florida. Sozinho. Teddy, Lance e Blaze teriam de se arranjar uns tempos por sua conta, o que, a ele, não incomodava nada. Estava farto dos três.

Já a fazer planos para a viagem, mal deu por Blaze a embeber várias bolas de tecido em gás de isqueiro, mesmo por cima da camisola que mais tarde usaria no espectáculo.

CAPÍTULO 28

WILL

A vitória no jogo da primeira ronda fora duma facilidade extraordinária; Will e Scott pouco ou nada tiveram de se esforçar. Na segunda ronda, o jogo fora ainda mais fácil, com os adversários a marcarem um único ponto. Na terceira, porém, tanto ele como Scott tiveram de se esmerar. Embora o resultado tivesse sido desequilibrado, Will saiu do campo a pensar que a equipa que tinham acabado de vencer era muito melhor que a pontuação dava a indicar.

Os quartos-de-final começaram às duas da tarde; a final estava programada para as seis. Quando Will pousou as mãos nos joelhos, à espera do serviço da equipa adversária, percebeu que hoje o seu jogo estava no seu melhor; estavam a perder por dois a cinco, mas isso não o preocupava. Sentia-se bem, sentia-se rápido, e cada lançamento que fazia atirava a bola exactamente para onde pretendia. No momento em que o adversário lançou a bola ao ar para dar início ao serviço, Will sentiu-se invencível.

A bola descreveu um arco por cima da rede com uma jogada violenta; já a prever a sua queda, arremeteu em frente e rematou a bola na perfeição. Com uma precisão impecável, Scott correu para a bola, projectou-se no ar e rematou, fazendo o serviço regressar ao lado de ambos. Ganharam os seis pontos seguintes de enfiada, até que a outra equipa recuperou o serviço, e, enquanto regressava à respectiva posição, Will varreu rapidamente os espectadores com o olhar, à procura de Ronnie. Estava sentada na bancada oposta à dos pais e de Megan — provavelmente uma boa ideia.

Custara-lhe imenso não poder contar à mãe a verdade acerca de Marcus, mas que outra alternativa lhe restava? Se a mãe descobrisse quem fora que arruinara o casamento, não descansaria enquanto este não fosse apanhado... o que só poderia levar a retaliações. Tinha a certeza de que a primeira coisa que Marcus faria se fosse detido seria obter uma redução da pena a troco de «informações úteis» acerca doutro crime mais grave — o crime que Scott cometera. Isso iria acarretar graves problemas ao amigo no momento crítico em que andava a tentar obter uma bolsa de estudo, já para não falar no desgosto dos pais. Assim, vira-se obrigado a mentir e, infelizmente, a mãe decidira assacar todas as culpas a Ronnie.

Esta, porém, tinha ido ter com ele nessa manhã e garantira-lhe que nem por isso deixava de gostar dele. Iriam conversar mais tarde, prometera-lhe. E ainda lhe dissera que, acima de tudo, queria que ele estivesse no seu melhor durante o torneio, e era precisamente isso que Will iria fazer.

Quando os adversários tornaram a servir, Will lançou-se a correr pelo campo para rematar; Scott seguiu-se com uma jogada perfeita, e Will devolveu a bola ao campo do adversário. Daí em diante e até ao fim do *set*, os adversários marcaram apenas mais um ponto; no *set* seguinte, conseguiram marcar apenas duas vezes.

Ele e Scott avançaram para as semifinais e, nas bancadas, via Ronnie a encorajá-lo.

* * *

A partida da semifinal revelou-se a mais dura até ao momento; tinham ganho o primeiro *set* com facilidade, mas perderam o segundo no desempate.

Will encontrava-se na linha de serviço, à espera de que o árbitro desse sinal para o início do terceiro *set*, quando o seu olhar vagueou primeiro pelas bancadas, depois pelo molhe, reparando que a assistência era três vezes mais numerosa que no ano anterior. Aqui e ali, via grupos de pessoas que conhecera no secundário e outros com quem tinha convivido ao longo da vida. Não havia um único lugar vago nas bancadas.

Ao sinal do árbitro, Will arremessou a bola ao alto e deu uma série de passos rápidos. Lançando-se no ar, fez um serviço enérgico da linha de fundo, fazendo pontaria a um ponto situado a cerca de três quartos a contar do fim. Aterrou, preparado para retomar a sua posição, mas percebeu logo que não seria necessário. Ao dividirem o campo, nenhum dos adversários foi a tempo de rematar; a bola aterrou com toda a força levantando uma nuvem de areia à sua volta e deslizou para fora do campo.

Um a zero.

Serviu sete vezes consecutivas, colocando-os numa posição de vantagem confortável, e daí em diante foram pontuando alternadamente, concluindo com uma vitória fácil de ambos.

Quando iam a abandonar o campo, Scott deu-lhe uma palmada nas costas.

— Já está — disse-lhe. — Hoje estamos no nosso máximo; o Tyson e o Landry que se metam connosco!

* * *

Tyson e Landry, dois rapazes de dezoito anos de Hermosa Beach, na Califórnia, eram a principal equipa de juniores do mundo. No ano anterior, tinham ficado em décimo primeiro lugar no *ranking* mundial global, o que teria sido suficiente para representar praticamente qualquer outro país nos Jogos Olímpicos. Jogavam juntos desde os doze anos, e havia dois que não perdiam um único jogo. Scott e Will só os tinham defrontado uma vez, na semifinal do ano anterior do mesmo torneio, e tinham saído do campo com o rabo entre as pernas. Não tinham conseguido sequer chegar ao fim do jogo.

Hoje, porém, a história era outra; ganharam o primeiro *set* por três pontos; Tyson e Landry venceram o segundo *set* exactamente pela mesma margem; e, no *set* final, acabaram empatados a sete pontos.

Will estava ao sol havia nove horas. Apesar dos litros de água e de *Gatorade* que ingerira, era possível que o sol e o calor lhe tivessem provocado algum desgaste, e talvez de facto assim fosse. Ele, porém, não se ressentia disso. Não agora. Não quando se apercebia de que tinham uma hipótese de vencer o torneio.

Estavam de posse do serviço — o que é sempre uma desvantagem no voleibol de praia, uma vez que os pontos eram marcados a cada jogada, e a equipa que devolvia o serviço tinha a possibilidade de levantar e cortar a bola — mas Scott fez serviço *knuckleball* por cima da rede que obrigou Tyson a abandonar a sua posição. Tyson conseguiu chegar à bola a tempo, mas arremessou-a na direcção dos espectadores. Landry atacou e conseguiu por um triz tocar na bola, mas isso só veio complicar ainda mais a situação; a bola sobrevoou a assistência, e Will percebeu que ainda levaria uns instantes a regressar ao jogo. Quando isto aconteceu, ele e Scott tinham um ponto de vantagem.

Como sempre, começou por se voltar para Ronnie e viu-a a acenar-lhe; em seguida, virando-se para a bancada oposta, sorriu e acenou com a cabeça à família. Mais adiante, no molhe, avistou uma multidão aglomerada na área mais próxima do campo, a uma distância claramente curta. Admirou-se por ver ali tanta gente até que reparou numa bola de fogo a rasgar o ar. Virando-se automaticamente para o súbito clarão de luz, divisou Blaze à espera de que a bola caísse, apanhando-a e tornando a atirá-la num único movimento fluido.

* * *

Quando tudo aconteceu, o resultado estava empatado a doze.

A bola tinha ido parar novamente à assistência, desta feita por culpa de Scott, e, enquanto Will retomava a respectiva posição no campo, deu por si de olhar fixo no molhe, pois sabia que Marcus se encontrava lá.

A proximidade de Marcus deixava-o tão tenso de fúria como na noite da véspera.

Sabia que devia pôr o assunto para trás das costas, tal como Megan o aconselhara. Sabia que não a deveria ter incomodado com toda aquela história na noite anterior; afinal de contas, era o casamento da irmã, e os pais tinham reservado uma suíte no histórico Wilmingtonian Hotel para ela e para Daniel. Todavia, perante a insistência dela, Will acabara por desabafar. Embora Megan não tivesse criticado abertamente a sua decisão, apercebera-se de que a irmã ficara desiludida por lhe ter ocultado o crime de Scott. Apesar de tudo, nessa manhã, ela mostrara-lhe o seu apoio incondicional e, enquanto esperava que o árbitro apitasse, percebeu que estava a jogar tanto por si próprio como pela irmã.

No molhe, avistou as bolas de fogo a dançarem pelo ar; a multidão afastara-se do parapeito, e Will apanhou de vislumbre Teddy e Lance entregues ao seu *break-dance* costumeiro. O que no entanto o surpreendeu foi ver Blaze a acompanhar Marcus nos malabarismos com as bolas de fogo. Ela apanhava uma e atirava-a de imediato ao parceiro. Aos olhos de Will, as bolas de fogo estavam a movimentar-se mais depressa que habitualmente. Blaze ia recuando devagar, provavelmente a tentar abrandar o ritmo, até que, por fim, bateu com as costas contra o parapeito do molhe.

É possível que o encontrão a tenha desconcentrado e, com as bolas ainda a voar na sua direcção, calculou mal a trajectória duma delas e acabou por apanhá-la no momento em que esta lhe tocava na camisola. Com outra bola de fogo a precipitar-se rapidamente para ela, estendeu uma mão para a agarrar enquanto, com a outra, segurava a primeira contra o corpo. Foi uma questão de instantes até a parte da frente da camisola se transformar num pasto de chamas, inflamada pelo excesso de gás de isqueiro.

Em pânico, começou a bater no peito para tentar apagar o fogo, obviamente alheia ao facto de que ainda tinha a bola de fogo na mão...

Não tardou, Blaze tinha também as mãos a arder, e os gritos dela abafaram todos os outros ruídos provenientes dos campos e das bancadas. A multidão que assistia ao espectáculo das bolas de fogo deve ter entrado em choque, porque ninguém avançou para a ajudar. Mesmo ao longe, Will via as chamas a consumi-la como um ciclone.

Instintivamente, lançou-se numa corrida pela areia até ao molhe. Ao sentir os pés a escorregar-lhe, elevou os joelhos para aumentar a velocidade, ouvindo os gritos de Blaze a rasgar o ar.

Arremeteu por entre a multidão, deslocando-se em ziguezague duma aberta para outra e não tardou a chegar aos degraus; subiu-os a três e três, segurando-se a uma das estacas para não ser obrigado a abrandar e continuou a toda a velocidade pelo molhe.

Abriu caminho aos empurrões por entre a assistência, e só conseguiu ver Blaze quando chegou à dianteira. Nessa altura, já havia um homem acocorado ao lado dela, que chorava e gemia; quanto a Marcus, a Teddy e a Lance, nem sinal...

Will deteve-se abruptamente ao ver a camisola de Blaze, presa à sua pele ferida e empolada. A rapariga gritava e soluçava agora de forma incoerente, e ninguém ao redor parecia fazer a mais pequena ideia do que fazer para a ajudar.

Will sabia que tinha de fazer qualquer coisa. Uma ambulância levaria pelo menos quarenta minutos a atravessar a ponte e a chegar à praia, mesmo sem toda aquela gente. Ao ouvir Blaze soltar mais um grito de agonia, ele debruçou-se sobre ela e pegou-lhe ao colo. A carrinha estava estacionada ali perto; fora um dos primeiros a chegar nessa manhã, e começou a levá-la nessa direcção. Atónitos perante a cena que tinham acabado de presenciar, ninguém o tentou impedir.

Blaze começava a dar sinais de perder a consciência, e Will avançava o mais depressa que conseguia, com cuidado para evitar solavancos desnecessários. Quando ia a passar pelos degraus, viu Ronnie chegar a correr; não fazia ideia de como ela conseguira descer das bancadas e apanhá-lo tão depressa, mas a presença dela ali foi para ele um alívio.

— As chaves estão no pneu traseiro! — gritou-lhe. — Temos de a deitar no banco de trás... e, enquanto eu conduzo, telefona para as urgências e avisa-os de que estamos a caminho, para estarem a contar connosco!

Ronnie correu à frente até à carrinha e, quando Will lá chegou, já tinha a porta aberta à sua espera. Não foi fácil instalarem Blaze no assento traseiro, mas por fim lá conseguiram, posto o que Will se apressou a sentar ao volante. Arrancou a toda a velocidade e foi a carregar no acelerador até ao hospital, já ciente de que entretanto iria transgredir uma dúzia de regras de trânsito.

* * *

As urgências do hospital estavam à cunha. Will estava sentado junto à entrada, a contemplar a noite que caía lá fora. Ronnie encontrava-se a seu lado. Os pais, juntamente com Megan e Daniel, tinham passado por lá rapidamente, mas já se tinham ido embora havia horas.

Nas últimas quatro horas, Will relatara o sucedido a uma infinidade de pessoas, incluindo a mãe de Blaze, que se encontrava agora junto da filha. Quando ela entrara de rompante na sala de espera, Will vira-lhe nitidamente o medo no rosto, até que uma das enfermeiras viera buscá-la.

Para além de saber que Blaze tinha sido conduzida ao bloco operatório, Will não tivera mais notícias dela. A noite estendia-se diante de ambos, mas nem lhe passava pela cabeça ir-se embora. À sua memória estavam constantemente a assomar imagens de Blaze sentada a seu lado na terceira classe que eram depois substituídas pela visão da criatura dilacerada que transportara ao colo horas atrás. Era agora uma estranha para ele, mas outrora fora sua amiga, e isso era quanto bastava.

Perguntava-se se os polícias iriam voltar. Tinham lá estado com os pais dele, e Will contara-lhes tudo o que sabia, embora eles se mostrassem mais interessados em saber por que motivo ele levara Blaze para o hospital ao invés de deixar que fossem os paramédicos a fazê-lo. Will fora sincero — não se lembrara de que havia uma equipa no local, e percebeu que ela precisava de ser conduzida de imediato ao hospital — e, felizmente, os polícias tinham aceitado os seus argumentos. Tinha até a impressão de ter visto o Agente Johnson a assentir discretamente com a cabeça, e suspeitava de que, numa situação idêntica, o polícia teria feito o mesmo que ele.

De cada vez que a porta da sala das enfermeiras se abria, Will espreitava para ver se via uma das que atendera Blaze logo à chegada. No carro, Ronnie conseguira entrar em contacto com o hospital e tinham uma equipa de traumatologia à sua espera; num instante, instalaram Blaze numa marquesa e levaram-na dali. Passaram quase dez minutos antes que ele e Ronnie tivessem coragem de falar um com o outro. Ao invés, deixaram-se ficar imóveis, de mãos dadas, trémulos perante a recordação de Blaze a gritar na carrinha.

As portas do hospital abriram-se uma vez mais, e Will reconheceu a mãe de Blaze a encaminhar-se na direcção de ambos.

Tanto Will como Ronnie se levantaram. Quando ela se acercou dos dois, Will reparou nas rugas de tensão que tinha em redor dos lábios.

— Uma das enfermeiras informou-me que vocês ainda aqui estavam. Decidi vir ter convosco para vos agradecer o que fizeram pela minha filha.

A voz esmoreceu-lhe, e Will engoliu em seco, apercebendo-se de que tinha a garganta áspera.

— Ela vai ficar boa? — perguntou em voz rouca.

— Ainda não sabemos. Ainda está no bloco operatório. — A mãe de Blaze concentrou a sua atenção em Ronnie. — Eu chamo-me Margaret Conway. Não sei se a Galadriel alguma vez te terá falado em mim.

— Lamento imenso o que aconteceu, Mrs. Conway. — Ronnie estendeu delicadamente a mão para lhe afagar o braço.

A senhora fungou, esforçando-se em vão por não perder a compostura. — Também eu — começou ela, a voz cada vez mais vacilante. — Avisei-a vezes sem conta para se afastar do Marcus, mas ela recusava-se a dar-me ouvidos, e agora a minha menina...

Interrompeu-se, incapaz de conter os soluços. Petrificado, Will viu Ronnie a acercar-se dela e a abraçá-la, ficando ambas a chorar nos braços uma da outra.

* * *

Enquanto Will percorria de carro as ruas de Wrightsville Beach, via tudo à sua volta com grande nitidez. Conduzia a toda a velocidade, mas sabia que seria capaz de conduzir ainda mais depressa. Numa fracção de segundo, conseguia reparar em pormenores que em circunstâncias normais lhe teriam escapado: os halos nebulosos em volta dos candeeiros da rua, um caixote do lixo deitado ao chão na viela adjacente ao Burger King, uma pequena amolgadela junto à matrícula dum *Nissan Sentra* de cor bege.

A seu lado, Ronnie observava-o apreensivamente, mas não dissera nada. Não lhe perguntara para onde é que estavam a ir, mas também não era preciso. Logo que a mãe de Blaze abandonara a sala de espera, Will levantara-se e, sem uma única palavra e com ar enfurecido, apressara-se a regressar à carrinha. Ronnie fora no seu encalço e instalara-se a seu lado no carro.

Mais adiante, o semáforo passou a amarelo, mas, em lugar de abrandar, Will carregou no acelerador. O motor aumentou de rotação, e a carrinha seguiu em frente a toda a velocidade, rumo a Bower's Point.

Will conhecia o trajecto mais curto e descrevia as curvas com facilidade; ao sair do bairro comercial, a carrinha entrou numa zona sossegada, com residências viradas para o mar. O molhe ficava a seguir, depois a casa de Ronnie; Will nem sequer abrandou. Ao invés, continuou a aumentar a velocidade até aos limites de segurança.

A seu lado, Ronnie ia bem segura ao puxador da porta até que finalmente Will contornou uma última curva para entrar num parque de estacionamento de gravilha parcialmente oculto por detrás dumas árvores. A carrinha deteve-se com uma derrapagem na gravilha, e Ronnie conseguiu finalmente reunir coragem para falar.

— Por favor, não faças isto.

Will ouviu-a e percebeu ao que ela se referia, mas isso não o impediu de saltar da carrinha. Bower's Point não distava muito dali. Com acesso unicamente pela praia, ficava mesmo à esquina, umas centenas de metros mais adiante do posto do salva-vidas.

Will lançou-se a passo de corrida. *Sabia* que Marcus estaria ali; a sua intuição não o enganava. Aumentou o ritmo da passada, as imagens a perpassarem-lhe pela mente: o incêndio na igreja, a noite na feira, a maneira como ele agarrara em Ronnie pelos braços... e Blaze, a ser consumida pelas chamas.

Marcus nem se dignara a ajudá-la. Fugira no momento em que ela mais precisava dele, quando corria perigo de vida.

Não se ralava com o que lhe pudesse suceder. Não se ralava com o que pudesse suceder a Scott. Já pusera tudo isso para trás das costas. Desta vez, Marcus fora demasiado longe. À medida que contornava a esquina, avistou-os ao longe, sentado em bocados de madeira que tinham dado à costa em redor duma fogueira.

Fogo. Bolas de fogo. *Blaze...*

Apressou o passo, armando-se de coragem para o que viria a seguir. Aproximou-se o suficiente para distinguir as garrafas de cerveja vazias espalhadas em volta da fogueira, mas sabia que a escuridão os impedia de o verem.

Marcus estava a levar uma garrafa de cerveja aos lábios quando Will baixou o ombro e lhe acertou com ele em cheio nas costas, mesmo abaixo do pescoço. Sentiu as costas de Marcus a darem uma chicotada sob o impacte, ouvindo apenas um gemido de dor enquanto o arremessava de encontro à areia.

Will sabia que tinha de ser rápido, de modo a chegar a Teddy antes de este ou de o irmão terem tempo de reagir. Todavia, o facto de verem Marcus a ser repentinamente atirado ao chão pareceu deixá-los a ambos paralisados, e, depois de ter dado uma joelhada nas costas de

Marcus, Will atirou-se a Teddy, as pernas a movimentarem-se como pistões, a projectá-lo para trás. Will aterrou em cima de Teddy, contudo, ao invés de o agredir com os punhos, recuou e bateu-lhe com a testa no nariz.

Sentiu-o a ser esmagado e a partir-se sob o impacte. Will apressou--se a levantar-se, ignorando Teddy a rebolar-se de dores no chão, com as mãos na cara e o sangue a jorrar-lhe por entre os dedos, os gritos parcialmente abafados pelas ânsias de vómitos.

Viu Lance já a preparar-se para o atacar e recuou um grande passo, mantendo a distância. Lance estava quase a agarrá-lo pelas pernas quando, de repente, Will levantou um joelho, sentindo-o a embater contra a cara de Lance. A cabeça deste projectou-se para trás e, quando chegou ao solo, já tinha perdido os sentidos.

Dois já estavam; agora só faltava um.

Entretanto, Marcus conseguira levantar-se a custo. Agarrou num bocado de madeira e ia recuando à medida que Will avançava. Will, contudo, não podia permitir que Marcus recuperasse o equilíbrio e o agredisse. Lançou-se a ele. Marcus brandiu o pedaço de madeira, mas a pancada não teve força suficiente; Will deu-lhe um empurrão e a madeira despedaçou-se contra o peito de Marcus. Enlaçou-lhe os braços em volta das pernas, apertou-o com força e puxou-o, apro-veitando o impulso para obrigar Marcus a recuar. Foi uma placagem de futebol americano digna de ser fotografada, e Marcus tombou de costas.

Will colocou todo o seu peso em cima de Marcus e, a exemplo do que fizera a Teddy, assestou-lhe uma cabeçada com toda a força.

Sentiu-lhe também os ossos a partirem-se, mas desta feita não se ficou por ali. Em lugar disso, atacou Marcus a murro. Agrediu-o vezes sem conta, cedendo à raiva, dando rédea solta à fúria resultante da impotência que vinha a sentir desde o incêndio. Agrediu Marcus numa orelha uma, duas vezes. Os gritos do adversário só contribuíam para o enraivecer ainda mais. Tornou a atacá-lo, fazendo agora pontaria ao nariz que já lhe partira — quando, subitamente, sentiu alguém segurar-lhe no braço.

Voltou-se, pronto para atacar Teddy, mas verificou que se tratava de Ronnie, que olhava para ele com uma expressão perfeitamente aterrorizada.

— Pára já com isso! Tu não mereces ir para a prisão por causa dele! — gritou-lhe ela. — Não estragues a tua vida por culpa dele!

Will mal a ouvia, mas sentia a mão de Ronnie a puxá-lo e a tentar afastá-lo dali.

— Por favor, Will — insistiu ela, a voz trémula. — Tu não és como ele. Tu tens futuro. Não deites tudo a perder.

À medida que ela lhe ia afrouxando o braço, ele sentiu as forças a esgotarem-se-lhe. Pôs-se em pé a custo, a adrenalina a deixá-lo vacilante e sem equilíbrio. Ronnie passou-lhe um braço em volta da cintura e, devagar, foram-se encaminhando para a carrinha.

* * *

Na manhã seguinte, foi para o trabalho com a mão dorida e, mal chegou, viu Scott à sua espera no pequeno vestiário. Scott parou de vestir o fato-macaco, presenteou-o com um olhar furioso, e em seguida puxou o fato para cima dos ombros.

— Não precisavas de abandonar o jogo — disse-lhe, puxando o fecho de correr. — Havia lá uma equipa de paramédicos de plantão.

— Eu sei — admitiu Will. — Não me lembrei disso. Já os tinha visto, mas entretanto esqueci-me. Peço desculpa por ter abandonado o jogo.

— Pois, também eu — ripostou Scott. Estendeu a mão para pegar num trapo e enfiou-o no cinto. — Podíamos ter vencido o torneio, mas tu tinhas de sair a correr para te armares em herói.

— Scott, meu, ela precisava de ajuda...

— Ai sim? E por que é que tinhas de ser tu a ajudá-la? Por que é que não podias esperar que outra pessoa fizesse isso? Por que é que não ligaste para as emergências? Por que é que tinhas de levá-la ao hospital na tua carrinha?

— Já te expliquei... Esqueci-me de que os paramédicos lá estavam. Julguei que a ambulância fosse demorar muito tempo a chegar...

Scott bateu com o punho contra o cacifo. — Mas tu nem sequer gostas dela! — gritou ele. — Se tu já nem sequer falas com ela! Vá lá, se fosse a Ashley, ou a Cassie, ou a Ronnie, eu ainda entendia. Que diabo, até se fosse um desconhecido eu entendia. Mas a Blaze? *A Blaze?* A mesma miúda que vai mandar a tua namorada para a prisão? A miúda que anda com o *Marcus?* — Scott avançou um passo na direcção de Will.

— E tu achas que ela teria feito o mesmo por ti? Se estivesses ferido e precisasses de ajuda? Nem por sombras!

— Foi só um jogo — objectou Will, começando a sentir a sua própria indignação a vir à superfície.

— Para ti! — gritou-lhe Scott. — Para ti, foi só um jogo! Mas também, para ti, tudo é um jogo! Ainda não percebeste isso? Porque, a ti, tanto se te dá! Tu não precisas de vencer jogos como este, porque, mesmo que percas, há sempre alguém que te serve a vida de bandeja! Mas eu precisava daquela vitória! É o meu *futuro* que está em risco, meu!

— Bom, o que estava em risco era a *vida* duma rapariga — retorquiu Will de imediato. — E, se por uma vez que fosse, conseguisses deixar de ser tão egoísta, compreenderias que salvar a vida duma pessoa é mais importante que a tua preciosa bolsa de voleibol!

Scott abanou a cabeça, revoltado. — Há muitos anos que somos amigos... Mas, sabes uma coisa, quem ditou as regras sempre foste tu. Foi sempre tudo como *tu* querias. *Tu* quiseste acabar com a Ashley, *tu* quiseste andar com a Ronnie, *tu* quiseste faltar aos treinos semanas a fio, *tu* quiseste armar-te em herói. Bom, sabes que mais? Agiste mal. Eu estive a falar com os paramédicos, e eles disseram-me que, ao levá-la para a carrinha da maneira que levaste, podias ter agravado ainda mais o estado dela. E o que é que ganhaste com isso? Ela por acaso agradeceu-te? Não, está claro que não. Nem irá agradecer, tão-pouco. Mas não te importaste de lixar um amigo, porque o que *tu* querias é que era importante.

As palavras de Scott atingiam-no como murros no estômago, mas apenas contribuíram para lhe acicatar a raiva. — Vê lá se te curas, Scott — disse-lhe Will. — Desta vez, o caso não é só contigo.

— Tu estás em dívida para comigo! — berrou Scott, tornando a dar um murro no cacifo. — Eu só te pedi um simples favor! Tu sabias o quanto isso significava para mim!

— Eu não te devo nada — declarou Will num tom de raiva contida. — Há oito meses que te ando a encobrir. Estou farto de ver o Marcus a brincar connosco. Tens de fazer o que é correcto. Tens de dizer a verdade. A situação agora é outra.

Will deu meia-volta e encaminhou-se a passos largos para a porta. Quando se preparava para a abrir, ouviu Scott nas suas costas.

— O que é que tu fizeste?

Will virou-se, segurando a porta entreaberta e enfrentando o olhar de Scott com determinação férrea: — Tal como já te disse, tens de contar a verdade.

Aguardou que Scott assimilasse as suas palavras e em seguida saiu, deixando que a porta batesse atrás de si. À medida que ia passando pelas viaturas colocadas em macacos hidráulicos, ouvia o outro a gritar com ele.

— Queres dar cabo da minha vida? Queres que eu vá parar à cadeia por causa dum acidente? Pois eu não me vou sujeitar a isso!

Já estava a chegar à recepção e ainda ouvia Scott aos murros aos cacifos.

CAPÍTULO 29

RONNIE

A semana seguinte foi tensa para ambos. Ronnie não se sentia à vontade com a violência de que vira Will dar mostras, nem tão-pouco se sentia inteiramente confortável com a sensação que isso despertava nela. Não gostava de brigas, não gostava de ver as pessoas a magoarem-se, e sabia que isso raramente contribuía para resolver os problemas. Todavia, apesar de tudo, não tinha coragem de se zangar com Will pela atitude que tomara. Por muito relutante que se sentisse em perdoar o sucedido, ver Will *desfazer* aqueles três proporcionava--lhe uma certa segurança quando se encontrava na sua companhia.

Mas Will andava tenso. Tinha a certeza de que Marcus iria apresentar queixa da agressão e que, a todo o instante, teria a polícia a bater-lhe à porta. Contudo, Ronnie pressentia que havia mais alguma coisa a preocupá-lo, alguma coisa que ele não lhe queria contar. Sem ela saber porquê, ele e Scott estavam de relações cortadas, e Ronnie perguntava-se se não seria esse o motivo da inquietação de Will.

Depois, está claro, havia a família. Em particular a mãe de Will. Ronnie vira-a duas vezes depois do casamento: numa ocasião em que ficara na carrinha à espera de que o namorado fosse rapidamente a casa buscar uma camisa lavada, e noutra, num restaurante da baixa de Wilmington, quando Will a levara a um jantar de aniversário antecipado. No momento em que estavam a sentar-se à mesa, Susan chegara, acompanhada por um grupo de amigas. Ronnie tinha uma vista perfeita da entrada, mas Will estava voltado para a parede do fundo. Em ambas as ocasiões, Susan fizera questão de virar as costas a Ronnie.

Não mencionara nenhum destes incidentes ao namorado. Enquanto Will andava perdido pelo seu próprio mundo de retaliação e preocupações, Ronnie reparou que Susan parecia convencida de que ela era pessoalmente responsável pela tragédia que atingira Blaze.

Pela janela do seu quarto, deixou-se ficar a observar a silhueta adormecida de Will ao longe. Estava enroscado junto do ninho das tartarugas; uma vez que algumas das outras ninhadas já tinham começado a chocar os ovos, nessa tarde tinham decidido retirar a gaiola, e o ninho estava completamente desprotegido. Nenhum deles se sentia com coragem para o deixar sem vigilância durante a noite, e, visto que, em qualquer dos casos, Will passava cada vez menos tempo em casa, tinha-se oferecido para ficar de guarda.

Ronnie fazia o possível por se abstrair dos problemas recentes, mas não conseguia afastar do pensamento tudo o que acontecera ao longo do Verão. Mal era capaz de se recordar da rapariga que era quando chegara àquela praia. E o Verão ainda não acabara; no dia seguinte, faria dezoito anos e, depois duma última semana na companhia um do outro, Will partiria para a universidade. A sua próxima comparência em tribunal estava marcada para daí a uns dias e depois teria de regressar a Nova Iorque. Tanta coisa já feita e tanta coisa ainda por fazer.

Abanou a cabeça. Quem era ela? E de quem era a vida que estava a viver? Mais importante ainda, aonde é que isso a levaria?

Ultimamente, nada daquilo e tudo aquilo lhe parecia autêntico, em simultâneo, mais autêntico que qualquer outra experiência que tivesse tido: o amor que sentia por Will, o estreitamento dos laços que a ligavam ao pai, a forma como o seu ritmo de vida abrandara, dum modo tão simples e absoluto. Havia alturas em que lhe parecia que tudo aquilo estava a acontecer a outra pessoa, a uma pessoa que ainda lhe faltava conhecer. Nunca, nem num milhão de anos, lhe teria passado pela ideia que uma pacata cidade de veraneio algures no Sul teria para oferecer muito mais... *vida* e *drama* que Manhattan.

Com um sorriso a aflorar-lhe aos lábios, viu-se forçada a admitir que, com uma ou outra excepção, não fora tão mau quanto isso. Estava deitada num quarto sossegado, com o irmão mais novo na cama ao lado, tendo apenas a janela e a areia a separá-la do jovem por quem estava apaixonada, um jovem que também estava apaixonado por ela. Perguntou-se se haveria alguma coisa melhor na vida. E, apesar de tudo quanto acontecera, ou talvez por causa disso mesmo, sabia que, independentemente do que o futuro lhes trouxesse, nunca haveria de esquecer o Verão que tinham passado juntos.

Estendida na cama, Ronnie começou a mergulhar no sono. O seu último pensamento consciente foi que mais estava para vir. Embora em geral esta sensação fizesse temer o pior, ela sabia que isso não seria possível, depois de tudo quanto tinham vivenciado.

* * *

Na manhã seguinte, acordou com uma sensação de ansiedade. Como sempre, estava nitidamente consciente de que outro dia se esgotara, o que significava menos um dia com Will.

Contudo, ali estendida na cama, a tentar encontrar um sentido para a inquietação que sentia, constatou que não se tratava apenas disso. Will partiria para a faculdade na semana seguinte. Até Kayla iria para a faculdade. Ela, porém, continuava sem ter a mais pequena ideia do que o futuro lhe reservava. Claro, tinha feito dezoito anos, e, claro, estava disposta a acatar qualquer que fosse a decisão do juiz, mas e depois? Iria ficar a morar com a mãe para sempre? Deveria candidatar-se a um emprego no Starbucks?

Era a primeira vez que enfrentava o seu futuro de forma tão directa. Sempre se ativera à convicção pueril de que, independentemente das decisões que tomasse, todas as situações acabariam por se compor. E compunham, pensou... por uns tempos. Mas seria que aos dezanove anos iria continuar a querer morar com a mãe? Ou aos vinte e um? Ou, Deus a livrasse, aos vinte e cinco?

E como haveria alguém de conseguir ganhar o suficiente para o próprio sustento — e poder dar-se ao luxo de morar em Manhattan — sem uma licenciatura?

Não fazia ideia. A única certeza que tinha era que não estava preparada para que o Verão chegasse ao fim. Não estava preparada para voltar para casa. Não estava preparada para imaginar Will a passear pelos relvados de Vanderbilt, acompanhado por colegas vestidas de líderes de claque. Desejava poder abstrair-se de tudo isto.

* * *

— Está tudo bem? Tens estado um bocado calada — comentou Will.

— Desculpa — disse ela. — É só que tenho muito em que pensar.

Achavam-se sentados no molhe, a comer pães em forma de ringue e a beber café, que tinham comprado pelo caminho. Em geral, o molhe estava cheio de pescadores, contudo, naquela manhã, tinham o sítio por sua conta. Uma bela surpresa, visto que era o dia de folga de Will.

— Já pensaste no que é que vais fazer?

— Qualquer coisa que não implique elefantes e escavadoras.

Ele equilibrou o ringue na beira do copo de poliestireno. — Será que quero saber do que é que estás para aí a falar?

— Provavelmente não — admitiu ela, contraindo o rosto numa careta.

— Então está bem. — Will assentiu com a cabeça. — Mas eu estava a referir-me ao que é que queres fazer amanhã para comemorar o teu aniversário.

Ronnie encolheu os ombros. — Não precisa de ser nada de especial.

— Mas tu fazes dezoito anos. Enfrenta a realidade... É um acontecimento muito importante. Aos olhos da lei, vais passar a ser adulta.

«Que maravilha», pensou ela. Mais uma coisa para a lembrar de que o tempo para decidir que rumo haveria de dar à sua vida estava a esgotar-se. Will devia ter reparado na expressão dela, pois estendeu uma mão e pousou-lha no joelho.

— Disse alguma coisa que não devia?

— Não. Não sei o que é. Hoje tenho andado a sentir-me esquisita.

Ao longe, para lá dos barcos de corrida, um grupo de golfinhos rasgou as águas. Da primeira vez que os vira, Ronnie ficara deslumbrada. E à vigésima, tornara a ficar. Agora já constituíam um elemento habitual da paisagem, mas, mesmo assim, iria sentir saudades deles quando voltasse para Nova Iorque, para fazer ainda não sabia bem o quê. O mais provável seria acabar como Jonah, viciado em desenhos animados, e fazer questão de os ver de cabeça para baixo.

— E que tal se eu te levasse a jantar fora?

Não, nem pensar. O mais certo seria acabar viciada no *Game Boy*.

— Está bem.

— Ou então podíamos ir dançar.

Ou talvez no *Guitar Hero*. Jonah era capaz de ficar horas esquecidas a jogar. E o mesmo se podia dizer de Rick, agora que pensava nisso. Quase toda a gente destituída de vida própria era viciada naquele jogo.

— Por mim, está bem.

— Então e se fizéssemos o seguinte: pintávamos a cara e tentávamos invocar as antigas deusas incas?

Viciada naqueles jogos infectos, o mais provável seria que, daí a dezoito anos, quando chegasse a vez de Jonah ir para a faculdade, ela ainda continuasse a morar com a mãe. — Como queiras.

O ruído das gargalhadas de Will foi suficiente para que ela lhe tornasse a dar atenção. — Falaste comigo?

— O teu aniversário. Eu estava a tentar descobrir o que é que queres fazer no teu dia de anos, mas é óbvio que deves andar perdida pela terra do nunca. Eu vou-me embora na segunda-feira, e gostava de te preparar qualquer coisa especial.

Ronnie ponderou no assunto e em seguida virou-se para a sua casa, reparando uma vez mais como parecia deslocada naquela área da praia.

— Sabes o que é que eu queria mesmo, mesmo a sério?

* * *

Não aconteceu no aniversário de Ronnie, mas duas noites mais tarde, sexta-feira, 22 de Agosto, esteve por um triz. A equipa do aquário tratou de tudo até ao mais ínfimo pormenor; às primeiras horas dessa tarde, os empregados e os voluntários tinham começado a preparar a zona de modo a que as tartarugas conseguissem alcançar a água sãs e salvas.

Ela e Will tinham ajudado a alisar a areia na vala rasa que conduzia ao oceano; outros tinham vedado a área com uma fita para manter os curiosos afastados. A maior parte, pelo menos. O pai e Jonah tinham recebido autorização para entrar na área vedada, e puseram-se de parte para não incomodar os trabalhadores atarefados.

Ronnie não tinha a mínima ideia do que deveria fazer, para além de garantir que ninguém se aproximasse do ninho. Não que ela fosse perita na matéria, mas, quando usava a farda colorida de ovo da Páscoa do aquário, as pessoas partiam do princípio de que se tratava duma especialista em tartarugas. Na última hora devia ter respondido a uma boa centena de perguntas. Sentia-se contente por não se ter esquecido das primeiras coisas que Will lhe contara a respeito das tartarugas e também aliviada por ter tirado alguns minutos para rever o panfleto com informações relativas às tartarugas marinhas que o aquário imprimira para os curiosos. Praticamente tudo o que as pessoas desejavam saber já se encontrava lá bem explícito, mas imaginava que fosse mais fácil perguntar-lhe que deitar uma vista de olhos ao panfleto que seguravam na mão.

Para além de que a ajudava a passar o tempo. Já ali estavam havia horas e, embora lhes tivessem garantido que a ninhada começaria a chocar os ovos a todo o instante, Ronnie não tinha tanta certeza disso. As tartarugas não se importavam que algum dos miúdos pudesse estar a ficar cansado ou que, na manhã seguinte, alguém tivesse de se levantar cedo para o emprego.

Imaginara que acorreria ali uma meia dúzia de pessoas, não as centenas que via aglomeradas do lado oposto da fita amarela que proibia a passagem. Não estava convencida de que aquilo lhe agradasse; dava ao acontecimento um certo ar de circo.

Quando se sentou na duna, Will veio ter com ela.

— O que é que te parece? — perguntou-lhe, abarcando o cenário com um gesto.

— Ainda não tenho bem a certeza. Até agora, ainda não aconteceu nada.

— Já não vai demorar muito.

— Isso é o que eu tenho estado constantemente a ouvir.

Will instalou-se ao lado dela. — Tens de aprender a ser paciente, minha jovem.

— Lá paciente, sou eu. Só quero que os ovos ecludam o quanto antes.

Will riu-se. — As minhas desculpas.

— Não devias estar a trabalhar?

— Eu sou só um voluntário. Quem dos dois trabalha no aquário és tu.

— Pois é, mas não me pagam as horas que aqui passo e, em teoria, uma vez que o voluntário és tu, acho que devias ficar um bocado de guarda à fita.

— Deixa-me adivinhar... Metade das pessoas vêm ter contigo a querer saber o que é que se passa, enquanto a outra metade te faz perguntas cuja resposta se encontra no panfleto que lhes entregas.

— Mais ou menos.

— E estás farta disso?

— Digamos que não está a ser tão agradável como o nosso jantar na outra noite.

Will levara-a a um restaurante italiano acolhedor pelo aniversário; e, para além disso, oferecera-lhe um fio de prata com um berloque em forma de tartaruga, que Ronnie adorava e trazia ao pescoço desde então.

— Como é que sabemos que está quase na hora?

Ele apontou para o director do aquário e para um dos biólogos da equipa. — Quando o Elliot e o Todd começarem a ficar entusiasmados.

— Parece-me muito científico.

— Oh, e é. Confia em mim.

* * *

— Não te importas que eu me venha sentar aqui ao pé de ti?

Depois de Will se ter levantado para ir buscar algumas lanternas adicionais à carrinha, o pai viera ter com ela.

— Nem precisa de perguntar, pai. Está claro que pode.

— Não te quis incomodar. Estás com um ar preocupado.

— Estou só à espera, como toda a gente — justificou-se ela. Afastou-se um pouco para o lado para dar espaço a que o pai se sentasse. Na última meia hora, a multidão avolumara-se ainda mais, e Ronnie estava contente por terem autorizado o pai a ficar do lado de dentro da fita amarela que vedava a passagem aos curiosos. Recentemente andava com um ar tão cansado.

— Podes não acreditar, mas, quando era pequeno, nunca vi nenhuma tartaruga a sair do ovo.

— Porquê?

— As pessoas não lhe davam a mesma importância que dão agora. Quero dizer, havia ocasiões em que ia dar com um ninho e achava graça a isso, mas nunca pensei muito no assunto. A vez em que estive mais próximo de assistir à eclosão duns ovos foi quando me deparei com um ninho no dia seguinte a isso ter acontecido. Vi as cascas partidas em volta do ninho, mas por aqui isso fazia parte do quotidiano. Seja como for, aposto que não é nada como esperavas, hã? Com toda esta gente aqui à volta?

— Não era o que eu esperava, como?

— Quer fosses tu quer o Will, todas as noites houve alguém de guarda ao ninho, para o proteger. E agora que a parte excitante está prestes a acontecer, és obrigada a partilhá-la com esta multidão toda.

— Não faz mal. Eu não me importo.

— Nem um bocadinho?

Ela esboçou um sorriso. Era extraordinário como o pai aprendera a conhecê-la bem nos últimos tempos. — Como é que vai a sua música?

— É um projecto em desenvolvimento. É bem possível que entretanto já tenha escrito uma centena de variações, mas ainda não consegui acertar. Eu sei que, sob um dado aspecto, é um exercício inútil... se ainda não acertei, o mais provável é que nunca mais venha a acertar... mas ajuda-me a passar o tempo.

— Esta manhã fui ver a janela. Está quase pronta.

O pai assentiu com a cabeça. — Estou lá perto.

— E eles já fazem alguma ideia de quando é que irão instalá-la?

— Não — disse ele. — Ainda estão à espera de arranjar dinheiro para o resto das obras. Só querem instalá-la quando a igreja estiver em funções. O Pastor Harris tem receio de que uns vândalos quaisquer a destruam à pedrada. O incêndio tornou-o muito mais cauteloso.

Ronnie assentiu com a cabeça. — No lugar dele, acho que eu também seria cautelosa.

Steve esticou as pernas na areia, em seguida tornou a dobrá-las, retraindo-se.

— Está tudo bem consigo?

— Ultimamente, tenho passado muito tempo em pé. O Jonah quer terminar a janela antes de se ir embora.

— Ele tem tido um Verão em cheio.

— Ai sim?

— Uma noite destas disse-me que não quer voltar para Nova Iorque. Que quer ficar aqui a morar consigo.

— É um miúdo amoroso — comentou o pai com ar melancólico. Hesitou antes de se virar para a filha. — Parece-me que a próxima pergunta é se também tens tido um Verão em cheio.

— Tenho, sim.

— Por causa do Will?

— Por causa de tudo — salientou ela. — Estou contente por ter passado tempo na sua companhia.

— Também eu.

— Então e quando é que é a sua próxima visita a Nova Iorque?

— Oh, não sei. Quando lá chegarmos, logo se vê.

Ronnie sorriu. — Anda muito ocupado?

— Nem por isso — respondeu-lhe o pai. — Mas queres saber uma coisa?

— O que foi?

— Acho que estás uma jovem formidável. Quero que nunca te esqueças do orgulho que sinto de ti.

— A que propósito é que veio isso?

— Acho que já há uns dias que não te lembrava.

A filha pousou-lhe a cabeça no ombro. — O pai também não está nada mal.

— Olha — disse ele, apontando para o ninho. — Acho que está a começar.

Ronnie virou-se para o ninho e levantou-se apressadamente. Tal como Will previra, Elliot e Todd andavam à volta dele num grande alvoroço, enquanto a multidão se quedava em silêncio.

* * *

Tudo se desenrolou conforme a descrição de Will, excepto que as suas palavras não fizeram verdadeira justiça ao acontecimento. Dado estar ali tão próximo, Ronnie pôde assistir a tudo; o primeiro ovo a começar a rachar-se, seguido doutro e doutro ainda, criando a impressão de que todos os ovos tremiam sozinhos, até que a primeira tartaruga surgiu e começou a andar por cima dos outros ovos trémulos para sair do ninho.

Apesar disso, o mais extraordinário ainda estava para vir: de início, um leve movimento, depois um certo movimento e depois tanto movimento que a vista não conseguia abarcar, à medida que cinco, dez, vinte e por fim tantas tartarugas que era impossível contá-las se reuniram num enorme frenesim de actividade.

Como uma colmeia dopada com esteróides...

E depois foi ver as tartarugas minúsculas, de ar pré-histórico, a tentarem escapar do buraco; a treparem com a ajuda das patas e a escorregarem para baixo, a montarem umas em cima das outras... até que uma conseguiu finalmente sair, acompanhada por uma segunda, e depois por uma terceira, todas elas a deslocarem-se através da vala arenosa em direcção à luz da lanterna que Todd segurava junto à beira-mar.

Uma a uma, Ronnie viu-as a passar por ela a rastejar, achando-as tão inacreditavelmente minúsculas que lhe parecia impossível que conseguissem sobreviver. O oceano limitar-se-ia a tragá-las, fazendo-as desaparecer, e foi isso exactamente o que aconteceu quando chegaram à água e começaram a rebolar e a ser atiradas pelas ondas, vindo por breves instantes a oscilar à superfície antes de se sumirem por completo.

Estivera sempre ao lado de Will, apertando-lhe a mão com força, imensamente feliz por ter passado todas aquelas noites de guarda ao ninho e por ter desempenhado um pequeno papel naquele milagre de nova vida. Era inacreditável que, ao fim de semanas em que não acontecera rigorosamente nada, tudo por que ansiara chegaria ao fim numa questão de minutos.

Postada ao lado do rapaz de quem gostava, teve a certeza de que nunca haveria de partilhar outro momento tão mágico com alguém.

* * *

Uma hora decorrida, depois de, em grande excitação, terem revivido a eclosão dos ovos ao pormenor, Ronnie e Will deram as boas-noites aos restantes membros da equipa do aquário, que entretanto se começavam a dirigir às respectivas viaturas. Para além da vala, não sobejava uma única prova do sucedido. Já nem sequer as cascas se viam; Todd andara a apanhá-las porque queria estudar-lhes a espessura e identificar a eventual presença de substâncias químicas.

Enquanto caminhavam lado a lado, Will enlaçou-lhe o braço na cintura. — Espero que tudo tenha sido tal e qual como esperavas.

— Foi melhor ainda — confessou-lhe ela. — Mas não consigo deixar de pensar nas tartarugas-bebés.

— Elas vão sair-se bem.

— Nem todas.

— Pois não — reconheceu ele. — Nem todas. Quando são jovens, a sorte joga contra elas.

Percorreram alguns passos em silêncio. — Isso faz-me sentir triste.

— É a lei da vida, não é?

— Neste momento, dispenso a filosofia d'*O Rei Leão* — fungou ela.

— Estou a precisar de que me mintas.

— Oh — disse ele com desenvoltura. — Bom, nesse caso... Elas vão safar-se todas. Todas as cinquenta e seis. Vão crescer, acasalar e fazer tartaruguinhas bebés até acabarem por morrer de velhice, isto depois de viverem muito mais anos que a maioria das tartarugas, claro está.

— Acreditas mesmo nisso?

— Está claro que acredito — garantiu-lhe Will em tom confiante.

— São os nossos bebés. São especiais.

Ronnie ainda se estava a rir quando viu o pai a surgir no alpendre das traseiras juntamente com Jonah.

— Pronto, depois de todo aquele aparato ridículo — começou Jonah — e de assistir a tudo do princípio ao fim, só me resta dizer uma coisa.

— E o que é? — encorajou-o Will.

Jonah rasgou um largo sorriso. — Foi. O. Máximo.

Ronnie riu-se ao lembrar-se. Perante o ar admirado de Will, limitou-se a encolher os ombros. — É uma piada só nossa — explicou--lhe e, nesse instante, o pai começou a tossir.

Foi uma tossidela cavernosa, húmida e... doente... mas, a exemplo do que sucedera na igreja, não se ficou por ali. O ataque de tosse nunca mais parava, sempre com aquele ruído cavernoso.

Viu o pai a agarrar-se ao parapeito para não perder o equilíbrio; reparou na testa do irmão a franzir-se de aflição e receio, e até Will ficou sem saber o que fazer.

Viu o pai a tentar endireitar-se, com as costas arqueadas, a tentar controlar a tosse. Levou as mãos à boca, tossiu mais uma vez e, quando por fim, conseguiu tomar fôlego, dava quase a impressão de que estava a respirar dentro de água.

O pai tornou a ofegar e em seguida baixou as mãos. Durante aquilo que lhe pareceram os segundos mais longos da sua vida, Ronnie ficou paralisada, sentindo subitamente mais medo que algum dia sentira. O rosto do pai estava coberto de sangue.

CAPÍTULO 30

STEVE

Steve recebeu a sua sentença de morte em Fevereiro, enquanto estava sentado num gabinete médico, apenas uma hora depois de ter dado a sua última aula de piano.

Recomeçara a leccionar quando fora morar novamente para Wrightsville Beach, após uma carreira falhada como concertista. O Pastor Harris, sem o consultar, levara-lhe uma aluna prometedora a casa uns dias depois de Steve se ter mudado para lá e pedira-lhe se ele não se importava de lhe fazer «um favor». Era típico do Pastor Harris aperceber-se de que, ao regressar a casa, Steve estava a deixar claro que se achava perdido e sozinho e que a única maneira de o ajudar seria dar um propósito à sua vida.

A aluna chamava-se Chan Lee. Os pais davam aulas de música no núcleo da Universidade da Carolina do Norte em Wilmington e, aos dezassete anos, possuía uma excelente técnica, porém, faltava-lhe uma certa habilidade para conferir um cunho pessoal às suas interpretações. Tinha tanto de séria como de empenhada, e Steve aceitou-a de imediato; ela ouvia-o com interesse e esforçava-se arduamente para incorporar as sugestões que lhe dava. Steve aguardava com ansiedade as vindas de Chan, e, no Natal, oferecera-lhe um livro acerca da construção dos pianos clássicos, algo que julgou ir ao encontro do gosto dela. Todavia, apesar da alegria que era para ele estar novamente a dar aulas, vinha a sentir-se cada vez mais cansado. As aulas deixavam-no exausto quando, muito pelo contrário, lhe deveriam dar energia. Pela primeira vez na vida, começou a fazer regularmente a sesta.

Com o tempo, as sestas foram aumentando de duração, chegando mesmo a prolongar-se por duas horas, e, quando acordava, era frequente doer-lhe o estômago. Certa noite, enquanto estava a preparar chili para o jantar, sentiu uma pontada repentina e violenta que o obrigou a dobrar-se sobre si próprio, deixando a panela cair do fogão e espalhando tomates, feijões e carne pelo chão da cozinha. Enquanto tentava recuperar o fôlego, percebeu que estava com um problema de saúde grave.

Marcou uma consulta no médico e depois foi ao hospital fazer exames e radiografias. Posteriormente, enquanto Steve via os frasquinhos encherem-se do sangue necessário para as análises recomendadas, lembrou-se do pai e do cancro que acabara por lhe ceifar a vida. E, subitamente, soube qual seria o diagnóstico do médico.

Na terceira consulta, descobriu que tinha razão.

— O senhor sofre de cancro no estômago — comunicou-lhe o médico. Respirou fundo. — E, ao que os exames indicam, já criou metástases no pâncreas e nos pulmões. — O seu tom de voz era neutro, mas denotava uma certa compaixão. — Estou certo de que tem muitas perguntas a fazer-me, mas deixe-me começar por avisá-lo de que os prognósticos não são animadores.

O oncologista mostrou-se compreensivo, mas, não obstante, assegurou a Steve que não havia nada que pudesse fazer. Steve sabia disto, tal como sabia que o médico pretendia que lhe colocasse dúvidas específicas, na esperança de que o facto de conversarem fosse dalguma forma contribuir para lhe mitigar o sofrimento.

Quando o pai estava a morrer, Steve fizera algumas pesquisas. Sabia o que significava o facto de o cancro desenvolver metástases, sabia o que significava ter um cancro, não apenas no estômago, mas também no pâncreas. Sabia que as hipóteses de sobrevivência eram praticamente nulas e, ao invés de se pôr a fazer perguntas, voltou a sua atenção para a janela. No parapeito, encostada ao vidro, havia uma pomba, alheia ao que se passava do outro lado. «Acabam de me dizer que estou a morrer», pensou ele, de olhar fixo no animal, «e o médico quer que eu converse acerca disso. Mas a verdade é que não há nada a dizer, pois não?»

Esperou que a pomba arrulhasse em concordância, mas, como seria de prever, não obteve qualquer espécie de resposta.

«Estou a morrer», pensou uma vez mais.

Steve recordava-se de ter unido as palmas das mãos e de ter ficado admirado por elas não lhe tremerem. Se algum dia haveriam de tremer, pensou, seria numa ocasião como aquela. No entanto, continuavam firmes e imóveis como rocha.

— Quanto tempo me resta?

O médico pareceu aliviado quando Steve finalmente pôs fim ao silêncio. — Antes de entrarmos nesse tema, gostaria de lhe apresentar algumas das alternativas ao seu dispor.

— Não há alternativas — retorquiu Steve. — Qualquer um de nós sabe muito bem disso.

Se o médico ficou surpreendido com a resposta dele, não deu sinais disso. — Há sempre alternativas — salientou.

— Mas nenhuma que me possa curar. O senhor está a falar de qualidade de vida.

O médico pousou a prancheta. — É verdade — admitiu.

— Como é que podemos falar de qualidade de vida se eu não souber quanto tempo é que me resta? Se dispuser de apenas meia dúzia de dias, talvez esteja na altura de começar a fazer uns telefonemas.

— Dispõe de mais que isso.

— Semanas?

— Sim, claro...

— Meses?

O médico hesitou. Deveria ter detectado qualquer coisa na expressão de Steve que lhe dizia que ele continuaria a pressioná-lo até saber a verdade. Clareou a voz. — Há muito tempo que estou nesta área, e a experiência ensinou-me que as previsões de pouco ou nada valem. Há muita coisa que se encontra fora do domínio da medicina. Uma grande parte do que se passar daqui em diante vai depender de si e da sua genética específica, da sua atitude. Bom, não há nada que possamos fazer para impedir o inevitável, mas a questão não é essa. Aquilo que pretendo salientar é que deve aproveitar o melhor que puder o tempo que lhe resta.

Steve estudou o médico enquanto ouvia esta resposta, apercebendo-se de que ele estava a fugir à pergunta que lhe fizera.

— Posso contar com um ano de vida?

Desta feita, o médico não lhe respondeu; o seu silêncio, porém, denunciou-o. Ao sair do consultório, Steve inspirou fundo, de posse da informação de que lhe restavam menos de doze meses de vida.

* * *

A realidade atingiu-o mais tarde, quando se encontrava na praia.

Sofria de cancro em estado avançado, e não tinha cura. Dentro dum ano, já teria falecido.

À saída do consultório, o médico disponibilizara-lhe algumas informações. Pequenos panfletos e uma lista de *sites* na Internet, que talvez fossem úteis para relatórios sobre livros, mas que a ele de pouco ou nada serviam. Ao sol de Inverno na praia deserta, enfiou as mãos nos bolsos do casaco e fixou o olhar no molhe. Apesar de a sua vista já não ser a mesma doutros tempos, via as pessoas a passear por lá ou a pescar no parapeito, e ficou admirado com tamanha normalidade. Era como se nada de extraordinário se tivesse passado.

Ia morrer, e não tardaria muito. Perante esta evidência, apercebeu--se de que muitas das coisas que tanto o afligiam na verdade não tinham a mais pequena importância. A sua conta poupança-reforma? «Não vou precisar dela para nada.» Uma maneira de ganhar a vida aos cinquenta anos? «Não me vai servir para nada.» O seu desejo de conhecer uma pessoa por quem se pudesse apaixonar? «Não seria justo para ela, e, para ser franco, esse desejo acabou com o diagnóstico.»

Estava tudo perdido, não se cansava de repetir a si próprio. Dentro de menos dum ano, iria morrer. Era verdade, sabia que tinha um problema grave, e talvez até já estivesse à espera de que o médico lhe comunicasse aquelas notícias. Todavia, a imagem do médico a proferir aquelas palavras começou a ecoar-lhe no espírito, como um disco antigo e riscado. Na praia, começou a tremer. Estava assustado e estava sozinho. De cabeça baixa, enterrou o rosto nas mãos e interrogou-se por que é que o destino lhe reservara aquele fim.

* * *

No dia seguinte, telefonou a Chan e explicou-lhe que não estava em condições de lhe poder continuar a dar aulas de piano. Depois, foi dar as novidades ao Pastor Harris. Nessa época, o Pastor Harris ainda estava a recuperar dos ferimentos que sofrera durante o incêndio, e embora Steve soubesse que sobrecarregar o amigo quando este ainda estava em convalescença fosse uma atitude egoísta da sua parte, não tinha mais ninguém com quem desabafar. Foi visitá-lo a casa e, depois de se terem ido instalar no alpendre das traseiras, Steve comunicou--lhe o diagnóstico do médico. Esforçou-se o mais possível por não deixar as emoções transparecerem-lhe da voz, mas não conseguiu e, no fim, acabaram os dois a chorar juntos.

Mais tarde, Steve foi dar um passeio pela praia, a interrogar-se sobre o que haveria de fazer ao pouco tempo que lhe restava de vida. O que é que, perguntou-se, tinha mais importância para ele? Ao passar pela igreja — nessa altura, as obras ainda não tinham tido início, mas as paredes enegrecidas já tinham sido deitadas abaixo e levadas dali —, reparou no buraco escancarado que em tempos acolhera a janela de vitral, a pensar no Pastor Harris e nas manhãs incontáveis que passara envolto pelo halo da luz do Sol que jorrava por aquela janela. Foi então que percebeu que tinha de construir outra.

No dia seguinte, entrou em contacto com Kim. Quando lhe deu a notícia, ela desfez-se num pranto ao telefone. Steve sentiu um nó formar-se-lhe no fundo da garganta, mas não chorou com ela, e, sem saber bem precisar o motivo, soube que nunca mais haveria de chorar por causa daquele diagnóstico.

Mais tarde, tornou a telefonar-lhe para saber se os filhos poderiam ir passar o Verão na sua companhia. Apesar de a ideia a amedrontar, Kim acedeu. A seu pedido, concordou em não lhes contar nada acerca do seu estado de saúde. Seria um Verão repleto de mentiras, mas que alternativa lhe restava se quisesse reatar o relacionamento com ambos?

Na Primavera, à medida que as azáleas desabrochavam, começou a reflectir com maior frequência a respeito da natureza de Deus. Era inevitável, calculava, pensar em temas daqueles numa altura como aquela. Ou Deus existia, ou não; ou ele passaria a eternidade no céu, ou seria o vazio total. O facto de ponderar aturadamente naquela pergunta proporcionava-lhe um certo consolo; apelava a um anseio profundamente enraizado no seu íntimo. Acabou por chegar à conclusão de que Deus existia, mas desejava igualmente vivenciar a presença de Deus neste mundo, em termos mortais. E, com isto, teve início a sua demanda.

Era o último ano da sua vida. Chovia quase todos os dias, numa das primaveras mais húmidas de que havia memória. Maio, porém, foi um mês completamente seco, como se algures alguém tivesse fechado a torneira. Adquiriu o vidro de que precisava e começou a trabalhar na janela; em Junho, os filhos chegaram. Caminhava pela praia em busca de Deus, e até certo ponto, considerava, conseguiu reatar os laços desfeitos que o ligavam aos filhos. Agora, numa noite escura de Agosto, havia tartarugas-bebés a flutuar à superfície do oceano, e Steve estava a cuspir sangue. Chegara a altura de se deixar de mentiras; chegara a altura de dizer a verdade.

Os filhos estavam assustados, e Steve sabia que estavam à espera de que ele dissesse ou fizesse qualquer coisa capaz de lhes dissipar o medo. O seu estômago, porém, parecia estar a ser picado por milhares de agulhas tortuosas. Limpou o sangue da cara com as costas da mão e esforçou-se por aparentar calma.

— Acho — disse — que será melhor ir ao hospital.

CAPÍTULO 31

RONNIE

Quando o pai lhe deu a notícia, estava a ser alimentado por via intravenosa na cama do hospital. Ronnie começou imediatamente a abanar a cabeça. Não era verdade. Não podia ser verdade.

— Não — dizia ela —, isto não está certo. Os médicos também se enganam.

— Desta vez, não se enganaram — assegurou-lhe ele, pegando-lhe na mão. — E lamento que tenhas sido obrigada a descobrir desta maneira.

Will e Jonah estavam lá em baixo, na cafetaria. O pai quisera conversar com cada um dos filhos em separado; todavia, subitamente, Ronnie não queria ter nada que ver com aquela situação. Não queria que ele dissesse mais nada, nem uma única palavra.

Pelo espírito, perpassaram-lhe uma dúzia de imagens diferentes: de repente, compreendeu o motivo por que o pai insistira para que ela e Jonah viessem passar o verão à Carolina do Norte. E compreendeu também que a mãe sempre soubera da verdade. Com tão pouco tempo para estar na companhia da filha, Steve queria tudo menos discutir com ela. E, agora, a forma obsessiva como trabalhava na janela passava também a fazer todo o sentido. Recordava-se do ataque de tosse que o pai tivera na igreja e das vezes que o vira contrair-se de dores. Em retrospectiva, todas as peças do *puzzle* se encaixavam. E, no entanto, a vida deles estava a desagregar-se.

O pai nunca haveria de a ver casada; nunca haveria de pegar num neto ao colo. A ideia de passar o resto da vida sem ele era-lhe quase insuportável. Não era justo. Nada daquilo era justo.

Quando ela falou, as suas palavras pareciam quebradiças. — Quando é que estava a pensar contar-me?

— Não faço ideia.

— Antes de eu me ir embora? Ou depois de eu voltar para Nova Iorque?

Ao ver que o pai não lhe respondia, sentiu o sangue a aflorar-lhe às faces. Sabia que não se deveria zangar, mas era mais forte que ela.

— O quê? Estava a planear contar-me pelo telefone? O que é que me iria dizer? «Oh, desculpa não ter mencionado o assunto enquanto estivemos juntos no Verão, mas tenho um cancro em fase terminal. E tu, como tens passado?»

— Ronnie...

— Se não me queria contar, por que é que me obrigou a vir para cá? Para que eu o pudesse *ver* morrer?

— Não, minha querida. É precisamente o contrário. — Virou o rosto para a filha. — Quis que viesses para te poder ver viver.

Perante esta resposta, Ronnie sentiu qualquer coisa dar de si no seu íntimo, como as primeiras pedras que se precipitam por uma ravina abaixo antes duma avalanche. No corredor, ouviu duas enfermeiras a passar, a falar em voz baixa. As luzes fluorescentes zuniam no tecto, projectando uma sombra azulada sobre as paredes. As gotas de soro pingavam a um ritmo regular — cenas normais num hospital, embora não houvesse nada de normal em tudo aquilo. Ronnie sentia a garganta seca e pegajosa como massa, e desviou o olhar, a tentar conter as lágrimas.

— Desculpa, minha querida — prosseguiu o pai. — Eu bem sei que te deveria ter contado, mas queria ter um Verão normal e também queria que tu tivesses um Verão normal. O meu único desejo era reatar os laços com a minha filha. És capaz de me perdoar?

A súplica dele atingiu-a no âmago, e ela soltou um grito involuntário. O pai estava a morrer e pedia-lhe perdão. Havia naquela atitude qualquer coisa de tão deplorável, que nem soube que resposta dar-lhe. Enquanto aguardava, o pai estendeu o braço e Ronnie pegou-lhe na mão.

— É óbvio que lhe perdoo — afirmou, e foi então que começou a chorar. Debruçou-se sobre ele, pousando-lhe a cabeça no peito, e reparou no quanto o pai emagrecera sem que ela tivesse dado por isso sequer.

Sentiu-lhe os contornos salientes dos ossos do peito e, subitamente, percebeu que ele vinha a definhar havia meses. Partia-lhe o coração saber que não lhe dera atenção suficiente; andara tão embrenhada na sua própria vida que nem sequer reparara no sofrimento do pai.

Quando ele a envolveu nos seus braços, as lágrimas começaram a cair-lhe em maior abundância, consciente de que, muito em breve, aquele simples gesto de afecto deixaria de ser possível. Mesmo contra a sua vontade, recordou-se do dia em que chegara a casa dele e da raiva que sentira dele; recordava-se de sair de forma intempestiva, a ideia de lhe tocar tão estranha como uma viagem ao espaço. Na altura, odiara-o tanto quanto agora o amava.

Estava aliviada por ter finalmente descoberto o segredo do pai, mesmo desejando que não fosse verdade. Sentiu-o a deslizar-lhe os dedos pelo cabelo. Haveria de chegar o momento em que ele já não seria capaz de fazer aquilo, em que o pai já não estaria presente na sua vida, e Ronnie cerrou as pálpebras, a tentar bloquear o futuro. Precisava de mais tempo na companhia do pai. Precisava de que ele ouvisse os queixumes dela; precisava de que ele a perdoasse quando fazia asneiras. Precisava de que ele a amasse como amara naquele Verão. Precisava de tudo isto para sempre, e sabia que não seria assim.

Deixou que o pai a abraçasse e chorou como a criança que já não era.

* * *

Mais tarde, ele esclareceu-lhe as suas dúvidas. Contou-lhe a respeito do avô e dos antecedentes de cancro na família, contou-lhe das dores que tinham começado a afligi-lo com a entrada do Ano Novo. Disse-lhe que as radiações estavam fora de questão, uma vez que o cancro se disseminara por vários órgãos. À medida que ouvia as explicações do pai, Ronnie imaginava as células malignas a deslocarem-se duma zona do corpo dele para outra, um exército maléfico que se dedicava à pilhagem e que no seu rasto não deixava senão a destruição. Perguntou-lhe sobre a quimioterapia, e a resposta foi idêntica. O cancro era agressivo, e, apesar de a quimioterapia poder ajudar a abrandar o seu desenvolvimento, não o poderia curar, para além de que os efeitos secundários lhe causariam um mal-estar ainda maior que aquele que já sentia. Explicou-lhe o conceito de qualidade de vida e, enquanto o ouvia, Ronnie ficou indignada com ele por não lhe ter contado antes. Não obstante, sabia que o pai tomara a decisão mais acertada. Caso tivesse sabido, o Verão ter-se-ia desenrolado doutra maneira. O relacionamento entre ambos teria seguido um rumo diferente, e Ronnie não queria sequer imaginar qual poderia ter sido.

O pai estava pálido, e ela sabia que a morfina lhe estava a provocar sonolência.

— Ainda tem dores? — perguntou-lhe.

— Não tão fortes como antes. Estou melhor — tranquilizou-a.

Ronnie assentiu com a cabeça. Esforçou-se uma vez mais por se abstrair da imagem das células malignas a invadir os órgãos do pai.

— Quando é que contou à mãe?

— Em Fevereiro, logo que soube. Mas eu pedi-lhe que não te dissesse nada.

Tentou recordar-se de forma como a mãe reagira na altura. Teria forçosamente de ter ficado transtornada, mas, ou Ronnie não se lembrava, ou não lhe prestara atenção. Como sempre, as suas preocupações centravam-se exclusivamente em si própria. Gostava de se convencer de que agora era diferente, mas sabia que isso não correspondia completamente à verdade. Entre o emprego e o tempo que passava com Will, fizera relativamente pouca companhia ao pai, e o tempo era a única coisa que nunca poderia recuperar.

— Mas, se me tivesse contado, eu ter-lhe-ia feito mais companhia. Poderíamos ter-nos encontrado mais vezes, eu poderia tê-lo ajudado mais para que não andasse sempre tão cansado.

— Só de saber que aqui estavas já era mais que suficiente para mim.

— Mas talvez assim o pai não tivesse acabado por vir parar ao hospital.

Ele pegou-lhe na mão. — Ou talvez ver-te a desfrutar dum Verão despreocupado e a apaixonares-te tenha sido desde logo aquilo que me manteve afastado do hospital.

* * *

Embora o pai não se tivesse alongado a respeito do assunto, Ronnie sabia que ele não esperava viver muito mais tempo, e fez um esforço por imaginar uma vida sem ele.

Se não tivesse vindo passar as férias com o pai, se não lhe tivesse dado uma oportunidade, talvez fosse mais fácil deixá-lo ir. A verdade, porém, é que tinha, e nada do que estava a suceder seria fácil. No silêncio assustador, ouviu-lhe a respiração penosa, e reparou uma vez mais no quanto ele emagrecera. Interrogou-se se o pai duraria até ao Natal, ou mesmo até à próxima visita que lhe fizesse no hospital.

Ela estava sozinha, e o pai estava a morrer, e não havia rigorosamente nada que pudesse fazer para o impedir.

* * *

— O que é que vai acontecer agora? — insistiu ela com o pai. Estava a dormir havia relativamente pouco tempo, talvez uns dez minutos, quando se tornou a virar para ela.

— Não sei se percebo ao que te referes.

— O pai vai ter de continuar no hospital?

Era a pergunta que Ronnie mais receio tinha de lhe fazer. Enquanto o pai dormitara, ela segurara-lhe a mão, imaginando que ele nunca mais haveria de sair daquele lugar. Que ele haveria de passar o resto da vida naquele quarto a cheirar a desinfectante, rodeado de enfermeiras que eram meras desconhecidas.

— Não — respondeu-lhe. — O mais provável é que daqui a uns dias volte para casa. — Esboçou-lhe um sorriso. — Pelo menos, assim espero.

A filha apertou-lhe a mão. — E depois? Depois de eu e o Jonah nos termos ido embora?

O pai reflectiu na pergunta. — Suponho que gostaria de ver a janela concluída. E de terminar a música que comecei. Continuo convencido de que ela tem... qualquer coisa de especial.

Ronnie puxou a cadeira para mais perto da cama. — O que eu quero dizer é quem é que vai tomar conta do pai?

Ele não lhe respondeu de imediato, fazendo um esforço por se recostar ligeiramente. — Eu vou ficar bem — tranquilizou-a. — E, caso precise dalguma coisa, posso sempre telefonar ao Pastor Harris. Ele mora a meia dúzia de quarteirões de distância.

Ronnie não conseguia imaginar o Pastor Harris, com as mãos queimadas e a sua bengala, a tentar ajudar o pai a entrar no carro. Steve pareceu adivinhar-lhe os pensamentos.

— Tal como já te disse, vou ficar bem — murmurou-lhe. — Eu sabia que, mais tarde ou mais cedo, isto iria acontecer e, caso aconteça o pior, há uma unidade de cuidados paliativos que tem um acordo com o hospital.

A filha também não era capaz de o ver aí. — Cuidados paliativos?

— Não é tão mau quanto possas pensar. Eu já lá estive.

— Quando?

— Há umas semanas. E a semana passada tornei a ir lá. Eles estão preparados para me receber logo que eu precisar.

Mais uma informação que ela desconhecia, mais outro segredo revelado. Mais uma verdade a pressagiar o inevitável. Sentiu uma agitação no estômago, as náuseas a instalarem-se.

— Mas o pai preferia continuar em casa, não preferia?

— E é lá que ficarei — assegurou-lhe.

— Enquanto puder?

A expressão dele era tão triste que chegava a ser insuportável.

— Enquanto puder.

* * *

Ronnie saiu do quarto do pai e dirigiu-se à cafetaria. Chegara a altura, dissera-lhe o pai, de ele conversar com Jonah.

Percorreu os corredores num estado de atordoamento. Era quase meia-noite, mas as urgências continuavam tão movimentadas como sempre. Foi passando pelos vários quartos, a maior parte dos quais tinham a porta aberta, e viu crianças a chorar acompanhadas por pais apreensivos, e uma senhora que não conseguia conter os vómitos. As enfermeiras andavam num corrupio pelo balcão de atendimento principal, a pegar em gráficos e a carregar carrinhos. Causava-lhe espanto que tanta gente pudesse estar doente àquela hora da noite, embora também soubesse que a maioria no dia seguinte já teria recebido alta. O pai, por seu turno, estava destinado a mudar-se para um quarto num dos pisos superiores; só estavam à espera de despachar a papelada.

Foi contornando as pessoas aglomeradas na sala de espera até chegar a uma porta que conduzia à zona principal do átrio do hospital e à cafetaria. Quando a porta se fechou nas suas costas, o nível do ruído baixou. Era capaz de ouvir os seus próprios passos, quase que conseguia ouvir os seus pensamentos, e, à medida que avançava, sentia o cansaço e as náuseas a percorrer-lhe o corpo em ondas. Era para ali que vinham os doentes; era para ali que vinham os moribundos, e Ronnie sabia que o pai tornaria a ver aquele lugar.

Quando chegou à cafetaria, mal conseguia engolir. Esfregou os olhos inchados e secos, prometendo a si própria que não se iria abaixo. Àquela hora, a zona que servia grelhados estava fechada, mas havia máquinas de venda automática na parede do fundo, e meia dúzia de enfermeiras sentadas a um canto, a beber café. Jonah e Will estavam instalados a uma mesa próxima da porta e, enquanto se dirigia a ambos, Will levantou o olhar para ela. Em cima da mesa, via-se uma garrafa meio vazia de água, leite e um pacote de bolachas para Jonah. O irmão virou-se para olhar para ela.

— Estávamos a ver que nunca mais vinhas ter connosco — queixou-se ele. — O que é que se passa? O pai está bem?

— Está melhor — disse-lhe Ronnie. — Mas pediu para conversar contigo.

— Conversar sobre o quê? — Pousou a bolacha que estava a comer. — Não fiz nada de mal, pois não?

— Não, não é nada disso. Ele quer explicar-te o que se passa.

— E por que é que não podes ser tu a falar comigo? — Jonah parecia ansioso, e Ronnie sentiu o coração apertado de medo.

— Porque ele quer conversar contigo a sós. Tal como fez comigo. Eu levo-te até lá e fico à tua espera à porta, está bem?

Jonah levantou-se da cadeira e encaminhou-se para a porta, deixando que a irmã seguisse no seu encalço. — Que fixe — comentou ao passar por ela, e Ronnie teve uma vontade súbita de fugir dali. Mas tinha de ficar à espera do irmão.

Will continuou sentado, imóvel, de olhar fixo na namorada.

— Dá-me só um instante, está bem? — pediu ela ao irmão.

Will levantou-se da mesa, receoso por ela. «Ele sabe», ocorreu-lhe subitamente. «Não sei como, mas já sabe.»

— Não te importas de esperar por nós? — pediu-lhe Ronnie. — Eu sei que o mais provável é tu...

— Está claro que espero — assegurou-lhe ele em voz baixa. — Enquanto precisares de mim, estarei aqui.

Sentiu-se inundar por uma onda de alívio e dirigiu-lhe um olhar agradecido, posto o que deu meia-volta e foi atrás do irmão. Abriram a porta e entraram no corredor deserto, em direcção à confusão das urgências.

* * *

Nunca lhe tinha morrido ninguém chegado. Apesar de os avós da parte do pai já terem falecido e de ela se lembrar de ter estado presente no funeral de ambos, não chegara a conhecê-los bem. Não eram do género de avós que visitam os netos. De certa forma, até era estranho para ela e, depois de terem morrido, Ronnie não se recordava dalguma vez ter sentido a sua falta.

O mais próximo que estivera duma situação semelhante fora quando Amy Childress, a sua professora de história do sétimo ano, morrera num acidente rodoviário no Verão depois de Ronnie ter tido aulas com ela. Quem primeiro lhe dera a notícia fora Kayla, e recordava-se de se ter sentido não propriamente triste, mas chocada, quanto mais não fosse por Amy ser tão jovem. Ms. Childress ainda estava na casa dos vinte e leccionava havia apenas uns anos, e Ronnie lembrava-se da estranheza que o sucedido despertara nela. Era sempre tão simpática; era uma das poucas professoras que Ronnie tivera que se riam alto na sala de aula. Quando regressara à escola, no Outono seguinte, não soubera exactamente o que esperar. Como é que as pessoas reagiam a um acontecimento daquela natureza? O que pensariam os outros professores? Nesse dia, percorreu os corredores à procura de sinais dalguma coisa diferente; contudo, para além duma pequena placa que fora entretanto afixada numa parede junto ao gabinete do director, não viu nada de extraordinário. Os professores davam aulas e depois iam socializar para a sala de descanso; Ronnie viu Mrs. Taylor e Mr. Burns — dois dos professores com quem Ms. Childress costumava almoçar — a trocar sorrisos e gargalhadas pelo corredor fora.

Recordava-se de que aquilo a tinha incomodado. Era verdade que o acidente ocorrera durante o Verão e que as pessoas já tinham feito o luto por ela; todavia, quando passava pela sala que em tempos fora de Ms. Childress e que era agora usada para a aula de ciências, sentia uma indignação profunda, não apenas por Ms. Childress ter morrido, mas sobretudo por a sua memória ter sido esquecida num período tão curto.

Não queria que o mesmo acontecesse ao pai. Não queria vê-lo ser esquecido numa questão de semanas — era um bom homem, um bom pai e merecia melhor que isso.

Este raciocínio trouxe-lhe outra coisa ao pensamento. Nunca chegara a conhecer realmente o pai quando ele gozava de boa saúde. Da última vez que passara tempo na sua companhia, acabara de entrar para o secundário. Agora, pelo menos do ponto de vista legal, era adulta, com idade suficiente para votar, ingressar no exército e, ao longo de todo o Verão, ele escondera-lhe aquele segredo. Que espécie de pessoa teria sido o pai caso não soubesse que ia morrer? Quem era ele, na verdade?

Não tinha como avaliá-lo, à excepção das recordações que conservava dele como professor de piano. Pouco sabia a seu respeito. Não sabia que romancistas gostava de ler, não sabia qual era o seu animal preferido e, se a instassem a isso, não seria capaz de adivinhar qual era a sua cor predilecta. Não eram pormenores relevantes, e Ronnie sabia que no fundo não tinham grande importância, mas, sem saber explicar porquê, a ideia de que muito provavelmente nunca haveria de saber as respostas afligia-a.

Por detrás da porta, ouviu Jonah a chorar e percebeu que o pai lhe contara a verdade. Ouviu as negações insistentes do irmão e as respostas murmuradas do pai. Encostou-se à parede, a sofrer por Jonah e por si própria.

Desejava poder fazer alguma coisa para fazer desaparecer aquele pesadelo. Desejava poder fazer retroceder o relógio ao momento em que os ovos das tartarugas tinham eclodido, quando o seu mundo ainda estava intacto. Desejava ficar ao lado do rapaz que amava, acompanhados pela família feliz. Recordou-se subitamente da expressão radiante de Megan quando dançara com o pai no casamento, e sentiu uma dor lancinante por saber que ela e o pai nunca haveriam de partilhar esse momento especial.

Fechou os olhos e levou as mãos aos ouvidos, a tentar abafar o barulho dos gritos de Jonah. O irmão parecia tão indefeso, tão jovem... tão assustado. Não havia forma de ele poder compreender o que se estava a passar, não havia forma dalgum dia ele poder vir a recompor-se. Ronnie sabia que o irmão nunca haveria de esquecer aquele dia terrível.

— Queres que te vá buscar um copo de água?

Mal ouviu a pergunta, mas, por algum motivo, soube que lhe era dirigida. Ao olhar por entre as lágrimas, deparou com o Pastor Harris à sua frente.

Não foi capaz de lhe responder, mas ainda conseguiu abanar a cabeça. O pastor tinha uma expressão bondosa, mas Ronnie detectava-lhe a angústia na curvatura das costas, na forma como segurava na bengala.

— Lamento profundamente — disse-lhe ele. A sua voz denotava cansaço. — Nem consigo imaginar o quanto isto te deve custar. O teu pai é um homem especial.

— Como é que o senhor soube que ele aqui estava? Ele telefonou-lhe?

— Não — disse o pastor. — Quem me telefonou foi uma das enfermeiras. Eu venho cá duas ou três vezes por semana, e, quando tu o trouxeste para cá, elas acharam que eu haveria de gostar de saber. Elas sabem que eu o considero como se fosse meu filho.

— E vai falar com ele?

O Pastor Harris dirigiu o olhar para a porta fechada. — Só se ele quiser falar comigo. — Pela sua expressão angustiada, Ronnie percebeu que também estava a ouvir os gritos de Jonah. — Mas, depois de ter conversado contigo e com o teu irmão, tenho a certeza de que haverá de querer. Nem fazes ideia de como ele receava este momento.

— Já estiveram os dois a conversar acerca disto?

— Muitas vezes. Ele tem-vos mais amor que à própria vida, e não teve intenção de te magoar. Sabia que a altura acabaria inevitavelmente por chegar, mas estou certo de que não pretendia que descobrissem desta maneira.

— Não tem importância. Não vai alterar em nada o resultado.

— Aí é que te enganas — objectou o Pastor Harris.

— Por eu saber?

— Não — disse ele. — Por causa do tempo que passaram juntos. Nem imaginas como o teu pai andava nervoso antes da vossa chegada. Não por estar doente, mas porque tinha uma vontade imensa de poder desfrutar da tua companhia e de que corresse tudo bem. Acho que não tens a noção do quanto ele sentiu a tua falta, nem do amor que ele vos tem, a ti e ao Jonah. Andava literalmente a contar os dias. Quando eu o via, dizia-me: «Dezanove dias», ou «Doze dias». E na véspera da vossa chegada? Passou horas a limpar a casa e a pôr lençóis lavados nas camas. Eu sei que a casa não é grande coisa, mas se a tivesses visto antes, irias compreender melhor. Queria que vocês dois tivessem um Verão inesquecível, e queria partilhá-lo convosco. A exemplo de todos os pais, quer que os filhos sejam felizes. Quer ter a certeza de que vão ficar bem. Quer ter a certeza de que irão tomar decisões acertadas. Era disso que ele precisava neste Verão, e foi isso que vocês lhe deram.

Ronnie olhou-o de soslaio. — Mas eu nem sempre tomei decisões acertadas.

O Pastor Harris sorriu. — O que só mostra que és humana. O teu pai nunca vos exigiu que fossem perfeitos. Mas eu sei o orgulho que ele sente da jovem em que te transformaste. Ainda há questão duns dias comentou isso comigo. Vi-o tão... orgulhoso, tão feliz e, nessa noite, quando fui rezar, agradeci a Deus por isso. Porque o teu pai enfrentou muitas dificuldades quando veio morar para cá. Eu cheguei a duvidar de que ele voltasse a ser um homem feliz. E no entanto, apesar de tudo o que aconteceu, tenho a certeza de que agora é.

Ronnie sentiu um nó apertar-lhe a garganta. — E o que é que eu hei-de fazer?

— Estou certo de que haverá alguma coisa que possas fazer.

— Mas tenho medo — confessou ela. — E o meu pai...

— Eu sei — reconheceu o pastor. — E, embora vocês dois sejam para ele motivo de grande felicidade, sei que o teu pai também tem medo.

* * *

Nessa noite, Ronnie foi postar-se no alpendre das traseiras. As ondas apresentavam-se tão rítmicas e regulares como sempre, e as estrelas cintilavam com uma intensidade acutilante, todavia, para além disso, o mundo parecia-lhe um lugar muito diferente. Will estava a conversar com Jonah no quarto e, por conseguinte, havia três pessoas em casa; no entanto, dalguma forma, esta parecia-lhe mais vazia que o habitual.

O Pastor Harris continuava junto do pai. O pastor dissera-lhe que pretendia passar a noite à cabeceira dele e que, por isso, ela poderia levar o irmão para casa; apesar disso, Ronnie sentira-se culpada por se vir embora. O pai tinha exames marcados para o dia seguinte, bem como uma consulta com o seu médico. Ronnie sabia que o pai estava cansado e que precisaria de descansar nos intervalos. Mas queria estar lá, queria estar a seu lado, mesmo que fosse apenas para o ver dormir, pois sabia que chegaria o momento em que deixaria de o poder fazer.

Ouviu a porta das traseiras ranger nas suas costas; Will fechou-a delicadamente atrás de si. À medida que se aproximava dela, o seu olhar continuava fixo na praia arenosa.

— O Jonah conseguiu finalmente adormecer — disse ele. — Mas não me parece que compreenda na totalidade o que se está a passar. Disse-me que tem a certeza absoluta de que o médico vai pôr o pai bom, e não se cansava de me perguntar quando é que ele vai voltar para casa.

Ronnie recordou-se dos gritos do irmão no quarto do hospital, e só foi capaz de assentir com a cabeça. Will enlaçou os braços em volta dela.

— Está tudo bem contigo? — indagou.

— Como é possível que esteja? Acabei de saber que o meu pai está a morrer e que o mais provável é que não chegue ao Natal.

— Eu sei — disse ele com delicadeza. — E nem imaginas como lamento. Sei como deve ser difícil para ti. — Ela sentia-lhe as mãos na cintura. — Vou ficar cá esta noite, para que, se acontecer alguma coisa e tiveres de ir ao hospital, esteja cá alguém para tomar conta do Jonah. Posso ficar por cá enquanto precisares de mim. Eu sei que tenho a partida marcada para daqui a uns dias, mas posso telefonar para o gabinete do reitor e explicar o que se passa. As aulas só começam na próxima semana.

— Tu não podes fazer nada para remediar a situação — objectou ela. Sentia a aspereza na sua própria voz, mas não conseguia evitá-la. — És capaz de entender isso?

— Eu não estou a fazer nada...

— Ai isso é que estás! Mas não podes! — Subitamente, Ronnie teve a sensação de que o coração lhe ia explodir. — Para além de que não fazes a mais pequena ideia daquilo por que estou a passar!

— Eu também já perdi uma pessoa querida — recordou-a Will.

— Não é a mesma coisa! — Ronnie apertou a cana do nariz, a tentar conter as lágrimas. — Eu fui tão má para ele. Desisti do piano! Culpei-o de tudo e mais alguma coisa, e, em três anos, não lhe dirigi mais que meia dúzia de palavras! Três anos! E agora não posso recuperá-los. Mas, quem sabe, se eu não tivesse andado tão zangada, ele não teria adoecido. Quem sabe se não fui eu a causadora das preocupações que estiveram na origem de tudo isto. Quem sabe se a culpa não é minha! — Afastou-se repentinamente de Will.

— A culpa não é nada tua.

Will tentou envolvê-la uma vez mais no seu abraço; isso, porém, era a última coisa que Ronnie desejava e tentou empurrá-lo. Quando ele não a largou, começou a bater-lhe no peito.

— Deixa-me em paz! Eu sei lidar com isto sozinha!

Ele, porém, insistia em abraçá-la e, quando ela se apercebeu de que não iria largá-la, cedeu finalmente ao seu abraço. E, durante muito tempo, deixou-se ficar a chorar entre os seus braços.

* * *

Ronnie estava deitada no quarto às escuras, ao ouvir o irmão a respirar. Will ficara a dormir no sofá da sala de estar. Sabia que deveria fazer o possível por descansar, mas estava à espera de ouvir o telefone tocar a todo o momento. Imaginava o pior: que o pai começara a tossir outra vez, que perdera mais sangue, que não havia nada que ninguém pudesse fazer...

Atrás dela, na cabeceira da cama, achava-se a Bíblia do pai. Nesse dia, tinha estado a dar-lhe uma vista de olhos, incerta quanto ao que iria encontrar. Teria ele sublinhado algum trecho ou dobrado o canto dalguma página? Enquanto folheava o livro, descobrira poucos vestígios do pai, para além de as páginas terem um aspecto bastante gasto que sugeria uma profunda familiaridade com praticamente todos os capítulos. Desejava que o pai tivesse feito alguma coisa para lhe imprimir um cunho pessoal, algo que lhe deixasse pistas sobre ele, mas não havia nada que indicasse que ele achara um trecho mais interessante que outro.

Ronnie nunca lera a Bíblia, no entanto, sabia que acabaria por ler aquela, à procura de fosse qual fosse o significado que o pai desvendara naquelas páginas. Interrogava-se se a Bíblia lhe teria sido oferecida pelo Pastor Harris ou se ele a comprara, e há quanto tempo estaria na sua posse. Havia tanta coisa que não sabia a respeito dele, e admirava-se agora de nunca se ter dado ao incómodo de lhe perguntar.

Mas iria fazê-lo, decidiu. Já que em breve não teria senão recordações, então queria ter tantas quantas conseguisse reunir, e, à medida que dava por ela a rezar pela primeira vez em anos, rogava a Deus para que lhe concedesse tempo para o fazer.

CAPÍTULO 32

WILL

Will não conseguiu conciliar devidamente o sono. Toda a noite ouviu Ronnie às voltas na cama e a passarinhar pelo quarto. Reconheceu o choque que a afectava; ainda se lembrava da sensação de entorpecimento, da incredulidade e da frustração que sentira depois da morte de Mikey. Os anos tinham contribuído para serenar a intensidade emocional, mas ainda se recordava do desejo contraditório de companhia e da necessidade de ficar sozinho.

Sentia-se triste por Ronnie e também por Jonah, cuja idade ainda não lhe permitia compreender a situação na sua totalidade. E até mesmo por si próprio. Durante todo o Verão, Steve fora duma enorme amabilidade para com ele, pois tinham passado muito mais tempo em casa de Ronnie que na sua própria casa. Agradava-lhe a calma com que ele se dedicava à cozinha e da familiaridade desenvolta que partilhava com o filho. Era frequente vê-los na praia, a lançar papagaios, ou a brincar à apanhada junto à rebentação, ou então a trabalharem na janela de vitral num estado de concentração silenciosa. Enquanto a maioria dos pais gostavam de se ver a si próprios como o género de homens que disponibilizavam tempo para os filhos, Will tinha a sensação de que em Steve isso era genuíno. Durante o breve período em que convivera com ele, nem por uma única vez vira Steve zangado, nunca o ouvira levantar a voz. Calculava que isto pudesse dalguma forma estar relacionado com o facto de estar a morrer, embora Will estivesse convencido de que não explicava tudo. O pai de Ronnie era simplesmente... um bom homem em paz consigo próprio e com os outros; adorava os filhos e confiava no discernimento de ambos para, dum modo geral, tomarem as decisões mais acertadas.

Estendido no sofá, considerou que um dia haveria de querer ser um pai assim. Apesar de gostar muito do seu próprio pai, este nem sempre fora o indivíduo descontraído que Ronnie conhecera. Houve longos períodos na vida de Will, quando o pai andava ocupado em cimentar o negócio, em que mal se lembrava de o ver. Acrescentasse-se a instabilidade ocasional da mãe e a morte de Mikey, que condenara a família a passar a vários anos mergulhada na depressão, e compreendia-se por que motivo Will em diversas ocasiões desejara ter nascido num lar diferente. Sabia que fora bafejado pela sorte, e também era verdade que ultimamente a situação em casa melhorara muito. Todavia, a sua infância e adolescência não tinha sido um mar de rosas, e Will ainda se recordava de desejar ter outra vida.

Steve, porém, era um género de pai completamente diferente.

Ronnie contara-lhe que ele costumava ficar horas perdidas sentado ao lado dela, a ensinar-lhe a tocar piano, contudo, durante todo o tempo que passara em casa deles, nunca ouvira Steve referir-se a isso. Não ouvira sequer mencionar isso por alto e, apesar de a princípio estranhar, começou a ver ali um claro sinal do amor que tinha à filha. Uma vez que ela não queria tocar nesse assunto, o pai fazia-lhe a vontade, mesmo que tal tivesse constituído uma parte fundamental da vida de ambos. Chegara mesmo ao ponto de entaipar o recanto do piano para que ela não fosse obrigada a lembrar-se dessa fase.

Quantas pessoas se disporiam a isso?

Apenas Steve, um homem que Will aprendera a admirar, um homem com quem aprendera, e o tipo de homem em que tinha esperança de se transformar com a idade.

* * *

Acordou com o sol matinal a jorrar pelas janelas da sala de estar, e espreguiçou-se antes de se levantar. Ao espreitar para o corredor, reparou que a porta do quarto de Ronnie se achava aberta e percebeu que ela já estava acordada. Foi encontrá-la no alpendre, tal como na noite da véspera. Não se virou à sua chegada.

— Bom dia — cumprimentou-a Will.

Os ombros descaíram-lhe ao voltar-se para ele. — Bom dia — retribuiu-lhe, presenteando-o com um leve sorriso. Abriu os braços, e Will envolveu-a com os seus, grato pelo abraço.

— Desculpa o meu comportamento de ontem à noite — disse-lhe Ronnie.

— Não tens nada de que pedir desculpa. — Aconchegou o rosto no cabelo dela. — Não fizeste nada de mal.

— Hum — hesitou ela. — Em qualquer dos casos, obrigada.

— Não te ouvi a levantares-te.

— Já ando a pé há um bocado. — Soltou um suspiro. — Telefonei para o hospital e estive a falar com o meu pai. Apesar de ele não me dizer nada, percebi que continua cheio de dores. Acho que, depois de fazer os tais exames, ainda é capaz de ficar uns dias internado.

Fossem outras as circunstâncias, e Will ter-lhe-ia assegurado de que o pai iria recuperar, de que tudo se acabaria por resolver. Naquele caso, porém, ambos sabiam que as palavras de nada valiam. Ao invés, inclinou-se para a frente, encostando a sua testa na dela.

— E tu, dormiste alguma coisa? Ouvi-te a andar dum lado para o outro durante a noite.

— Nem por isso. Acabei por me meter na cama com o Jonah, mas não consegui desligar. Mas não só por causa do que aconteceu ao meu pai. — Ronnie fez uma pausa. — Por tua causa, também. Daqui a uns dias, vais-te embora.

— Já te disse que posso adiar a partida. Se precisares de que eu fique aqui, eu...

Ela abanou a cabeça. — Não quero que faças isso. Estás prestes a encetar uma nova etapa da tua vida, e eu não te posso privar disso.

— Mas não preciso de me ir já embora. Ainda falta algum tempo para as aulas começarem...

— Mas eu já te disse que não quero — insistiu Ronnie. A sua voz era suave mas implacável. — Tu vais para a universidade, e o problema não é teu. Eu sei que pode parecer insensibilidade da minha parte, mas a verdade é esta. Trata-se do meu pai, não do teu, há-de ser sempre assim. E não quero ter de me preocupar com aquilo de que possas estar a abdicar por mim; neste momento, já tenho problemas que me cheguem. És capaz de compreender isto?

Mesmo a contragosto, Will viu-se forçado a admitir que as palavras dela continham uma certa dose de verdade. Passado um instante, desapertou a pulseira de macramé e estendeu-lha.

— Quero que fiques com isto — sussurrou-lhe e, pela expressão de Will, Ronnie percebeu o quanto era importante para ele que aceitasse a prenda.

Rasgou um breve sorriso enquanto fechava a mão em redor da pulseira. Will julgou que ela se preparava para dizer alguma coisa quando ambos ouviram a porta da oficina bater com estrondo. Por momentos, Will pensou que alguém a tivesse arrombado. Foi então que viram Jonah a arrastar desajeitadamente uma cadeira partida cá para fora.

A grande custo, pegou na cadeira e atirou-a para a duna adjacente à oficina. Mesmo à distância a que se encontrava, Will detectou-lhe nitidamente a expressão de fúria.

Ronnie já estava a descer os degraus do alpendre.

— Jonah! — chamou-o ela.

Will precipitou-se no encalço da namorada, quase chocando contra ela ao chegar à porta da oficina. Olhando-lhe por cima do ombro, viu Jonah a empurrar uma grade pesada pelo chão. Estava a fazer um esforço imenso, alheio ao súbito aparecimento de ambos.

— O que é que tu estás a fazer? — gritou-lhe a irmã. — Quando é que vieste para aqui?

Jonah continuou a empurrar a grade, resmungando do esforço.

— Jonah! — insistiu Ronnie.

Este grito teve o condão de o despertar do estado de alheamento, e Jonah virou-se para Will e para a irmã, surpreendido com a presença dos dois. — Não consigo lá chegar! — exclamou ele, zangado e à beira das lágrimas. — Não tenho altura que chegue!

— Não consegues chegar aonde? — perguntou-lhe ela, dando um passo repentino em diante. — Estás a sangrar! — constatou, com o pânico a assomar-lhe à voz.

Will reparou no rasgão nas calças de ganga de Jonah e no sangue que lhe escorria da perna à medida que Ronnie se dirigia ao irmão. Impelido pelos seus demónios interiores, Jonah continuou a empurrar a grade com toda a força, e um dos cantos desta desfez-se contra uma das prateleiras. A criatura meio esquilo, meio peixe tombou em cima dele no preciso momento em Ronnie lhe ia a deitar a mão.

Jonah tinha o rosto tenso e corado. — Vai-te embora! Eu sou capaz de fazer isto sozinho! Não preciso de ti! — berrou-lhe o irmão.

Tornou a insistir em empurrar a grade, mas esta estava presa na prateleira e não havia maneira de a deslocar. Ronnie tentou ajudá-lo, mas Jonah afugentou-a. Nesse momento, reparou Will, já as lágrimas corriam pela cara do rapaz.

— Eu disse-te para te ires embora! — teimou ele aos gritos. — O pai quer que eu acabe a janela! Eu! Não tu! Foi isso que estivemos todo o Verão a fazer! — As palavras saíam-lhe em arquejos entrecortados, repletos de fúria e medo. — Foi isto que nós fizemos! E tu só querias saber das tartarugas! Mas eu passei todos os dias com ele!

Enquanto gritava por entre as lágrimas, a voz começou a faltar-lhe.

— E agora não consigo chegar ao meio da janela! Não sou suficientemente alto! Mas tenho de a terminar, porque se eu fizer isso, o pai é capaz de ficar bom. Ele tem de ficar bom, e por isso é que eu fui buscar a cadeira para chegar ao meio da janela, mas ela partiu-se e eu caí em cima do vidro, e depois tentei subir à grade, mas é muito pesada...

Por esta altura, Jonah já mal conseguia falar e, ao dar um passo vacilante, tombou no chão. Envolveu os braços em volta dos joelhos, baixou a cabeça e desatou a soluçar, os ombros a estremecerem-lhe.

Ronnie sentou-se no chão a seu lado. Pousou-lhe um braço em volta dos ombros e, perante o choro insistente de Jonah, puxou-o para junto de si. Ao assistir àquela cena, Will sentiu um nó formar-se-lhe na garganta, com a nítida impressão de que estava a mais.

Apesar de tudo, deixou-se ficar onde estava, enquanto Ronnie continuava abraçada ao irmão, escusando-se a tentar acalmá-lo ou a assegurar-lhe que tudo se acabaria por resolver. Limitou-se a abraçá--lo em silêncio até os soluços começarem a sossegar. Por fim, Jonah ergueu a cabeça, os olhos vermelhos por detrás dos óculos, a cara manchada de lágrimas.

Quando Ronnie falou, fê-lo com voz meiga; mais meiga que Will algum dia lhe ouvira.

— Não te importas de irmos num instante a casa? Quero só ver que golpe é esse que tens na perna.

A voz de Jonah ainda estava trémula. — Então e a janela? Tenho de a acabar.

Ronnie olhou para Will, em seguida novamente para o irmão. — E se nós te déssemos uma ajuda?

Jonah abanou a cabeça. — Vocês não sabem como é que se faz.

— Mas tu podes ensinar-nos.

* * *

Depois de Ronnie ter desinfectado a perna do irmão e de lhe ter aplicado alguns pensos rápidos no golpe, Jonah tornou a levá-los para a oficina.

A janela encontrava-se em fase de conclusão — todas as gravações pormenorizadas das faces já estavam feitas, e as hastes de reforço já tinham sido instaladas. A única coisa que faltava era encaixar as centenas de peças elaboradas para formar o resplendor divino do céu.

Jonah ensinou Will a cortar as hastes de chumbo e Ronnie a soldar; ele próprio encarregou-se de cortar os fragmentos de vidro, a sua principal tarefa ao longo daquele Verão, e inseriu-os nas hastes de chumbo, deixando depois que fosse a irmã a segurá-los no seu devido sítio.

Fazia calor dentro da oficina atravancada, contudo, os três lá acabaram por arranjar um ritmo de trabalho. À hora do almoço, Will saiu rapidamente para ir buscar uns hambúrgueres para ele próprio e Jonah e uma salada para Ronnie; fizeram uma curta pausa para comer, mas, não tardou, estavam novamente a lançar mãos à obra. Durante essa tarde, Ronnie telefonou três vezes para o hospital, donde a informaram que o pai ou estava fazer exames, ou a dormir, mas, em todo o caso, relativamente bem. Quando o crepúsculo se instalou, tinham metade do trabalho concluído; Jonah começava a sentir as mãos cansadas, e fizeram nova pausa para comer, posto o que foram buscar alguns candeeiros à sala de estar para terem melhor iluminação na oficina.

A noite caiu, e, às dez horas, já Jonah estava a bocejar; quando foram a casa para desfrutar duns momentos de descontracção, Jonah adormeceu quase de imediato. Will pegou-lhe ao colo e levou-o para a cama. Quando voltou à sala, Ronnie já regressara à oficina.

Will encarregou-se de cortar o vidro; passara o dia a ver Jonah fazer aquilo e, embora a princípio se tivesse enganado algumas vezes, não tardou a ganhar-lhe o jeito.

Trabalharam noite dentro e, quando a alvorada começou a romper, estavam ambos que não se aguentavam nas pernas. Na mesa à sua frente, achava-se a janela concluída. Will não tinha a certeza de qual seria a reacção de Jonah quando descobrisse que não tomara parte na instalação das últimas peças, mas calculava que Ronnie saberia lidar com isso.

— Vocês estão os dois com ar de quem passou a noite a pé — disse uma voz atrás de ambos. Ao dar meia-volta, Will deparou com o Pastor Harris à soleira da oficina.

O Pastor Harris vinha apoiado na bengala. Envergava um fato — provavelmente o mesmo que usava nas missas dominicais —, mas Will reparou-lhe nas cicatrizes medonhas que tinha nas costas das mãos e percebeu imediatamente que lhe abrangiam também os braços. Ao recordar-se do incêndio na igreja e do segredo que vinha a guardar havia todos aqueles meses, não teve coragem de encarar o pastor.

— Temos estado a acabar a janela — explicou-lhe Ronnie com rouquidão na voz.

O Pastor Harris apontou para a obra. — Importam-se de que a veja?

Ronnie acenou-lhe com a cabeça. — Está claro que não.

O Pastor Harris entrou na oficina, avançando devagar. A bengala martelava no chão à medida que ele se aproximava. Junto à mesa, a curiosidade da sua expressão cedeu lugar ao espanto. Apoiando-se na bengala, fez deslizar a mão nodosa e coberta de cicatrizes por cima do vidro.

— Até custa a acreditar — murmurou. — Nunca imaginei que pudesse ficar tão bonita.

— Quem fez a maior parte do trabalho foram o meu pai e o Jonah — esclareceu Ronnie. — Nós limitámo-nos a dar uma ajuda nos retoques finais.

Ele sorriu. — O teu pai vai ficar radiante.

— E como é que vão as obras na igreja? Eu sei que o meu pai adoraria ver a janela instalada.

— Oxalá Deus te ouça! — Encolheu os ombros. — A igreja já não goza da mesma popularidade doutros tempos, e, como tal, já não tem tantos fiéis. Mas tenho fé de que acabaremos por conseguir levá-las a bom porto.

Pela expressão apreensiva dela, Will percebeu que Ronnie devia estar a imaginar se a janela seria instalada a tempo ou não, mas tinha receio de perguntar.

— A propósito, o teu pai está bem — informou-a o Pastor Harris. — Deve estar quase a receber alta do hospital, e é provável que esta manhã já lhe possas fazer uma visita. Ontem não perdeste grande coisa. Eu passei a maior parte do dia sozinho no quarto dele, à espera de que lhe fizessem os exames.

— Obrigada por lhe ter ficado a fazer companhia.

— Não tens de quê, minha querida. — Tornou a admirar a janela. — Quem te agradece sou eu.

Quando o Pastor Harris se foi embora, o ambiente na oficina ficou muito sossegado. Will ficou a vê-lo afastar-se, incapaz de afastar do pensamento a imagem das suas mãos cobertas de cicatrizes.

Em silêncio, examinou a janela, impressionado com o trabalho que dera a fazer uma nova, uma janela que não deveria ter sido necessário substituir. Recordou-se das palavras do pastor e da possibilidade de o pai de Ronnie não viver tempo suficiente para a ver instalada.

Quando se virou para Ronnie, viu-a perdida nos seus pensamentos. Sentiu qualquer coisa desmoronar-se dentro dele, como um castelo de cartas. — Há uma coisa que preciso de te confessar.

* * *

Sentados na duna, Will contou-lhe tudo desde o princípio. Quando chegou ao fim, Ronnie mostrou-se confusa.

— Tu estás a querer dizer-me que a culpa do incêndio foi do Scott? E que tu tens andado a encobri-lo? — A voz dela denotava incredulidade. — Tens andado a mentir por causa ele?

Will abanou a cabeça. — Não é bem assim. Já te expliquei que foi um acidente.

— Não importa. — Ronnie perscrutou-o com o olhar. — Quer tenha sido um acidente, quer não, ele tem de assumir a responsabilidade pelo que fez.

— Eu sei. Até já o aconselhei a ir à polícia.

— Então, e se ele não for? Vais continuar a encobri-lo para sempre? Vais permitir que o Marcus continue a controlar a tua vida? Isso não está certo.

— Mas ele é meu amigo...

Ronnie pôs-se em pé num pulo. — O Pastor Harris por um triz não morreu naquele incêndio! Passou semanas internado no hospital. Fazes por acaso ideia das dores que as queimaduras provocam? Por que é que não perguntas à Blaze como é que ela se sente? Para não falar da igreja... tu sabes que ele nem sequer a consegue reconstruir... e agora o meu pai nunca vai poder ver a janela no seu devido sítio!

Will abanou a cabeça, fazendo um esforço por manter a calma. Percebia que tudo aquilo era de mais para Ronnie: o pai, a sua partida iminente, a próxima ida a julgamento. — Eu sei que foi um erro da minha parte — disse em voz baixa. — E isso pesa-me na consciência. Nem te passa pela cabeça a quantidade de vezes em que me senti tentado a ir à polícia.

— E depois? — indignou-se ela. — Isso não significa nada! Não me ouviste dizer-te por que é que, quando fui a tribunal, admiti o que tinha feito? Porque eu sabia que tinha agido mal! A verdade só tem significado quando custa a reconhecer! Ainda não percebeste isso? Aquela igreja era a vida do Pastor Harris! Era a vida do meu pai! E agora está destruída, e o seguro não cobre os prejuízos, e eles têm de celebrar a missa no armazém...

— O Scott é meu amigo — protestou Will. — Não posso... não posso largá-lo às feras.

Ronnie pestanejou, a duvidar de que ele tivesse ouvido sequer o que ela lhe acabara de dizer. — Como é que podes ser tão egoísta?

— Eu não estou a ser egoísta...

— Podes ter a certeza de que é precisamente isso que és, e, se não fores capaz de reconhecer isso, nunca mais hei-de querer voltar a falar contigo! — exclamou ela. Deu meia-volta girando nos calcanhares e encaminhou-se a passos largos para casa. — Vai-te embora! Desaparece!

— Ronnie! — chamou-a Will, levantando-se para ir no seu encalço. Ela pressentiu-lhe o movimento e voltou-se para o encarar.

— Acabou, está bem?

— Não acabou nada. Vá lá, sê razoável...

— Razoável? — Agitou as mãos. — Tu queres que eu seja razoável? Tu não tens apenas andado a mentir para proteger o Scott; tu tens-me andado a mentir a mim também! Tu sabias por que motivo o meu pai andava a fazer a janela! Tu estiveste sempre ao meu lado e, no entanto, não me disseste rigorosamente nada a esse respeito! — Estas palavras pareceram trazer-lhe alguma clareza ao espírito, e Ronnie recuou um passo. — Tu não és quem eu julgava! Pensei que fosses melhor que isso!

Will retraiu-se, sem saber o que lhe havia de responder, contudo, quando avançou um passo, Ronnie recuou.

— Desaparece! De qualquer maneira, tu vais-te embora, e nós nunca mais nos vamos tornar a ver. Os verões não são eternos. Nós podemos conversar e fingir tudo o que nos apetecer, mas não podemos fazer nada para alterar isso e, como tal, o melhor é pôr um ponto final definitivo à situação. Neste momento não consigo lidar com isto, nem tão-pouco sou capaz de estar com uma pessoa em quem não confio. — Os olhos brilhavam-lhe de lágrimas contidas. — Eu não confio em ti, Will. Vai-te embora.

Ele ficou incapaz de se mexer, incapaz de falar.

— Desaparece! — gritou-lhe, lançando-se numa corrida até casa.

∗ ∗ ∗

Naquela noite, a última que passava em Wrightsville Beach, Will foi sentar-se na sala de leitura, ainda a tentar desvendar uma lógica em tudo o que acontecera. Ao pressentir a chegada do pai, ergueu o olhar.

— Está tudo bem contigo? — interrogou-o o pai. — Vi-te muito calado ao jantar.

— Está — respondeu-lhe o filho. — Está tudo bem.

O pai dirigiu-se ao sofá e sentou-se ao lado dele. — Estás nervoso por amanhã te ires embora?

Will abanou a cabeça. — Já acabaste de fazer as malas?

O filho assentiu com a cabeça e sentiu o olhar do pai a estudá-lo. Este inclinou-se para a frente.

— O que é que se passa? Já sabes que podes contar comigo.

Will demorou o seu tempo antes de responder, subitamente nervoso. Por fim, o pai olhou-o nos olhos. — Se eu lhe pedisse que fizesse uma coisa muito importante por mim, uma coisa mesmo muito importante, o pai faria? Sem me fazer mais perguntas?

Tom recostou-se no sofá, ainda a perscrutá-lo. Will já sabia qual seria a resposta.

CAPÍTULO 33

RONNIE

— O quê, já despacharam a janela?

Ronnie observou o pai a falar com Jonah no quarto do hospital, a pensar que ele parecia estar melhor. Ainda tinha um ar cansado, mas já não estava tão pálido e movimentava-se com mais à-vontade.

— Está espectacular, pai — garantiu-lhe Jonah. — Estou ansioso por que a veja.

— Mas ainda faltava encaixar tantas peças.

— A Ronnie e o Will deram-me uma pequena ajuda — admitiu Jonah.

— Ai sim?

— Mas eu tive de lhes mostrar como é que se fazia. Eles não percebiam nada daquilo. Mas não se preocupe, que eu fui muito paciente sempre que um deles se enganava.

O pai esboçou um sorriso. — Fico feliz por saber isso.

— Pois é, tenho muito jeito para professor.

— Não tenho qualquer dúvida a esse respeito.

Jonah franziu o nariz. — Isto aqui tem um cheiro um bocado esquisito, não tem?

— Um bocadinho.

Jonah assentiu com a cabeça. — Bem me parecia. — Apontou para o televisor. — Já viu muitos filmes?

O pai abanou a cabeça. — Nem por isso.

— E isso aí serve para o quê?

O pai deitou uma olhadela ao saco da alimentação intravenosa. — Contém uma série de medicamentos.

— E eles vão pô-lo bom?

— Já me estou a sentir melhor.

— Então vai voltar para casa?

— Muito em breve.

— Hoje?

— Talvez amanhã — disse-lhe o pai. — Mas sabes o que é que me vinha a calhar?

— O quê?

— Um refrigerante. Ainda te lembras donde fica a cafetaria? Na esquina ao fundo do corredor, sabes?

— Eu sei onde é que fica. Não sou um miúdo pequeno. O que é que lhe apetece beber?

— Uma *Sprite* ou uma *Seven Up*.

— Mas olhe que eu não tenho dinheiro.

Quando o pai lhe deitou uma olhadela, Ronnie percebeu que lhe estava a indicar que lho desse da carteira dela. — Eu tenho algum comigo — disse a filha. Retirou uma nota dum dólar e estendeu-a ao irmão, que já se estava a dirigir para a porta. Logo que este se foi embora, sentiu o olhar do pai cravado nela.

— O advogado telefonou-me esta manhã. O teu julgamento foi adiado para o final de Outubro.

Ronnie desviou o olhar para a janela. — Neste momento, não tenho cabeça para pensar nisso.

— Desculpa — disse-lhe o pai. Quedou-se uns instantes em silêncio, e ela sentiu-o a observá-la. — Como é que o teu irmão tem andado a reagir? — interrogou-a.

Ronnie deu de ombros. — Perdido. Confuso. Assustado. Sem saber como é que se há-de aguentar. — «Tal como eu», sentiu-se tentada a acrescentar.

O pai fez-lhe um gesto para que se aproximasse. Ronnie sentou-se na cadeira onde o irmão estivera instalado. O pai estendeu o braço para lhe agarrar na mão e apertou-lha. — Peço-te desculpa por me terem faltado as forças e ter sido obrigado a vir para o hospital. A última coisa que queria era que me visses neste estado.

A filha já estava abanar a cabeça. — Nem lhe passe pela cabeça pedir-me desculpa por uma coisa dessas.

— Mas...

— Nem mas nem meio mas, está bem? Eu tinha de saber. Prefiro assim.

O pai pareceu conformar-se com a resposta dela. Mas foi então que lhe fez uma surpresa.

— Queres conversar a respeito do que se passou entre ti e o Will?

— O que é que o leva a sugerir que se passou alguma coisa entre nós? — inquiriu ela.

— Porque te conheço. Porque sei quando é que a tua cabeça está longe daqui. E porque sei o quanto tu gostavas dele.

Ronnie endireitou-se na cadeira, relutante em mentir ao pai.

— Ele foi para casa fazer as malas — disse-lhe.

Sentiu o pai a estudá-la.

— Alguma vez te contei que o teu avô costumava jogar póquer?

— Sim, já. Porquê? Apetece-lhe jogar póquer?

— Não — respondeu-lhe ele. — Eu só sei que se passou mais alguma coisa entre ti e o Will do que estás pronta a admitir, mas, se não quiseres conversar sobre o assunto, por mim, tudo bem.

Ronnie hesitou. Sabia que o pai se mostraria compreensivo, mas ainda não se sentia preparada. — Tal como já lhe expliquei, ele vai-se embora — disse ela ao invés. E, com um aceno de cabeça, o pai deixou o assunto morrer ali.

— Estás com um ar cansado — comentou ele. — Daqui a bocado devias ir para casa e fazer uma sesta.

— É o que tenciono fazer. Mas quero ficar mais um bocadinho aqui consigo.

O pai ajeitou a mão na dela. — Nesse caso, está bem.

Ronnie deu uma olhadela ao saco da alimentação intravenosa que despertara a curiosidade do irmão. Contudo, ao contrário de Jonah, sabia que não continha medicamentos destinados a curá-lo.

— Ainda tem dores? — perguntou-lhe.

A resposta do pai demorou algum tempo a chegar. — Não — disse-lhe. — Não muitas.

— Mas teve, não teve? — insistiu a filha.

Steve começou a abanar a cabeça. — Minha querida...

— Eu quero saber. Teve muitas dores antes de vir para aqui? Diga-me a verdade, está bem?

O pai coçou o peito antes de lhe responder. — Tive.

— Durante quanto tempo?

— Não sei aonde é que pretendes...

— Eu quero saber quando é que começou a ter dores — esclareceu Ronnie, debruçando-se sobre a grade da cama. Queria que o pai a encarasse nos olhos.

Uma vez mais, ele abanou a cabeça. — Isso não tem importância. O que importa é que agora já me sinto melhor. E os médicos sabem o que fazer para me ajudar.

— Por favor — teimou Ronnie. — Quando é que começou a ter dores?

O pai baixou o olhar para as mãos de ambos, firmemente entrelaçadas em cima da cama. — Não sei. Em Março ou Abril? Mas não era todos os dias...

— E das vezes em que lhe doía — prosseguiu ela, decidida a obter a verdade —, o que é que o pai fazia?

— Nessa altura não eram tão fortes — foi a resposta dele.

— Mas doía-lhe, não doía?

— Doía.

— E o que é que o pai fazia?

— Já não me lembro — protestou ele. — Tentava abstrair-me delas. Concentrava-me noutras coisas.

Ronnie sentia-lhe a tensão nos ombros e, apesar do receio do que o pai lhe pudesse revelar, não se conseguiu conter. — Em que é que o pai se concentrava?

O pai alisou uma prega no lençol com a mão que tinha livre.

— Por que é que isso é assim tão importante para ti?

— Porque eu quero saber se tocar piano também o ajudava a concentrar-se noutras coisas.

Bastou-lhe proferir estas palavras para ter a certeza de que tinha razão. — Eu vi-o a tocar naquela noite, na igreja, a noite em que teve o ataque de tosse. E o Jonah contou-me que, mal o piano chegou, o pai começou a ir para lá à socapa.

— Minha querida...

— Lembra-se de me ter dito que, quando tocava piano, se sentia melhor?

O pai anuiu com a cabeça. Já estava a adivinhar o que vinha a seguir, e Ronnie sabia que ele tinha relutância em admiti-lo. Mas ela tinha de descobrir.

— Está a querer dizer-me que assim não sentia tantas dores? E, por favor, peço-lhe que me diga a verdade. Eu sei que me está a mentir. — Ronnie não estava disposta a dar-se por vencida, não daquela vez.

O pai fechou momentaneamente os olhos, em seguida tornou a abri-los. — Sim.

— Mas mesmo assim montou a parede em volta do piano?

— Sim — repetiu ele.

Ao ouvir isto, a filha sentiu a sua compostura frágil ceder. O queixo começou a tremer-lhe enquanto baixava a cabeça em direcção ao peito do pai.

O pai abraçou-a. — Não chores — pediu-lhe. — Por favor, não chores...

Ronnie, porém, não conseguia conter as lágrimas. As recordações da maneira como reagira na altura e o facto de saber agora o sofrimento que afligia o pai esgotaram-lhe as últimas réstias de força de que ainda dispunha. — Oh, paizinho...

— Não, minha querida... por favor, não chores. Naquela altura, eu ainda não estava tão mal como estou agora. Achava que seria capaz de aguentar, e julgo que fui. Só mais ou menos há uma semana para cá é que... — Encostou-lhe um dedo ao queixo e, quando ela o fitou, o que viu por um triz não lhe partiu o coração. Teve de desviar o olhar.

— Naquela altura, eu aguentava — reiterou ele e, pelo tom de voz do pai, Ronnie percebeu que estava a falar a sério. — Juro. Doía-me, mas não era a única coisa em que pensava, porque tinha outras maneiras de me abstrair. Como, por exemplo, trabalhar na janela com o Jonah ou simplesmente aproveitar o Verão com que tinha sonhado quando pedi à tua mãe que vos deixasse vir para cá.

As palavras do pai cauterizavam-na, o perdão dele era-lhe insuportável. — Estou tão arrependida, paizinho...

— Olha para mim — disse-lhe ele, mas Ronnie não foi capaz. Não conseguia pensar senão na necessidade do pai de tocar piano, e até disso ela o privara. Porque não pensava senão em si própria. Porque o magoara de propósito. Porque não se preocupava com ele.

— Olha para mim — repetiu o pai. A voz dele era suave mas insistente. Apesar duma certa relutância, a filha acabou por levantar a cabeça.

— Eu tive o Verão mais maravilhoso de toda a minha vida — murmurou-lhe. — Tive oportunidade de te ver salvar as tartarugas e de te ver apaixonares-te, mesmo que não vá durar para sempre. E, acima de tudo, tive oportunidade de conhecer a jovem em que te transformaste, de ver que já não és uma criança. E nem imaginas a alegria que tudo isso me proporcionou. Foi isso que me deu forças para aguentar todo o Verão.

Ronnie sabia que as palavras do pai eram sinceras, o que só contribuiu para agravar ainda mais a culpa que sentia. Já se preparava para responder quando Jonah entrou de rompante no quarto.

— Olhem quem eu fui descobrir — anunciou ele, apontando com a lata de *Sprite*.

Ronnie levantou a cabeça e viu a mãe ao lado de Jonah.

— Olá, minha querida — cumprimentou-a a mãe.

Ronnie virou-se para o pai. — Tive de lhe telefonar — explicou-se ele.

— Estás melhor? — perguntou-lhe a mãe.

— Estou, Kim, obrigado — tranquilizou-a o pai.

A mãe interpretou isto como um convite para entrar no quarto.

— Acho que estamos todos a precisar de ter uma conversa — declarou ela.

* * *

Na manhã seguinte, Ronnie já tomara a sua decisão e estava à espera da mãe no quarto quando esta entrou.

— Já acabaste de fazer as malas?

Fitou a mãe com um olhar calmo mas determinado. — Eu não vou voltar para Nova Iorque consigo.

Kim assentou as mãos nas ancas. — Eu julguei que esse assunto já estivesse arrumado.

— Não — retorquiu a filha em tom conciso. — A mãe arrumou o assunto. Mas eu não vou voltar para casa consigo.

Kim ignorou o comentário da filha. — Não sejas ridícula. Está claro que vais voltar para casa comigo.

— Eu não vou voltar para Nova Iorque. — Ronnie cruzou os braços diante do peito, mas não elevou a voz.

— Ronnie...

Ela abanou a cabeça, ciente de que nunca na vida falara tão a sério.

— Vou ficar aqui e não se toca mais no assunto. — Já tenho dezoito anos, e agora a mãe já não me pode obrigar a voltar consigo. Sou adulta e posso fazer o que muito bem entender.

Enquanto assimilava as palavras de Ronnie, a mãe ia mudando o peso do corpo dum pé para o outro, sem saber ao certo o que fazer.

— Isto... — disse ela por fim, apontando para a sala de estar, a tentar adoptar um tom razoável. — Isto não é da tua responsabilidade.

Ronnie avançou um passo na direcção dela. — Ai não? Então é da responsabilidade de quem? Quem é que vai tomar conta dele?

— O teu pai e eu já estivemos a conversar acerca disso e...

— Oh, está a referir-se ao Pastor Harris? — interrompeu-a a filha.

— Oh, como se ele fosse capaz de se encarregar do pai quando ele tornar a cair e a vomitar sangue. O Pastor Harris já não tem forças para isso.

— Ronnie... — teimou a mãe.

Ronnie atirou as mãos ao ar, sentindo a frustração e a determinação a intensificarem-se. — Lá porque a mãe ainda está zangada com ele, não significa que eu também tenha de estar, compreende? Eu sei bem o que ele fez e lamento que a tenha magoado, mas trata-se do meu pai. Ele está doente e precisa da minha ajuda, e eu vou estar aqui ao lado dele para o ajudar. Não me interessa que ele tenha tido um caso com outra mulher, não me interessa que ele nos tenha deixado. A única coisa que me interessa é a saúde dele.

Pela primeira vez, a mãe mostrou-se genuinamente surpreendida. Quando tornou a falar, fê-lo com voz meiga. — O que é que exactamente o teu pai te contou?

Ronnie já se preparava para protestar que isso era irrelevante, houve algo porém que a conteve. A expressão da mãe era tão estranha, quase... *culpada*. Como se... como se...

Fitou a mãe, a verdade a atingi-la à medida que proferia aquelas palavras. — Não foi o pai que teve o caso, pois não? — indagou lentamente. — Foi a mãe.

A postura da mãe não se alterou, mas parecia aflita. Aquela tomada de consciência agrediu-a quase com uma violência física.

Fora a mãe que tivera um caso com outra pessoa, não o pai. E...

Subitamente, à medida que as implicações se clarificavam no seu espírito, o quarto provocou-lhe uma sensação de claustrofobia. — Foi por isso que ele saiu de casa, não foi? Porque descobriu. Mas a mãe sempre me deu a entender que a culpa era dele, que o pai se foi embora apenas porque lhe apeteceu. A mãe *fingiu* que a culpa era dele, quando a verdade sempre foi outra. Como é que se atreveu a tanto? — Ronnie mal conseguia respirar.

A mãe parecia incapaz de falar, e Ronnie deu por si a perguntar-se se algum dia conhecera de facto a mãe que tinha.

— Foi com o Brian? — interrogou-se repentinamente. — Andou a enganar o pai com o Brian?

A mãe manteve-se em silêncio, e, uma vez mais, Ronnie soube que tinha razão.

A mãe deixara-a acreditar que o pai saíra de casa sem um motivo forte para tal. «E eu estive três anos de relações cortadas com ele, porque...»

— Sabe que mais? — ripostou ela. — Não quero saber. Não quero saber o que é que se passou entre vocês, não quero saber o que é que aconteceu no passado. Mas eu não vou abandonar o meu pai, e não há nada que possa fazer para me obrigar a isso...

— Quem é que não vai abandonar quem? — intrometeu-se Jonah. Acabara de transpor a porta, segurando na mão um copo de leite, e desviou a sua atenção da mãe para a irmã. Esta detectou-lhe o pânico na voz.

— Tu vais ficar cá? — perguntou-lhe.

Ronnie demorou algum tempo a responder, esforçando-se antes por conter a indignação. — Vou — confirmou ela, com esperança de aparentar mais calma que aquela que sentia. — Vou ficar.

O irmão pousou o copo em cima da cómoda. — Então, nesse caso, eu também fico — declarou ele.

A mãe ficou subitamente com um ar indefeso, e, embora Ronnie ainda sentisse a raiva a acicatá-la, nem lhe passava pela cabeça deixar Jonah assistir à morte do pai. Atravessou o quarto e acocorou-se diante do irmão.

— Eu sei que tu gostarias de ficar, mas não pode ser — disse-lhe em tom meigo.

— Porquê? Tu vais ficar.

— Mas eu não tenho aulas.

— E depois? Eu posso ir para a escola de cá. Eu e o pai já estivemos a conversar sobre isso.

A mãe abeirou-se de ambos. — Jonah...

Jonah retrocedeu subitamente, e a irmã reconheceu o pânico a assomar-lhe à voz à medida que se apercebia de que estava em desvantagem numérica. — Não me interessam as aulas! Não é justo! Eu quero ficar cá!

CAPÍTULO 34

STEVE

Ele queria fazer-lhe uma surpresa. Pelo menos era essa a sua intenção.

Dera um concerto em Albany; a sua próxima actuação estava marcada para Richmond, daí a dois dias. Em circunstâncias normais, nunca interrompia as *tournées* para ir a casa; era-lhe mais fácil manter um certo ritmo se se deslocasse de cidade em cidade. Todavia, visto que tinha alguns dias livres e não via a família havia duas semanas, apanhou um comboio e chegou à cidade no momento em que a multidão da hora do almoço saía dos respectivos escritórios nas torres em busca dalguma coisa que comer.

Foi por mera coincidência que a viu. Mesmo agora, as probabilidades continuavam a parecer-lhe quase impossíveis de tão remotas. Numa cidade com milhões de habitantes, Steve encontrava-se nas proximidades de Penn Station e estava a passar por um restaurante que já se encontrava praticamente cheio.

A primeira coisa que lhe ocorreu quando a viu foi que aquela mulher era igualzinha à esposa. Estava sentada a uma pequena mesa junto à parede, diante dum indivíduo de cabelo grisalho que aparentava ser alguns anos mais velho que ela. Envergava uma saia preta e uma camisa de seda vermelha e estava a fazer deslizar um dedo pela borda do copo de vinho. Steve captou todos estes pormenores e mirou-a uma segunda vez para verificar. Era de facto Kim, constatou, e estava a almoçar na companhia dum homem que Steve nunca vira. Através da janela, viu-a a rir-se e, com uma certeza descoroçoante, lembrou-se de que já a vira rir-se daquela maneira. Acontecera anos atrás, quando as coisas entre eles ainda funcionavam. Quando Kim se levantou da mesa, Steve viu o indivíduo fazer o mesmo e pousar-lhe uma mão ao fundo das costas. O toque do homem era delicado, quase familiar, como se já tivesse feito aquilo centenas de vezes. Kim provavelmente gostava da forma como ele lhe tocava, pensou Steve enquanto via o desconhecido beijar a mulher nos lábios.

Ficou hesitante quanto ao que havia de fazer, mas, em retrospectiva, não se lembrara de sentir nada de especial. Sabia que se tinham vindo a distanciar um do outro, sabia que andavam a discutir com frequência e calculava que a maioria dos homens teria entrado no restaurante e confrontado os dois. Talvez até armado um escândalo. Ele, porém, não era como a maioria dos homens. Assim, mudou a pequena mala que fizera na noite anterior de mão e, dando meia-volta aos calcanhares, tornou a encaminhar-se para Penn Station.

Duas horas mais tarde, apanhou um comboio e chegou a Richmond nessa mesma noite. Como sempre, levantou o auscultador para telefonar à mulher, e ela atendeu ao segundo toque. Steve ouviu o ruído da televisão ao fundo quando ela o cumprimentou.

— Até que enfim — disse ela. — Estava a ver que nunca mais ligavas.

Sentado na beira da cama, Steve imaginou a mão do desconhecido nas costas de Kim. — Acabei de chegar — justificou-se.

— Aconteceu alguma coisa de extraordinário?

Encontrava-se hospedado num hotel em conta, e o edredão estava a esgaçar ligeiramente nas pontas. Debaixo do parapeito da janela, havia um aparelho de ar condicionado que vibrava, fazendo oscilar os cortinados. Reparou na camada de pó que cobria o televisor.

— Não — respondeu-lhe. — Absolutamente nada de extraordinário.

* * *

No quarto do hospital, recordou-se daquelas imagens com uma clareza que o surpreendeu. Calculava que fosse por Kim estar prestes a chegar, juntamente com Ronnie e Jonah.

A filha telefonara-lhe entretanto a comunicar-lhe que não iria regressar a Nova Iorque. Steve sabia que não iria ser fácil. Recordava-se do aspecto definhado e macilento do pai nos seus últimos dias de vida e não queria que Ronnie o visse naquele estado. Todavia, a decisão dela já estava tomada, e Steve sabia que, quanto a isso, não havia nada a fazer. Mas não deixava de o assustar.

Tudo aquilo o assustava.

* * *

Nas últimas semanas, vinha a rezar com regularidade. Ou, pelo menos, fora essa a descrição que o Pastor Harris em tempos lhe fizera. Não unia as mãos nem inclinava a cabeça; não pedia a Deus que o curasse. O que Steve fazia, sem dúvida, era partilhar com Ele as preocupações que o afligiam relativamente ao futuro dos filhos.

Supunha que nisso não diferia da grande maioria dos pais. Ainda eram muito jovens, tinham ambos uma longa vida diante de si, e Steve interrogava-se o que haveria de ser de ambos. Nada de extravagante: perguntava a Deus se achava que iriam ser felizes, se continuariam a morar em Nova Iorque, se se iriam casar e ter filhos. O básico, nada mais, mas foi nessa altura, nesse momento, que finalmente compreendeu ao que o Pastor Harris se referia quando lhe dizia que ia passear e conversar com Deus.

Ao contrário do Pastor Harris, porém, ainda lhe faltava ouvir as respostas no seu íntimo ou vivenciar a presença de Deus na sua vida, e sabia que não lhe restava muito tempo para isso.

* * *

Deitou uma olhadela ao relógio. O avião de Kim partiria dentro de menos de três horas. Sairia do hospital directamente para o aeroporto acompanhada por Jonah, e a ideia deixou-o perfeitamente horrorizado.

Dentro de escassos instantes, iria ver o filho pela última vez na vida; chegara o momento da despedida final.

* * *

Jonah desfez-se num pranto logo que entrou a correr no quarto, direito à cama. Steve mal teve tempo de abrir os braços antes de o filho mergulhar neles. Os ombros frágeis como os dum passarinho do filho tremiam, e Steve sentiu o coração partir-se. Concentrou-se na sensação do filho encostado ao seu peito, e fez um esforço por memorizá-la.

Tinha mais amor aos filhos que à própria vida, mas, acima de tudo, sabia que Jonah precisava dele. Uma vez mais, tomou consciência de que falhara enquanto pai.

Jonah continuou a chorar, inconsolável. Steve abraçou-o com força, com vontade de nunca o deixar ir embora. Ronnie e Kim deixaram-se ficar à porta, conservando uma certa distância.

— Elas querem que eu volte para casa, papá — lastimou-se Jonah.

— Eu disse-lhes que queria ficar ao pé de si, mas elas não me ouvem.

Eu porto-me bem, paizinho. Prometo que me porto bem. Vou para a cama quando me mandar, e arrumo o meu quarto e só como bolachas quando me deixar. Diga-lhes que eu posso ficar consigo. Eu prometo que me porto bem.

— Eu sei que te portas bem — murmurou Steve. — Sempre foste obediente.

— Então diga-lhe, paizinho! Diga-lhe que quer que eu fique! Por favor! Só tem de lhe dizer!

— Eu gostaria muito de que tu cá ficasses — assegurou-lhe o pai, sofrendo por si próprio e pelo filho. — Não há nada que me agradasse mais, mas a tua mãe também precisa de ti. Ela tem saudades tuas.

Se Jonah ainda alimentava alguma réstia de esperança, esta esgotou-se de imediato, e ele começou novamente a chorar.

— Mas eu nunca mais o vou ver... e não é justo! Não é justo e pronto!

Steve fez um esforço por falar apesar do nó que lhe apertava a garganta. — Olha... — disse. — Quero que prestes atenção ao que te vou dizer, está bem? És capaz de fazer isso por mim?

Com uma certa relutância, Jonah lá levantou a cabeça. Embora fizesse o possível por contrariar isso, começava a engasgar-se com as suas próprias palavras. Teve de se armar de toda a coragem que possuía para não se ir abaixo diante do filho.

— Quero que saibas que és o melhor filho que um pai poderia desejar. Sempre tive imenso orgulho de ti e tenho a certeza de que, quando fores crescido, vais fazer coisas extraordinárias. Adoro-te do fundo do coração.

— Também eu a si, paizinho. E vou sentir muito a sua falta.

Pelo canto do olho, Steve viu Ronnie e Kim com as lágrimas a deslizarem-lhes pelas faces.

— E eu também vou sentir a tua falta. Mas vou estar sempre a zelar por ti, está bem? Fica prometido. Ainda te lembras da janela que fizemos os dois?

Jonah assentiu com a cabeça, o queixo a tremer-lhe.

— Eu chamo-lhe a Luz de Deus, porque me lembra o céu. Sempre que a luz jorrar pela janela que nós fizemos, ou por qualquer outra janela, vais saber que estou mesmo ao pé de ti, está bem? Aquilo ali serei eu. Eu serei a luz a entrar pela janela.

Jonah acenou com a cabeça, sem sequer se dar ao incómodo de limpar as lágrimas. Steve continuou abraçado ao filho, desejando do fundo do coração poder consertar a situação.

CAPÍTULO 35

RONNIE

Ronnie acompanhou a mãe e Jonah ao aeroporto para se despedir deles e para falar a sós com a mãe antes de esta partir, pois queria pedir-lhe que lhe fizesse um favor mal regressasse a Nova Iorque. Em seguida, voltou para o hospital e sentou-se à cabeceira do pai, à espera de que ele adormecesse. Steve permaneceu muito tempo sem dizer nada, de olhar fixo na janela. Ronnie deu-lhe a mão, e deixaram-se ficar os dois em silêncio, a contemplar as nuvens a flutuarem lentamente para lá do vidro.

Apeteceu-lhe ir esticar as pernas e apanhar um pouco de ar fresco; a despedida do pai a Jonah deixara-a trémula e esgotada. Nem queria imaginar o irmão no avião ou a entrar no apartamento; nem queria pensar se ele ainda estava a chorar.

Lá fora, percorreu o passeio diante da fachada do hospital, sentindo o espírito a divagar. Só reparou nele quando o ouviu clarear a voz. Estava sentado num banco; apesar do calor, trajava o mesmo género de camisa de manga comprida que costumava usar sempre.

— Olá, Ronnie — cumprimentou-a o Pastor Harris.

— Oh... Olá.

— Estava com esperança de fazer uma visita ao teu pai.

— Está a dormir — informou-o. — Mas se quiser, pode ir lá vê-lo.

O pastor deu umas pancadas com a bengala no chão, a fazer tempo.

— Lamento imenso aquilo por que estás a passar, Ronnie.

Ela acenou com a cabeça, sentindo dificuldade em concentrar-se. Até mesmo uma simples conversa lhe exigia um esforço impossível.

Sem saber bem como, teve a sensação de que ele sentia o mesmo.

— Gostarias de vir rezar comigo? — Os seus olhos azuis tinham um ar suplicante. — Queria rezar antes de ir ver o teu pai. Isso... ajuda-me.

A surpresa dela cedeu lugar a uma inesperada sensação de alívio.
— Gostaria muito — respondeu-lhe.

* * *

Depois disto, Ronnie começou a rezar com regularidade, e descobriu que o Pastor Harris tinha razão.

Não que acreditasse que a doença do pai tinha cura. Falara com médico e vira os exames, e, depois da conversa, saíra do hospital e fora até à praia, onde passara uma hora a chorar até as suas lágrimas secarem ao vento.

Não acreditava em milagres. Sabia que havia pessoas que acreditavam; todavia, não se conseguia forçar a crer que o pai arranjaria maneira de sobreviver. Não depois do que vira, não depois das explicações que o médico lhe dera. O cancro no estômago, ficara ela a saber, tinha-se propagado ao pâncreas e aos pulmões, e alimentar a esperança parecia-lhe uma atitude... arriscada. Não se conseguia imaginar a ter de enfrentar uma segunda vez a realidade que o pai estava a enfrentar. A situação já era difícil o suficiente tal como era agora, sobretudo à noite, quando a casa se achava sossegada e Ronnie ficava entregue aos seus pensamentos.

Ao invés, rezava para ter forças para poder ajudar o pai; rezava para ter capacidade de manter uma atitude positiva na sua presença, em lugar de chorar de cada vez que o via. Sabia que ele precisava de a ouvir rir e da filha em que ela recentemente se transformara.

A primeira coisa que fez depois de o ir buscar ao hospital foi levá-lo a ver a janela de vitral. Observou-o a aproximar-se lentamente da bancada, o seu olhar a abarcar tudo ao seu redor, a sua expressão a deixar transparecer espanto e incredulidade. Foi então que Ronnie compreendeu que houvera momentos em que o pai duvidara de viver tempo suficiente para poder ver a obra concluída. Acima de tudo, ela desejava que Jonah estivesse ali com ambos, e sabia que o pai estava a pensar no mesmo. Fora um projecto dos dois, a forma que tinham arranjado para passarem o Verão juntos. Steve sentia imensas saudades do filho, mais do que qualquer outra coisa, e, embora, a caminho de casa, ele tivesse desviado a cabeça para a filha não lhe ver o rosto, Ronnie sabia que o pai tinha os olhos rasos de lágrimas.

Mal entrou em casa, o pai foi telefonar a Jonah. Da sala de estar, Ronnie ouvia o pai a tranquilizar o irmão, dizendo-lhe que se sentia melhor, e, apesar de o mais provável ser Jonah interpretar mal as suas palavras, ela sabia que o pai tomara a atitude mais acertada. Steve desejava que Jonah guardasse uma recordação feliz daquele Verão e não que se apoquentasse com o que o futuro lhes reservaria.

Nessa noite, sentado no sofá, abriu a Bíblia e começou a lê-la. Ronnie percebia agora os motivos do pai. Instalou-se a seu lado e fez--lhe a pergunta que lhe andava a pairar no espírito desde a primeira vez que folheara aquele mesmo livro.

— O pai tem um trecho preferido? — indagou.

— Muitos — respondeu-lhe ele. — Sempre gostei dos Salmos. E sempre aprendi muito com as cartas de São Paulo.

— Mas o pai não tem o hábito de sublinhar nada — comentou ela. Quando o viu arquear uma sobrancelha, Ronnie encolheu os ombros. — Eu estive a dar-lhe uma vista de olhos enquanto esteve no hospital e não vi nada sublinhado.

Steve ponderou na pergunta da filha. — Se me desse para sublinhar cada passagem que me parecesse importante, o mais provável seria acabar por sublinhar o livro quase todo. Já o li vezes sem conta e de todas elas aprendi sempre qualquer coisa nova.

Ronnie estudou-o atentamente. — Não me lembro de antigamente o ver a ler a Bíblia...

— Isso é porque eras muito pequena. Eu guardava esta Bíblia na minha mesa-de-cabeceira e, uma ou duas vezes por semana, lia algumas partes. Pergunta à tua mãe. Ela dir-te-á que é verdade.

— E ultimamente leu alguma coisa que gostasse de partilhar comigo?

— Queres ouvir?

Ao ver a filha assentir com a cabeça, demorou apenas um instante a encontrar o trecho que pretendia.

— É da Carta aos Gálatas, capítulo 5, versículo 22 — anunciou ele, abrindo a Bíblia no colo. Clareou a voz antes de começar. — «Mas quando o Espírito Santo controla as nossas vidas, gera o seguinte tipo de fruto em nós: amor, alegria, paciência, bondade, lealdade, delicadeza e autodomínio.»

Ronnie observou o pai a ler o versículo, recordando-se da forma como se comportara aquando da sua chegada àquela casa e de como o pai reagira à sua fúria. Recordou-se das ocasiões em que ele se recusara a discutir com a mãe, mesmo quando ela insistia em provocá-lo. Na altura, a filha interpretara isso como um sinal de fraqueza e muitas vezes desejara que o pai fosse diferente. Agora, porém, compreendia que estivera redondamente enganada.

O pai, via agora, nunca agira sozinho. A sua vida sempre fora controlada pelo Espírito Santo.

* * *

A encomenda chegou no dia seguinte, e Ronnie percebeu que a mãe satisfizera o seu pedido. Levou o enorme envelope para a cozinha e rasgou-o pela parte superior, deitando o respectivo conteúdo em cima da mesa.

Dezanove cartas, todas elas enviadas pelo pai, todas elas ignoradas e ainda por abrir. Reparou nos vários remetentes que ele escrevinhara no cimo: Bloomington, Tulsa, Little Rock...

Mal podia acreditar que não as tivesse lido. Seria possível que tivesse andado assim tão zangada? Tão amarga? Tão... mesquinha? Em retrospectiva, sabia a resposta, embora continuasse a não fazer sentido para ela.

Procurou entre as cartas e encontrou a primeira que o pai lhe enviara. À semelhança da maioria das outras, fora escrita a tinta preta numa caligrafia meticulosa, e o selo estava ligeiramente desbotado. Pela janela da cozinha, viu o pai na praia, de costas voltadas para a casa: tal como o Pastor Harris, e apesar do calor, ganhara o hábito de usar manga comprida.

Respirou fundo, abriu a carta e, ali, à luz do Sol que entrava pela cozinha, começou a ler a carta.

Querida Ronnie,

Eu não sei como hei-de começar uma carta como esta, a não ser com um pedido de desculpas.

Foi por isso que te pedi que te fosses encontrar comigo no café, e foi isso que te tentei dizer nessa noite, quando te telefonei. Sou capaz de compreender por que não vieste ter comigo e por que não atendeste o meu telefonema. Estás zangada comigo, estás desiludida comigo e, no teu íntimo, estás convencida de que fugi de ti. Na tua opinião, eu abandonei-vos, a ti e à nossa família.

Não posso negar que daqui em diante a nossa vida vai ser diferente, mas quero que saibas que, se estivesse no teu lugar, o mais provável seria sentir--me como te estás a sentir neste momento. Tens todo o direito de estar zangada comigo. Tens todo o direito de estar desiludida comigo. Calculo que tenha feito por merecer o que sentes por mim, e não é minha intenção tentar arranjar desculpas, nem tentar imputar culpas a ninguém, nem tão-pouco tentar convencer-te de que, com o tempo, hás-de acabar por aceitar.

Com toda a franqueza, é bem possível que isso nunca venha a acontecer, e isso causa-me mais mágoa que tu possas imaginar. Tu e o Jonah sempre significaram tanto para mim, e quero assegurar-te de que nem tu nem ele têm qualquer responsabilidade no que se passou. Por vezes, por motivos que nem sempre são claros, os casamentos não resultam. Mas lembra-te sempre duma coisa: nunca deixarei de te amar, tal como nunca deixarei de amar o Jonah. E também nunca deixarei de amar a tua mãe, e ela poderá sempre contar com o meu respeito. Foi ela quem gerou as duas maiores dádivas que a vida algum dia me concedeu e tem sido uma excelente mãe. Sob muitos aspectos, apesar da tristeza que sinto por saber que eu e a tua mãe nunca mais voltaremos a estar juntos, continuo a acreditar que estar casado com ela tantos anos foi para mim uma bênção.

Eu sei que isto não representa muito para ti e que, seguramente, não é suficiente para te ajudar a compreender, mas quero que saibas que ainda acredito na dádiva do amor. E quero que tu também acredites. Merece-la na tua vida, pois nada é capaz de dar maior alegria que o amor.

Espero que, no teu íntimo, acabes por conseguir encontrar maneira de me perdoar por ter saído de casa. Não tem de ser agora, nem num futuro próximo. Mas quero que saibas o seguinte: quando estiveres preparada, eu estarei à tua espera de braços abertos e esse será o dia mais feliz da minha vida.

Com amor,
Pai.

* * *

— Eu sinto que devia fazer mais por ele — disse Ronnie.

Estava sentada no alpendre das traseiras, diante do Pastor Harris. O pai estava a dormir no quarto, e o Pastor Harris viera visitá-los e trouxera uma travessa de lasanha feita pela mulher. O mês de Setembro ia a meio, e os dias ainda estavam quentes, embora, uns dias atrás, tivesse havido uma noite em que já se adivinhava a aragem fria do Outono. Fora apenas uma noite; na manhã seguinte, o sol estava quente, e Ronnie dera por si a passear na praia e a perguntar-se se a noite da véspera teria sido uma ilusão.

— Nós estamos a fazer tudo ao nosso alcance — tranquilizou-a o pastor. — Não estou a ver que mais possamos fazer.

— Eu não estou a falar em termos de tomar conta dele. Neste momento, o meu pai nem sequer precisa muito de mim. Continua a fazer questão de cozinhar, e passeamos juntos na praia. Ontem até lançámos um papagaio. Para além dos medicamentos para as dores, que lhe provocam um grande cansaço, ele mantém-se mais ou menos como era antes de ir para o hospital. É só...

O olhar do Pastor Harris denotava profunda compreensão. — Tu gostarias de fazer qualquer coisa especial. Alguma coisa que significasse muito para o teu pai.

Ronnie acenou com a cabeça, satisfeita por poder contar com o pastor. Nas últimas semanas, o Pastor Harris tornara-se não apenas seu amigo, mas a única pessoa com quem se sentia verdadeiramente à vontade para conversar.

— Tenho fé de que Deus te ajudará a descobrir a solução. Mas tens de compreender que há alturas em que demoramos algum tempo a perceber o que é que Deus pretende de nós. É assim a maior parte das vezes. Em geral, a voz de Deus não é mais que um sussurro, e temos de estar muito atentos para a conseguirmos ouvir. Há ocasiões, porém, embora sejam raras, em que a resposta é óbvia e ecoa dentro de nós mais alto que o sino duma igreja.

Ronnie esboçou um sorriso, a pensar que estava a apreciar cada vez mais aquelas conversas. — O senhor parece estar a falar de experiência própria.

— Eu gosto muito do teu pai. E, tal como tu, gostaria de fazer alguma coisa especial por ele.

— E Deus respondeu-lhe?

— Deus responde-nos sempre.

— E foi um sussurro ou o sino duma igreja?

Pela primeira vez em muito tempo, Ronnie detectou-lhe um laivo de regozijo no olhar. — O sino duma igreja, claro está. Deus sabe que ultimamente ando fraco de ouvido.

— E o que é que decidiu fazer?

O Pastor Harris endireitou-se na cadeira. — Vou instalar a janela na igreja — afirmou ele. — Na semana passada, apareceu-nos um benfeitor inesperado que, não apenas se ofereceu para custear o resto das obras na totalidade, como também arranjou uma equipa que se vai encarregar de as concluir. Amanhã de manhã lançam mãos ao trabalho.

* * *

Nos dias seguintes, Ronnie manteve-se atenta aos sinos da igreja, mas tudo o que conseguiu ouvir foram gaivotas. Quando se pôs à escuta de sussurros, não ouviu rigorosamente nada. Não que isto constituísse uma surpresa por aí além para ela — até o Pastor Harris tivera de aguardar algum tempo pela resposta —, contudo, tinha esperança de que esta chegasse antes que fosse demasiado tarde.

Assim, limitou-se a continuar tal qual como até aí. Ajudava o pai sempre que era necessário, deixava-o à sua vontade quando não era, e tentava usufruir o melhor possível do tempo que lhes restava na companhia um do outro. Nesse fim-de-semana, aproveitando o facto de o pai se sentir com mais forças, foram dar um passeio até Orton Plantation Gardens, nas proximidades de Southport. Não ficava muito longe de Wilmington, e Ronnie nunca lá estivera, contudo, logo que entraram na estrada de gravilha que conduzia à mansão original, construída em 1735, percebeu que iria ser um dia memorável. Era o género de local que parecia perdido no tempo. A época das flores já tinha passado, todavia, à medida que caminhavam por entre os carvalhos gigantescos com os seus galhos descaídos adornados com barbas-de-velho, Ronnie achou que nunca estivera num sítio tão bonito quanto aquele.

Enquanto passeava à sombra das árvores, de braço dado com o pai, conversaram acerca do Verão. Pela primeira vez, Ronnie desabafou com o pai sobre o seu namoro com Will; falou-lhe da ocasião em que tinham ido à pesca e das vezes em que tinham ido andar de carrinha para o lamaçal, descreveu-lhe o mergulho elaborado do telhado da cabana e contou-lhe tudo a respeito do fiasco do casamento. O que não lhe contou, porém, foi o que acontecera na véspera da partida de Will para Vanderbilt nem as coisas que lhe dissera na altura. Não se sentia preparada para isso; a ferida ainda estava muito aberta. À semelhança de todas as vezes em que falava com ele, o pai escutou-a atentamente, com raras intromissões, mesmo quando ela perdia o fio à meada. Era um traço que apreciava nele. Não, apreciava era pouco, considerou. Era um traço que *adorava* nele, e deu por si a perguntar-se o que teria sido dela caso não tivesse ido passar o Verão ali.

Mais tarde, deslocaram-se a Southport e jantaram num pequeno restaurante com vista para o porto. Ronnie reparou que o pai começava a dar sinais de cansaço, mas a refeição estava agradável e, no final, dividiram entes ambos um *brownie* recheado com chocolate quente.

Foi um belo dia, um dia que Ronnie tinha a certeza de que ficaria para sempre gravado na sua memória. Contudo, depois de o pai se ter ido deitar, enquanto estava sozinha, sentada no sofá da sala de estar, deu por si novamente a pensar que tinha de haver algo mais que pudesse fazer por ele.

* * *

Na semana seguinte, a terceira de Setembro, começou a reparar que o pai dava sinais de estar pior. Dormia agora até meio da manhã e fazia uma sesta de tarde. Apesar de as sestas já se terem tornado um hábito para ele, a sua duração começou a aumentar, e à noite recolhia-se cedo. Enquanto limpava a cozinha, à falta dalguma

coisa melhor com que se entreter, Ronnie fez as contas e apercebeu-
-se de que o pai passava agora mais de metade do dia a dormir.
Depois disso, a situação foi-se agravando cada vez mais. A cada dia
que passava, o pai dormia um pouco mais. E também não andava
a comer como devia ser. Ao invés, punha-se a remexer com o garfo no
prato e fingia que comia; quando deitava os restos para o lixo, Ronnie constatava que o pai se limitara a petiscar. Vinha a perder peso a
olhos vistos e, bastava-lhe pestanejar, para ter a sensação de que o pai
definhara um pouco mais. Havia ocasiões em que dava por si com
receio de que ele desaparecesse de todo.

* * *

Setembro chegou ao fim. De manhã, os ventos que sopravam das
montanhas situadas na região ocidental do estado mantinham ao largo
o aroma salgado do mar. Ainda fazia calor, e era a época alta dos
furacões, embora, até ao momento, a costa da Carolina do Norte tivesse sido poupada.
Na véspera, o pai dormira catorze horas. Ronnie sabia que era mais
forte que ele, que o seu corpo não lha dava alternativa, mas custava-
-lhe vê-lo dormir durante a maior parte do pouco tempo que lhe
restava de vida. Quando o pai andava a pé, mostrava-se mais reservado,
contentando-se em ler a Bíblia ou em ir passear com a filha em
silêncio.
Com mais frequência do que Ronnie esperava, apanhava-se a pensar
em Will. Continuava a usar a pulseira de macramé que ele lhe oferecera e, à medida que fazia deslizar o dedo pela trama elaborada, tentou
imaginar em que disciplinas ele se inscrevera, ao lado de quem percorria os relvados enquanto se deslocava entre os vários edifícios da
faculdade. Tinha curiosidade em saber ao lado de quem é que ele se
sentava na cafetaria ou se pensaria nela quando se estava a preparar
para sair à sexta-feira ou ao sábado à noite. Talvez, pensava Ronnie
nos momentos de maior desânimo, entretanto já tivesse conhecido
outra pessoa.
— Apetece-te desabafar comigo? — perguntara-lhe o pai certo dia
enquanto percorriam a praia. Iam a caminho da igreja. Desde o seu
reinício que as obras estava a decorrer a bom ritmo. A equipa era de
vulto: moldureiros, electricistas, estucadores, carpinteiros. Havia pelo
menos quarenta camiões no estaleiro, e via-se um corrupio de gente
constantemente a entrar e a sair.
— Acerca do quê? — inquiriu a filha em tom cauteloso.

— Acerca do Will — disse o pai. — Da maneira como o vosso namoro acabou.

Ronnie presenteou-o com um olhar avaliador. — E como é que o pai foi descobrir isso?

Steve encolheu os ombros. — Porque ultimamente só te ouço mencioná-lo de passagem e nunca falas com ele ao telefone. Não é preciso ser adivinho para perceber o que se passa.

— É complicado — disse ela com relutância.

Percorreram alguns passos em silêncio até que o pai tornou a falar.

— Não sei se a minha opinião é importante para ti, mas ele pareceu-me ser um jovem excepcional.

A filha deu-lhe o braço. — Sim, claro que é importante. E eu também fiquei com a mesma impressão.

Nessa altura, já tinham chegado à igreja. Ronnie viu operários a transportar tábuas de madeira e latas de tinta e, como era hábito, os seus olhos procuraram o espaço vazio por baixo do pináculo. A janela ainda não fora instalada — só seria quando as obras estivessem praticamente concluídas de modo a evitar que as peças de vidro frágeis abrissem rachas —, mas o pai gostava de visitar a igreja. Estava satisfeito com os trabalhos de reconstrução, mas não especialmente por causa da janela. Não se cansava de salientar até que ponto a igreja era importante para o Pastor Harris e as saudades que o pastor tinha de pregar num sítio que havia muito considerava a sua segunda casa.

O Pastor Harris era uma presença assídua no local e, em geral, quando ambos chegavam, ia recebê-los à praia para irem os três visitar a igreja. Ao olhar em seu redor, Ronnie viu-o no parque de estacionamento de gravilha. Estava a conversar com alguém enquanto gesticulava animadamente para o edifício. Mesmo ao longe, percebeu que estava a sorrir.

Já se preparava para lhe acenar a tentar chamar a sua atenção quando, subitamente, reconheceu o indivíduo com quem o pastor estava a conversar. Ficou atónita. Da última vez que o vira, estava destroçada; da última vez que tinham estado juntos, ele nem se dera ao incómodo de se despedir dela. Talvez Tom Blakelee tivesse simplesmente passado por ali de carro e tivesse decidido parar para conversar com o pastor a propósito da reconstrução da igreja. Talvez estivesse apenas curioso.

Durante o resto da semana, sempre que iam à igreja, procurava a ver se via Tom Blakelee, mas isso nunca mais tornou a acontecer. Sentia um certo alívio, admitia, por os mundos de ambos já não se intersectarem.

Depois dos passeios até à igreja e da sesta da tarde do pai, costumavam ler juntos. Ronnie concluiu *Ana Karenina* quatro meses depois de ter começado a lê-lo. Dirigiu-se à biblioteca pública a ver se lá tinham um exemplar de *Dr. Jivago*. Havia qualquer coisa nos autores russos que a atraía; o cariz épico do enredo, possivelmente; tragédias atrozes e histórias de amores condenados ao fracasso representadas numa tela de dimensões gigantescas, tão distante da sua vida quotidiana.

O pai continuou a dedicar-se ao estudo da Bíblia e, por vezes, a pedido da filha, lia um dado excerto ou versículo em voz alta. Alguns eram breves e outros eram longos, mas a maioria parecia concentrar-se no significado da fé. Ronnie não sabia ao certo porquê, mas havia alturas em que tinha a impressão de que o facto de os ler em voz alta podia lançar luz sobre uma nuance ou significado que a uma primeira leitura lhe passara despercebido.

Os jantares tinham-se tornado ocasiões simples. No início de Outubro, Ronnie começou a cozinhar a maior parte das refeições e aceitara esta mudança com tanta facilidade como aceitara tudo o resto ao longo do Verão. O pai sentava-se quase sempre ao pé dela na cozinha, e ficavam os dois a conversar enquanto Ronnie cozia massa ou arroz e alourava um bife de frango ou de vaca na frigideira. Havia anos que não cozinhava carne e estranhava ser obrigada a encorajar o pai a comer depois de lhe pôr a comida no prato. Ele já não tinha apetite, e as refeições tinham de ser simples, porque qualquer espécie de condimento lhe irritava o estômago. A filha, porém, sabia que ele precisava de se alimentar. Embora não tivessem uma balança em casa, via-o a perder peso a cada novo dia.

Certa noite, depois do jantar, Ronnie contou-lhe finalmente o que se passara com Will. Não lhe escondeu nada: o incêndio e a sua insistência em encobrir Scott, as tentativas de chantagem de Marcus. O pai escutara-a com toda a atenção e, quando finalmente pôs o prato de lado, a filha reparou que ele só tinha ingerido meia dúzia de garfadas.

— Não te importas de que te faça uma pergunta?

— Claro que não — disse Ronnie. — O pai está à vontade para me perguntar tudo o que quiser.

— Quando me disseste que estavas apaixonada pelo Will, estavas a falar a sério?

Ronnie recordava-se de Megan lhe ter feito exactamente a mesma pergunta. — Estava.

— Nesse caso, acho que talvez tenhas sido demasiado dura com ele.

— Mas ele estava a encobrir um crime...

— Bem sei. Mas se reflectires um pouco, verás que neste momento te encontras na mesma posição em que ele estava. Sabes a verdade, tal como ele sabia. E também não disseste nada a ninguém.

— Mas a culpa do incêndio não foi minha...

— E tu acabaste de me dizer que também não foi dele.

— Aonde é que o pai pretende chegar? Que eu deveria ir contar o que sei ao Pastor Harris?

O pai abanou a cabeça. — Não — disse ele, para surpresa da filha. — Não acho que devas fazer isso.

— Porquê?

— Ronnie — insistiu ele com ternura na voz —, o caso pode ser muito mais complicado que o que possa parecer à primeira vista.

— Mas...

— Eu não estou a querer dizer que tenho razão. Eu sou a primeira pessoa a admitir que me engano a respeito de imensa coisa. No entanto, se a situação é tal como tu a apresentaste, quero que fiques desde já ciente duma coisa: o Pastor Harris não há-de querer descobrir a verdade. Porque, caso descubra, irá ter de tomar alguma medida a esse respeito. E, acredita em mim, ele teria um grande desgosto se fosse obrigado a magoar o Scott e a família dele, sobretudo se se tratou dum acidente. Não é esse tipo de homem. E mais uma coisa. Uma coisa que, de tudo aquilo que te disse até agora, é o mais importante.

— E do que se trata?

— Tens de aprender a perdoar.

Ronnie cruzou os braços diante do peito. — Eu já perdoei ao Will. Deixei-lhe mensagens...

Ainda ela não tinha terminado, e já o pai estava a abanar a cabeça. — Não me estou a referir ao Will. A primeira pessoa a quem tens de aprender a perdoar é a ti própria.

* * *

Nessa noite, no fundo da pilha de cartas que o pai lhe escrevera, Ronnie foi encontrar uma que ainda não lera. O pai devia tê-la acrescentado recentemente, uma vez que não trazia selo nem carimbo do correio.

Ronnie não sabia se o pai desejava que ela a lesse já ou se preferia que esperasse para depois de ele falecer. Imaginava que lhe poderia ter perguntado, mas não o fez. Na verdade, não tinha a certeza de querer lê-la; o mero facto de segurar o envelope na mão já era suficiente para a amedrontar, pois sabia que seria a última carta que ele lhe escreveria na vida.

A doença continuava a progredir. Apesar de seguirem as rotinas habituais — refeições, leitura e passeios na praia —, o pai aumentara a dose dos medicamentos para as dores. Havia alturas em que os seus olhos ficavam vidrados e desfocados e, todavia, Ronnie ainda tinha a sensação de que não eram suficientes. De quando em vez, dava por ele a retrair-se enquanto lia. Fechava os olhos e recostava-se no sofá, o rosto tolhido de dores. Nessas ocasiões, o pai agarrava-lhe na mão; contudo, à medida que os dias iam passando, Ronnie reparava que o seu aperto era cada vez mais fraco. As forças estavam a faltar-lhe, pensou ela; tudo lhe estava a faltar. E, em breve, seria ele a faltar-lhe a ela.

Ronnie percebia que o Pastor Harris também dera pelo agravamento do estado de saúde do pai. Nas últimas semanas, vinha visitá-los quase todos os dias, em geral mesmo antes do jantar. Esforçava-se por restringir a conversa a temas ligeiros; punha-os a par dos progressos das obras na igreja ou deleitava-os com episódios engraçados do seu passado, que faziam aflorar um sorriso ao rosto do pai. Todavia, havia também momentos em que ficavam sem ter assunto de conversa. Evitar o elefante na sala era tarefa árdua para todos eles e, nesses momentos, uma névoa de tristeza parecia abater-se sobre a casa.

Quando Ronnie pressentia que desejavam ficar a sós, ia postar-se no alpendre das traseiras e tentava imaginar sobre o que estariam a falar. Não lhe custava muito adivinhar, claro estava: conversavam a respeito da fé e da família e talvez de mágoas que cada um eventualmente tivesse, mas ela sabia que também rezavam em conjunto. Ouvira-os numa ocasião em que fora à cozinha buscar um copo de água, e recordava-se de ter pensado que a oração do Pastor Harris soava sobretudo a súplica. Parecia estar a pedir que Deus lhe desse forças como se a sua própria vida dependesse disso e, enquanto o ouvia, Ronnie fechou os olhos e acrescentou uma oração silenciosa de sua iniciativa.

Os meados de Outubro trouxeram três dias dum frio fora de época, que os obrigara a vestir uma *sweat-shirt* pela manhã. Após meses dum calor implacável, Ronnie apreciou aquela friagem, todavia, aqueles três dias foram penosos para o pai. Embora continuassem a dar os seus passeios pela praia, ele caminhava cada vez mais devagar e, depois duma breve visita à igreja, viam-se forçados a regressar a casa. Quando chegavam à porta, o pai estava a tremer de frio. Uma vez lá dentro, Ronnie punha-lhe a correr um banho quente, na esperança de que o pudesse ajudar a aquecer, sentindo o pânico despontar perante os sinais de mal-estar indicadores de que a doença vinha a progredir a um ritmo mais rápido.

Numa sexta-feira, uma semana antes do Halloween, o pai recuperou ao ponto de poderem ir pescar no pequeno ancoradouro aonde Will a levara. O Agente Pete emprestou-lhes as canas e uma caixa com apetrechos de pesca. Por estranho que pudesse parecer, o pai nunca tinha pescado na vida e, assim, teve de ser Ronnie a prender o isco no anzol. Os dois primeiros peixes que morderam o isco fugiram, todavia, conseguiram apanhar uma pequena corvina vermelha e trazê-la para o embarcadouro. Era o mesmo género de peixe que pescara com Will e, enquanto o animal se debatia e ela o soltava do anzol, sentiu saudades súbitas dele, com uma intensidade tão grande que se assemelhava a uma dor física.

Quando regressaram a casa, após uma tarde tranquila no ancoradouro, depararam com duas pessoas à sua espera no alpendre. Só quando saíram do carro é que Ronnie reconheceu Blaze e a mãe. Blaze não podia estar mais diferente. Tinha o cabelo apanhado num rabo--de-cavalo e envergava uns calções brancos e uma camisola azul--marinho de manga comprida. Não trazia jóias nem maquilhagem.

Ver Blaze trouxe-lhe à memória algo que, por entre tantas preocupações com o pai, vinha a conseguir manter afastado do pensamento: o facto de ser obrigada a comparecer novamente a tribunal antes do final do mês. Interrogou-se qual seria o motivo da vinda de ambas.

Levou o seu tempo a ajudar o pai a sair do automóvel, oferecendo--lhe o braço para ele se apoiar.

— Quem são elas? — perguntou-lhe o pai em tom murmurado.

A filha explicou-lhe, e ele acenou com a cabeça. À medida que se aproximavam, Blaze desceu os degraus do alpendre.

— Olá, Ronnie — cumprimentou-a, clareando a voz. Tinha os olhos ligeiramente semicerrados para os proteger do sol. — Vim até aqui para falar contigo.

* * *

Ronnie instalou-se diante de Blaze na sala de estar, observando-a enquanto a rapariga examinava o chão. Os pais tinham-se retirado para a cozinha a fim de lhes conceder alguma privacidade.

— Lamento imenso o que se está a passar com o teu pai — começou Blaze. — Como é que ele vai?

— Vai bem. — Ronnie encolheu os ombros. — Então e tu?

Blaze levou a mão à parte da frente da camisola. — Hei-de ficar para sempre com cicatrizes aqui — explicou ela, apontando em seguida para os braços e o abdómen — e aqui. — Mas a verdade é que tenho uma grande sorte por estar viva. — Ajeitou-se no lugar antes de encarar Ronnie. — Queria agradecer-te por me levares ao hospital.

Ronnie assentiu com a cabeça, ainda sem saber ao certo aonde a outra pretendia chegar. — Não tens de quê.

No silêncio que se seguiu, Blaze olhou em redor da sala de estar, hesitante quanto ao que dizer de seguida. Ronnie, tomando o exemplo do pai, limitou-se a ficar à espera.

— Eu já devia ter vindo cá há mais tempo, mas sei que tens andado ocupada.

— Não faz mal — disse-lhe Ronnie. — Fico satisfeita por ver que recuperaste bem.

Blaze ergueu o olhar. — A sério?

— Claro — assegurou-lhe ela. Esboçou um sorriso. — Apesar de estares com ar de ovo de Páscoa.

Blaze puxou pela camisola. — Pois, eu sei. Que absurdo, não achas? Agora a minha mãe deu-lhe para me comprar roupa.

— Fica-te bem. Calculo que tu e a tua mãe já se estejam a dar melhor.

Blaze contemplou-a com um olhar pesaroso. — Estou a fazer por isso. Voltei a morar em casa dela, mas tem sido difícil. Portei-me muito mal. Com ela, e com outras pessoas. Contigo.

Ronnie ficou imóvel, com uma expressão impávida. — Qual é o verdadeiro motivo da tua vinda aqui, Blaze?

A rapariga contorceu as mãos uma na outra, traindo a agitação que a afligia. — Vim aqui para te pedir desculpa. Fiz-te uma coisa horrível. E, embora saiba que não posso retirar-te o mal que te causei, quero que saibas que esta manhã estive a falar com a advogada de acusação. Confessei-lhe que tinha escondido as coisas dentro do teu saco porque estava furiosa contigo e assinei um depoimento a dizer que tu não fazias a mais pequena ideia do que se estava a passar. Deves receber um telefonema ainda hoje ou amanhã, mas ela prometeu-me que iria retirar a queixa.

As palavras saíram-lhe da boca com uma precipitação tal que Ronnie duvidou de que estivesse a ouvir bem. Todavia, o ar suplicante de Blaze deu-lhe todas as garantias de que precisava. Ao fim de todos aqueles meses, de dias e noites sem conta a afligir-se, tudo se resolvera dum instante para o outro. Ronnie estava atónita.

— Peço-te imensa desculpa — continuou Blaze em voz baixa. — Nunca deveria ter enfiado aquelas coisas dentro do teu saco.

Ronnie ainda estava a tentar digerir o facto de que aquela provação torturante estava a chegar ao fim. Perscrutou Blaze, que estava agora entretida a puxar um fio solto na bainha da camisola. — E a ti, o que é que te vai acontecer? Eles vão apresentar queixa contra ti?

— Não — afirmou ela. Posto isto, levantou a cabeça, o queixo resoluto. — Eu tinha algumas informações que eles queriam a respeito doutro crime. Um crime mais grave.

— Estás a referir-te ao que te aconteceu no molhe?

— Não — disse ela, e Ronnie teve a impressão de lhe ver uma centelha de dureza desafiadora no olhar. — Eu contei-lhes do incêndio na igreja e da maneira como realmente começou. — Antes de prosseguir, Blaze certificou-se de que Ronnie lhe estava a prestar a devida atenção. — Não foi o Scott o responsável pelo incêndio. O petardo dele não teve nada que ver para o caso. Oh, não há dúvida de que foi aterrar ao pé da igreja. Mas já estava apagado.

Ronnie assimilou aquelas informações num estado de espanto crescente. Fitaram-se por alguns instantes, a acusação palpável no ar.

— Então como é que o fogo começou?

Blaze inclinou-se para a frente e apoiou os cotovelos em cima dos joelhos, os antebraços estendidos como num gesto de súplica. — Nós andávamos a festejar na praia... o Marcus, o Teddy, o Lance e eu. Passado um bocado, apareceu o Scott, um pouco mais adiante. Fingimos que não nos víamos, mas reparámos no Scott a acender um petardo. O Will estava mais ao fundo da praia, e o Scott fez pontaria com um petardo na direcção dele, mas veio uma rajada de vento que o desviou para a igreja. O Will começou a entrar em pânico e veio a correr ter com ele. O Marcus, porém, achou a cena hilariante e, mal o petardo caiu das traseiras da igreja, ele desatou a correr para o adro. A princípio, eu não me apercebi do que se estava a passar, mesmo depois de ter ido atrás dele e de o ter visto a chamuscar o matagal próximo do adro. Quando dei por mim, a parede lateral do edifício estava a arder.

— Estás a querer dizer-me que o culpado do incêndio foi o Marcus? — Ronnie mal conseguiu proferir aquelas palavras.

Blaze acenou com a cabeça. — E também ateou outros incêndios. Eu, pelo menos, tenho a certeza de que foi ele... Ele sempre teve uma verdadeira fixação no fogo. Acho que eu sempre soube que ele era desaparafusado, mas... — Interrompeu-se, tomando consciência de que já não era nem por sombras a primeira vez que enveredava por aquele rumo. Endireitou-se no sofá. — Bom, seja como for, eu aceitei testemunhar contra ele.

Ronnie recostou-se na cadeira, sentindo-se como se lhe tivessem tirado o fôlego. Recordou-se das coisas que dissera a Will, apercebendo-

-se subitamente de que, caso Will tivesse feito aquilo que lhe exigira, naquele momento a vida de Scott estaria arruinada a troco de nada.

À medida que Blaze prosseguia, sentiu-se agoniada. — Lamento imenso o que se passou — reiterou. — E, por muito absurdo que possa parecer, considerava-te minha amiga, mas fui estúpida e dei cabo de tudo. — Pela primeira vez, a voz de Blaze esmoreceu. — Mas tu és uma excelente pessoa, Ronnie. És honesta, e ajudaste-me quando não tinhas motivo nenhum para o fazer. — Uma lágrima escorreu-lhe do olho, e ela apressou-se a limpá-la. — Nunca me haverei de esquecer do dia em que te ofereceste para me receber em tua casa, mesmo depois da maneira horrível como eu te prejudiquei. Senti-me tão... envergonhada. Mas não deixei por isso de te ficar grata, sabes? Por haver alguém que se preocupava comigo.

Blaze fez uma pausa, a fazer um esforço visível por se recompor. Quando conseguiu conter as lágrimas, respirou fundo e encarou Ronnie com um olhar determinado.

— Por isso, se algum dia precisares dalguma coisa... seja lá do que for... é só dizeres-me. Eu largo tudo para vir ter contigo, está bem? Bem sei que nunca te poderei compensar pelo mal que te fiz, mas, de certa forma, sinto que me salvaste. O que aconteceu ao teu pai parece-me tão injusto... e eu estou disposta a ajudar-te no que for preciso.

Ronnie assentiu com a cabeça.

— E uma última coisa — acrescentou Blaze. — Nós não temos de ser amigas, mas, se algum dia nos tornarmos a encontrar, não te importas de me tratar por Galadriel? Já não suporto o nome Blaze.

Ronnie sorriu. — Sem dúvida, Galadriel.

* * *

Fiel à promessa de Blaze, a advogada telefonou-lhe nessa tarde, a informá-la de que as acusações relativas ao caso do roubo na discoteca tinham sido retiradas.

Nessa noite, depois de o pai se ter recolhido, Ronnie sintonizou o noticiário local. Não sabia ao certo se o caso seria alvo de notícia, mas a verdade é que foi, um segmento de trinta segundos mesmo antes do boletim meteorológico acerca da «detenção dum novo suspeito na investigação em curso sobre uma eventual tentativa de fogo posto numa igreja, no ano passado». Quando apresentaram um instantâneo de Marcus com alguns pormenores relativos a delitos anteriores, Ronnie desligou a televisão. Aqueles olhos frios e mortíferos ainda tinham poder para a enervar.

Lembrou-se de Will e de tudo quanto fizera para proteger Scott, por um crime que, veio a verificar-se, ele nem sequer cometera. Seria assim tão grave que a lealdade ao amigo lhe tivesse toldado o discernimento? Sobretudo à luz do desfecho que a situação acabara por conhecer? Ronnie já não tinha a certeza de nada. Tinha-se enganado a respeito de tantas pessoas: do pai, de Blaze, da mãe, até mesmo de Will. A vida era muito mais complicada que ela imaginara nos seus tempos de adolescente amuada de Nova Iorque.

Sacudiu a cabeça e, à medida que deambulava pela casa, foi apagando as luzes uma a uma. Essa vida — o corrupio de festas, as coscuvilhices do secundário e as zaragatas com a mãe — parecia pertencer a outro mundo, uma existência que levara apenas em sonhos. Agora, havia apenas isto: o passeio na praia com o pai, o barulho incessante das ondas do mar, o aroma do Inverno que se avizinhava.

E o fruto do Espírito Santo: amor, alegria, paciência, bondade, lealdade, delicadeza e autodomínio.

* * *

O Halloween veio e foi, e o pai foi ficando cada vez mais debilitado a cada dia que passava.

Abdicaram dos passeios na praia quando o esforço começou a ser demasiado, e, de manhã, quando Ronnie fazia a cama do pai, encontrava tufos de cabelo na almofada. Ciente de que a doença estava a progredir rapidamente, levou o seu colchão para o quarto dele, não fosse o pai precisar de auxílio, e também para poder desfrutar o mais possível da sua companhia.

Ele andava a ser medicado com as doses mais elevadas de analgésicos que o seu corpo conseguia suportar, mas que nunca pareciam ser suficientes. De noite, enquanto a filha dormia no chão ao lado da sua cama, soltava gritos tão lastimosos que a deixavam de coração partido. Deixava-lhe os medicamentos na mesa-de-cabeceira, e eram a primeira coisa a que o pai deitava a mão mal acordava. Passava as manhãs a fazer-lhe companhia, abraçada a ele, sentindo-lhe os membros trémulos, até os medicamentos fazerem efeito.

Porém, havia que contar também com os efeitos secundários. O pai tinha dificuldade em manter o equilíbrio, e Ronnie era obrigada a segurá-lo de cada vez que ele se deslocava, mesmo que fosse apenas pelo quarto. Não obstante a perda de peso, quando o pai tropeçava, ela mal tinha forças para o segurar. Embora ele nunca tivesse dado largas à sua frustração, o seu olhar deixava transparecer a desilusão, como se, sob certo aspecto, estivesse a falhar à filha. Dormia agora uma média de dezassete horas por dia, e Ronnie passava dias inteiros sozinha em casa, a ler ou a reler as cartas que o pai a princípio lhe escrevera. Ainda não lera a última — a ideia atemorizava-a —, contudo, havia ocasiões em que gostava de a segurar entre os dedos, a tentar armar-se de coragem para a abrir.

Telefonava para casa com maior frequência, procurando fazê-lo à hora em que Jonah chegava da escola ou quando tivessem acabado de jantar. O irmão parecia mais conformado e, quando lhe perguntava sobre o pai, Ronnie por vezes sentia-se culpada por lhe ocultar a verdade. Mas não podia sobrecarregá-lo àquele ponto, e ela reparava que, sempre que o pai falava com ele, fazia sempre tudo ao seu alcance para se mostrar enérgico. Depois disso, deixava-se ficar sentado na cadeira junto ao telefone, esgotado do esforço, demasiado cansado para se mexer sequer. A filha observava-o em silêncio, ciente de que tinha de haver mais alguma coisa que pudesse fazer por ele, se ao menos descobrisse o que era.

* * *

— Qual é a sua cor preferida? — interrogou-o.

Estavam sentados à mesa da cozinha, e Ronnie tinha um bloco de notas aberto à sua frente.

Steve fez-lhe um sorriso trocista. — Era isso que me querias perguntar?

— Esta é só a primeira pergunta. Tenho muitas mais.

O pai estendeu a mão para a lata de suplemento nutritivo *Ensure* que ela colocara diante dele. Já praticamente não ingeria alimentos sólidos, e ela viu-o beber um gole, sabendo que fazia aquilo para lhe agradar, não porque estivesse com fome.

— Verde — declarou ele.

Ronnie apontou a resposta e passou à pergunta seguinte. — Que idade tinha quando beijou uma rapariga pela primeira vez?

— Estás a falar a sério? — O pai fez uma careta.

— Por favor, pai — insistiu ela. — É importante.

Ele tornou a responder-lhe, e Ronnie tornou a anotar. Conseguiram completar um quarto das perguntas que ela escrevinhara, e, ao longo da semana, o pai acabou por responder a todas. A filha foi apontando as respostas com todo o cuidado, não necessariamente de forma literal, mas, esperava ela, com pormenores suficientes que lhe permitissem reconstruí-las de futuro. Foi um exercício interessante e por vezes surpreendente, contudo, já perto do fim, chegou à conclusão de que o pai não diferia em muito do homem que fora conhecendo ao longo do Verão.

O que tinha o seu lado positivo e negativo, claro estava. Positivo, porque ela já suspeitava de que assim seria, negativo, porque não a deixava mais perto da resposta de que andava havia tanto tempo à procura.

* * *

A segunda semana de Novembro trouxe consigo as primeiras chuvas do Outono, todavia, isso não afectou a reconstrução da igreja. A ter tido algum efeito nas obras, foi no sentido da aceleração do ritmo. O pai já não a acompanhava ao local; apesar disso, Ronnie todos os dias percorria a praia em direcção à igreja para ver como os trabalhos estavam a progredir. Tornara-se uma parte da sua rotina durante as horas monótonas em que o pai estava a descansar. Embora o Pastor Harris assinalasse sempre a sua chegada com um aceno, já não ia recebê-la à praia para conversarem.

Dentro duma semana, a janela de vitral seria instalada, e o Pastor Harris ficaria com a certeza de que fizera pelo pai algo que ninguém mais podia fazer, algo que a filha sabia que teria para ele uma importância incomensurável. Estava feliz pelo pastor, embora continuasse a rezar para ela própria receber também orientação.

* * *

Num dia cinzento de Novembro, o pai insistiu subitamente em aventurar-se até ao molhe. Ronnie ficou apreensiva com a distância e o frio, mas ele mostrou-se intransigente. Queria ver o oceano a partir do molhe, explicou-lhe. «Uma última vez» eram palavras escusadas.

Vestiram sobretudos, e Ronnie teve o cuidado de envolver o pescoço do pai num cachecol de lã. O vento transportava consigo os primeiros sinais agrestes do Inverno, dando a sensação de que fazia mais frio que o termómetro indicava. Ela fez questão de que fossem de automóvel até ao molhe e estacionou a viatura do Pastor Harris no parque deserto do passadiço.

Levaram uma eternidade a chegar ao fundo do molhe. Estavam sozinhos debaixo dum céu toldado de nuvens, as ondas cinzento-chumbo visíveis por entre as pranchas de cimento. À medida que iam avançando a custo, o pai manteve-se sempre de braço dado com ela, bem agarrado à filha enquanto o vento lhes enfunava os sobretudos.

Quando chegaram ao fundo do molhe, o pai estendeu a mão para o parapeito e por um triz não perdeu o equilíbrio. À luz prateada, as suas faces encovadas destacavam-se nitidamente e os olhos estavam ligeiramente vidrados, mas Ronnie percebia que ele estava satisfeito.

O movimento ritmado das ondas que se estendiam diante dele parecia proporcionar-lhe uma sensação de tranquilidade. Não havia nada que ver — nem barcos, nem golfinhos, nem surfistas —, todavia, a expressão dele deixava transparecer calma e ausência de dores pela primeira vez em semanas. Junto à linha do horizonte, dava a impressão de que as nuvens tinham vida, agitando-se e deslocando-se à medida que o sol invernoso se debatia por perfurar a sua corpulência velada. Ronnie deu por si a contemplar a actividade das nuvens com uma admiração semelhante à do pai, a perguntar-se por onde andariam os seus pensamentos.

O vento estava a aumentar de intensidade, e ela viu o pai tremer. Percebia que ele queria continuar ali, o olhar perdido no horizonte. Puxou-lhe delicadamente pelo braço, mas ele limitou-se a agarrar-se com mais força ao parapeito.

Nessa altura, Ronnie cedeu, mantendo-se ao lado dele até que o pai começou finalmente a tremer, pronto para voltar para casa. Soltou o parapeito e permitiu que ela o ajudasse a dar meia-volta, dando início à sua marcha lenta de regresso ao carro. Pelo canto do olho, reparou que o pai estava a sorrir.

— Foi muito bonito, não foi? — comentou a filha.

O pai deu uns passos antes de responder.

— Foi — concordou ele. — Mas aquilo que maior prazer me deu foi partilhar este momento contigo.

* * *

Dois dias volvidos, decidiu-se finalmente a ler a carta final. Iria lê--la em breve, enquanto o pai ainda estivesse com vida. Não nessa noite, mas em breve. Já era tarde, e o pai tivera o seu dia mais difícil até à data. Os medicamentos pareciam já não surtir qualquer efeito. Ronnie via-lhe as lágrimas a deslizar-lhe pela face à medida que o seu corpo era sacudido por espasmos de dor; suplicara-lhe que a deixasse levá-lo ao hospital, mas nem assim ele cedera.

— Não — teimara ele, arquejante. — Ainda não.

— Então quando? — perguntara-lhe a filha, já em desespero, ela própria à beira das lágrimas. O pai não lhe respondera, limitando-se a suster a respiração, à espera de que as dores passassem. Quando isso aconteceu, deixou-se subitamente abater, como se as dores lhe tivessem roubado uma réstia da pouca vida que lhe restava.

— Quero que faças uma coisa por mim — pediu-lhe então o pai. A sua voz estava reduzida a um murmúrio rouco.

Ronnie beijou-lhe as costas da mão. — Tudo o que quiser — assegurou-lhe.

— Quando recebi o diagnóstico, assinei uma DNR[12]. Sabes do que se trata? — O pai perscrutou-lhe o rosto. — Significa que não quero ser sujeito a medidas artificiais para continuar vivo. Caso vá para o hospital, claro está.

A filha sentiu o estômago contrair-se-lhe de medo. — O que é que me está a tentar dizer?

— Quando chegar o momento, tens de me deixar ir embora.

— Não — disse ela, começando a abanar a cabeça —, não fale assim.

O olhar do pai era meigo mas insistente. — Por favor — sussurrou-lhe. — É essa a minha vontade. Quando eu for para o hospital, não te esqueças de levar os papéis. Estão na primeira gaveta da minha secretária, num envelope de papel manilha.

— Não... Pai, por favor — gritou Ronnie. — Não me obrigue a fazer isso. Não serei capaz.

O pai susteve-lhe o olhar. — Nem mesmo por mim?

Nessa noite, os gemidos dele foram entrecortados por uma respiração rápida e penosa que deixou a filha aterrorizada. Embora tivesse prometido ao pai acatar a sua vontade, não estava certa de ser capaz.

Como poderia ela dizer aos médicos que não lhe tentassem salvar a vida? Como poderia deixá-lo morrer?

* * *

Na segunda-feira, o Pastor Harris foi buscá-los a ambos a casa no seu carro e conduziu-os à igreja para assistirem à instalação da janela. Uma vez que Steve não tinha forças para ficar de pé, levaram com eles uma cadeira de jardim. O Pastor Harris ajudou-a a segurá-lo enquanto, a passo vagaroso, se dirigiam à praia. Uma multidão acorrera

---

[12] Decisão de Não Reanimar. (*NT*)

para presenciar o acontecimento, e, durante as quatro horas seguintes, as pessoas deixaram-se ficar a ver os operários a encaixar cuidadosamente a janela no respectivo lugar. Foi tão espectacular quanto Ronnie esperava, e, quando a última abraçadeira foi colocada no sítio, ouviram-se vivas e aplausos.

Ronnie voltou-se para o pai a fim de ver a sua reacção e verificou que ele adormecera, aconchegado nos pesados cobertores em que ela o embrulhara.

Com o auxílio do Pastor Harris, levou o pai para casa e deitou-o na cama. À saída, o pastor virou-se para ela.

— Ele estava feliz — comentou ele, a tentar convencer tanto a ela como a si próprio.

— Eu sei que sim — assegurou-lhe Ronnie, estendendo uma mão para lhe afagar o braço. — Era o maior desejo dele.

O pai passou o resto do dia a dormir, e, à medida que lá fora o mundo ia escurecendo, a filha compreendeu que chegara o momento de ler a carta. Ou era agora, ou talvez nunca mais arranjasse coragem para o fazer.

A cozinha estava quase na penumbra. Depois de abrir o envelope, desdobrou pausadamente a folha. A caligrafia era diferente das cartas anteriores; já não havia sinais do estilo amplo e floreado que ela estava a contar encontrar. Em seu lugar, deparou com uma espécie de gatafunhos. Nem queria imaginar o esforço que a redacção daquelas palavras teria exigido ao pai nem quanto tempo levara a fazê-lo. Inspirou fundo e deu início à leitura.

Olá, minha querida,

Estou muito orgulhoso de ti.

Não te tenho dito isto com tanta frequência quanta deveria. Mas digo-te agora, não porque decidiste ficar a meu lado durante este período extremamente difícil, mas porque quero que saibas que és a pessoa extraordinária em que eu sempre sonhei que acabarias por te transformar.

Obrigado por ficares comigo. Eu sei que é difícil para ti, seguramente muito mais penoso que estavas à espera, e lamento as horas que inevitavelmente irás passar sozinha. Todavia, o que mais lamento é nem sempre ter sido o pai que precisavas de que eu fosse. Sei que cometi erros. Há tantas coisas na minha vida que gostaria de poder alterar. Calculo que isto seja normal, tendo em conta o que me está a acontecer, mas há mais uma coisa que gostaria que soubesses.

Por muito difícil que a vida possa ser e apesar de todos os meus pesares, houve momentos em que me senti genuinamente abençoado. Senti-me assim quando nasceste, e quando eras pequenina e te levei ao jardim zoológico e te vi olhar espantadíssima para as girafas. Em geral, estes momentos não são duradouros; vêm e vão como a brisa que sopra do mar. Há ocasiões, porém, em que duram para sempre.

E foi isto que este Verão representou para mim, e não apenas por me teres perdoado. O Verão foi uma dádiva para mim, porque me deu oportunidade de conhecer a jovem em que te tornaste. Tal como disse ao teu irmão, foi o melhor Verão da minha vida, e, no decorrer daqueles dias idílicos, foram muitas as vezes que me perguntei como é que alguém como eu podia ter sido abençoado com uma filha tão maravilhosa como tu.

Obrigado, Ronnie. Obrigado por teres vindo para cá. E obrigado pela alegria que me proporcionaste em cada um dos dias que tivemos oportunidade de passar na companhia um do outro.

Tu e o Jonah sempre foram as maiores bênçãos da minha vida. Amo-te, Ronnie, e sempre te hei-de amar. E nunca, nunca te esqueças de que eu sinto, e sempre senti, um enorme orgulho de ti. Não há pai mais abençoado que eu.

Pai

O Dia de Acção de Graças passou. Ao longo da praia, as pessoas começaram a montar as decorações de Natal.

O pai perdera quase um terço do peso corporal e permanecia a maior parte do tempo deitado.

Ronnie deparou com aqueles papéis numa manhã em que andava a limpar a casa. Tinham sido cuidadosamente enfiados na gaveta da mesinha de centro e, quando os puxou para fora, demorou algum tempo a reconhecer a caligrafia do pai nas notas musicais que ele rabiscara na página.

Era a música que ele andava a compor, a música que o ouvira tocar naquela noite, na igreja. Pousou as páginas em cima da mesa para as examinar com mais atenção. O seu olhar varreu rapidamente a série de notas cheia de correcções, e tornou a pensar que o pai tinha ali qualquer coisa a que valia a pena dar seguimento. À medida que as lia, ia ouvindo mentalmente a toada impressionante dos acordes de abertura. Todavia, ao folhear a segunda e a terceira páginas da partitura, percebeu que havia ali qualquer coisa que não batia certo. Embora a ideia inicial tivesse sido boa, achava que sabia onde é que a composição começara a descarrilar. Tirou um lápis da gaveta da mesa e começou a sobrepor o seu trabalho ao dele, rabiscando rapidamente encadeamentos de acordes e progressões melódicas a fim de completar a obra do pai.

Quando deu por isso, já se tinham passado três horas e ouviu o pai começar a mexer-se. Tornou a guardar a partitura na gaveta e dirigiu-se ao quarto do pai, pronta para enfrentar o que quer que fosse que o dia lhe tivesse para oferecer.

Nessa noite, depois de o pai ter caído em mais um dos seus sonos agitados, foi buscar novamente a partitura, e, desta feita, quando acabou de trabalhar, já passava muito da meia-noite. Na manhã seguinte, acordou ansiosa por lhe mostrar o que tinha feito. Todavia, quando entrou no quarto do pai, ele quase não se mexia, e Ronnie entrou em pânico ao verificar que mal respirava.

Foi com o estômago às voltas que telefonou para a ambulância, e, ao regressar ao quarto, sentiu-se vacilar. Não estava preparada, disse a si própria, ainda não lhe mostrara a melodia. Precisava de mais um dia. «Ainda não chegou o momento.» Porém, com as mãos trémulas, abriu a primeira gaveta da secretária e retirou de lá o envelope de papel manilha.

* * *

Na cama do hospital, o pai pareceu-lhe mais pequeno que algum dia o vira. Tinha as feições encovadas, e a pele apresentava uma tonalidade macilenta pouco natural. A sua respiração era tão rápida e superficial como a duma criança. Ronnie cerrou firmemente os olhos, a desejar não estar ali. A desejar estar em qualquer lugar menos ali.

— Ainda não, paizinho — suplicou-lhe num murmúrio. — Só mais um bocadinho, está bem?

Do outro lado da janela do hospital, viu o céu toldado por nuvens cinzentas. As árvores já estavam quase todas desfolhadas e, sem saber porquê, os galhos rígidos e despidos fizeram-lhe lembrar ossos. O ar estava frio e sereno, a prenunciar uma tempestade.

O envelope achava-se em cima da mesa-de-cabeceira e, embora Ronnie tivesse prometido ao pai que o entregaria ao médico, ainda não o fizera. Só o faria quando tivesse a certeza de que o pai não tornaria a recuperar a consciência, só quando tivesse a certeza de que não teria oportunidade de se despedir dele. Só quando tivesse a certeza de que já não havia nada que pudesse fazer por ele.

Rezou fervorosamente por um milagre. E, como se Deus em pessoa a tivesse ouvido, o milagre deu-se passados vinte minutos.

Ronnie passara grande parte da manhã sentada à cabeceira do pai. Habituara-se de tal maneira ao som da sua respiração e ao apito regular do monitor cardíaco que a mínima alteração lhe parecia um alarme. Ao erguer o olhar, viu o braço dele estremecer e os seus olhos agitarem-se. O pai pestanejou à luz fluorescente, e Ronnie pegou-lhe instintivamente na mão.

— Pai? — chamou-o. Mesmo contra a sua vontade, não conseguiu conter um arroubo de esperança; imaginou-o a recostar-se lentamente na cama.

Mas ele não o fez. Nem sequer deu sinais de a ter ouvido. Quando, a grande custo, virou a cabeça para olhar para ela, Ronnie detectou--lhe uma escuridão no olhar que nunca antes lhe vira. Mas foi então que ele pestanejou e soltou um suspiro.

— Olá, minha querida — sussurrou com voz rouca.

O líquido que tinha nos pulmões fazia que parecesse que se estava a afogar. Ela obrigou-se a sorrir. — Como é que o pai se sente?

— Nada famoso. — Fez uma pausa, como a recobrar forças. — Onde é que eu estou?

— Está no hospital. Trouxemo-lo para aqui hoje de manhã. Eu sei que tem uma DNR, mas...

Quando o pai tornou a pestanejar, Ronnie pressentiu que ele seria capaz de não voltar a abrir os olhos. Todavia, lá acabou por abri-los novamente.

— Não faz mal — sussurrou-lhe. O perdão que se desprendia da voz do pai despedaçou-lhe o coração. — Eu compreendo.

— Por favor, não se zangue comigo.

— Não zango.

A filha deu-lhe um beijo na face e tentou envolver o corpo defi-nhado do pai nos seus braços. Sentiu a mão dele acariciar-lhe as costas.

— Estás... estás bem? — perguntou-lhe ele.

— Não — admitiu ela, sentindo as lágrimas a assomar-lhe aos olhos. — Não estou nada bem, mesmo.

— Desculpa — murmurou ele.

— Não, não diga isso — retorquiu ela em tom firme, fazendo o possível por não se deixar abater. — Quem pede desculpa sou eu. Nunca deveria ter cortado relações consigo. Quem me dera poder voltar atrás e apagar tudo isso.

O pai esboçou-lhe um sorriso espectral. — Alguma vez te disse que acho que és muito bonita?

— Sim — confirmou ela, com uma fungadela. — Já me disse.

— Bom, desta vez é mesmo a sério.

Apesar das lágrimas, não foi capaz de conter uma gargalhada.
— Obrigada — disse-lhe. Inclinou-se para a frente e beijou-lhe a mão.

— Ainda te lembras de quando eras pequena? — interrogou-a o pai, subitamente com ar sério. — Costumavas entreter-te horas a fio a ver-me tocar piano. Um dia, fui dar contigo sentada em cima do teclado a tocar uma melodia que me tinhas ouvido ensaiar. Na altura, só tinhas quatro anos. Sempre tiveste imenso talento.

— Ainda me lembro — confirmou ela.

— Quero que saibas uma coisa — disse o pai, agarrando-lhe na mão com uma força surpreendente. — Por muito brilhante que a tua estrela possa ter sido, a música nunca teve para mim nem metade da importância que tu tinhas enquanto minha filha... Quero que saibas disso.

Ronnie assentiu com a cabeça. — Eu sei que isso é verdade. E eu também gosto muito de si, pai.

Steve respirou fundo, sem nunca desviar o olhar do da filha.

— Então és capaz de me levar para casa?

Aquelas palavras atingiram-na em toda a sua intensidade, inevitáveis e directas. Deitou uma olhadela ao envelope, ciente do que o pai lhe estava a pedir e da resposta que precisava de que lhe desse. E, nesse instante, tudo o que se passara nos últimos três meses veio-lhe à memória. As imagens precipitavam-se no seu espírito, numa sequência contínua, detendo-se apenas no momento em que ela vira o pai sentado ao piano da igreja, por baixo do espaço vazio onde a janela haveria de ser instalada.

E foi então que descobriu o que o seu coração insistira sempre em dizer-lhe.

— Sim — concordou. — Eu levo-o para casa. Mas também tenho um pedido a fazer-lhe.

O pai engoliu em seco. A resposta pareceu exigir-lhe todas as forças que ainda tinha. — Não sei se conseguirei.

A filha sorriu e estendeu a mão para pegar no envelope. — Nem mesmo por mim?

* * *

O Pastor Harris emprestara-lhe o automóvel, e Ronnie conduzia o mais depressa que podia. Com o telemóvel na mão, carregou na tecla de marcar enquanto mudava de faixa. Explicou rapidamente o que se estava a passar e o que desejava; Galadriel acedeu de imediato. Conduziu como se a vida do pai dependesse disso, acelerando em cada semáforo amarelo.

Quando chegou a casa, encontrou Galadriel já à sua espera. A seu lado, no alpendre, viu dois pés-de-cabra, que a rapariga levantou ao ver Ronnie aproximar-se.

— Estás preparada? — indagou.

Ronnie limitou-se a acenar com a cabeça, e, juntas, entraram em casa.

Com a ajuda da amiga, demorou menos duma hora a desmantelar a obra do pai. Não se importou com a confusão que deixaram na sala de estar; a única coisa em que conseguia pensar era no tempo de vida que restaria ao pai e do que ainda desejava fazer por ele. Quando a última tábua de contraplacado foi arrancada, Galadriel virou-se para ela, ofegante e a transpirar.

— Vai buscar o teu pai que eu encarrego-me de limpar isto aqui. E se precisares da minha ajuda para o tirares do carro, é só chamares-me.

No caminho de regresso ao hospital, conduziu ainda mais depressa. Antes de se ir embora da primeira vez, conversara com o médico do pai e explicara-lhe o que tencionava fazer. Com o auxílio da enfermeira de serviço, preenchera rapidamente os formulários de alta médica que o hospital exigia; quando telefonara para o hospital do carro, falara com a mesma enfermeira e pedira-lhe para instalar o pai numa cadeira de rodas e deixá-lo à sua espera no átrio.

Entrou no parque de estacionamento do hospital com os pneus do carro a guinchar. Meteu pela faixa que dava acesso às urgências e verificou imediatamente que a enfermeira tinha sido fiel à palavra dada.

Ronnie e a enfermeira ajudaram o pai a entrar na viatura e foi um ápice enquanto voltou à estrada. O pai parecia-lhe mais consciente que o achara no quarto do hospital, mas ela sabia que isso poderia mudar dum momento para o outro. Precisava de o levar para casa quanto antes. Enquanto percorria as ruas duma cidade que se habituara a considerar como sua, sentiu um arroubo misto de medo e de esperança. Tudo agora lhe parecia tão simples, tão claro. Quando chegou a casa, Galadriel estava à sua espera. A amiga colocara o sofá na posição ideal e, juntas, ajudaram o pai a recostar-se nele.

Apesar do seu estado de fragilidade, ele pareceu tomar consciência do que a filha fizera. Pouco a pouco, ela viu o seu esgar ser substituído por uma expressão de curiosidade. Quando viu o pai olhar para o piano ao canto da sala, Ronnie soube que tinha tomado a atitude correcta. Inclinando-se sobre ele, deu-lhe um beijo na face.

— Concluí a sua melodia — anunciou-lhe. — A nossa última melodia. E quero tocá-la para o pai ouvir.

CAPÍTULO 36

STEVE

A vida, constatou ele, assemelhava-se muito a uma melodia.

No princípio, há um mistério, no final, uma confirmação, mas é no meio que toda a emoção reside e faz com que a totalidade valha a pena.

Pela primeira vez em meses, não sentiu o mais leve indício de dores; pela primeira vez em anos, sabia que as suas perguntas tinham respostas. Enquanto ouvia a melodia que Ronnie compusera, a melodia que Ronnie aperfeiçoara, fechou os olhos na certeza de que a sua busca pela presença de Deus tinha sido cumprida.

Compreendera finalmente que a presença de Deus está em toda a parte, em todos os momentos, e que toda a gente, numa ocasião ou noutra, a vivenciava. Estivera com ele na oficina enquanto trabalhara arduamente na janela com Jonah; estivera presente nas semanas que passara na companhia de Ronnie. Estava presente naquele momento em que a filha tocava aquela melodia, a última melodia que haveriam de partilhar. Em retrospectiva, admirou-se como é que algo tão inacreditavelmente óbvio lhe poderia ter escapado.

Deus, compreendeu subitamente, era o amor na sua forma mais pura, e, ao longo dos últimos meses que passara junto dos filhos, sentira o Seu toque com a mesma certeza com que ouvia a música a extravasar das mãos de Ronnie.

CAPÍTULO 37

RONNIE

O pai faleceu menos duma semana decorrida, com Ronnie sentada no chão a seu lado. A filha não tinha coragem de falar dos pormenores. Sabia que a mãe estava a contar que ela lhos fornecesse; durante as três horas em que tinham estado a conversar, a mãe mantivera-se em silêncio, muito à semelhança do que o pai fizera. Contudo, os momentos em que vira o pai exalar os seus últimos suspiros eram para ela intensamente privados, e percebeu que nunca haveria de mencioná--los a ninguém. Estar a seu lado enquanto ele abandonava este mundo fora uma dádiva que ele lhe dera a ela, e apenas a ela, e Ronnie haveria de guardar para sempre na memória a natureza solene e íntima daquele momento.

Ao invés, fitou o olhar na chuva gélida de Dezembro e falou--lhe do seu último recital, o recital mais importante que dera na vida.

— Toquei para ele enquanto fui capaz, mãe. E esforcei-me tanto para que a música saísse bonita para o pai, porque sabia o quanto isso significava para ele. Mas ele estava tão frágil — murmurou. — No final, acho que já nem me estava a ouvir. — Apertou a cana do nariz, perguntando-se em vão se ainda lhe sobejariam lágrimas para derramar. Já houvera tantas lágrimas.

A mãe abriu os braços e fez-lhe sinal para que se chegasse a ela. Também ela tinha os olhos rasos de lágrimas.

— Eu sei que ele te ouviu, minha querida. E tenho a certeza de que foi muito bonito.

Ronnie entregou-se ao abraço da mãe, encostando a cabeça ao peito dela como costumava fazer quando era pequena.

— Nunca te esqueças da felicidade que tu e o Jonah lhe deram — sussurrou-lhe a mãe, acariciando-lhe o cabelo.

— Ele também me fez muito feliz — reflectiu. — Aprendi tanto com ele. Só lamento não me ter lembrado de lhe dizer isso. Isso, e um milhão doutras coisas. — Fechou os olhos. — Mas agora é demasiado tarde.

— Ele sabia — tranquilizou-a a mãe. — Ele sempre soube.

* * *

O funeral foi uma cerimónia simples, celebrada na igreja recém--reaberta. O pai pedira para ser cremado, e a sua vontade foi cumprida. O Pastor Harris encarregou-se do elogio fúnebre. Foi curto, mas transbordante de pesar e amor genuínos. Amara o pai de Ronnie como a um filho e, mesmo contra a vontade, ela não se conteve de chorar com Jonah. Enlaçou um braço em redor do irmão enquanto este soluçava num pranto desorientado de criança, e Ronnie fez um esforço por não pensar na marca que aquela perda deixaria nele, ainda tão jovem.

Poucas pessoas compareceram à missa. Avistou Galadriel e o Agente Pete quando ia a entrar e ouviu a porta da igreja abrir-se mais uma ou duas vezes depois de ter ocupado o seu lugar, mas, para além disso, a igreja estava vazia. Magoava-a pensar que tão poucas pessoas soubessem o homem extraordinário que o pai fora e o quanto representara para ela.

* * *

Depois da missa, continuou sentada no banco da igreja com Jonah enquanto a mãe e Brian iam lá fora conversar com o Pastor Harris. Os quatro iriam apanhar um avião de regresso a Nova Iorque daí a escassas horas, e Ronnie sabia que não dispunha de muito tempo.

Apesar disso, estava relutante em ir-se embora. A chuva, que toda a manhã caíra em abundância, parara entretanto, e o céu estava a começar a desanuviar. Ronnie rezara por isso e deu por si a contemplar a janela de vitral do pai, desejosa de que as nuvens se afastassem.

E, quando isso aconteceu, foi tal e qual como o pai lhe descrevera. O sol jorrou através da janela, dividindo-se em centenas de prismas a fazer lembrar pedras preciosas de luz magnífica e ricamente colorida. O piano foi inundado por uma cascata de cores cintilantes e, por um instante, Ronnie imaginou o pai ali sentado, o rosto virado para a luz. Não durou muito, mas ela apertou a mão do irmão em veneração silenciosa. Não obstante o peso da perda, sorriu, ciente de que o irmão estava a pensar na mesma coisa.

— Olá, paizinho — murmurou-lhe. — Eu tinha a certeza de que viria.

* * *

Quando a luz se desvaneceu, despediu-se dele em silêncio e levantou-se. Todavia, quando olhou ao seu redor, reparou que ela e o irmão não se achavam sozinhos na igreja. Junto à porta, sentados no último banco, avistou Tom e Susan Blakelee.

Pousou uma mão no ombro de Jonah. — Não te importas de ir lá fora avisar a mãe e o Brian de que eu não me demoro? Antes disso, preciso de falar com umas pessoas.

— Está bem — acedeu ele, esfregando os olhos inchados com um punho enquanto transpunha a porta da igreja. Logo que o irmão saiu, Ronnie dirigiu-se a ambos, a vê-los levantarem-se para a cumprimentar.

Para sua surpresa, Susan foi a primeira a pronunciar-se.

— Os nossos mais sinceros pêsames. O Pastor Harris disse-nos que o teu pai era um homem maravilhoso.

— Obrigada — disse ela. Desviou o olhar da mãe para o pai de Will e sorriu. — Agradeço-vos a vossa presença. E também vos quero agradecer por aquilo que fizeram pela igreja. Significou muito para o meu pai.

Ao dizer isto, viu o olhar de Tom Blakelee divagar, e percebeu que tinha adivinhado. — Isso deveria ter ficado no anonimato — murmurou ele.

— Eu sei. E nem tão-pouco o Pastor Harris me contou a mim ou ao meu pai. Mas calculei isso quando o vi na igreja durante as obras. Foi um gesto muito bonito da sua parte.

Tom esboçou um aceno tímido com a cabeça, e Ronnie viu o seu olhar dirigir-se à janela. Também ele reparara na luz a inundar a igreja.

No silêncio que se seguiu, Susan apontou para a porta. — Está aqui uma pessoa para falar contigo.

* * *

— Estás pronta? — perguntou-lhe a mãe mal saíram da igreja. — Já se começa a fazer tarde.

Ronnie mal ouviu o que ela dizia. Ao invés, continuou de olhar fixo em Will. Trazia vestido um fato preto. Tinha o cabelo mais comprido, e a primeira coisa de que Ronnie se lembrou foi que isso lhe dava uma aparência mais velha. Estava a conversar com Galadriel, mas, logo que reparou nela, Ronnie viu-o a erguer um dedo, como que a pedir-lhe que não se esquecesse do que estava a dizer.

— Preciso de mais uns minutos, está bem? — dirigiu-se ela à mãe, sem desviar os olhos de Will.

Não estava à espera de que ele viesse, não estava à espera dalgum dia o tornar a ver. Não sabia o que pensar da vinda dele, não sabia se se deveria sentir exultante, descoroçoada, ou ambas as coisas. Avançou um passo na direcção dele e em seguida deteve-se.

Não lhe conseguia interpretar a expressão. Quando Will fez menção de vir ao seu encontro, recordou-se da maneira como ele parecia deslizar pela areia da primeira vez que o vira; recordou-se do beijo que tinham dado no ancoradouro, na noite do casamento da irmã. E ouviu uma vez mais as palavras que lhe dissera no dia em que se tinham separado. Viu-se cercada por uma tempestade de emoções conflituantes — desejo, remorsos, ansiedade, medo, mágoa, amor. Havia tanto a dizer e, no entanto, que espécie de conversa poderiam eles de facto ter naquele cenário desapropriado e depois de tanto tempo decorrido?

— Olá. — «Se ao menos eu tivesse poderes telepáticos, se tu fosses capaz de me ler os pensamentos.»

— Olá — respondeu ele. Parecia estar a perscrutar a expressão dela à procura dalguma coisa, contudo, do quê, Ronnie não sabia.

Não avançou para ela, nem ela foi ao encontro dele.

— Vieste — disse ela, incapaz de ocultar o espanto que lhe transparecia da voz.

— Não podia deixar de vir. E lamento imenso o que aconteceu ao teu pai. Ele era... uma excelente pessoa. — Por um instante, uma sombra pareceu perpassar-lhe pelo rosto, e Will acrescentou: — Vou sentir a falta dele.

À sua memória, acorreram os serões que tinham passado juntos em casa do pai, o aroma dos seus cozinhados e as gargalhadas estrondosas de Jonah enquanto jogavam ao póquer mentiroso. Sentiu uma tontura súbita. Era tão estranho ver Will naquele dia terrível. Uma parte de si própria queria atirar-se para os braços dele e pedir-lhe desculpa pela maneira como o deixara ir-se embora. Outra parte, porém, muda e paralisada pela morte do pai, perguntava-se se ainda seria a mesma pessoa por quem Will em tempos se apaixonara. Tanta coisa acontecera desde o Verão.

Constrangida, Ronnie deslocou o peso do corpo dum pé para o outro. — E estás a gostar de Vanderbilt? — indagou por fim.

— Corresponde às minhas expectativas.

— E isso é bom ou mau?

Ao invés de lhe responder, Will dirigiu um aceno de cabeça para o automóvel alugado. — Ao que vejo, vais para casa, não é?

— Tenho de apanhar o avião daqui a pouco. — Prendeu uma madeixa de cabelo atrás da orelha, contrariada consigo própria por se sentir tão embaraçada. Era como se fossem estranhos. — Já acabaste o semestre?

— Não, ainda tenho exames para a semana e, por isso, esta noite vou-me embora. As matérias são mais difíceis que aquilo que estava à espera. O mais certo é ter de fazer umas quantas directas.

— Não tarda, estás outra vez em casa. Meia dúzia de passeios pela praia e ficas como novo. — Com um certo custo, Ronnie dirigiu-lhe um sorriso encorajador.

— Na verdade, os meus pais vão-me levar a reboque para a Europa logo que esteja despachado dos exames. Vamos passar o Natal a França. Eles acham que é importante para mim conhecer o mundo.

— Deve ser divertido.

Will encolheu os ombros. — Então e tu?

Ela desviou o olhar, o seu espírito a vaguear sem ser solicitado para os derradeiros dias de vida do pai.

— Sou capaz de prestar provas para entrar na Juilliard — afirmou lentamente. — Vamos ver se eles ainda me querem lá.

Pela primeira vez, Will sorriu, e ela captou um laivo da alegria espontânea de que ele tantas vezes dera mostras no decorrer daqueles longos meses de Verão. As saudades que ela não tinha tido daquela alegria, do seu entusiasmo, durante a longa marcha do Outono e do Inverno. — Ai sim? Ainda bem para ti. E tenho a certeza de que te hás-de sair lindamente.

Não suportava a maneira como a conversa entre ambos se estava a desenrolar, a contornar o essencial. Parecia-lhe tão... *absurdo*, tendo em conta tudo o que tinham partilhado ao longo do Verão. Respirou fundo, a tentar manter as emoções sob controlo. No entanto, isso parecia-lhe tão difícil num momento como aquele e sentia-se tão esgotada. As palavras seguintes saíram-lhe de forma quase automática.

— Quero pedir-te desculpa pelas coisas que te disse. Não fiz por mal. Havia tanta coisa a acontecer ao mesmo tempo. Eu não devia ter descarregado tudo em cima de ti...

Will avançou um passo e pegou-lhe num braço. — Não tem importância — assegurou-lhe. — Eu entendo.

Ao toque dele, Ronnie sentiu todas as emoções reprimidas desse dia irromperem à superfície, abalando a sua frágil compostura, e encerrou os olhos com firmeza, tentando conter as lágrimas. — Mas se tivesses feito o que eu te exigi, então o Scott...

Will abanou a cabeça. — O Scott está óptimo. Por muito que te custe a acreditar, até conseguiu uma bolsa. E o Marcus está na prisão...

— Mas eu não te devia ter dito aquelas coisas horríveis! — interrompeu-o ela. — O Verão não devia ter acabado assim. O nosso namoro não devia ter acabado assim, e a causadora de tudo fui eu. Nem imaginas a mágoa que sinto por saber que te afastei de mim...

— Tu não me afastaste de ti — objectou Will com ternura na voz.

— Eu ia-me embora de qualquer maneira. Tu sabias disso.

— Mas nós nunca mais falámos um com o outro, nunca nos escrevemos, e foi tão duro ver o meu pai morrer da maneira que morreu... Eu sentia tanta vontade de falar contigo, mas sabia que estavas zangado comigo...

Quando ela começou a chorar, Will puxou-a para junto dele e envolveu-a nos seus braços. Sem perceber bem como, o abraço dele fez com que tudo ficasse melhor e pior em simultâneo.

— Pronto, pronto — murmurou-lhe ele —, já passou. Nunca estive tão zangado ao ponto que julgaste.

Ronnie abraçou-o com mais força, tentando agarrar-se aos momentos que tinham partilhado. — Mas tu só me ligaste duas vezes.

— Porque sabia que o teu pai precisava de ti — justificou-se ele — e queria que tu concentrasses a tua atenção nele. Ainda me lembro de como foi quando o Mikey morreu, e de como desejei ter passado mais tempo na companhia dele. Não te podia sujeitar ao mesmo.

Envolvida no seu abraço, Ronnie enterrou-lhe a cabeça no ombro. A única coisa em que conseguia pensar era que precisava de Will. Precisava dos seus braços à volta dela, precisava de que ele a abraçasse com força e lhe sussurrasse que iriam arranjar maneira de ficar juntos.

Sentiu a cabeça dele encostar-se à sua e ouviu-o murmurar o nome dela. Quando ela se afastou, reparou que lhe sorria.

— Ainda usas a pulseira — sussurrou-lhe, aflorando-lhe o pulso.

— Para sempre na minha memória. — Ronnie esboçou-lhe um sorriso hesitante.

Will inclinou o queixo de modo a ver-lhe melhor os olhos. — Eu prometo que te telefono, está bem? Quando voltar da Europa.

Ela assentiu com a cabeça, sabendo que era tudo quanto tinham, mas que, todavia, não era suficiente. As vidas de ambos corriam em trilhos separados, agora e para sempre. O Verão já lá ia, e cada um seguia o seu destino.

Fechou os olhos, incapaz de suportar a verdade.

— Está bem — murmurou.

EPÍLOGO

RONNIE

Nas semanas que se seguiram ao funeral do pai, Ronnie continuou a sentir uma certa agitação emocional, mas calculava que isso já seria de esperar. Havia dias em que acordava tolhida de pânico, e passava horas a reviver os derradeiros momentos ao lado do pai, o pesar e a mágoa tão profundos que nem conseguia chorar. Depois dum período tão intenso na companhia um do outro, era-lhe difícil aceitar o seu súbito desaparecimento, a sua incapacidade de chegar a ele por muita falta que lhe fizesse. Sentiu a sua ausência com uma acutilância que não era capaz de conter e que por vezes a deixava mergulhada na amargura.

Todavia, essas manhãs já não eram tão frequentes como na primeira semana após o regresso a casa, e pressentia que, com o decorrer do tempo, iriam ser cada vez mais raras. O facto de ter decidido ficar a tomar conta do pai fizera dela outra pessoa, e Ronnie sabia que acabaria por ultrapassar. Teria sido esse o desejo do pai, e quase que o conseguia ouvir a recordar-lhe que era mais forte que o que se julgava. Ele não haveria de querer que a filha passasse meses a fio de luto, mas sim que vivesse a sua vida, à semelhança do que ele próprio fizera no último ano da sua existência. Acima de tudo, haveria de desejar que ela abraçasse a vida e desabrochasse.

E o mesmo no caso de Jonah. Sabia que o pai haveria de querer que ela ajudasse o irmão a seguir em diante, e, desde que voltara para casa, passara muito tempo na sua companhia. Menos duma semana após o seu regresso, Jonah entrara de férias no Natal, e Ronnie aproveitara o tempo para darem passeios especiais: levara-o a patinar no Rockefeller Center e subira com ele ao alto do Empire State Building; tinham visitado a exposição de dinossauros no Museu de História Natural e chegaram mesmo a passar uma tarde na loja de brinquedos FAO Schwarz. Sempre considerara estas coisas próprias para turistas e insuportavelmente *cliché*, mas Jonah apreciara os passeios e, para sua grande surpresa, ela própria também. Tinham desfrutado igualmente dalguns momentos tranquilos na companhia um do outro. Ronnie deixava-se ficar sentada ao lado do irmão enquanto este assistia aos desenhos animados, entretinha-se a desenhar com ele, sentados à mesa da cozinha e, numa ocasião, a pedido de Jonah, chegou mesmo a ir acampar para o quarto dele, dormindo no chão ao lado da sua cama. Durante estes momentos íntimos, por vezes recordavam-se do Verão e contavam histórias acerca do pai, que lhes proporcionavam uma sensação reconfortante.

Apesar disso, sabia que, nos seus dez anos de vida, Jonah estava a passar por um período difícil. Dava a impressão de que havia alguma coisa específica a incomodá-lo, e a crise deflagrou numa noite tempestuosa em que saíram os dois para dar um passeio depois do jantar. Soprava um vento gélido, e Ronnie levava as mãos bem enfiadas dentro dos bolsos quando Jonah finalmente se virou para ela, espreitando das profundezas do capuz do anoraque.

— A mãe está doente? — interrogou-a o irmão. — Como o pai esteve?

A pergunta apanhou-a tão de surpresa que Ronnie demorou algum tempo a responder. Deteve-se, acocorando-se para se colocar ao nível dos olhos do irmão. — Não, está claro que não. O que é que te leva a pensar isso?

— Porque vocês as duas já não discutem. Como quando tu deixaste de discutir com o pai.

Ronnie detectou-lhe o medo nos olhos e, dando um desconto à infantilidade do irmão, foi capaz de compreender a lógica por detrás do seu raciocínio. Afinal de contas, era verdade: desde o seu regresso que ela e a mãe não tinham tido nenhuma discussão. — A mãe está óptima. O que aconteceu foi que nós nos fartámos de discutir uma com a outra.

Jonah estudou-a atentamente. — Juras?

A irmã chegou-o a si, dando-lhe um abraço apertado. — Juro.

O tempo que passara junto do pai tinha alterado até a sua relação com Nova Iorque. Levara algum tempo a habituar-se novamente à cidade. Já não estava acostumada ao ruído incessante nem à presença contínua de gente; esquecera-se de como os passeios se achavam sempre ensombrados pelos enormes edifícios ao seu redor e da forma como as pessoas andavam sempre a correr dum lado para o outro, até mesmo pelos corredores estreitos das mercearias. Nem tão-pouco tinha grande vontade de socializar; quando Kayla lhe telefonara a perguntar se queria ir sair com ela, Ronnie não aproveitara a oportunidade, e a rapariga não tornara a contactá-la. Apesar de saber que provavelmente haveriam de ter sempre recordações em comum, dali em diante a amizade entre ambas obedeceria a outros padrões. Ronnie, porém, não via qualquer problema nisso; entre as horas que passava com Jonah e as que dedicava ao piano, pouco tempo lhe sobrava.

Visto que o piano do pai ainda não fora enviado para o apartamento, ela apanhava o metropolitano até à Juilliard e exercitava-se lá. Dirigira--se à escola logo que regressara a Nova Iorque e falara com o director. Fora um grande amigo do pai e pediu-lhe desculpa por não ter comparecido ao funeral. Mostrou-se surpreendido — e entusiasmado, pareceu-lhe — por ter notícias dela. Quando o informou de que estava a ponderar recandidatar-se à escola, o director tomou providências para lhe arranjar uma audição antecipada e até a ajudou a enviar a candidatura.

Apenas três semanas após o seu regresso, abriu a audição com a música que compusera para o pai. Estava um bocadinho enferrujada em termos da técnica clássica — três semanas não era muito tempo para se preparar para uma prova de alto nível —, mas, quando abandonou o auditório, teve a sensação de que o pai teria ficado orgulhoso dela. Mas a verdade era que, lembrou-se com um sorriso enquanto enfiava a sua adorada partitura debaixo do braço, ele sempre estivera.

Desde a audição, vinha a exercitar-se três a quatro horas por dia. O director providenciara para a deixar usar as salas na escola, e ela começava a afoitar-se a algumas composições da sua própria lavra. Lembrava-se amiúde do pai quando se encontrava naquelas salas, as mesmas salas que ele em tempos frequentara. Ocasionalmente, quando o Sol estava a descer no horizonte, os raios repartiam-se por entre os edifícios, projectando longos feixes de luz pelo chão. E, de cada vez que via aquela luz, Ronnie recordava-se da janela dele na igreja e da cascata de luz que vira no funeral.

E, como seria de prever, Will também não lhe saía do pensamento. Alongava-se sobretudo em recordações dos momentos de que tinham desfrutado na companhia um do outro, e não tanto no breve encontro à porta da igreja. Não tinha tido notícias dele desde o funeral e, uma vez passado o Natal, começou a perder a esperança de que ele lhe voltasse a telefonar. Lembrava-se de ele ter dito qualquer coisa a respeito de passar as festividades no estrangeiro, contudo, à medida que os dias iam passando e continuava sem saber nada dele, sentia-se vacilar entre a certeza de ainda o amar e o desespero daquela situação. Talvez até fosse preferível que ele não lhe telefonasse, tentou convencer-se a si própria, pois o que tinham eles de facto a dizer um ao outro?

Esboçou um sorriso triste, obrigando-se a afastar aqueles pensamentos. Tinha trabalho árduo à sua espera e, à medida que ia voltando a sua atenção para o seu último projecto, uma música com influências *country* e *pop*, frisou a si mesma que era altura de olhar para o futuro e não para o passado. Poderia ou não ser admitida na Juilliard, mesmo tendo-lhe o director comunicado que a sua candidatura lhe parecia «muito prometedora». Independentemente do que acontecesse, sabia que o seu futuro residia na música, e, duma forma ou doutra, acabaria por conseguir retomar essa paixão.

Em cima do piano, o telemóvel começou subitamente a vibrar. Ao estender a mão para o atender, julgou que fosse a mãe, até que deitou uma olhadela ao ecrã. Paralisada, fitou-o enquanto vibrava uma segunda vez. Respirando fundo, levantou a tampa e levou-o ao ouvido.

— Está sim?

— Olá — disse-lhe uma voz familiar. — Fala o Will.

Tentou imaginar donde estaria ele a ligar-lhe: parecia ouvir um eco cavernoso atrás dele, que lhe fazia lembrar um aeroporto.

— Acabaste de desembarcar do avião? — perguntou-lhe.

— Não. Cheguei há uns dias. Porquê?

— Porque me pareceu ouvir um barulho estranho — explicou-se, sentindo uma ligeira desilusão. Ele chegara havia dias; e só agora lhe telefonava. — E como é que correram as coisas na Europa?

— Correram muito bem, por acaso. Entendi-me melhor com a minha mãe do que estava à espera. E o Jonah, como é que está?

— Está bem. Tem vindo a melhorar, mas... não tem sido fácil para ele.

— Lamento ouvir isso — disse ele com sinceridade, e Ronnie tornou a ouvir o mesmo eco. Talvez estivesse na varanda das traseiras de casa. — E o que mais tem acontecido?

— Prestei provas para entrar na Juilliard, e acho que correram muito bem...

— Eu sei — afirmou ele.

— E como é que sabes?

— Por que outro motivo estarias aí?

Ronnie tentou encontrar uma lógica na resposta dele. — Bem, não... eles só me deixam praticar aqui até o piano do meu pai chegar... por causa da ligação dele à escola e tudo o mais. O director era muito amigo dele.

— Bom, espero que não andes tão ocupada a praticar que não tenhas tempo livre.

— De que é que estás para aí a falar?

— Tinha esperança de te poder levar a sair este fim-de-semana. Isto se não tiveres outros planos, claro está.

Ronnie sentiu um sobressalto no coração. — Tu vens a Nova Iorque?

— Vou ficar em casa da Megan. Sabes como é, verificar como é que os noivos se estão a sair.

— E quando é que chegas?

— Vejamos... — Pouco faltou para ela o ver deitar uma olhadela ao relógio. — Aterrei há pouco mais duma hora.

— Tu já chegaste? E onde é que estás?

Will demorou um instante a responder e, quando tornou a ouvir a voz dele, Ronnie percebeu que não vinha do telefone. Estava mesmo nas suas costas. Ao virar-se, viu-o à porta, a segurar o telemóvel na mão.

— Desculpa — disse-lhe. — Não consegui resistir.

Embora o estivesse a ver com os seus próprios olhos, ainda não conseguia acreditar. Fechou os olhos com força e tornou a abri-los.

Sim, ainda ali estava. Extraordinário.

— Por que é que não me telefonaste a avisar de que vinhas?

— Porque te queria fazer uma surpresa.

«E não há dúvida de que fizeste», não se conteve ela de pensar. Trajado com umas calças de ganga e um pulôver de decote em V, Will estava tão atraente como sempre.

— Para além do mais — anunciou ele —, tenho uma novidade importante para te dar.

— E o que é? — inquiriu ela.

— Antes de te contar, quero saber se temos encontro ou não.

— O quê?

— Este fim-de-semana, lembras-te? O nosso encontro está de pé? Ronnie sorriu. — Claro, claro que está.

Will acenou com a cabeça. — E no fim-de-semana a seguir ao próximo?

Ronnie mostrou-se hesitante pela primeira vez. — Quanto tempo é que cá vais ficar?

Ele foi-se aproximando dela a passo lento. — Bom... era precisamente sobre isso que eu queria conversar contigo. Recordas-te de te ter dito que Vanderbilt não foi a minha primeira escolha? Que o que eu queria mesmo era entrar para uma faculdade que tinha um programa extraordinário sobre ciências ambientais?

— Recordo.

— Bom, em circunstâncias normais, a faculdade não admite transferências a meio do ano lectivo, mas, como a minha mãe pertence ao conselho de administração de Vanderbilt e por acaso conhece algumas pessoas desta outra universidade, conseguiu puxar meia dúzia de cordelinhos. Bom, quando eu estava na Europa, descobri que tinha sido admitido e, por isso, vou fazer a transferência. Vou começar a ter lá aulas no próximo semestre e pensei que talvez gostasses de saber.

— Bom... ainda bem para ti — respondeu ela em tom vacilante.

— E para onde é que vais?

— Para a Columbia.

Por um instante, Ronnie duvidou de ter ouvido bem. — Quando te referes à Columbia, estás a falar da Columbia em Nova Iorque?

Will arreganhou os dentes como se tivesse acabado de tirar um coelho da cartola. — Nem mais.

— A sério!? — Não conseguiu evitar um guincho.

Ele acenou com a cabeça. — Começo as aulas dentro de duas semanas. Já imaginaste como vai ser? Um rapaz decente do Sul como eu perdido na cidade grande? O mais provável é que vá precisar de alguém que me ajude a ambientar-me, e estava com esperança de que essa pessoa pudesses ser tu. Se não te importares.

Nesse momento, já Will se aproximara o suficiente para lhe conseguir agarrar as presilhas das calças de ganga. Quando ele a puxou de encontro a si, Ronnie sentiu tudo à sua volta desvanecer-se. Will iria frequentar uma faculdade dali. Em Nova Iorque. Ao pé dela.

E, posto isto, enlaçou os braços em redor dele, sentindo-lhe o corpo em perfeita forma contra o seu, ciente de que nada poderia algum dia superar aquele momento, aquele instante. — Por mim, tudo bem. Mas olha que para ti não vai ser nada fácil. Ir à pesca e andar de carro na lama não são actividades muito populares por estas bandas.

Os braços dele envolveram-se em volta da cintura dela. — Já calculava.

— Nem o voleibol de praia, tão-pouco. Sobretudo em Janeiro.

— Acho que terei de me sujeitar a alguns sacrifícios.

— Talvez, se fores com sorte, consigas arranjar outras maneiras de ocupar os tempos livres.

Inclinando-se sobre ela, Will beijou-a delicadamente, primeiro na face e depois nos lábios. Quando os olhos de ambos se encontraram, Ronnie viu o jovem por quem se apaixonara naquele Verão e o jovem por quem ainda estava apaixonada.

— Nunca deixei de gostar de ti, Ronnie. Nem nunca deixei de pensar em ti. Mesmo que o Verão tenha chegado ao fim.

Ela sorriu, ciente de que ele estava a dizer a verdade.

— E eu também gosto de ti, Will Blakelee — sussurrou-lhe, chegando-se a ele para o beijar uma vez mais.

| O Diário da Nossa Paixão | As Palavras Que Nunca Te Direi | Um Momento Inesquecível | Corações em Silêncio | Uma Viagem Espiritual |

   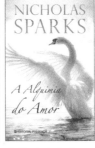 

| Uma Promessa Para Toda a Vida | O Sorriso das Estrelas | Laços Que Perduram | A Alquimia do Amor | Três Semanas com o Meu Irmão |

   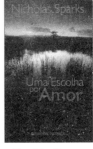 

| Quem Ama Acredita | À Primeira Vista | Juntos ao Luar | Uma Escolha por Amor | Um Homem com Sorte |

A Melodia do Adeus   Um Refúgio para a Vida   Dei-te o Melhor de Mim

Pode consultar outros títulos
desta coleção em
www.presenca.pt